本书出版得到乐山师范学院重点学科建设经费、高级别学术专著出版经费、"郭沫若研究"创新团队经费资助

中国现代文学史料研究举隅

——鲁迅、郭沫若、高长虹及相关研究

廖久明 著

中国社会科学出版社

图书在版编目(CIP)数据

中国现代文学史料研究举隅/廖久明著. —北京：中国
社会科学出版社，2013.2
ISBN 978 - 7 - 5161 - 1627 - 2

Ⅰ.①中… Ⅱ.①廖… Ⅲ.①中国文学—现代文学史—
文集 Ⅳ.①I209.6 - 53

中国版本图书馆 CIP 数据核字(2012)第 251192 号

出 版 人	赵剑英	
责任编辑	郭晓鸿	
特约编辑	王冬梅	
责任校对	周 昊	
责任印制	戴 宽	

出 版	中国社会科学出版社	
社 址	北京鼓楼西大街甲 158 号 (邮编 100720)	
网 址	http://www.csspw.cn	
	中文域名:中国社科网 010 - 64070619	
发 行 部	010 - 84083685	
门 市 部	010 - 84029450	
经 销	新华书店及其他书店	

印 刷	北京君升印刷有限公司	
装 订	廊坊市广阳区广增装订厂	
版 次	2013 年 2 月第 1 版	
印 次	2013 年 2 月第 1 次印刷	

开 本	710×1000 1/16	
印 张	17.75	
插 页	2	
字 数	266 千字	
定 价	48.00 元	

凡购买中国社会科学出版社图书,如有质量问题请与本社联系调换
电话:010 - 64009791

从史料工作做起:重写中国现代文学史的途径(代序)

中国现代文学史需要重写,这几乎成了学界共识,但从提出"重写文学史"后出版的众多《中国现代文学史》来看,尽管收录作家范围更广,评价更公允,总的说来却并没有取得令人满意的成绩。在笔者看来,出现这种现象的根本原因在于:现在还不是写出一部能够较为真实地反映中国现代文学发展状况的文学史的时候!

在一些人看来,中国现代文学就那么三十多年,并且几乎从有中国现代文学起就有了中国现代文学研究,如此一来,中国现代文学研究已经有九十多年时间了,怎么可能还时候未到呢?先来回顾一下这九十多年的中国现代文学研究历程。尽管几乎在中国现代文学诞生同时便有了中国现代文学研究,但新中国成立前的中国现代文学研究因其与研究对象之间缺乏必要距离而难免产生"不识庐山真面目,只缘身在此山中"的现象。并且,中国现代文学在新中国成立前尚未形成一门独立学科,对它的研究多是零散性的。新中国成立后,中国现代文学研究立即被纳入了意识形态建构之中,1950 年 5 月教育部通过的"高等学校文法两学院各系课程草案"对"中国新文学史"内容明确规定:"要求用新观点,新方法,讲述自五四时代到现在的中国新文学的发展史,着重在各阶段的文艺思想斗争和其发展状况,以及散文,诗歌,戏剧,小说等著名作家和作品的讲述。"按照这样的标准撰写的中国现代文学史不可能客观地反映历史的真实情况。

粉碎"四人帮"后，人们以极大的热情投入中国现代文学研究工作。面对资料极端缺乏的现状，人们在20世纪80年代前期在中国现代文学资料建设方面做出了卓有成效的工作——现在使用的很多中国现代文学资料便是在这一时期整理出来的。一则由于当时人们思想还未完全解放，二则由于时间太短暂，随着1985年"方法年"的到来，人们几乎一窝蜂地去搞理论阐释，资料整理的工作几乎陷于停顿状态。没有充分占有原始材料，这样研究出来的结果有说服力吗？随着近几年人们对史料的重视，不少人开始了自己挖掘原始材料的工作，这些人的研究成果常常给人大吃一惊的感觉。这一事实告诉我们，应该以全新的眼光系统地整理中国现代文学资料——散兵游勇式的资料挖掘不但是一件费时费力的事情，其作用也非常有限。人们常说，实践是检验真理的唯一标准，笔者就来谈谈自己的切身体会吧。

就中国现代作家而言，《鲁迅全集》至少应该是最全的全集之一。但是，出于写作《一群被惊醒的人——狂飙社研究》的需要，笔者在通读《莽原》周刊和半月刊时竟然发现有近二十则广告未收入2005年版《鲁迅全集》（不包括12则《正误》）。在1981年版和2005年版《鲁迅全集》收录了部分广告、刘运峰编辑的《鲁迅全集补遗》收录了30则广告的情况下，竟然在鲁迅主编的、著名而常见的《莽原》上发现这么多鲁迅佚文，笔者不能不感到惊讶。笔者由此想到，由于鲁迅一生办了不少刊物，在鲁迅主办的其他刊物上应该还能发现鲁迅佚文。由此可知，哪怕是"尚可挖掘的余地显然十分有限"[①]的鲁迅佚文仍有挖掘的余地。

与《鲁迅全集》相反，《郭沫若全集》"极有可能是世界上最不全的作家'全集'之一"[②]。为了"用具体事实说明重新出版《郭沫若全集》的必要性"，笔者曾经根据中国社会科学出版社1986年版《郭沫若研究资料》中的《郭沫若著译系年》提供的篇目，运用电脑查找功能，逐一查找未收

---

① 陈漱渝：《序》，刘运峰编《鲁迅佚文全集》，群言出版社2001年版。
② 魏建：《郭沫若佚作与〈郭沫若全集〉》，《文学评论》2010年第2期。

入《郭沫若全集》的文章。结果令我惊讶万分："单就'系年'收录的文章篇目而言，就有 1700 余篇文章未收入《郭沫若全集》，若加上已发表却未收入'系年'中的文章，再加上郭沫若大量未发表的文字，真不知到底有多少文字未收入《郭沫若全集》。"① 需要强调的是，这"1700 余篇"仅指已经收入《郭沫若著译系年》的文章，遇到那些未收入"系年"的文章，哪怕笔者已经发现也未将它们统计进去，如：《郭沫若书信集》和《郭沫若致文求堂书简》共收郭沫若书信 838 函，但笔者只统计了 270 余函，意味着还有 560 余函未统计进去。试想想，依据这样的《郭沫若全集》研究得出的结论到底有多大可信度？

笔者研究较多的第三个作家是在中国现代文学史上不那么受重视的高长虹。尽管高长虹在中国现代文学史上不受重视，笔者在研究他的过程中却有意外收获。首先，通过比较高长虹的《幻想与做梦》和鲁迅的《野草》笔者得出了这样的结论："不管人们如何评价中国现代文学史上'独语体'散文或象征主义散文诗的源头，尽管称高长虹为'散文诗集的开先河者'与事实不符，却完全可以称他为开创者之一"；通过比较高长虹的《土仪》和鲁迅的《朝花夕拾》笔者得出了这样的结论："如果《朝花夕拾》开创了现代散文'闲话风'创作潮流与传统的说法属实，那么开创现代散文'闲话风'创作潮流与传统的系列文章应该是《土仪》而不是《朝花夕拾》。"如果笔者的结论可以成立，那么普通高等教育"九五"教育部重点教材《中国现代文学三十年》中的以下说法便应该修改：鲁迅的《朝花夕拾》、《野草》"开创了现代散文的两个创作潮流与传统，即'闲话风'的散文与'独语体'的散文"②。其次，笔者提出了"第二次思想革命"的观点。笔者在阅读高长虹作品过程中发现，他在多篇文章中提到 1925 年北京出版界有过一次"思想运动"："去年一年北京的出

①　廖久明：《未收入〈郭沫若全集〉的历史、考古作品目录》，《郭沫若学刊》2006 年第 3 期。

②　钱理群、温儒敏、吴福辉：《中国现代文学三十年（修订本）》，北京大学出版社 1998 年版，第 50 页。

版界，因为特殊的时局的缘故，思想上引起一个小小的运动，这运动因为艺术的色彩比较多些，所以一般读者们都难于认识它的真象。从事运动的人呢，大抵自己又都不明说，所以直到现在世间还像没有什么也者。但这个运动，虽然没有那样普遍，但比《新青年》运动却深刻得多，它是会慢慢地踏实地表现在事实上呢。其中虽然也不是没有派别，但当时的精神却是一致的。就形式上说，可分为《莽原》，《语丝》，《猛进》三派，然而大致都是由思想的自觉而表现为反抗；而所反抗的在大体上又都是同样的目标"①；"去年的出版界是有过一次运动的，大致由对外而转为对内，由反章而转为反现代评论社，对内与对外，是号称全国一致的，然而在我们好谈思想的看起来，却是反章，尤其是反现代评论社的意义深且远。这不但是被压迫者反压迫者的运动，而是同情于被压迫者反同情于压迫者的运动，是士人中的不阔气的士人反阔气的士人的运动，是艺术与思想反士宦的运动，是真实反虚伪的运动，是人反非人的运动"②；"大家想来知道当时引人注意的周刊可以说有四个，即：《莽原》，《语丝》，《猛进》，《现代评论》。《莽原》是最后出版的，暂且不说。最先，那三个周刊并没有显明的界限，如《语丝》第二期有胡适的文字，第三期有徐志摩的文字，《现代评论》有张定璜的《鲁迅先生》一文，孙伏园又在《京副》说这三种刊物是姊妹周刊，都是例证。徐旭生给鲁迅的信说，思想革命也以《语丝》，《现代评论》，《猛进》三种列举，而办文学思想的月刊又商之于胡适之。虽然内部的同异是有的，然大体上却仍然是虚与委蛇。最先对于当时的刊物提出抗议的人却仍然是狂飙社的人物，我们攻击胡适，攻击周作人，而漠视《现代评论》与《猛进》。我们同鲁迅谈话时也时常说《语丝》不好，周作人无聊，钱玄同没有思想，非攻击不可。鲁迅是赞成我们的意见的。而鲁迅也在那时才提出思想革

---

① 高长虹：《走到出版界·今昔》，《高长虹全集》第 2 卷，中央编译出版社 2010 年版，第 128—129 页。

② 高长虹：《走到出版界·旧事重提》，《高长虹全集》第 2 卷，中央编译出版社 2010 年版，第 158 页。

命的问题"①……看了这些文字后再来看胡适、鲁迅等人1925年前后的文章、书信，笔者惊讶地发现，1925年前后，面对"'反革命'的空气浓厚透顶"的社会现实，胡适、鲁迅等人都不约而同地提出了将《新青年》未竟的使命继续下去的主张："我想，我们今后的事业，在于扩充《努力》使他直接《新青年》三年前未竟的使命，再下二十年不绝的努力，在思想文艺上给中国政治基础建筑一个可靠的基地"②；"我想，现在的办法，首先还得用那几年以前《新青年》上已经说过的'思想革命'。还是这一句话，虽然未免可悲，但我以为除此没有别的法"③。很遗憾的是，这次思想革命开始不久五卅惨案便发生了，人们的注意力再次由思想革命（"启蒙"）转向了严酷的现实（"救亡"），"救亡"就这样再次压倒了"启蒙"。尽管人们对"救亡"与"启蒙"的关系有较大争议，但是就五卅惨案与"第二次思想革命"而言，笔者认为这是无可争议的事实。

总之，写文学史确实应该抓大放小，否则便是一种"'博览旁搜'，以量取胜"④。不过，写文学史应该先研究再筛选，而不应该先筛选再研究，只有在对所有对象进行充分研究的前提下才能知道哪些该抓、哪些该放。若反其道而行之，完全可能因为不了解而放弃那些本该抓住的内容，却让那些本该放弃的内容滥竽其间。并且，结构主义告诉我们，"现实的本质并不单独地存在于某种时空之中，而总是表现于此物与它物间的关系之中"⑤。就是为了研究重要作家和重大现象，也应该将其与相关作家和现象联系起来，只有这样才能真正理解重要作家的重要性和重大现象的意义所在。这一切，都离不开史料工作。

---

① 高长虹：《走到出版界·1925，北京出版界形势指掌图》，《高长虹全集》第2卷，中央编译出版社2010年版，第199页。

② 胡适：《胡适文存二集·与一涵等四位的信》，季羡林主编《胡适全集》第2卷，安徽教育出版社2003年版，第513页。

③ 鲁迅：《华盖集·通讯》，《鲁迅全集》第3卷，人民文学出版社2005年版，第22页。

④ 黄子平、陈平原、钱理群：《二十世纪中国文学三人谈》，人民文学出版社1988年版，第27页。

⑤ ［美］沃野：《结构主义及其方法论》，《学术研究》1996年第12期。

目　录

一

思想研究

救亡再次压倒启蒙

——五卅运动与"第二次思想革命"的夭折

1986 年，李泽厚在《走向未来》创刊号上发表了《救亡与启蒙的双重变奏》，把五四运动与新文化运动的关系概括为"启蒙与救亡的相互促进"，把整个 20 世纪的中国历史概括为"救亡压倒启蒙"①，这一观点在获得一片喝彩声同时也渐渐遭到一些人质疑。2002 年，李杨在《书屋》第 5 期上发表了《"救亡压倒启蒙"？——对八十年代一种历史"元叙事"的解构分析》："通过对'救亡'与'启蒙'、'传统'与'现代'这一二元对立的解构，尝试提供另一种理论解释，即二十世纪中国历史中出现的'救亡'与'革命'，不但不是'启蒙'的对立面，反而是'启蒙'这一现代性生长的一个不可替代的环节；不但没有'中断'中国的现代进程，反而是一种以'反现代'的方式表达的现代性。"② 一则笔者才疏学浅无法进行"理论阐释"，二则笔者认为事实胜于雄辩，所以本文不拟就"救亡"与"启蒙"的关系进行"理论解释"，仅以五卅运动为例说明"救亡"是如何压倒"启蒙"的。

---

① 李泽厚：《救亡与启蒙的双重变奏》，《中国现代思想史论》，生活·读书·新知三联书店 2008 年版，第 1—39 页。

② 李杨：《"救亡压倒启蒙"？——对八十年代一种历史"元叙事"的解构分析》，《书屋》2002 年第 5 期。

一 《新青年》分裂后的中国思想文化界

1921 年初，《新青年》最终分裂。与五四时期的其他刊物相比，《新青年》有一个显著特点："从大体上看来，《新青年》到底是一个文化批判的刊物，而新青年社的主要人物也大多数是文化批判者，或以文化批判者的立场发表他们对于文学的议论。"《新青年》分裂后，文学社团虽然大量涌现："从民国十一年（一九二二）到十四年（一九二五），先后成立的文学社团及刊物，不下一百余"，但这些文学社团培养的是"大群有希望的青年作家"，[①] 而不是"文化批判者"，所以《新青年》的分裂标志着轰轰烈烈的思想启蒙告一段落。

在《新青年》分裂的同时，文学研究会于 1921 年 1 月正式成立。文学研究会的宗旨包括："研究介绍世界文学整理中国旧文学创造新文学。"[②] 1923 年，郑振铎接编《小说月报》后，在"整理国故与新文学运动"的栏目中发表了《新文学之建设与国故之新研究》，同时发表了顾颉刚、王伯祥、余祥森、严既澄、玄珠的文章，这些文章"大概都是偏于主张国故的整理对于新文学运动很有利益一方面的论调"[③]，郑振铎特别强调"要重新估定或发现中国文学的价值，把金石从瓦堆中搜找出来，把传统的灰尘从光润的镜子上拂下去"[④]。至此，文学研究会的作家在从事创作、翻译的同时，逐渐兼顾到中国古典文学的整理与研究。郑振铎在提倡整理国故的同时，还与研究系的张君劢、张东荪等人商议，"创办一份以宣传唯心史观为宗旨的杂志，企图通过对唯心史观的宣传，广结同志，为日后组党作好

---

① 茅盾：《中国文论三集·〈中国新文学大系·小说一集〉导言》，《茅盾全集》第 20 卷，人民文学出版社 1990 年版，第 453—461 页。

② 编者：《文学研究会简章》，《小说月报》第 12 卷第 1 号（1921 年 1 月 10 日）。

③ 西谛：《发端》，《小说月报》第 14 卷第 1 号（1923 年 1 月 10 日）。

④ 郑振铎：《新文学之建设与国故之新研究》，《小说月报》第 14 卷第 1 号（1923 年 1 月 10 日）。

准备"①。1923 年 1 月，以整理国故为宗旨的《国学季刊》出刊，胡适在发刊《宣言》中提出，要"用历史的眼光来扩大国学研究的范围"②。

1925 年 5 月，初期创造社"圆鼎三脚"③的郭沫若（另两只"脚"是郁达夫、成仿吾）一如既往地在《创造周报》上为孔子高唱赞歌："我们崇拜孔子。……我们所见的孔子，是兼有康德与歌德那样的伟大的天才，圆满的人格，永远有生命的巨人。他把自己的个性发展到了极度——在深度如在广度。"④

在新文化派中的一些人提倡"整理国故"、为孔子高唱赞歌的同时，文化保守主义者和复古派却大力提倡东方文化并对新文化运动进行攻击。梁启超发出了西方"科学万能的大梦"已经破产的惊呼。⑤ 梁漱溟认为西洋文化"走到今日，病痛百出，今世人都想抛弃它"，"世界未来文化就是中国文化的复兴"。⑥ 张君劢认为"科学无论如何发达，而人生观问题之解决，决非科学所能为力，惟赖诸人类之自身而已"。⑦ 学衡派在《评提倡新文化者》（梅光迪）、《评〈尝试集〉》（胡先骕）、《论新文化运动》（吴宓）等文章中对新文化运动发起攻击。甲寅派的章士钊在《评新文化运动》中否认文化有新旧优劣之别，以此否定新文化运动存在的依据和意义。

---

① 郑大华：《张君劢传》，中华书局 1997 年版，第 177 页。

② 胡适：《胡适文存二集·〈国学季刊〉发刊宣言》，季羡林主编《胡适全集》第 2 卷，安徽教育出版社 2003 年版，第 9 页。

③ 郭沫若：《学生时代·创造十年》，《郭沫若全集》文学编第 12 卷，人民文学出版社 1992 年版，第 213 页。

④ 郭沫若：《中国文化之传统精神》，王锦厚、伍加伦、肖斌如编《郭沫若佚文集》上册，四川大学出版社 1988 年版，第 100 页。

⑤ 梁启超：《欧游心影录（节选）》，夏晓虹编《梁启超文选》上册，中国广播电视出版社 1992 年版，第 410 页。

⑥ 梁漱溟：《东西文化及其哲学（节选）》，黄克剑、王欣编《梁漱溟集》，群言出版社 1993 年版，第 191—192 页。

⑦ 张君劢：《人生观》，黄克剑、吴小龙编《张君劢集》，群言出版社 1993 年版，第 114 页。

《新青年》分裂后的中国思想文化界，可用鲁迅给《猛进》主编徐旭生的一段话来表述：“看看报章上的论坛，‘反革命’的空气浓厚透顶了，满车的‘祖传’，‘老例’，‘国粹’等等，都想来堆在道路上，将所有的人家完全活埋下去。‘强聒不舍’，也许是一个药方罢，但据我所见，则有些人们——甚至于竟是青年——的论调，简直和‘戊戌政变’时候的反对改革者的论调一模一样。你想，二十七年了，还是这样，岂不可怕。”①

面对“‘反革命’的空气浓厚透顶”的局面，原新青年同人联合后来者开始了同异互现的“第二次思想革命”。

二 同异互现的“第二次思想革命”

（一）《语丝》与“第二次思想革命”

《语丝》创刊虽然起因于一偶然事件，实际上却是新月社争夺阵地的结果：“《晨报副刊》虽然是中国报纸中最早致力于新文化运动的一个副刊，而《晨报》本身却是研究系的机关刊物。它的增出副刊，容汇新流，只是为了招徕视听，装潢门面而已。特别是胡适同新从欧洲留学回国的徐志摩、陈西滢等于1923年成立新月社后，就挤进《晨报副刊》这块地盘，占据门户，另立营垒，酝酿着文化战线上的一场新的斗争。一九二四年初，《晨报》当局、某大律师的儿子刘勉己从欧洲留学回来，与新月社气类相似，遂相勾结，取代了蒲伯英成为《晨报》的代总编辑后，就想把孙伏园拉下编辑椅子，把鲁迅等人从《晨报副刊》上排挤出去。但由于鲁迅等人的作品深受读者欢迎，影响较大，又碍于孙伏园的人际关系，《晨报》当局不无顾忌，所以，箭在弦上，引而未发。等到一九二四年十月，刘勉

---

① 鲁迅：《华盖集·通讯》，《鲁迅全集》第 3 卷，人民文学出版社 2005 年版，第 22 页。

己蛮横无理地抽掉鲁迅（署名'某生者'）的《我的失恋》诗稿的所谓
'抽稿事件'发生，孙伏园为了表示抗议，愤而辞去编辑职务，鲁迅等人
也相率退出，《晨报副刊》遂为新月社所占据。为了另辟战线，建立阵地，
在鲁迅的支持和领导下，孙伏园另邀了周作人、钱玄同、林语堂、刘半
农、川岛、顾颉刚、淦女士等十六人，作为长期撰稿人，创办了《语丝》，
并于一九二四年十一月十七日出版了创刊号。"① 故鲁迅说"抽稿事件"发
生前，"伏园的椅子颇有不稳之势"②。考察一下《语丝》撰稿人不难看出，
他们多是像鲁迅一样，在《新青年》分裂后，"落得一个作家的头衔，依
然在沙漠中走来走去"而"在散漫的刊物上做文字"的人③。在周作人代
拟的《发刊辞》中，交代了《语丝》的办刊宗旨："我们并没有什么主义
要宣传，对于政治经济问题也没有什么兴趣，我们所想做的只是想冲破一
点中国的生活和思想界的昏浊停滞的空气。我们个人的思想尽自不同，但
对于一切专断与卑劣之反抗则没有差异。我们这个周刊的主张是提倡自由
思想独立判断，和美的生活。"④

后人在总结《语丝》的主要内容时，曾将其归纳为以下几点：一、
"'语丝派'的主要成员大都是五四新文化运动的参加者。对于弥漫于思想
文化界的复古倒退的恶浊空气加以扫荡，就成为语丝派斗争的主要目标"；
二、"'语丝派'的另一个斗争矛头是针对帝国主义，特别是日本帝国主义
的"；三、"'语丝派'的另外一条重要战线是和'现代评论派'的斗争"；
四、三一八惨案发生后，"'语丝派'的成员对于军阀政府的残酷野蛮，一
致予以抨击和揭露，对于惨案的牺牲者也表示了深切的同情和悼念"；五、
"'四一二'以后，'语丝派'的主要斗争矛头是针对蒋介石反动派的"；

---

① 张梁：《评"语丝派"——兼谈周作人》，《徐州师范学院学报》1980 年第 3 期。

② 鲁迅：《三闲集·我和〈语丝〉的始终》，《鲁迅全集》第 4 卷，人民文学出版
社 2005 年版，第 169 页。

③ 鲁迅：《南腔北调集·〈自选集〉自序》，《鲁迅全集》第 4 卷，人民文学出版
社 2005 年版，第 469 页。

④ 《发刊辞》，《语丝》第 1 期（1924 年 11 月 17 日）。

六、"《语丝》从一九二七年底迁至上海复刊并由鲁迅接编后，它的主要斗争锋芒指向了国民党反动统治，成了第二次国内革命战争时期的文化战线上的一个重要阵地"。① 任何归纳都不可能包罗万象，但从归纳的几类来看，"对于弥漫于思想文化界的复古倒退的恶浊空气加以扫荡"，当为语丝同人创办刊物的主要目标。

（二）《现代评论》与"第二次思想革命"

《新青年》分裂后，胡适在提倡"整理国故"的同时，与人一起成立"努力会"，出版《努力周报》，提倡"好政府主义"。1923 年 10 月 21 日，《努力周报》停刊，胡适承认："我们谈政治的人，到此地步，真可谓止了壁了。"② 在《努力周报》停刊前的 10 月 9 日，胡适在给友人的信中如此写道："《新青年》的使命在于文学革命与思想革命。这个使命不幸中断了，直到今日。倘使《新青年》继续至今，六年不断的作文学思想革命的事业，影响定然不小了。/我想，我们今后的事业，在于扩充《努力》使他直接《新青年》三年前未竟的使命，再下二十年不绝的努力，在思想文艺上给中国政治基础建筑一个可靠的基地。"③ 1924 年 9 月 9 日，胡适致信《晨报副刊》记者，说出了自己拟办《努力月刊》的原因："今日政治方面需要一个独立正直的舆论机关，那是不消说的了。即从思想方面看来，一边是复古的思想，一边是颂扬拳匪的混沌思想，都有彻底批评的必要。"④遗憾的是，由于种种原因，该月刊最终未能办成。

---

① 张梁：《评"语丝派"——兼谈周作人》，《徐州师范学院学报》1980 年第 3 期。

② 胡适：《胡适文存二集·一年半的回顾》，季羡林主编《胡适全集》第 2 卷，安徽教育出版社 2003 年版，第 510 页。

③ 胡适：《胡适文存二集·与一涵等四位的信》，季羡林主编《胡适全集》第 2卷，安徽教育出版社 2003 年版，第 513 页。

④ 胡适：《书信（1907—1928）·致〈晨报〉副刊》，季羡林主编《胡适全集》第 23 卷，安徽教育出版社 2003 年版，第 382 页。

在《努力周报》停刊不久，胡适于 1923 年与人成立了新月社。胡适的《努力月刊》虽未办成，他的办刊思想却在《现代评论》上得到一定程度的体现："尽管胡适没有直接参与《现代评论》的组织和编辑工作，但他在《现代评论》上发表过文章，更重要的是，他与'现代评论派'有着必然的精神联系，他与'现代评论派'的观点同出于一个精神母胎。我们可以这么说，胡适是中国现代文化史上自由主义的代言人"，"胡适在与'现代评论派'的联系中，始终贯穿着一条精神纽带，这就是他们共同信奉的自由主义精神"。①

《现代评论》创刊于 1924 年 12 月 13 日，主要撰稿人有王世杰、陈源、高一涵、唐有壬、胡适、杨振声、陶孟和等，多为留学英美的自由主义分子。《现代评论》的《本刊启事》交代了办刊宗旨："本刊内容，包涵关于政治、经济、法律、文艺、哲学、教育、科学各种文字。本刊的精神是独立的，不主附和；本刊的态度是研究的，不尚攻讦；本刊的言论是趋重实际问题，不尚空谈。"② 刊物命名"现代评论"，"意即采取旁观的评论时政态度，此中显露出资产阶级自由主义色彩"③，"欧美派知识分子在政治上抱有自由主义的态度，希望借启蒙的手段，培养一种自由、平等、民主的意识，以建立一个欧美式的法制社会；在文化上，他们主张把中国的固有文明与近代西方新文明结合起来，摆脱传统的思想模式以适应世界变化；在价值取向上，他们企图坚持独立的知识分子人格，以自由者的身份参与现实政治，追求独立、公正、客观"④。

（三）《语丝》与《现代评论》的异同

由于语丝派与现代评论派在女师大事件、五卅惨案、三一八惨案等问

---

① 倪邦文：《"现代评论派"的团体构成》，《新文学史料》1995 年第 3 期。
② 《本刊启事》，《现代评论》第 1 卷第 1 期（1924 年 12 月 13 日）。
③ 黄裔：《追本溯源：重探现代评论派》，《中国文学研究》1991 年第 4 期。
④ 倪邦文：《"现代评论派"的团体构成》，《新文学史料》1995 年第 3 期。

题上进行过针锋相对的斗争，一些人常把它们视作两个完全敌对的团体，这实际上是一种误解。以胡适为首的现代评论派，"尊重个性，思想开放，主张兼容、多元的风格，当然可以破除封建一统的迷信状态，同时也可维护个人主义的人生观，对抗左翼文化思想的压力"①。在"破除封建一统的迷信状态"方面，现代评论派与语丝派无疑是一致的。"该刊在一些重大的事件中也表现出资产阶级政治上的两面性：既有主持正义，揭露帝国主义、军阀政府罪行，支持进步学生的言论，也有散布污蔑学生、为封建军阀开脱罪责的流言；既对群众的反帝反军阀斗争有所同情，又站在章士钊一边，攻击支持学生的鲁迅。周刊撰稿人政治态度本来不同，加上他们办刊用稿又采取自由主义的宽容并包姿态和开放的平等精神，就势必同时出现观点对立的文章。"② 现代评论派在一些重大事件上表现出"两面性"，其进步的一面当然与语丝派基本一致；就是其反动的一面，也与反动军阀、帝国主义者及其走狗有所不同：他们中的多数言论，很大程度上是站在自由主义立场上提出了不合时宜的看法，并不是成心反动。况且，这些"重大事件"的发生，是创办《现代评论》时不知道的。将《语丝》和《现代评论》与当时其他文学社团的刊物比较一下不难发现，它们与那些发表文学创作的刊物有很大不同，却与《新青年》存在着更多相似的地方：以发表评论文字、进行思想革命为主。

由于女师大事件、五卅惨案、三一八惨案等事件的发生，语丝派与现代评论派之间的斗争越来越激烈，似乎到了水火不相容的地步。但这种斗争，只要是在思想界内部进行，不但不会削弱"第二次思想革命"的力度，反而有利于扩大其影响并丰富其内容："凡有一人的主张，得了赞和，是促其前进的，得了反对，是促其奋斗的，独有叫喊于生人中，而生人并无反应，既非赞同，也无反对，如置身毫无边际的荒原，无可

①　吴福辉：《现代文化移植的困厄及历史命运——论胡适与〈现代评论〉与〈新月〉派》，《文艺争鸣》1992年第3期。
②　黄裔：《追本溯源：重探现代评论派》，《中国文学研究》1991年第4期。

措手的了，这是怎样的悲哀呵。"① 任何一种东西（包括思想），在没有其他东西作为参照物的时候，其前途是危险的：长期发展下去，自身缺乏活力，又没有其他资源可供吸收，最终的命运只可能是灭亡。所以，新青年派分裂为现代评论派和语丝派是必然的，也是必需的。在"打倒孔家店"和"文学革命"这两项任务基本完成后，没有了强大敌人的新青年派必然分裂。新青年派分裂为现代评论派和语丝派有利于巩固《新青年》时期的成果——这一任务主要由语丝派来继续，有利于为启蒙提供新的内容——这一任务主要由现代评论派来担任，并且有利于这两派在斗争中取长补短。

（四）呈燎原之势的"第二次思想革命"

1925 年 3 月 6 日，政论性周刊《猛进》创刊。鲁迅收到《猛进》第 1 期后，在给主编徐旭生的信中也提出了"思想革命"的主张："我想，现在的办法，首先还得用那几年以前《新青年》上已经说过的'思想革命'。还是这一句话，虽然未免可悲，但我以为除此没有别的法。"徐旭生在回信中如此写道："'思想革命'，诚哉是现在最重要不过的事情，但是我总觉得《语丝》，《现代评论》和我们的《猛进》，就是合起来，还负不起这样的使命。我有两种希望：第一希望大家集合起来，办一个专讲文学思想的月刊。里面的内容，水平线并无庸过高，破坏者居其六七，介绍新者居其三四。……第二我希望有一种通俗的小日报。"鲁迅在回信中如此写道："有一个专讲文学思想的月刊，确是极好的事，字数的多少，倒不算什么问题。第一为难的却是撰人，假使还是这几个人，结果即还是一种增大的某周刊或合订的各周刊之类。况且撰人一多，则因为希图保持内容的较为一致起见，即不免有互相牵就之处，很容易变为和平中正，吞吞吐吐的东

① 鲁迅：《呐喊·自序》，《鲁迅全集》第 1 卷，人民文学出版社 2005 年版，第 439 页。

西，而无聊之状于是乎可掬。现在的各种小周刊，虽然量小力微，却是小集团或单身的短兵战，在黑暗中，时见匕首的闪光，使同类知道也还有谁在袭击古老坚固的堡垒，较之看见浩大而灰色的军容，或者反可以会心一笑。"① 从鲁迅和徐旭生的信件可以看出，他们都承认《语丝》和《现代评论》进行的是思想革命的工作，而鲁迅看见的更多是不同，徐旭生看见的更多是相同——由此也可看出，《语丝》和《现代评论》确实是"同异互现"。

鉴于刊物只用老作家的稿子，早在 1924 年 5 月 30 日鲁迅就曾对许钦文说："我总想自己办点刊物。只有几个老作家总是不够的。不让新作家起来，这怎么行！我培养了些人，也就白费心思了。"② 在邵飘萍将《京报》副刊《图画周刊》停刊，约请鲁迅编辑时，鲁迅立即于 11 日"夜买酒并邀长虹、培良、有麟共饮，大醉"③，商议创办《莽原》周刊；4 月 24日，《莽原》周刊创刊。在说到自己办《莽原》周刊原因时，鲁迅说："中国现今文坛（？）的状况，实在不佳，但究竟做诗及小说者尚有人。最缺少的是'文明批评'和'社会批评'，我之以《莽原》起哄，大半也就为了想由此引些新的这一种批评者来，虽在割去敝舌之后，也还有人说话，继续撕去旧社会的假面。"④

"第二次思想革命"不但在当时的新文化运动中心北京轰轰烈烈地展开（以上刊物所在地当时均在北京），甚至在其他地方也有了类似要求。1924 年 9 月 1 日，高长虹在山西太原创办了《狂飙月刊》。该月刊刚出一期，高长虹就将其交给高沐鸿、藉雨农等，只身到了北京，于 1924 年 11

---

① 鲁迅：《华盖集·通讯》，《鲁迅全集》第 3 卷，人民文学出版社 2005 年版，第23—25 页。

② 许钦文：《来今雨轩》，《〈鲁迅日记〉中的我》，浙江人民出版社 1979 年版，第34 页。

③ 鲁迅：《日记（1912—1926）》，《鲁迅全集》第 15 卷，人民文学出版社 2005 年版，第 560 页。

④ 鲁迅：《书信（1904—1926）·250428 致许广平》，《鲁迅全集》第 11 卷，人民文学出版社 2005 年版，第 486 页。

月 9 日创办《狂飙》周刊。在《〈狂飙〉周刊宣言》中，高长虹发出了"打倒障碍或者被障碍打倒"①的誓言。当时出版界的热闹情况可用时人的一段话来表述："这年来自《语丝》、《现代评论》、《猛进》三刊出后，国内短期出版物骤然风起云涌，热闹不可一世。"②

尽管"科学"、"民主"是五四新文化运动的两面旗帜，但就是"提倡白话文反对旧道德的启蒙方面"也表现为"某种科学主义的追求"③。据统计，《新青年》上"民主""只是'科学'出现频度的四分之一强"，其他刊物如《新潮》、《每周评论》、《少年中国》上的情况也与此大体相似④，所以，"'五四'新文化运动也是一个科学话语共同体的运动"⑤。"第二次思想革命"的着眼点则由"科学"转向了"民主"。方敏在分析"'五四'后三十年民主思想的发展和演变"⑥时，将 1922—1931 年间出现的"民主"归纳为新三民主义、新民主主义和资产阶级改良主义三种类型说明：在当时的中国，"民主"是国民党、共产党和中间势力的共同诉求。这次思想革命若能坚持下去，"二十世纪中国人在科技和经济发展方面取得了举世瞩目的成就，然而民主和人权的进步一直步履维艰"⑦的情况也许不会如此严重。遗憾的是，五卅惨案发生了，六年后，九一八事变又发生了，中国人不得不一次又一次地将主要精力由"启蒙"转向"救亡"。

---

① 高长虹：《〈狂飙〉周刊宣言》，《高长虹全集》第 3 卷，中央编译出版社 2010 年版，第 41 页。

② 伏园：《一年来国内定期出版界略述补》，中国社会科学院文学研究所鲁迅研究室编《1913—1983 鲁迅研究学术论著资料汇编》第 1 卷，中国文联出版公司 1985 年版，第 119 页。

③ 李泽厚：《中国现代思想史论》，生活·读书·新知三联书店 2008 年版，第 48 页。

④ 金观涛、刘青峰：《〈新青年〉民主观念的演变》，《二十一世纪》双月刊（香港），1999 年 12 月号。

⑤ 汪晖：《现代中国思想的兴起》，生活·读书·新知三联书店 2004 年版，第 1208 页。

⑥ 方敏：《"五四"后三十年民主思想研究》，商务印书馆 2004 年版，第 39—74 页。

⑦ 金观涛、刘青峰：《〈新青年〉民主观念的演变》，《二十一世纪》双月刊（香港），1999 年 12 月号。

三　五卅运动与"第二次思想革命"的夭折

1925 年 5 月 14 日，上海日商内外棉纱厂工人为抗议资方无理开除工人举行罢工。次日，日本资本家枪杀工人顾正红（共产党员），激起上海各界人民公愤。30 日，上海学生、工人三千余人在租界进行宣传，声援工人，号召收回租界，英巡捕开枪射击，当场死四人，重伤后死九人，伤者不计其数。当天晚上，工人、学生、商界等团体连夜开会，商议对策。第二天，继续到租界示威、宣传、鼓动全上海人民实现"三罢"——罢课、罢工、罢市。6 月 1 日，屠杀者又一次制造了六一血案，当天晚上，中共中央召开会议，提议成立工商学联合会。6 月 4 日，上海工商学联合会正式成立。以后，上海的"三罢"斗争便在工商学联合会领导下进行。

当上海工人阶级英勇反帝时，省港罢工工人于 7 月 3 日正式成立了"省港罢工委员会"，公开领导香港和广州沙面工人的罢工斗争，"在罢工工人和农民的帮助下，广东革命政府举行第二次东征和南征，打败了帝国主义所支持的封建军阀——陈炯明、邓本殷，统一了广东革命根据地。全国各地不少领袖转移到广东，加强了广东革命根据地的领导；上海、湖南等地工人，也纷纷到广东参军，决心和广东工农群众一起参加北伐战争，拿起武器摧毁帝国主义统治中国的墙脚——北洋军阀政权。广东汇聚了各地的革命力量，迅速成为全国大革命风暴的中心。从广州开始的北伐战争正在积极准备着"[①]。

五卅惨案发生后，冯玉祥以多种形式支持人民反帝爱国运动，在其驻军的河南省，"全省共有一百零八县，全部投入五卅反帝运动"[②]。五卅运动后，"各帝国主义勾结起来，采取联合行动。不同派系的军阀相互妥

---

① 傅道慧：《五卅运动》，复旦大学出版社 1985 年版，第 275 页。
② 同上书，第 129—130 页。

协，形成反赤大同盟。他们把同情革命的冯玉祥宣传为'赤化'人物，视国民军为'赤化'武装"①。为"讨赤"进入北京的张作霖，1926 年 4 月 26 日杀死了当时炙手可热的《京报》记者邵飘萍——郭松龄倒戈时，邵飘萍曾帮郭骂张作霖。"邵被杀后，北京空气极为紧张，很多报刊都纷纷自动停刊，以免遭殃。原来民国初年军阀时代，新闻却是相当有自由的，军阀们虽然蛮不讲理，可是对新闻批评大体还能容忍。直到奉军入京后，形势才为之一变，邵飘萍被枪毙后，人人为之自危。"②"连卫道的新闻记者，圆稳的大学校长也住进六国饭店，讲公理的大报也摘去招牌，学校的号房也不卖《现代评论》：大有'大火昆冈，玉石俱焚'之概了。"③语丝派的林语堂、顾颉刚、鲁迅、孙伏园、川岛等先后离开北京去了厦门。

张作霖杀记者，毕竟属个别军阀的行为。北伐战争胜利后，国民党统一了中国，结束了军阀割据的局面，同时也结束了思想界一度出现的繁荣局面："大多数军阀是守旧的，和传统的社会准则是很协调的。自相矛盾的是，他们所促成的不统一和混战却为思想的多样化和对传统观念的攻击提供了大量机会，使之盛极一时。中央政府和各省的军阀都不能有效地控制大学、期刊、出版业和中国智力生活方面的其他机构。在这些年代里，中国知识分子对中国可能以什么方式实现现代化和增强实力进行了极其激烈的讨论，这在一定程度上是对军阀主义弊端的反应。共产党于 1921 年建立和国民党于 1924 年改组，在一定程度上是基于思想的繁荣。因此，一方面，军阀时代是 20 世纪政治团结和国家实力的低点；另一方面，这些年代也是思想和文学成就的高峰。在一定程度上作为对军阀的反应，从这个动乱而血腥的时代涌现出了终于导致中国重新统一和恢复青春的思想和社会

---

① 郭绪印、陈兴唐：《爱国将军冯玉祥》，河南人民出版社 1991 年版，第 103—105 页。

② 丁中江：《北洋军阀史话》第 4 集，中国友谊出版社 1992 年版，第 385 页。

③ 鲁迅：《华盖集续编·无花的蔷薇之三》，《鲁迅全集》第 3 卷，人民文学出版社 2005 年版，第 305 页。

运动。"①

　　北伐战争期间，在五卅运动中得到锻炼的上海工人进行了三次暴动。"因为工人运动的高涨，引起民族资产阶级的惊恐；同时因为帝国主义者对于民族资产阶级的压制和利诱，因此民族资产阶级决然退出革命战线，因此而有上海四·一二与广东四·一五惨案发生。"② 接下来便是 5 月 21 日长沙的马夜事变和 7 月 15 日武汉的汪精卫的分共会议，至此，国共合作彻底破裂。第一次大革命失败后，中国共产党人并没有被国民党的屠杀所吓倒，连续发动了三次大的起义：1927 年 8 月 1 日的南昌起义、9 月 9 日的秋收起义、12 月 11 日的广州起义，开始了武装反抗国民党的新时期。中国大部分知识分子也逐渐演化成两大阵营：以鲁迅为代表的左翼倾向共产党，以胡适为代表的右翼倾向国民党。在中国建立一个什么样的国家（救亡）成为第一要务，思想革命（启蒙）则被挤到一个不为人注意的角落：救亡——更准确地说是政治事件，就这样一次又一次地压倒了启蒙！

---

① ［美］费正清编：《剑桥中华民国史》上册，中国社会科学出版社 1993 年版，第 356—357 页。

② 华岗：《中国大革命史：1925—1927》，文史资料出版社 1982 年版，第 229 页。

五卅惨案发生后的鲁迅

就字面意思而言，鲁迅在五卅惨案发生后写的文章很容易让人误会，但想想中国当时的现状和鲁迅的良苦用心，不得不承认这些文字是最深沉的爱国表现。

从给许广平的信可以知道，鲁迅 1925 年 6 月 2 日就看见了与五卅惨案有关的报道："今见上海印捕击杀学生，而路透电则云，'若干人不省人事'，可谓异曲同工……"① 但鲁迅这天写的文章是《我的"籍"和"系"》，6 月 5 日写的是《咬文嚼字（三）》，这两篇文章都与女师大事件有关。6 月 11 日，鲁迅终于写与五卅惨案有关的文章了——《忽然想到（十）》。在这篇文章中，因英国人萧伯纳、法国人巴比塞（其母为英国人）等列名于"大表同情于中国的《致中国国民宣言》"，鲁迅便认为"英国究竟有真的文明人存在"，"英国人的品性，我们可学的地方还多着"，并且要中国人"无须迟疑，只是试练自己，自求生存，对谁也不怀恶意的干下去"。② 在 6 月 16 日作的《杂忆》中，鲁迅以自己留学日本时所看见的反满行为的结果大泼当时被激动起来的中国人的冷水："不独英雄式的名号

① 鲁迅：《书信（1904—1926）·250602 致许广平》，《鲁迅全集》第 11 卷，人民文学出版社 2005 年版，第 495 页。

② 鲁迅：《华盖集·忽然想到（十）》，《鲁迅全集》第 3 卷，人民文学出版社 2005 年版，第 95—96 页。

而已，便是悲壮淋漓的诗文，也不过是纸片上的东西，于后来的武昌起义怕没有什么大关系"，并揭中国人的短："我觉得中国人所蕴蓄的怨愤已经够多了，自然是受强者的蹂躏所致的。但他们却不很向强者反抗，而反在弱者身上发泄，兵和匪不相争，无枪的百姓却并受兵匪之苦，就是最近便的证据。"① 在 6 月 18 日作的《忽然想到（十一）》中，鲁迅在继续泼冷水和揭短的同时，甚至要中国人"将华夏传统的所有小巧的玩艺儿全都放掉，倒去屈尊学学枪击我们的洋鬼子，这才可望有新的希望的萌芽"②。在 7 月 8 日作的《补白》中，鲁迅甚至为外国人开脱责任："外人不足责，而本国的别的灰冷的民众，有权者，袖手旁观者，也都于事后来嘲笑，实在是无耻而且昏庸！"③

在群情激愤的当时，鲁迅这样的文字很明显是不合时宜的，但鲁迅这样写，自有他的道理。首先，是过去的经历和现在的事实告诉他，在当时的中国鼓舞民气是没有多大正面作用的——不但没有多大正面作用，甚至可能有负面作用："这也是现在极普通的事情，此国将与彼国为敌的时候，总得先用了手段，煽起国民的敌忾心来，使他们一同去扞御或攻击。但有一个必要条件，就是：国民是勇敢的。因为勇敢，这才能勇往直前，肉搏强敌，以报仇雪恨。假使是怯弱的人民，则即使如何鼓舞，也不会有面临强敌的决心；然而引起的愤火却在，仍不能不寻一个发泄的地方，这地方，就是眼见得比他们更弱的人民，无论是同胞或是异族。"④ 一些人在鼓舞民气时却干着损人利己的事情："一是日夜偏注于表面的宣传，鄙弃他事；二是对同类太操切，稍有不合，便呼之为国贼，为洋奴；三是有许多

---

① 鲁迅：《坟·杂忆》，《鲁迅全集》第 1 卷，人民文学出版社 2005 年版，第 234—238 页。

② 鲁迅：《华盖集·忽然想到（十一）》，《鲁迅全集》第 3 卷，人民文学出版社 2005 年版，第 102 页。

③ 鲁迅：《华盖集·补白》，《鲁迅全集》第 3 卷，人民文学出版社 2005 年版，第 113 页。

④ 鲁迅：《坟·杂忆》，《鲁迅全集》第 1 卷，人民文学出版社 2005 年版，第 237—238 页。

巧人，反利用机会，来猎取自己目前的利益。"① 在 6 月 3 日和 6 月 5 日声援上海人民反帝斗争的示威游行中，一些北京学生竟然在天安门集会时因争做主席而相打："上海风潮起后，瞬的'以脱'的波动传到北京来了；万人空巷的监视之下，排着队游行，高喊着不易索解的无济于事的口号，自从两点多钟在第三院出发，直至六点多钟到了天安门才算一小结束。这会要国民大会，席地而坐以休憩的'它们'，忽的被指挥的挥起来，意思是这个危急存亡，不顾性命的时候，还不振作起精神来，一致对外吗!? 对的，骨碌的个个笔直的立正起来！哈哈！起来看耍把戏呢！说是甚么北大，师大的人争做主席，争做总指挥，台下两派呐喊起来助威势，且叫打者，眼看舞台上开幕肉博〔搏〕了！我们气愤的高声喝住，这不是争做主席的时候，这是什么情形，还竞争各自雄长，然而众寡不敌，闹的只管闹，气的只管气，这种情形，记得前些时天安门开什么大会，也是如此，这真算'古已有之'不图更见于今日。"② 面对这样的中国人，还能去鼓舞他们的"民气"吗？

其次，正因为如此，鲁迅非常强调思想革命的重要性。鲁迅认为，在"激发自己的国民，使他们发些火花，聊以应景之外"，"还须设法注入深沉的勇气"，"还须竭力启发明白的理性"，"而且还得偏重于勇气和理性，从此继续地训练许多年。这声音，自然断乎不及大叫宣战杀贼的大而阔，但我以为却是更紧要而更艰难伟大的工作"③。在 6 月 23 日作的《补白》中，鲁迅强调了"立人"的重要性："现在的强弱之分固然在有无枪炮，但尤其是在拿枪炮的人。假使这国民是卑怯的，即纵有枪炮，也只能杀戮无枪炮者，倘敌手也有，胜败便在不可知之数了。这时候才

---

① 鲁迅：《华盖集·忽然想到（十）》，《鲁迅全集》第 3 卷，人民文学出版社 2005 年版，第 97 页。

② 景宋：《景宋六月五日》，《鲁迅景宋通信集》，湖南人民出版社 1984 年版，第 73 页。

③ 鲁迅：《坟·杂忆》，《鲁迅全集》第 1 卷，人民文学出版社 2005 年版，第 237—238 页。

见真强弱。"① 在 7 月 22 日作的《论睁了眼看》中，鲁迅将对"瞒和骗"的国民性的批判与五卅惨案联系了起来："中国人的不敢正视各方面，用瞒和骗，造出奇妙的逃路来，而自以为正路。在这路上，就证明着国民性的怯弱，懒惰，而又巧滑。一天一天的满足着，即一天一天的堕落着，但却又觉得日见其光荣。在事实上，亡国一次，即添加几个殉难的忠臣，后来每不想光复旧物，而只去赞美那几个忠臣；遭劫一次，即造成一群不辱的烈女，事过之后，也每每不思惩凶，自卫，却只顾歌咏那一群烈女。仿佛亡国遭劫的事，反而给中国人发挥'两间正气'的机会，增高价值，即在此一举，应该一任其至，不足忧悲似的。自然，此上也无可为，因为我们已经借死人获得最上的光荣了。沪汉烈士的追悼会中，活的人们在一块很可景仰的高大的木主下互相打骂，也就是和我们的先辈走着同一的路。"②

其三，鲁迅认为："不以实力为根本的民气，结果也只能以固有而不假外求的天灵盖自豪，也就是以自暴自弃当作得胜"③，所以鲁迅反对"民气论"而主张"民力论"："可惜中国历来就独多民气论者，到现在还如此。如果长此不改，'再而衰，三而竭'，将来会连辩诬的精力也没有了。所以在不得已而空手鼓舞民气时，尤必须同时设法增长国民的实力，还要永远这样的干下去。"④

其四，鲁迅提倡韧性的战斗："譬如自己要择定一种口号——例如不买英日货——来履行，与其不饮不食的履行七日或痛哭流涕的履行一月，倒不如也看书也履行至五年，或者也看戏也履行至十年，或者也寻异性朋

---

① 鲁迅：《华盖集·补白》，《鲁迅全集》第 3 卷，人民文学出版社 2005 年版，第 107 页。

② 鲁迅：《坟·论睁了眼看》，《鲁迅全集》第 1 卷，人民文学出版社 2005 年版，第 254 页。

③ 鲁迅：《华盖集·补白》，《鲁迅全集》第 3 卷，人民文学出版社 2005 年版，第 108 页。

④ 鲁迅：《华盖集·忽然想到（十）》，《鲁迅全集》第 3 卷，人民文学出版社 2005 年版，第 96 页。

友也履行至五十年，或者也讲情话也履行至一百年。记得韩非子曾经教人以竞马的要妙，其一是'不耻最后'。即使慢，弛而不息，纵令落后，纵令失败，但一定可以达到他所向的目标。"①

　　五卅惨案过去快九十年了，现在重读鲁迅这些文章，觉得它们仍然那么鲜活。历史事实告诉我们，为了不让五卅惨案这类事件在中国再度发生，中国人一方面要发展"民力"，另一方面还得在"立人"上下工夫，并且都得持之以恒！

---

　　① 鲁迅：《华盖集·补白》，《鲁迅全集》第 3 卷，人民文学出版社 2005 年版，第 113—114 页。

鲁迅的进化论思想何以"轰毁"

　　在研究界，已知有七人认为高鲁冲突对鲁迅的进化论思想造成了影响：一、高鲁冲突"这场斗争的风雨继续冲刷着鲁迅的进化论思想"[①]；二、"鲁迅和高长虹之流的斗争，冲刷着他进化论思想的'偏颇'"[②]；三、"鲁迅与高长虹的论战给鲁迅先生思想的发展变化以深刻的影响。青年内部的分化及堕落，开始冲刷他进化论思想的'偏颇'"[③]；四、"正是高长虹促使鲁迅实行这种'战略转变'的，不仅对于青年取分析的态度，不一律看待，而且要对他们在实际行动上也'不客气了'。这是对于'青年必胜于老年'的进化论公式的否定，这是对于进化论思想的轰毁的正式发动，预示着新的思想的跃进"[④]；五、由于高长虹的攻击，"鲁迅在五四时期所自觉选择的以'进化论'为基础的'发展自我与牺牲自我互相制约与补充'的伦理模式，受到了严重挑战"[⑤]；六、"1926 年下半年他与鲁迅的那一场著名的冲突，在鲁迅的生活、思想和创作上都留下了深浅不同的印记，如鲁迅植根于进化论的关于青年的看法就由此而得以

---

　　① 曾庆瑞：《鲁迅评传》，四川人民出版社 1981 年版，第 472 页。
　　② 林志浩：《鲁迅传》，北京出版社 1981 年版，第 209 页。
　　③ 武俊和：《高长虹的悲剧——鲁迅与高长虹论战的前前后后》，《夜读》1982 年第 2 期。
　　④ 彭定安：《论鲁迅与高长虹》，《晋阳学刊》1986 年第 6 期。
　　⑤ 钱理群：《从高长虹与二周论争中看到的……》，《鲁迅研究月刊》1990 年第 5 期。

深化"①；七、"实际上，即使高鲁之间产生了'误会'，他们的思考也是严肃的。通过这次思考，鲁迅完成了他从进化论到阶级斗争观点的转变"② ……由于这些研究成果多属顺便提及，缺乏必要的说服力，所以并没有成为共识被人们普遍接受或写进文学史中："蒋介石发动'四·一二'反共政策，广州也发生'四·一五'对共产党人和革命青年的大逮捕、大屠杀。鲁迅营救中山大学被捕学生的努力，遭国民党右派的拒绝，鲁迅愤而辞去中山大学的一切职务，三次退回中山大学的聘书③。残酷的阶级斗争的现实，促使鲁迅思想发生从进化论到阶级论、从革命民主主义到共产主义的质的飞跃。"④ 这是只知其一不知其二！本文拟具体呈现高鲁冲突对鲁迅进化论思想影响的过程，但愿能部分还原历史的本来面目。

一 1924:"有青年肯来访问我，很使我喜欢"⑤

"1923 年，是鲁迅两个创作高峰间的沉默的一年。"⑥ 但就在这年年底——1923 年 12 月 26 日和次年年头——1924 年 1 月 17 日，鲁迅分别作了一次演讲，将这两次演讲比较一下不难看出，这时的鲁迅正在"彷徨"中寻找出路。《娜拉走后怎样》表达了鲁迅对启蒙的怀疑："人生最苦痛的是梦醒了无路可以走。做梦的人是幸福的；倘没有看出可走的路，最要紧的是不

---

① 高远东：《自由与权威的失衡——高长虹与鲁迅冲突的思想原因一解》，《鲁迅研究月刊》1990 年第 5 期。

② 言行：《造神的祭品——高长虹冤案探秘》，中国文史出版社 2003 年版，第 348 页。

③ 鲁迅离开中山大学的原因，笔者认为下列说法更符合实际："顾颉刚的到来，是最直接的促使鲁迅很快作出辞职反应的导火线。"（李运抟：《鲁迅辞职由于顾颉刚吗？》，《广东鲁迅研究》1999 年第 3 期）

④ 吴宏聪、范伯群主编：《中国现代文学史》，武汉大学出版社 2002 年版，第 75 页。

⑤ 鲁迅：《书信（1904—1926）·240924 致李秉中》，《鲁迅全集》第 11 卷，人民文学出版社 2005 年版，第 452 页。

⑥ 汪卫东：《鲁迅的又一个"原点"——1923 年的鲁迅》，《文学评论》2005 年第 1 期。

要去惊醒他。"① 《未有天才之前》却说明了民众对天才出现的重要性："在要求天才的产生之前，应该先要求可以使天才生长的民众。"② 一方面对启蒙的价值持怀疑态度，另一方面却为天才出现而提倡泥土精神，这一矛盾表明，尽管鲁迅对启蒙的价值持怀疑态度，但是仍然愿意为启蒙培养人才。

鲁迅作了这两次讲演后，1924 年的 2、3 月份以极快的速度开始了《彷徨》的创作：2 月 7 日作《祝福》，2 月 16 日作《在酒楼上》，2 月 18 日作《幸福的家庭》，2 月 28 日作《长明灯》，3 月 18 日作《示众》，3 月 22 日作《肥皂》。由此可知，1924 年的鲁迅不再沉默。

1924 年，鲁迅自己不再沉默的同时，还将目光转向了青年。1923 年 10 月，孙伏园（绍兴老乡兼学生、朋友）来信告诉鲁迅，章廷谦（绍兴老乡，与鲁迅早有交往）准备带他的女朋友孙斐君拜访鲁迅，鲁迅却在 24 日的回信中以"定例"为由拒绝："记得我已曾将定例声明，即一者不再与新认识的人往还，二者不再与陌生人认识。"③ 1924 年 9 月 24 日，鲁迅却在给李秉中的信中如此写道："我恐怕是以不好见客出名的。但也不尽然，我所怕见的是谈不来的生客，熟识的不在内，因为我可以不必装出陪客的态度。我这里的客并不多，我喜欢寂寞，又憎恶寂寞，所以有青年肯来访问我，很使我喜欢。"④ 将这两封信比较一下不难看出，1923 年希望自己"销声匿迹"的鲁迅，1924 年却欢迎青年"访问"自己。

种种迹象表明，经过 1921 年《新青年》解体、1923 年兄弟失和的鲁

---

① 鲁迅：《坟·娜拉走后怎样》，《鲁迅全集》第 1 卷，人民文学出版社 2005 年版，第 166 页。

② 鲁迅：《坟·未有天才之前》，《鲁迅全集》第 1 卷，人民文学出版社 2005 年版，第 174 页。

③ 鲁迅：《书信（1904—1926）·231024 致孙伏园》，《鲁迅全集》第 11 卷，人民文学出版社 2005 年版，第 436 页。

④ 鲁迅：《书信（1904—1926）·240924 致李秉中》，《鲁迅全集》第 11 卷，人民文学出版社 2005 年版，第 452 页。

迅，1924 年将注意的目光由同辈转向了青年，开始了将"青年必胜于老人"的进化论思想用之于实践的阶段。

二 1925："待到战士养成了，于是再决胜负"①

1924 年 9 月底，太原《狂飙》月刊才出一期，高长虹就将其交给高沐鸿、籍雨农等，只身到了北京。高长虹到北京后，送了两份《狂飙》月刊给孙伏园，孙将其中一份给了周作人，这应该是高长虹自己的意思。一方面，高长虹当时对鲁迅的印象并不怎么好："我看了《呐喊》，认为是很消极的作品，精神上得不到很多鼓励。朋友们关于他的传说，给我的印象也不很好"；另一方面，高长虹对周作人的评价却非常高："周作人在当时的北京是唯一的批评家"。② 遗憾的是，周作人看了《狂飙》月刊后"没有说什么"③。尽管孙伏园没有把《狂飙》月刊送给鲁迅，鲁迅却在一次宴会上主动问起高长虹，并认为《狂飙》"是好的"。从孙伏园处得知这一消息并看见鲁迅发表在《语丝》第 3 期上的《秋夜》后，高长虹便在 12 月 10 日的晚上，"带了几份《狂飙》，初次去拜访鲁迅"。这次拜访给高长虹留下了很好的印象："这次鲁迅的精神特别奋发，态度特别诚恳，言谈特别坦率，虽思想不同，然使我想象到亚拉籍夫与绥惠略夫会面时情形之仿佛。我走时，鲁迅谓我可常来谈谈，我问以何时在家而去。"④

高长虹与鲁迅认识后，陆陆续续把自己的朋友介绍给鲁迅认识：1924

---

① 鲁迅：《华盖集·通讯》，《鲁迅全集》第 3 卷，人民文学出版社 2005 年版，第 23 页。

② 高长虹：《一点回忆——关于鲁迅和我》，《高长虹全集》第 4 卷，中央编译出版社 2010 年版，第 351—355 页。

③ 高长虹：《走到出版界·1925，北京出版界形势指掌图》，《高长虹全集》第 2 卷，中央编译出版社 2010 年版，第 193 页。

④ 同上书，第 195 页。

年 12 月 20 日，"午后云五、长虹、高歌来"；1925 年 2 月 8 日，"午后长虹、春台、阎宗临来"；4 月 17 日，"夜长虹同常燕生来"；4 月 28 日，"夜向［尚］钺、长虹来"（《鲁迅日记》）……在狂飙社作家群陆续来到鲁迅身边的同时，安徽作家群也渐渐来到鲁迅身边：1924 年 12 月 26 日，"晚收李霁野信"；1925 年 3 月 22 日，"目寒、霁野来"；3 月 26 日，"得霁野信并蓼南文稿"，此"蓼南"即韦丛芜；4 月 27 日，"夜目寒、静衣（当为静农——引者）来，即以钦文小说各一本赠之"；5 月 9 日，"上午目寒、丛芜来"；5 月 17 日，"午后……鲁彦、静农、素园、霁野来"（《鲁迅日记》）……除这两个作家群外，当时鲁迅周围还团结了大量其他青年：孙伏园、许钦文、荆有麟、章廷谦、李遇安等。由于篇幅限制，仅举一例说明此时的鲁迅对青年是多么热情："烟，酒，茶三种习惯，鲁迅都有，而且很深。到鲁迅那里的朋友，一去就会碰见一只盖碗茶的。我同培良，那时也正是喜欢喝酒的时候，所以在他那里喝酒，是很寻常的事，有时候也土耳其牌，埃及牌地买起很阔的金嘴香烟来。我劝他买便宜的国产香烟，他说：'还不差乎这一点！'"[①] 正因为如此，鲁迅才会对高长虹后来攻击自己痛心疾首。

1925 年 3 月 6 日，政论性周刊《猛进》创刊，鲁迅 12 日在给主编徐旭生的信中指出当时中国的现状为"'反改革'的空气浓厚透顶"后，提出了再次进行"思想革命"的主张："我想，现在的办法，首先还得用那几年以前《新青年》上已经说过的'思想革命'。还是这一句话，虽然未免可悲，但我以为除此没有别的法。"但同时，鲁迅认为进行"思想革命"的时候还不到，现在的任务是"准备'思想革命'战士"，"待到战士养成了，于是再决胜负"。[②]

一直到 4 月 8 日，鲁迅还在给许广平的信中说："我现在还在寻有反抗

---

① 高长虹：《一点回忆——关于鲁迅和我》，《高长虹全集》第 4 卷，中央编译出版社 2010 年版，第 361 页。

② 鲁迅：《华盖集·通讯》，《鲁迅全集》第 3 卷，人民文学出版社 2005 年版，第 23 页。

和攻击的笔的人们，再多几个，就来'试他一试'……"① 就在这时，一个意外的机会使鲁迅仓促上马了：邵飘萍将《京报》副刊《图画周刊》停刊，约请鲁迅编辑。鉴于刊物只用老作家的稿子，早在1924年5月30日鲁迅就曾对许钦文说："我总想自己办点刊物。只有几个老作家总是不够的。不让新作家起来，这怎么行！我培养了些人，也就白费心思了。"② 所以鲁迅知道邵飘萍的意见后"很赞成"，并于"第二天晚上"——4月11日，"夜买酒并邀高长虹、培良、有麟共饮，大醉"（《鲁迅日记》），筹备出版《莽原》；4月24日，《莽原》周刊创刊。

三 1926："虽是什么青年，我也不再留情面"③

由于莽原社主要由狂飙社成员和安徽作家群成员构成，而狂飙社成员以创作为主，安徽作家群成员以翻译为主，就像当时的创作界与翻译界经常发生冲突一样，莽原社成立初期，安徽作家群成员就"已在鲁迅前攻击过我同高歌"④。《莽原》创办不久，由于高长虹"无论有何私事，无论大风淬雨，我没有一个礼拜不赶编辑前一日送稿子去"⑤，加上高长虹没有固定的生活来源，鲁迅决定每月给高"十元八元钱"，安徽作家群为此一段时间不再来稿。"稿费问题"刚刚过去，更严重的"民副事件"又发生了——此事件使高长虹连呼"此真令我叹中国民族之心死也"。高长虹为韦素园

---

① 鲁迅：《书信（1904—1926）·250408 致许广平》，《鲁迅全集》第11卷，人民文学出版社2005年版，第452页。

② 许钦文：《来今雨轩》，《〈鲁迅日记〉中的我》，浙江人民出版社1979年版，第34页。

③ 鲁迅：《书信（1904—1926）·261120 致许广平》，《鲁迅全集》第11卷，人民文学出版社2005年版，第621页。

④ 高长虹：《走到出版界·1925，北京出版界形势指掌图》，《高长虹全集》第2卷，中央编译出版社2010年版，第203页。

⑤ 高长虹：《走到出版界·给鲁迅先生》，《高长虹全集》第2卷，中央编译出版社2010年版，第160页。

做《民报副刊》编辑出过力，并且受了委屈，韦素园担任编辑后却拿高长虹的稿子"掉尾巴"①，甚至将高长虹"那篇比较最满意的散文诗《黑的条纹》都也在末了安排了"，使得高长虹"不得不在《莽原》周刊上重行发表"② ……面对莽原社的内部矛盾，由于"《京报》要停止副刊以外的小幅"③ 而于1925年年底改组时，鲁迅决定将"《莽原》半月刊交给未名社印行并想叫我担任编辑"④，高长虹则以"不特无以应付外界，亦无以应付自己；不特无以应付素园诸君，亦无以应付日夕过从之好友钟吾"为由"畏难而退"。在这种情况下，鲁迅只得自任编辑而将发行权交给高长虹认为"眼明中正，公私双关，总算一个最合适"的李霁野。1926年8月，鲁迅离开北京前往厦门时，由于李霁野已于5月因母亲病重回家，韦丛芜生病，台静农不在北京，《莽原》只得由韦素园维持，"将来则属之霁野"。⑤ 9月中旬，韦素园、韦丛芜与从老家回到北京的李霁野商量后决定，将高歌的《剃刀》、向培良的《冬天》退回。向培良"愤怒而凄苦"地将这一情况告诉了远在上海的高长虹，高长虹在10月17日出版的上海《狂飙》周刊上发表了《给鲁迅先生》和《给韦素园先生》，潜伏已久的矛盾由此爆发。

远在厦门的鲁迅看见高长虹的《通讯二则》后，明白高长虹的公开信主要是针对韦素园的，并认为"他们真是吃得闲空"⑥，加上不知道其中的

----

① 高长虹：《走到出版界·1925，北京出版界形势指掌图》，《高长虹全集》第2卷，中央编译出版社2010年版，第202—204页。

② 高长虹：《时代的先驱·批评工作的开始》，《高长虹全集》第1卷，中央编译出版社2010年版，第501页。

③ 鲁迅：《且介亭杂文二集·〈中国新文学大系〉小说二集序》，《鲁迅全集》第6卷，人民文学出版社2005年版，第258页。

④ 高长虹：《一点回忆——关于鲁迅和我》，《高长虹全集》第4卷，中央编译出版社2010年版，第364页。

⑤ 高长虹：《走到出版界·给鲁迅先生》，《高长虹全集》第2卷，中央编译出版社2010年版，第159—160页。

⑥ 鲁迅：《书信（1904—1926）·261023致许广平》，《鲁迅全集》第11卷，人民文学出版社2005年版，第588页。

底细曲折，所以决定置之不理。在高长虹要鲁迅出来"说话"的同时，韦素园、李霁野、韦丛芜却不断写信催稿。鲁迅在这种情况下"实在有些愤怒了"："长虹因为他们压下（压下而已）了投稿，和我理论，而他们则时时来信，说没有稿子，催我作文。我才知道牺牲一部分给人，是不够的，总非将你磨消完结，不肯放手。我实在有些愤怒了，我想至二十四期止，便将《莽原》停刊，没有了刊物，看他们再争夺什么。"①

正在鲁迅对高长虹和韦素园等都不满的时候，高长虹在 11 月 7 日出版的《狂飙》周刊第 5 期上发表《1925，北京出版界形势指掌图》，对鲁迅进行恶毒攻击。鲁迅看见后越发愤怒了。他在 11 月 15 日给许广平的信中如此写道："我先前为北京的少爷们当差，耗去生命不少，自己是知道的。……不过先前利用过我的人，知道现已不能再利用，开始攻击了。长虹在《狂飙》第五期上尽力攻击，自称见过我不下百回，知道得很清楚，并捏造了许多会话（如说我骂郭沫若之类）。其意盖在推倒《莽原》，一方面则推广《狂飙》销路，其实还是利用，不过方法不同。他们专想利用我，我是知道的，但不料他看出活着他不能吸血了，就要杀了煮吃，有如此恶毒。"②

在高长虹攻击鲁迅的同时，"培良要我在厦门或广州寻地方，尚钺要将小说编入《乌合丛书》去，并谓前系误骂，后当停止，附寄未发表的骂我之文稿，请看毕烧掉云。"③为此，鲁迅实在是"愤怒"了："我想，我先前种种不客气，大抵施之于同辈及地位相同者，至于对少爷们，则照例退让，或者自甘牺牲一点。不料他们竟以为可欺，或纠缠，或责骂，反弄得不可开交。现在是方针要改变了，都置之不理"；"我先前何尝不

---

① 鲁迅：《书信（1904—1926）·261028 致许广平》，《鲁迅全集》第 11 卷，人民文学出版社 2005 年版，第 590 页。

② 鲁迅：《书信（1904—1926）·261115 致许广平》，《鲁迅全集》第 11 卷，人民文学出版社 2005 年版，第 614—615 页。

③ 鲁迅：《两地书·九五》，《鲁迅全集》第 11 卷，人民文学出版社 2005 年版，第 251 页。

出于自愿，在生活的路上，将血一滴一滴地滴过去，以饲别人，虽自觉渐渐瘦弱，也以为快活。而现在呢，人们笑我瘦了，除掉那一个人之外（按：当指许广平）。连饮过我的血的人，也都在嘲笑我的瘦了，这实在使我愤怒"。①

由于"月亮诗"②的发表，鲁迅的愤怒更是到了无以复加的程度，先后作《〈走到出版界〉的"战略"》、《新的世故》、《奔月》等。1927 年 1 月 11 日，鲁迅在告诉许广平与"月亮诗"有关的"流言"时，非常明显地表达了对"青年"的极端厌恶之情："这是你知道的，我这三四年来，怎样地为学生，为青年拚命，并无一点坏心思，只要可给与的便给与。然而男的呢，他们互相嫉妒，争起来了，一方面不满足，就想打杀我，给那方面也无所得。看见我有女生在坐，他们便造流言。这些流言，无论事之有无，他们是在所必造的，除非我和女人不见面。他们貌作新思想，其实都是暴君酷吏，侦探，小人。倘使顾忌他们，他们更要得步进步。我蔑视他们了。"③

从上面的引文可以看出，经过高鲁冲突，"青年必胜于老人"的进化论思想在鲁迅心目中已经摇摇欲坠。

四 1927:"我的思路因此轰毁"④

1927 年 1 月 16 日，鲁迅"午发厦门"；18 日到达广州，"晚访广平"；19 日"晨伏园、广平来访，助为移入中山大学"；20、22、23、24 日，鲁

---

① 鲁迅：《书信（1904—1926）·261216 致许广平》，《鲁迅全集》第 11 卷，人民文学出版社 2005 年版，第 655—657 页。

② "月亮诗"即高长虹在上海《狂飙》周刊第 7 期上发表的《给——》的第 2 首，收入同名集子时为第 28 首，为叙述方便，人们通常简称为"月亮诗"。

③ 鲁迅：《书信（1927—1933）·270111 致许广平》，《鲁迅全集》第 12 卷，人民文学出版社 2005 年版，第 11 页。

④ 鲁迅：《三闲集·序言》，《鲁迅全集》第 4 卷，人民文学出版社 2005 年版，第 5 页。

迅接连看了四场电影（《鲁迅日记》）。这段时间，鲁迅"每日吃馆子，看电影，星期日则远足旅行，如是者十余日，豪兴才稍疲"①。也许从许广平口中知道高长虹对许并没有采取什么越轨行动，同时又得到爱情滋润的鲁迅对高长虹再也没有原来那样痛恨，所以将注意力再次放在了"思想革命"上。2月16日、29日，鲁迅两次往香港青年会演讲《无声的中国》和《老调子已经唱完》，认为是古文将中国变得"无声"的，并宣称中国的"老调子已经唱完"。就在鲁迅重新开始"思想革命"，并在《庆祝沪宁克复的那一边》为北伐战争的胜利欢欣鼓舞时，蒋介石在上海发动了四一二政变，接着广州发生了四一五政变。四一五政变发生后，鲁迅"目睹了同是青年，而分成两大阵营，或则投书告密，或则助官捕人的事实"，鲁迅相信"青年必胜于老年"的进化论思想"因此轰毁"。

鲁迅4月21日离开中山大学，9月27日离开广州前往上海。在这五个多月里，鲁迅只写了10篇文章，依次为：《野草·题辞》（4月26日）、《〈朝花夕拾〉小引》（5月1日）、《小约翰·引言》（5月26日）、《"朝花夕拾"后记》（7月11日）、《〈游仙窟〉序言》（7月7日）、《稗边小缀》（8月22—24日）、《答有恒先生》（9月4日）、《唐宋传奇集·序例》（9月10日）、《可恶罪》（9月14日）、《小杂感》（9月24日），还作了《读书杂谈》（7月16日）、《魏晋风度及文章与药及酒之关系》（7月23、26日）的讲演，剩下的时间便"逃到一间西晒的楼上，满身痱子，有如荔支，兢兢业业，一声不响"② 地编辑文稿、"书苑折枝"③、整理抄写小说目录④、翻译鹤见祐辅的文章等。这时的鲁迅有时间写作却很少写作的原因便是："现

---

① 许寿裳：《亡友鲁迅印象记》，《挚友的怀念》，河北教育出版社2000年版，第41页。

② 鲁迅：《而已集·革"首领"》，《鲁迅全集》第3卷，人民文学出版社2005年版，第492页。

③ 1927年9月1日至10月16日的上海《北新》周刊上发表了鲁迅的三篇《书苑折枝》，后收入《集外集拾遗补编》。

④ 1927年8月27日、9月3日的《语丝》周刊上，发表了鲁迅的《关于小说目录两件》，后收入《集外集拾遗补编》。

在倘再发那些四平八稳的'救救孩子'似的议论，连我自己听去，也觉得空空洞洞了。"①

9月27日，鲁迅偕许广平离开广州，前往上海；11月9日，"郑伯奇、蒋光慈、段可情来"（《鲁迅日记》），"商谈联合作战事宜"："鲁迅对创造社的倡议不仅欣然表示赞同，并且慨然提出，不必另办刊物，可以把《创造周报》恢复起来，使之成为共同战斗的园地。于是，在1927年12月3日《时事新报》和1928年元旦初版发行的《创造月刊》第一卷第八期上，分别刊登了《〈创造周刊〉复活了》的预告和《创造周报》优待定户的启事。由鲁迅、麦克昂（郭沫若的变名）、蒋光慈等领衔署名，公开宣告'不甘心任凭我们的文艺界长此消沉'，说'我们的文学革命已经告了一个段落，我们今天要根据新的理论，发扬新的精神，努力新的创作，建设新的批评。'"② 尽管与创造社联合的计划破产了，创造社成员对鲁迅的围攻却使鲁迅在"革命文学"的道路上越走越远："我有一件事要感谢创造社的，是他们'挤'我看了几种科学底文艺论，明白了先前的文学史家们说了一大堆，还是纠缠不清的疑问。并且因此译了一本蒲力汗诺夫的《艺术论》，以救正我——还因我而及于别人——的只信进化论的偏颇。"③

高度评价四一五政变对鲁迅进化论思想的影响毫不过分，但把它视为唯一原因却不合事实。鲁迅在《三闲集·序言》中很清楚地写道：一、"对于青年，我敬重之不暇，往往给我十刀，我只还他一箭"；二、"我在广东，就目睹了同是青年，而分成两大阵营，或则投书告密，或则助官捕人的事实"。④ 四一五政变发生后，并没有青年给鲁迅"十刀"，给他"十

---

① 鲁迅：《而已集·答有恒先生》，《鲁迅全集》第3卷，人民文学出版社2005年版，第476—477页。

② 黄淳浩：《创造社：别求新声于异邦》，社会科学文献出版社1995年版，第106页。

③ 鲁迅：《三闲集·序言》，《鲁迅全集》第4卷，人民文学出版社2005年版，第6页。

④ 同上书，第5页。

刀"的只是在这之前的高长虹。所以导致鲁迅进化论思想"轰毁"的原因有两个：一、高长虹在此之前对他的攻击——还应包括让鲁迅失望的莽原社内部冲突；二、四一五政变发生后的事实。这两者之间的关系是：高鲁冲突已使鲁迅的进化论思想摇摇欲坠，四一五政变发生后的事实则使摇摇欲坠的进化论思想轰然倒塌。鲁迅后来翻译普列汉诺夫的《艺术论》则进一步"救正"了他"只信进化论的偏颇"。至此，进化论已从鲁迅思想中基本消失。尽管鲁迅后来仍然尽力帮助青年："我十年以来，帮未名社，帮狂飙社，帮朝花社，而无不或失败，或受欺，但愿有英俊出于中国之心，终于未死，所以此次又应青年之邀，除自由同盟外，又加入左翼作家连盟"①，已是鲁迅"虽九死其犹未悔"的伟大精神的表现，而不是进化论思想在起作用。

---

① 鲁迅：《书信（1927—1933）·300327 致章廷谦》，《鲁迅全集》第 12 卷，人民文学出版社 2005 年版，第 226 页。

二

作品研究

高长虹，"独语体"、"闲话风"散文潮流的开创者之一

鲁迅的《朝花夕拾》、《野草》"开创了现代散文的两个创作潮流与传统，即'闲话风'的散文与'独语体'的散文"①，这种说法出现在普通高等教育"九五"教育部重点教材《中国现代文学三十年》中。由于该教材被广泛使用，所以在学术界产生了深远影响，直到21世纪仍然有人将它写进中国现代文学史教材中："《野草》和《朝花夕拾》以'独语体'和'闲谈体'两种体式，超越了五四时期启蒙式的散文，开创了现代汉语散文的两大创作潮流，对现代汉语散文的发展产生了深远影响。"② 将鲁迅这两部作品与高长虹相关作品比较一下便会发现，该说法值得商榷。

一　鲁迅《野草》与高长虹《幻想与做梦》比较

首先比较一下内容和风格。人们对鲁迅的《野草》已经非常熟悉，故笔者仅简单介绍一下人们对它的评价而不介绍其具体内容："'独语'是以艺术的精心创造为其存在前提的，它要求彻底摆脱传统的写实的摹写，最大限度地发挥创造者的艺术想象力，借助于联想、象征、变形……以及神

---

① 钱理群、温儒敏、吴福辉：《中国现代文学三十年（修订本）》，北京大学出版社1998年版，第50页。

② 曹万生主编：《中国现代汉语文学史（第二版）》，中国人民大学出版社2010年版，第96页。

话、传说、传统意象……创造出一个全新的艺术世界。于是，在《野草》里，鲁迅的笔下，涌出了梦的朦胧、沉重与奇诡，鬼魂的阴森与神秘；奇幻的场景，荒诞的情节；不可确定的模糊意念，难以理喻的反常感觉；瑰丽、冷艳的色彩，奇突的想象，浓郁的诗情……"①

　　现在逐一介绍高长虹的《幻想与做梦》。《从地狱到天堂》描写了一个梦境："在长久的孤独的奋斗之后，我终于失败了"，在"向没有人迹的地方逃走"的过程中，遇到了"衔着毒针的怒骂，放着冷箭的嘲笑，迸着暴雷的惊喊"，最后"倒在一块略为平滑的岩石上睡了，甜美地睡着———一直到我醒来的时候"。②《两种武器》通过与朋友的对话，表达了不成功便成仁的决心："我本来便决定十年之内要造两种武器：理想的大炮和一支手枪，如大炮造不成时，我便用手枪毁灭了我这个没能力的废物。"③《亲爱的》用诗一般的语言记录了一个美丽的梦：在丁香树下看见了梦寐以求的意中人——"她的颜色，像蛋黄那样的黄，又像萍草那样的绿，却又像水银那样的白"，"我还没有赶得及辨清楚那是树影摇动的时候，我已看见你伏在我的怀中。我们一句话都没有说，但是，一切宇宙间所能够有的甜蜜的话，都在我们俩的心儿里来往地迸流着。"④《我是很幸福的》为"我"在"一个女子的心里搅起一些波浪"而感到"幸福"："她的心的确是在很熬烫地懊恼着，她在想着关于我的过去的错误的认识。一个男子，能引起女子对于他的注意，是一生中不可多得的奇迹，尤其在孤独的傲慢的我。"⑤《美人

---

　　① 钱理群、温儒敏、吴福辉：《中国现代文学三十年（修订本）》，北京大学出版社 1998 年版，第 53—54 页。

　　② 高长虹：《心的探险·幻想与做梦·从地狱到天堂》，《高长虹全集》第 1 卷，中央编译出版社 2010 年版，第 73—74 页。

　　③ 高长虹：《心的探险·幻想与做梦·两种武器》，《高长虹全集》第 1 卷，中央编译出版社 2010 年版，第 74—75 页。

　　④ 高长虹：《心的探险·幻想与做梦·亲爱的》，《高长虹全集》第 1 卷，中央编译出版社 2010 年版，第 75—76 页。

　　⑤ 高长虹：《心的探险·幻想与做梦·我是很幸福的》，《高长虹全集》第 1 卷，中央编译出版社 2010 年版，第 76—77 页。

和英雄》写了一个梦，梦见"我"和小学同学在服侍一个"面目可憎"的主人和一个"漂亮"的女子时，女子突然倒在地上，"变成一条蚰蜒"，最后"只剩下一滩水的痕迹"。于是，"我"与同学立即一起捉拿这主人，却让他跑掉了。①《得到她的消息之后》写得到她的消息之后，"连梦都不能够帮助我了"："我"竟然梦见"她被做了妓女"，"又像变成一个囚犯"。②《母鸡的壮史》写"我"已没有兴趣研究人类的历史，故转而研究动物的历史。文章赞美母鸡，认为由于母鸡比公鸡的境遇更惨，所以，"鸡的革命运动，时常是由他们中的女性所发起的"。③《我的死的几种推测》写了"我"推测的十种死法。④《生命在什么地方》写"我"曾在家庭、朋友处寻找"生命"，结果却是"女子，人类，都给我以同样的拒绝"。最后，作者终于在偶然中找到了"生命"：在一块很小的石头下，"一只快死的小虫"，仍然在顽强地鸣叫着。⑤《妇女的三部曲》写妇女的命运：结婚前人见人爱，结婚后满足于自己嫁给了一个好男人，死后被乌鸦所追逐。⑥《一个没要紧的问题》写"我"与"一个乡村的少妇"生活的情景，文中的少妇是一个没有主见的女人。⑦《我与鬼的问答》通过与鬼的问答，写"我"愿做乞丐——因"乞丐是最节俭的掠夺者"、愿爱妓女——因妓女

---

①　高长虹：《心的探险·幻想与做梦·美人和英雄》，《高长虹全集》第1卷，中央编译出版社 2010 年版，第 77—78 页。

②　高长虹：《心的探险·幻想与做梦·得到她的消息之后》，《高长虹全集》第1卷，中央编译出版社 2010 年版，第 78—79 页。

③　高长虹：《心的探险·幻想与做梦·母鸡的壮史》，《高长虹全集》第1卷，中央编译出版社 2010 年版，第 79 页。

④　高长虹：《心的探险·幻想与做梦·我的死的几种推测》，《高长虹全集》第1卷，中央编译出版社 2010 年版，第 79—81 页。

⑤　高长虹：《心的探险·幻想与做梦·生命在什么地方》，《高长虹全集》第1卷，中央编译出版社 2010 年版，第 81—82 页。

⑥　高长虹：《心的探险·幻想与做梦·妇女的三部曲》，《高长虹全集》第1卷，中央编译出版社 2010 年版，第 82—83 页。

⑦　高长虹：《心的探险·幻想与做梦·一个没要紧的问题》，《高长虹全集》第1卷，中央编译出版社 2010 年版，第 83 页。

"永远不能够得到爱情"，愿与鬼做朋友——鬼却哭着跑开了。① 《一封长信》写自己在阅读三个月前所写长信时已经无法回忆起当时的情景。② 《安慰》写小孩阿宝在外面受了欺侮，本希望回家后从妈妈那儿得到安慰，没想到妈妈也正希望从阿宝这儿得到安慰。③ 《迷离》写梦中"我"与一个丑陋、矮小的女子拥抱，却被屋外的脚步声惊开。④ 《噩梦》写"我"原以为"闯进了未来的黄金时代"，结果却是一个"噩梦"："我在梦中，比醒时，看见了更真实的世界。在我的梦中，一切都是恶，都是丑，都是虚伪。"⑤

通过以上介绍可以发现，《幻想与做梦》和《野草》确实存在不少相同的地方：它们都描写了大量梦境、场景都非常奇幻、情节都非常荒诞、想象都非常奇突、诗情都非常浓郁……正因为如此，鲁迅与高长虹初次见面时都非常佩服对方的类似作品："我初次同鲁迅见面的时候，我正在老《狂飙》周刊上发表《幻想与做梦》，他在《语丝》上发表他的《野草》。他说：'《幻想与做梦》光明多了！'但我以为《野草》是深刻。"⑥

其次来比较一下写作、发表、结集出版情况。鲁迅的《野草》共24篇（含《题辞》）：第一篇《秋夜》写于1924年9月15日，同年12月1日发表在《语丝》第3期上；最后一篇《一觉》写于1926年4月10日，同年

---

① 高长虹：《心的探险·幻想与做梦·我与鬼的问答》，《高长虹全集》第1卷，中央编译出版社2010年版，第84页。

② 高长虹：《心的探险·幻想与做梦·一封长信》，《高长虹全集》第1卷，中央编译出版社2010年版，第84—85页。

③ 高长虹：《心的探险·幻想与做梦·安慰》，《高长虹全集》第1卷，中央编译出版社2010年版，第85—86页。

④ 高长虹：《心的探险·幻想与做梦·迷离》，《高长虹全集》第1卷，中央编译出版社2010年版，第86—88页。

⑤ 高长虹：《心的探险·幻想与做梦·噩梦》，《高长虹全集》第1卷，中央编译出版社2010年版，第88页。

⑥ 高长虹：《走到出版界·写给〈彷徨〉》，《高长虹全集》第2卷，中央编译出版社2010年版，第149页。

4 月 19 日发表在《语丝》第 75 期上；1927 年 4 月 26 日鲁迅写上《题辞》并将《野草》交由北新书局于同年 7 月出版。高长虹的《幻想与做梦》共 16 篇：第一篇《从地狱到天堂》发表在北京《狂飙》周刊第 1 期，该期出版时间是 1924 年 11 月 9 日；最后一篇《噩梦》发表在北京《狂飙》周刊第 13 期，该期出版时间是 1925 年 2 月 22 日；《幻想与做梦》收入 1926 年 6 月出版的《心的探险》。

通过比较《野草》和《幻想与做梦》的写作、发表、结集出版情况可以知道，鲁迅先于高长虹一个月左右时间写作《野草》，高长虹先于鲁迅 22 天发表《幻想与做梦》中的文章，并先于《野草》13 个月将其收入《心的探险》出版。由此可知，如果将《野草》看做"独语体"散文开创者的话，那么高长虹的《幻想与做梦》至少可以与鲁迅的《野草》平分秋色：尽管最早写作"独语体"散文的人是鲁迅，但是最先与读者见面的"独语体"散文是高长虹的《幻想与做梦》，最先结集出版的"独语体"散文也是高长虹的《幻想与做梦》。

不过，人们早已对中国现代文学史上最早的"独语体"散文即象征主义散文诗创作提出了另外看法："中国现代文学的 30 年中，同样可以找到这样一条象征主义散文诗创作的线索。周作人在 1919 年创作的《小河》堪称是现代作家对散文诗的最早尝试，在序中作者自称他的《小河》与波德莱尔的象征主义散文诗有着相似之处。同一年鲁迅创作了一组《自言自语》，其中的《古城》和《火的冰》都具有浓重的象征色彩。他后来创作的散文诗集《野草》基本上在这组《自言自语》中就已奠定了雏形，《野草》中的《死火》则直接可以在《火的冰》中找到最初的创作动机。穆木天写于 1922 年的《复活日》则是 20 年代初较为成熟的一首散文诗，具有王尔德的唯美主义的影子。许地山在这个时期创作的《空山灵雨》中的相当一部分散文诗则蕴含着象征性的哲理。深受鲁迅影响的高长虹几乎在《野草》写作的同期创作了《心的探险》；稍晚，林语堂则有模仿尼采的《查拉图斯特拉如是说》的箴言体散文诗《萨天师语录》在《语丝》上刊载。这一系列作品标志着散文诗已从 20 年代初零星的尝试转入一种集中的创作，同时也代表了 20 年代散文诗创作的真正实绩。"①

根据现有资料可以知道，高长虹异常喜欢周作人的《小河》："《新青年》杂志所发表过的诗，以周作人之《小河》为最好，可以说是《新青年》时期的代表作品之一，其他，《扫雪的人》诸篇，也还好，以其中具有人类的感情故也"②；"《小河》一诗，仍然是那个时期的一篇代表作品，我前几天也已说到了"③；"当你做《小河》的时候，你是冷静的，而且也是热狂的。唉，《小河》的作者呵，你的生命遗失在那里去了？我如何能不可怜你呢"④；"当你写《小河》的时候，你想没有想过：如其你不因《小河》而受人们的恭维时，则将不再写诗呢"⑤……不过，笔者更愿意像高长虹一样把《小河》看成一首诗而不是散文诗，毕竟，它是分行排列的。笔者没有看见高长虹看过《复活日》和《空山灵雨》的任何资料，所以他写作《幻想与做梦》是否受到它们影响只好存疑。

就高长虹与鲁迅的关系而言，笔者可以肯定前者没有受到后者影响。首先，鲁迅的《自言自语》1919 年 8、9 月发表在北京出版的《国民公报》上，直到 1981 年版《鲁迅全集》出版时才收入《集外集拾遗补编》。高长虹 1918—1922 年春都在山西盂县青城镇西沟村，加上《国民公报》晚清时为"立宪派喉舌"，民国年间为进步党的"机关报"⑥，喜欢看《新青年》

---

① 吴晓东：《象征主义与中国现代文学》，安徽教育出版社 2000 年版，第 258 页。按：穆木天的《复活日》写于 1921 年 9 月 14 日，1922 年 12 月发表在《创造》季刊第 1 卷第 3 期上。

② 高长虹：《走到出版界·琐记两则》，《高长虹全集》第 2 卷，中央编译出版社 2010 年版，第 243—244 页。

③ 高长虹：《走到出版界·晴天的话》，《高长虹全集》第 2 卷，中央编译出版社 2010 年版，第 247 页。

④ 高长虹：《走到出版界·寄到八道湾》，《高长虹全集》第 2 卷，中央编译出版社 2010 年版，第 289 页。

⑤ 高长虹：《走到出版界·答周作人》，《高长虹全集》第 2 卷，中央编译出版社 2010 年版，第 310 页。在这篇书信体文章中，高长虹直接称周作人为"《小河》的作者"。

⑥ 张朋园：《梁启超与国民政治》，吉林出版集团有限责任公司 2007 年版，第 241 页。

的高长虹对该日报不会感兴趣，所以他看见《自言自语》的可能性极小。其次，根据高长虹拜访鲁迅的原因可以知道，在他开始发表《幻想与做梦》时，不但没有看见过《自言自语》，而且没有看见过《野草》中的任何一篇文章。高长虹 1924 年 9 月底从太原来到北京后，希望结识的是周作人而不是鲁迅："我看了《呐喊》，认为是很消极的作品，精神上得不到很多鼓励。朋友们关于他的传说，给我的印象也不很好"；"直到《语丝》初出版的时候，鲁迅被人的理解还是在周作人之次"。① 高长虹后来去拜访鲁迅，是因为他意外得到了正在"寻找破坏者"的鲁迅赏识："十一、二月之间吧，《京副》出世，我又见了伏园，但不过随便谈谈，因我此时已无稿可卖了。我问起关于《狂飙》周刊的舆论。他说：'鲁迅曾问过长虹何人，那日请客，在座人很多，有麟也在。大家问《狂飙》如何，他说，据他看是好的'。我从此便证实我那一个推想，因鲁迅，郁达夫已都赞赏《狂飙》也。当时的《狂飙》是没有多少人看的，我们当时的无经验的心实私自欣慰，以为此两人必将给我们一些帮助，而《狂飙》亦从此可行得去也。"高长虹在这种情况下仍然没有立即去拜访鲁迅，一直到看见鲁迅的《秋夜》后才于 12 月 10 日初次拜访鲁迅："当我在《语丝》第三期看见《野草》第一篇《秋夜》的时候，我既惊异而又幻想，惊异者，以鲁迅向来没有过这样文字也。幻想者，此入于心的历史，无从证实，置之不谈。自我从伏园处得到消息，于是鲁迅之对于《狂飙》，我已确知之矣。在一个大风的晚上我带了几份《狂飙》，初次去访鲁迅。"② 上引文字告诉我们，尽管鲁迅 11 月 30 日就对人说《狂飙》"是好的"："与孙伏园同邀王品青、荆有麟、王捷三在中兴楼午饭"③，高长虹却直到看见鲁迅发表在《语丝》

---

① 高长虹：《一点回忆——关于鲁迅和我》，《高长虹全集》第 4 卷，中央编译出版社 2010 年版，第 351—355 页。

② 高长虹：《走到出版界·1925，北京出版界形势指掌图》，《高长虹全集》第 2 卷，中央编译出版社 2010 年版，第 193—195 页。

③ 鲁迅：《日记（1912—1926）》，《鲁迅全集》第 15 卷，人民文学出版社 2005 年版，第 537 页。

第 3 期（12 月 1 日）上的《秋夜》后才于 12 月 10 日前去拜访。其三，没有受鲁迅影响的高长虹却写出了类似的"独语体"散文的原因是：他们都受尼采的《查拉图斯特拉如是说》的影响。鲁迅 1918 年用文言节译过尼采的《察罗堵斯特罗如是说》的序言，1920 年再次用白话将这篇序言全部翻译出来并刊登在《新潮》第 2 卷第 5 期上；高长虹 1924 年 11 月 7 日在给狂飙社成员籍雨农的信中如此写道："关于《反抗之歌》的计划，我曾同你约略说过一些。现在因为要在《狂飙》周刊上发表，我便把他改成了《狂飙之歌》。将来大概可有一百余首，每首大概二十余段，我要在这篇长诗中表现我的全部思想和精神，我希望他成功一部中国的《查拉图斯屈拉这样说》。"[①] 鲁迅曾如此评价高长虹发表在北京《狂飙》周刊上的作品："拟尼采样的彼此都不能解的格言式的文章"[②]，看看相关文章可以知道，这一评价主要针对《幻想与做梦》。鲁迅的《野草》实际上同样如此："鲁迅的散文诗集《野草》以更高的表现形式，继承了尼采的超人的'渺茫'和尼采独特的写作风格。"[③]

在人们看来，除《自言自语》和《野草》外，鲁迅一生还创作了以下"散文诗"："后来收在《华盖集》与其'续编'的《论辩的灵魂》、《牺牲谟》、《战士与苍蝇》、《无花的蔷薇》，收在《准风月谈》中的《夜颂》，收在《且介亭杂文末编》的《半夏小集》等等。"[④] 高长虹《心的探险》收录的 53 篇文章中，除《土仪》（内收 11 篇"闲话体"散文）、《人类的脊背》（话剧）、《徘徊》（内收 4 首诗歌）、《跋：留赠读者》（诗歌）外，其余 35 篇文章都可看作"独语体"散文。也就是说，单就《心的探险》收

---

① 高长虹：《致籍雨农》，《高长虹全集》第 3 卷，中央编译出版社 2010 年版，第 26 页。

② 鲁迅：《且介亭杂文二集·〈中国新文学大系〉小说二集序》，《鲁迅全集》第 6 卷，人民文学出版社 2005 年版，第 260 页。

③ 殷克琪：《尼采与中国现代文学》，南京大学出版社 2000 年版，第 73 页。

④ 程光炜、吴晓东等主编：《中国现代文学史》，中国人民大学出版社 2000 年版，第 69—70 页。

录的文章而言，高长虹创作的"独语体"散文就比《野草》多 11 篇。除《心的探险》外，《光与热》收录的以下文章也可看成"独语体"散文：《黄昏》（内收 8 篇文章）、《草书纪年》（内收 40 篇文章，1929 年 7 月作为《儿童丛书之一》由北京狂飙出版部单独印行）。另外，高长虹身前没有入集的以下作品也可看成"独语体"散文：《三个死的客人》（《小说月报》第 15 卷第 1 期）、《狂飙之歌·序言》（北京《狂飙》周刊第 2 期）、《从下面来的消息十条》（北京《狂飙》周刊第 8 期）、《我的悲哀》（北京《狂飙》周刊第 10 期）、《沸腾》（《京报副刊》1925 年 5 月 28 日）、《ASR 的一页》（《莽原》周刊第 19 期）、《A，A，A……》（《莽原》周刊第 26 期）等。也就是说，高长虹传世的"独语体"散文数量远远超过鲁迅。

　　现在看看高长虹"独语体"散文在当时的影响。鲁迅称赞《狂飙》的时间是 1924 年 11 月 30 日，由此可知鲁迅称赞的《狂飙》是北京《狂飙》周刊而非太原《狂飙》月刊：一、没人送太原《狂飙》月刊给鲁迅；二、根据刊载文章可以知道，鲁迅不会对太原《狂飙》月刊感兴趣——高长虹在上面发表的《美的颂歌》、《恒山心影》、《离魂曲》全为用文言写作的情诗，只会对北京《狂飙》周刊感兴趣。北京《狂飙》周刊前三期的出版时间分别是 11 月 9 日、11 月 16 日、11 月 23 日，高长虹在这三期《狂飙》周刊上发表的作品有：《徘徊》、《风——心》、《幻想与做梦》（内含《从地狱到天堂》、《两种武器》两篇文章）、《通讯一则》——以上第一期，《狂飙之歌·序言》、《幻想与做梦》（内含《亲爱的》、《我是很幸福的》、《美人和英雄》、《得到她的消息之后》四篇文章）、《雨的哀歌》、《给——》——以上第二期，《狂飙之歌·青年》、《幻想与做梦》（内含《母鸡的壮史》一篇文章）——以上第三期。注意一下这三期文章便会发现，高长虹以《心的探险》为总题在上面发表了七篇文章，由此可知，鲁迅不但看见过这些文章并且对它们很欣赏。鲁迅在将高长虹到北京后创作、发表的作品作为《乌合丛书》之四收入《心的探险》时，将《幻想与做梦》排在最前面；《野草》最后一篇文章《一觉》中的"历来积压在我这里的青年作者的文稿"便包括高长虹的《心的探险》："因为或一种原因，我开手编校那历来积压在我这里的青年作者的文稿了；我要全都给一个清理。我照作品的年月看下去，这些不肯涂脂抹粉的青年们的魂灵便依次屹立在我眼前。他们是绰约的，是纯真的，——阿，然而他们苦恼了，呻吟了，愤怒，而且终于粗暴了，我的可爱的青年们"[①]；《心的探险》出版后，鲁迅不但亲拟广告词还将其刊登在自己主编的《莽原》半月刊第 13 期（1926 年 7 月 10 日）上："长虹的作品，文字是短峭的，含义是精刻的，精神是对于现社会的反抗。此集为鲁迅所选定。都是作者的代表作品，其特色尤为显著"[②] ……以上事实告诉我们，鲁迅非常喜爱《心的探险》，尤其喜爱《幻想与做梦》——根据收录文章可以知道，以上广告尤其适合对《幻想与做梦》、《ESPERANTO 的福音》、《创伤》等文章的评价。据报道，《草书纪年》甚至产生了国际影响："东京某日国际作家举行谈话会，一俄人朗诵《草书纪年》一篇，某老哲学家跳起狂呼道：'Genius! Genius!'《草书纪年》已译有日、俄、国际语三种文字云。"[③]

现在再来看高长虹"独语体"散文在新时期以后的影响。单就 16 篇《幻想与做梦》而言，《旷野的声音：莽原社作品选》（汤逸中选编，华东师范大学出版社 1996 年版）收录了《从地狱到天堂》、《亲爱的》、《我与鬼的问答》、《噩梦》4 篇文章，前两篇文章还被收入《山西文学大系第 6 卷·现代文学》上卷（王世杰、王春林、许并生编选，山西人民出版社 2005 年版），《从地狱到天堂》还被收入以下 12 种选本：《六十年散文诗选》（孙玉石、李光明编选，江西人民出版社 1985 年版）、《中国现代散文诗选》（俞元桂主编，四川文艺出版社 1986 年版）、《现当代抒情散文诗选讲》（秦兆基、茅宗祥编著，江苏教育出版社 1991 年版）、《中外散文诗鉴

---

① 鲁迅：《野草·一觉》，《鲁迅全集》第 2 卷，人民文学出版社 2005 年版，第 228 页。

② 该广告未收入《鲁迅全集》，但据笔者考证属于鲁迅佚文，详见《谈谈鲁迅时期的〈莽原〉广告》（廖久明：《鲁迅研究月刊》2008 年第 4 期）。

③ 《狂飙的国际进出——长虹在地球上行动，火力场的火力》，《文艺新闻》第 3 号（1931 年 3 月 30 日）。

赏大观·中国现、当代卷》（敏岐主编，漓江出版社 1992 年版）、《名家散文诗学生读本》（张品兴、夏小飞、李成忠主编，华夏出版社 1993 年版）、《新编中国现代文学作品选》上册（朱文华、许道明主编，复旦大学出版社 1996 年版）、《大作家小作文》（郑桂华等选评，上海教育出版社 1997 年版）、《二十世纪中国散文诗大观》上册（陈容、张品兴编，同心出版社 1998 年版）、《中外散文诗经典作品评赏》（张吉武、秦兆基主编，陕西人民教育出版社 1999 年版）、《品味忧郁——悲情散文诗精品》（杨旭恒、郑千山主编，云南人民出版社 2003 年版）、《梦》（王宇平编选，人民文学出版社 2007 年版）、《中国散文诗 90 年（1918—2007）》上册（王幅明主编，河南文艺出版社 2008 年版）。

综上所述，不管人们如何评价中国现代文学史上"独语体"散文或象征主义散文诗的源头，尽管称高长虹为"散文诗集的开先河者"[1]与事实不符，却完全可以称他为开创者之一。

二 鲁迅《朝花夕拾》与高长虹《土仪》比较

首先来比较一下内容和写作方法。人们对鲁迅的《朝花夕拾》已经非常熟悉，故笔者仍然仅简单介绍一下人们对它的评价而不介绍其具体内容："《朝花夕拾》其实就是对这样的童年'谈闲天'的追忆与模拟。"[2]

笔者现在逐一介绍高长虹的《土仪》。《一个失势的女英雄》写"我"回到家乡后看到的"一个失势的女英雄"：少年时代看见的"议论风生"的胖大妇人，现在却成了一个任人嘲笑的乞丐。[3]《鬼的侵入》写一个女人梦见死去的婶子叫自己到阴间去，该婶子反对该女人和她的

---

① 薛林荣：《散文诗集的开先河者》，《人民政协报》2007 年 6 月 21 日。

② 钱理群、温儒敏、吴福辉：《中国现代文学三十年（修订本）》，北京大学出版社 1998 年版，第 50 页。

③ 高长虹：《心的探险·土仪·一个失势的女英雄》，《高长虹全集》第 1 卷，中央编译出版社 2010 年版，第 113—114 页。

男人结婚。①《我家的门楼》写高长虹家门楼的际遇：由于一个异人曾说他家门楼很好，将来会出一个贵人，所以在他家所有房子都得到翻修的情况下，门楼却依然如故。②《孩子的智慧》写孩子对母亲说的天真而充满智慧的话。③《一封未寄的信》是写给二弟高歌的信，信中的"我""很镇静"，并且"很满足"，"更加真确地看见我自己了，我将要开始我的生活的另一个新页"。④《孩子们的世界》写纯洁、无畏的孩子们在属于自己的世界自由自在地玩耍，"然而，当他们的母亲出现时，孩子们便立刻变成了成人，立刻陷落在下面的世界中"，"他们从威吓而学到了畏缩，卑怯，从鞭挞而学到报复与杀戮，从威吓与鞭挞的逃避而学到了狡诈与窃盗"。⑤《悲剧第三幕》中的"悲剧"指父母包办的婚姻悲剧，二弟高歌和自己上演了前两幕，现在又轮到三弟高远征。⑥《正院的掌故》回忆曾经在高长虹家正院住过的一位叫"血哥"的铁店伙计，他的言行令年幼的高长虹感到"新奇"，他时常叫高长虹吃饭，经常同孩子们开玩笑、讲故事，其中高怀德交帅印的故事给高长虹留下了非常深刻的印象，"直到现在，我还记得，而且还时常对我自己复述"。⑦《架窝问题》写自己从太原到测石的路上，因天气很冷，风很大，决定坐架窝回家，以为家里人会对此说三道四，其结果谁

---

① 高长虹：《心的探险·土仪·鬼的侵入》，《高长虹全集》第1卷，中央编译出版社2010年版，第114—115页。

② 高长虹：《心的探险·土仪·我家的门楼》，《高长虹全集》第1卷，中央编译出版社2010年版，第115—116页。

③ 高长虹：《心的探险·土仪·孩子的智慧》，《高长虹全集》第1卷，中央编译出版社2010年版，第116—117页。

④ 高长虹：《心的探险·土仪·一封未寄的信》，《高长虹全集》第1卷，中央编译出版社2010年版，第117—118页。

⑤ 高长虹：《心的探险·土仪·孩子们的世界》，《高长虹全集》第1卷，中央编译出版社2010年版，第118—119页。

⑥ 高长虹：《心的探险·土仪·悲剧第三幕》，《高长虹全集》第1卷，中央编译出版社2010年版，第119—120页。

⑦ 高长虹：《心的探险·土仪·正院的掌故》，《高长虹全集》第1卷，中央编译出版社2010年版，第120—121页。

也没说。① 《改良》写自己回家参与的一次"改良"：C 爷热心改良教育，自己看在 C 爷份上，与二弟大力协助，其他人却很冷漠。② 《厨子的运气》回忆一个运气不好而又脾气古怪的厨子：在外面，每到过年，把一切东西都准备好了，只等吃了时，自己却病了；回到家乡，又与帮厨家的人发生冲突。③ 《伯父的教训及其他》写伯父在自己离家前临别赠言，伯父希望高长虹能升官发财，不要去卖文章，高长虹一概以"我的鼻子里没有声音地响着：哼！"作答。④

看看这 12 篇文章可以知道，回忆往事的文章有 5 篇：《一个失势的女英雄》、《我家的门楼》、《悲剧第三幕》、《正院的掌故》、《厨子的运气》，它们的内容和写作方法都与《朝花夕拾》有类似的地方。剩下的 7 篇主要写现实生活，尽管内容有所不同，写作方法却是一致的："'闲话风'散文就别具平等、开放的品格，又充满着一股真率之气"；"'闲话风'的另一面是'闲'，即所谓'任心闲谈'……《朝花夕拾》正是'在纷扰中寻出一点闲静来'，处处显示出余裕、从容的风姿。"⑤

其次来比较一下写作、发表、结集出版情况。《朝花夕拾》共计 12 篇文章（含《小引》、《后记》）：第一篇《猫·狗·鼠》写于 1926 年 2 月 21 日，同年 3 月 10 日发表在《莽原》半月刊第 5 期；最后一篇《范爱农》写于 1926 年 11 月 18 日，同年 12 月 25 日发表在《莽原》半月刊第 24 期；《小引》写于 1927 年 5 月 1 日，同年 5 月 25 日发表在《莽原》半月刊第 10

---

① 高长虹：《心的探险·土仪·架窝问题》，《高长虹全集》第 1 卷，中央编译出版社 2010 年版，第 122—123 页。

② 高长虹：《心的探险·土仪·改良》，《高长虹全集》第 1 卷，中央编译出版社 2010 年版，第 123—125 页。

③ 高长虹：《心的探险·土仪·厨子的运气》，《高长虹全集》第 1 卷，中央编译出版社 2010 年版，第 125—127 页。

④ 高长虹：《心的探险·土仪·伯父的教训及其他》，《高长虹全集》第 1 卷，中央编译出版社 2010 年版，第 127—128 页。

⑤ 钱理群、温儒敏、吴福辉：《中国现代文学三十年（修订本）》，北京大学出版社 1998 年版，第 51—52 页。

期；《后记》写于 1927 年 7 月 21 日，同年 8 月 10 日发表在《莽原》半月刊第 15 期；发表时以《旧事重提》为总题，1928 年 9 月作为《未名新集》之一由未名社出版时改题《朝花夕拾》。《土仪》在《京报副刊》发表时共 12 篇，收入《心的探险》（1926 年 6 月由北新书局出版）时未收最后一篇《伯父的教训及其他》（1925 年 4 月 27 日《京报副刊》第 131 号）[①]，第一篇《一个失势的女英雄》发表在 1925 年 2 月 12 日出版的《京报副刊》第 59 号上。通过比较便会发现，《土仪》的写作、发表比《朝花夕拾》早一年多，结集出版早两年多。

这是否意味着鲁迅写作《朝花夕拾》受到了高长虹《土仪》影响呢？这种嫌疑实际上是存在的：首先，由于《京报副刊》是"鲁迅 1925 年至 1926 年发表文章的主要阵地之一"[②]，并且此时的鲁迅非常看重高长虹，所以他一定看过同样发表在《京报副刊》上的《土仪》；其次，收录《土仪》的《心的探险》收入由鲁迅编辑出版的《乌合丛书》，该书由鲁迅"所选定，校字"[③]，写作《猫·狗·鼠》前后鲁迅正在编校《心的探险》。不过看看《自言自语》便会发现，《序》、《我的父亲》、《我的兄弟》三篇文章实际上也具有"闲话"风格，《父亲的病》更是《我的父亲》的扩写，所以不能说鲁迅写作《朝花夕拾》受到了高长虹《土仪》的影响。

在讨论《幻想与做梦》与《野草》的关系时，我们已经知道高长虹 1925 年前后没有看过鲁迅的《自言自语》，为什么他现在又写出了同样具有"闲话"风格的《土仪》呢？比较一下他们写作《朝花夕拾》和《土仪》时的心境便会知道其大概。

《朝花夕拾》正文的写作时间分别为：《狗·猫·鼠》（1926 年 2 月 21 日）、《阿长与山海经》（1926 年 3 月 10 日）、《〈二十四孝图〉》（1926 年 5

---

① 1989 年出版《高长虹文集》时作为散篇作品收入下册，2010 年出版《高长虹全集》时收入《土仪》栏。

② 《鲁迅年谱》编写组：《鲁迅年谱》上册，安徽人民出版社 1979 年版，第 236 页。

③ 鲁迅：《三闲集·鲁迅著译书目》，《鲁迅全集》第 4 卷，人民文学出版社 2005 年版，第 185 页。

月 10 日）、《五猖会》（1926 年 5 月 25 日）、《无常》（1926 年 6 月 23 日）、《从百草园到三味书屋》（1926 年 9 月 18 日）、《父亲的病》（1926 年 10 月 7 日）、《琐记》（1926 年 10 月 8 日）、《藤野先生》（1926 年 10 月 12 日）、《范爱农》（1926 年 11 月 18 日）。鲁迅是这样介绍自己的写作情况的："这十篇就是从记忆中抄出来的，与实际容或有些不同，然而我现在只记得是这样。文体大概很杂乱，因为是或作或辍，经了九个月之多。环境也不一：前两篇写于北京寓所的东壁下；中三篇是流离中所作，地方是医院和木匠房；后五篇却在厦门大学的图书馆的楼上，已经是被学者们挤出集团之后了。"① 这段文字告诉我们，鲁迅是在极其困难的情况下写作《朝花夕拾》的。实际情况正好相反：前两篇文章写于女师大斗争取得胜利后、"三一八"惨案发生前；中三篇写于"流离"结束后，地方是自己的寓所②；后五篇写于鲁迅到厦门后。由于在厦门，此时的鲁迅只好对北京发生的事情"暂且不去理会它"："看上海报，北京已解严，不知何故；女师大已被合并为女子学院，师范部的主任是林素园（小研究系），而且于四日武装接收了，真令人气愤，但此时无暇管也无法管，只得暂且不去理会它，还有将来呢。"③ 尽管高长虹发表在上海《狂飙》周刊第 5 期（11 月 7 日）的《1925，北京出版界形势指掌图》令鲁迅极为气愤："长虹在《狂飙》第五期已尽力攻击，自称见过我不下百回，知道得很清楚，并捏造了许多会话（如我骂郭沫若之类）"④，鲁迅却直到 11 月 19 日（《范爱农》完稿后的第二天）才决定："因为太可恶，昨天竟决定了，虽是什么青年，我也不再留情面，于是作一启事（按：《所谓"思想界先驱者"鲁迅启事》），将他

---

① 鲁迅：《朝花夕拾·小引》，《鲁迅全集》第 2 卷，人民文学出版社 2005 年版，第 236 页。

② 《鲁迅日记》：1926 年 5 月 2 日，"夜回家"；5 月 6 日，"往法国医院取什物"（鲁迅：《鲁迅全集》第 15 卷，人民文学出版社 2005 年版，第 619 页）。

③ 鲁迅：《书信（1904—1926）·260914 致许广平》，《鲁迅全集》第 11 卷，人民文学出版社 2005 年版，第 545 页。

④ 鲁迅：《书信（1904—1926）·261115 致许广平》，《鲁迅全集》第 11 卷，人民文学出版社 2005 年版，第 615 页。

利用我名字的事，而对于别人用我名字的事，则加笑骂等情状，揭露出来，比他的长文要刻毒些"①，至此鲁迅不再作《朝花夕拾》，而是写文章还击高长虹：《〈阿Q正传〉的成因》（1926年12月3日）、《〈走到出版界〉的战略》（1926年12月22日）、《新的世故》（1926年12月24日）、《奔月》（1926年12月30日）……也就是说，《朝花夕拾》中的10篇文章都写于鲁迅与各色人等斗争的间隙期，心境相对平静。

根据以下一段文字可以知道，高长虹的《土仪》写于1925年2月8日从老家回到北京后："这时，我开始来写《创伤》与《土仪》。这时，郁达夫也已走了。这时，鲁迅给与我的印象是一个平凡的人。这时，狂飙社内部发生问题。这时，《狂飙》的销路逐期递降。这时，办日报的老朋友也走了，印刷方面也发生问题。终于，《狂飙》周刊到十七期受了报馆的压迫便停刊了。于是一切都完事大吉。一面，我还在写我的《创伤》与《土仪》，而且我的《创伤》还添了不少新的材料。"② 该段文字告诉我们，高长虹也是在极其困难的情况下写作《土仪》的。实际情况同样正好相反。首先，此时的高长虹正春风得意：北京《狂飙》周刊虽然出版至第17期（3月22日）停刊，但是，高长虹不但在2月12日—4月22日出版的《京报副刊》上发表了以《土仪》为总题的12篇"闲话风"散文，还在2月23日—4月24日出版的《京报副刊》发表了以《创伤》为总题的12篇"独语体"散文；高长虹于3月1日在《京报副刊》第75号发表了北京《狂飙》周刊革新后的发刊词——《〈狂飙〉周刊宣言》（同日以《本刊宣言》发表于北京《狂飙》周刊第14期），发出了"我们要作强者，打倒障碍或者被障碍打倒"③ 的誓言，由此可见高长虹此时的勃勃雄心；3月1

---

① 鲁迅：《书信（1904—1926）·261120 致许广平》，《鲁迅全集》第11卷，人民文学出版社2005年版，第621页。

② 高长虹：《走到出版界·1925，北京出版界形势指掌图》，《高长虹全集》第2卷，中央编译出版社2010年版，第197页。

③ 高长虹：《〈狂飙〉周刊宣言》，《高长虹全集》第3卷，中央编译出版社2010年版，第41页。

日，高长虹的第一本集子《精神与爱的女神》作为《狂飙小丛书》第一种由北京贫民艺术团编辑出版，不但许广平写信购买，鲁迅也将其送给自己的朋友："下午……以《山野掇拾》及《精神与爱之女神》各一本赠季市"（3月12日），"上午许诗荃、诗荀来，赠以《苦闷的象征》、《精神与爱的女神》各一本"（3月22日），"下午钦文来，赠以《精神与爱之女神》一本"（4月6日）[①]；高长虹发表在2月22日的《京报副刊》的《一封未寄的信》也说自己此时"很满足"："我很满足，反正我所希求的已得到了。我从错误的，失迷的路上，达到了我的目的地。我从愤激的冒险或毁灭而恢复了健全的心"[②]。其次，高长虹1924年12月底回家前更是对自己前途充满信心。高长虹12月10日对鲁迅的初次拜访给他留下了非常好的印象："这次鲁迅的精神特别奋发，态度特别诚恳，言谈特别坦率，虽思想不同，然使我想象到亚拉籍夫与绥惠略夫会面时情形之仿佛。我走时，鲁迅谓我可常来谈谈，我问以每日何时在家而去。此后大概有三四次会面，鲁迅都还是同样好的态度，我那时以为已走入一新的世界，即向来所没有看见过的实际世界了。"加上之前郁达夫对《狂飙》的赞美："当达夫初次同我见面的时候，也说他在鲁迅那里他们也谈起《狂飙》，他还为《狂飙》发不平，说狂飙社人如是从外国回来的时，则已成名人了。"此时的高长虹对前途充满信心："在那时我曾看见一个很好的时代的缩图，这可以使我想象到未来的那一个时代，我相信那一个时代是一定要到来，那决不是一个黄金时代，但比过去的时代却好得多了。"[③]　正因为如此，高长虹回家时甚至坐了架窝，仿佛衣锦还乡似的："大概是因为我受所谓舆论的攻击太多了的缘故，所以架窝刚一雇好，我便想到我回去时各方面对我的批评来。

---

① 鲁迅：《日记（1912—1926）》，《鲁迅全集》第15卷，人民文学出版社2005年版，第556—559页。

② 高长虹：《心的探险·土仪·一封未寄的信》，《高长虹全集》第1卷，中央编译出版社2010年版，第117页。

③ 高长虹：《走到出版界·1925，北京出版界形势指掌图》，《高长虹全集》第2卷，中央编译出版社2010年版，第195—196页。

母亲一见我回家，一定以为我病了。女人，也许会喜欢的，因此，可以证明我在外面不像从前那样穷了。伯父们，一定说，还没有当了教习便要坐架窝，总是好花钱，没指望。村里的人们，一定会讥笑道，到底人家阔了。然而这些，也终于是一想便过去了，对于我是简直没有关系的。"① 由此可知，高长虹写作《土仪》前后正是他对前途充满信心的时候，在这期间他又以"衣锦还乡"的方式回到了"被赶出来"② 两年多的老家。在这种情况下，家乡过去与现在的事情当然会引起他的兴趣，于是回到北京后便写作了《土仪》——《现代汉语词典》对"土仪"的解释是："〈书〉指用来送人的土产品。"看看以下一段文字便会知道，他与鲁迅写作《朝花夕拾》的背景十分相似："我有一时，曾经屡次忆起儿时在故乡所吃的蔬果：菱角、罗汉豆、茭白、香瓜。凡这些，都是极其鲜美可口的；都曾是使我思乡的蛊惑。后来，我在久别之后尝到了，也不过如此；惟独在记忆上，还有旧来的意味存留。他们也许要哄骗我一生，使我时时反顾。"③

根据以上分析可以知道，尽管鲁迅1919年写作的《自言自语》中的三篇文章具有"闲话"风格，但由于该组文章以"神飞"为笔名发表在当时影响并不太大的《国民公报》上，所以影响有限；这组文章直到1981年版《鲁迅全集》出版时才收入《集外集拾遗补编》，所以产生影响也迟。在鲁迅发表有广泛影响的《朝花夕拾》时，高长虹已于一年多前在有广泛影响的《京报副刊》发表了12篇《土仪》，并且该组文章比《朝花夕拾》早两年多收入当时有较大影响的《乌合丛书》第四种《心的探险》。由此可以得出如下结论：如果《朝花夕拾》开创了现代散文"闲话风"创作潮流与传统的说法属实，那么开创现代散文"闲话风"创作潮流与传统的系列文

① 高长虹：《心的探险·土仪·架窝问题》，《高长虹全集》第1卷，中央编译出版社2010年版，第122页。
② 高长虹：《心的探险·幻想与做梦·生命在什么地方》，《高长虹全集》第1卷，中央编译出版社2010年版，第82页。
③ 鲁迅：《朝花夕拾·小引》，《鲁迅全集》第2卷，人民文学出版社2005年版，第236页。

章应该是《土仪》而不是《朝花夕拾》。

　　人们在说到鲁迅与高长虹时，常常说鲁迅如何深刻地影响了高长虹，笔者在研究过程中发现情况并非完全如此，由此想到人们念念不忘的"重写文学史"。很明显，写文学史必须有所选择，不可能将文学史上发生的所有事情都写进去。不过，正确的做法应该是先研究后选择——即先对现代文学史上的相关内容进行全面系统研究然后再择其要者写入文学史，而不是先选择后研究。如果不将颠倒了的顺序颠倒过来，不管采用何种方法、视角、理论等进行写作，都不过是用一种偏颇代替另一种偏颇，不可能写出真正反映历史进程的《中国现代文学史》。

白猫也是猫

——高长虹短篇小说《结婚以后》解读

在现代文学史上，抨击包办婚姻罪恶是常见题材，高长虹的《结婚以后》① 却写出了新意。

一 买到"黑猫"的郭沫若

郭沫若曾用成都人的俗话来形容包办婚姻："隔着麻布口袋买猫子，交订要白的，拿回家去才是黑的。"郭沫若便遇到了这种情况。到他 19 岁还是"孤家寡人"时，对他向来很迁就的母亲突然自作主张把婚事定了："女家是苏溪场的张家，和远房的一位叔母是亲戚，是叔母亲自做媒。因为门当户对，叔母又亲自看过人，说女子人品好，在读书，又是天足；所以用不着再得到我的同意便把婚事定了。"叔母甚至说，她的表妹若嫁到郭家，"决不会弱于我家任何一位姑嫂，也决不会使我灰心"。事实却与叔母的话大相径庭。

等新娘一下轿，郭沫若在心里叫了一声"啊，糟糕！"："因为那只下了轿门的尊脚才是一朵三寸金莲！"等郭沫若揭开新娘头上的脸帕，又在

---

① 高长虹：《实生活·结婚以后》，《高长虹全集》第 2 卷，中央编译出版社 2010 年版，第 98—116 页。

心里叫了一声"活啦，糟糕!"："我没有看见甚么，只看见一对露天的猩猩鼻孔!"通过这两声"糟糕"，我们不难想象郭沫若当时那种大失所望的心情。坚持到晚上，郭沫若便倒在他睡惯了的床上，"别人要去闹房我也不管，我只是死闷地睡着"。后来在母亲的劝说下，郭沫若只好"挣持起来"，配合大家的闹房："很高兴大家的闹房。自己是自暴自弃地喝得一个大醉"。结婚四天后，郭沫若便找了一个机会溜之大吉。①

郭沫若隔着麻布口袋买猫子，交订要白的，结果却是黑的，他对这一婚姻不满是可以理解的。如果买到的是一只"白猫"，结果又如何呢？高长虹的《结婚以后》会告诉你。

二 买到"白猫"的"他"和"她"

在结婚以前，"他早已听说过不只一次，她是一个很好看的女孩子，她有重眼，她有酒窝，她有长脖子，她有细条身材，她娇小，她聪明。他也未尝没有想象过她，而且爱她。便在两三个月以前，他的一个同学在戏台下无意之间遇见过她的一个半疯狂性的亲戚，听了关于她的夸张的述说，他们那样恭维他，嘲笑他，他也不能说没有过一点得意"。在结婚的头一天，"他"的婚事引起许多人们的惊异与赞叹，"据差人们传说，连那个最傲慢的校长都佩服了"；在"他"去向校长请假的时候，"校长的脸也变得比平常和气了许多"。结婚后次日，校长甚至打发差人来贺喜，并送来一副对联："合卺杯前不忘向学/银河双渡竚看成名"。因为这件事，家人感到非常光荣："这更给人们证明，这真是一件最美满的结婚，他们没有法子不去羡慕，颂扬。"当"他"晚上回来知道此事时，"也现出不可遏抑的笑容，而且心里也不能说没有得意"。就是在"他"结婚15天回到学校后，他也希望暑假快点到来，"他有时只想同她住在一块，其余的什么

---

① 郭沫若：《少年时代·黑猫》，《郭沫若全集》文学编第 11 卷，人民文学出版社 1992 年版，第 279—316 页。

都不要理会"，"他后悔他失却了他所应该享受的东西，他像一只迷路的羊，鲜嫩的绿草在它的嘴边等候着，但它却忙于在走投无路，它几乎饿倒在路旁"；"到他入睡的时候，那狐子便变成女子的形相睡在他的旁边，他接吻她，拥抱她，同她享受那秘密的幸福"。从上面引文可以看出，"他"很幸运，确实买到了一只"白猫"。那"他"又如何看待这桩婚姻呢？

结婚以前，由于"他"不知道世间有离婚这样的事情，"所以他时常也想，到无可补救的时候，出妻倒是一个最后的补救的方法。这样久了之后，出妻在他的心里已被理想化而认为比娶亲更重要更合理的信条。同朋友们谈起婚事，他常乘机去夸张地宣传他的出妻主义"。结婚时，家人的焦躁与愤怒感染了他："他觉得一切都没有办法，一切都要失败了，当他的姐姐拿出新婚的衣服让他试穿的时候，他觉得他在试穿寿衣呢！"加上新娘因为首饰问题哭着不愿出嫁，"他老大地感到不舒服，愤怒在他的脸上无法地活现出来，像要执行他的夫权"。到了晚上，在闹洞房的时候，他压抑已久的愤怒终于爆发了："他把所有的力气，所有的愤懑立刻都装在一个声音里，对准了那个拉他的女人的脸：'不准你动！'屋里立刻恢复了昨夜的静寂，脸们都互相顾盼着，他的嫂子失悔地，很难为情地先走了出去，很快地屋里便只剩下他同她了。只有愤怒的沉重的空气还堆积着而且充满了全个屋子。"由此可见，"他"对这桩婚姻是多么不满。

在旁人看来"最美满"的婚姻，为何"他"却如此不满呢？小说中这样写道："第一，他现在并不需要结婚。他还只是十七岁的一个少年，虽然在惯例上已经是最合适的年龄了，但他觉着什么还都不明白，还得专心再读几年书。他平常的主张是，最早也得到中学毕业才结婚的。第二，他需要一个读书的女子。但是她，一个乡下的姑娘，在他三四岁的时候他祖父便给他订了的。他是不喜欢那种小足，他一看那个便可以引起他的一切的愤恨。"一切，都因为这是一桩包办婚姻。

"他"对这桩婚姻如此不满，那么"她"呢？在结婚的时候，为了首饰"她"不愿出门。对此，"他"大受打击："她一点也不为了他而欢喜，一个在别人所碰不到的丈夫，一个卓越的学生。"到晚上睡觉的时候，"当他的脚步开始在门口响的时候，新妇点燃了灯，他进去不说一句话，其实也没有一句话可说，他们两个都不约而同地静候着他睡下，她的脸对准着窗纸，像一个哲学家在从那上边搜寻着什么玄妙的道理。她总不看他一眼。他也用同样的态度报复她，不看她，也不同她说话。等到她们所静候的时间到了，他便面对着墙壁胡思乱想地睡去，她也吹灭了灯，一头倒在炕脚底的一个枕头上，穿着衣服，面对着窗。"早上的时候，"她仍然像昨晚那样地坐着，正像她并没有移动，而且她也不知道屋里还有一个人在着。"结婚半月后，"他们现在已有了很深的敌意，他要休她，她也只等候着他休，他们不会再有转圜的时候了，因为一件事的开头便弄错的缘故。"在这篇小说中，高长虹虽然没有说明"她"如此对待"一个在别人所碰不到的丈夫，一个卓越的学生"的原因，但很明显，"她"也对这桩包办婚姻不满意。

三　《结婚以后》在中国现代文学史上的地位

在常见的抨击包办婚姻罪恶的作品中，对婚姻不满的多为一方，而该小说中的双方都不满意；并且，人们通常把包办对象写得一无是处，而该小说中的双方都非常优秀，可以说是中国传统婚姻的理想模式：郎才女貌。但就是这样一桩在旁人看来"最美满的结婚"，却给婚姻双方都带来了极大痛苦。所以说，该篇小说粉碎了包办婚姻的最后一道防线：表面上"美满"的包办婚姻也不美满。

人们在评价高长虹作品时，都高度评价他的诗歌或散文诗，而对他的小说评价不高。董大中先生认为："高长虹的文学成就，以诗最好，散文次之（也可能有人把两者的次序倒过来），再次为批评，小说只占第四的位置，最末为剧本。"① 吴福辉先生认为："最能表明他的文学价值和精神

---

① 董大中：《鲁迅与高长虹》，河北人民出版社 1999 年版，第 13 页。

价值的作品，恐怕是散文诗、诗和杂感批评，然后才是小说。"① 如果从整体水平看，这样的评价是正确的，但这并不意味着高长虹没有创作出成功的小说，《结婚以后》便是其中最突出的例子。

《结婚以后》最初在刊物上发表时题为《家庭之下》，高长虹原计划把它写成一部长篇小说："《家庭之下》是一部长篇小说，连续在本刊发表。本想每月发表一次。因为第四期编入的七章，临印时放不下了，书局又误把五章只登了一半，所以六七章不得不赶急在第五期发表。以后，大概仍然是每月发表一次。"② 正在高长虹创作《家庭之下》时，韦素园退还了同为莽原社成员的向培良、高歌的作品《冬天》、《剃刀》，高长虹知道此事后在上海《狂飙》周刊第2期发表了给鲁迅和韦素园的公开信，并在鲁迅"拟置之不理"③ 的情况下发表了令鲁迅极为愤怒的《1925，北京出版界形势指掌图》，鲁迅决定"不再彷徨，拳来拳对"④。就在高长虹发表《1925，北京出版界形势指掌图》这篇文章的《狂飙》周刊第5期上，高长虹还最后一次发表了《家庭之下》，由此可知，高鲁冲突爆发是导致《家庭之下》中途夭折的一个重要原因。

可以设想一下，高长虹的《家庭之下》如果能顺利完成，是有可能成为中国现代文学史上的一部重要长篇小说的。高长虹要求他的作品是"他的生活的艺术化"⑤，所以凡是描写自己生活的小说大都写得较成功。《结婚以后》是高长虹生活的"艺术化"已成学界共识：不但《高长虹文

---

① 吴福辉：《我读高长虹的小说》，山西盂县政协编《高长虹研究文选》，北岳文艺出版社 1991 年版，第 189 页。

② 高长虹：《走到出版界·关于〈狂飙〉》，《高长虹全集》第 2 卷，中央编译出版社 2010 年版，第 230 页。

③ 鲁迅：《书信（1904—1926）·261023 致许广平》，《鲁迅全集》第 11 卷，人民文学出版社 2005 年版，第 587 页。

④ 鲁迅：《书信（1904—1926）·261120 致许广平》，《鲁迅全集》第 11 卷，人民文学出版社 2005 年版，第 621 页。

⑤ 高长虹：《每日评论·〈红心〉是我的〈浮士德〉吗?》，《高长虹全集》第 3 卷，中央编译出版社 2010 年版，第 219 页。

集》的附录《高长虹年表》引用了《结婚以后》的材料；高长虹外甥阎继经（笔名言行，已仙逝）先生在编撰《一生落寞，一生辉煌——高长虹评传》和《高长虹生平与著作年谱》时也引用了其中的材料。除《结婚以后》外，以自己的一段经历为素材写成的中篇小说《神仙世界》发表后，"见了朋友们，无论旧识与新交，十之七八都谈说《神仙世界》"①。

封建家庭曾给生活其中的人们造成巨大痛苦，我们已从太多作品中看见。高长虹所在家庭便是千千万万这种家庭中的一个："我的弟弟住在家里，来信说他很痛苦。我同情于他的话，所以我发誓不再回家，我已二十八岁了！"② 高长虹曾把他兄弟三人的婚姻称为三幕"悲剧"③，他曾如此愤激地诅咒家庭："给生命以死灭的，把人当做猴子叫他玩那可笑的简单的把戏的，那便是家庭。这样恶劣的社会的形式，而能延长数千年之久，而且还被现代的人们像珍奇似的保存着，只此一点，我便佩服人类的愚蠢到十分了！"④

列夫·托尔斯泰曾说："幸福的家庭是相似的，不幸的家庭各有各的不幸。"高长虹若能把自己家庭的"不幸"写出来，是完全有可能成为一部既有共性又有个性的作品的——抨击封建家庭罪恶是其共性，这不幸因与高长虹及其兄弟的生活密切相关故具有个性。从已写出的部分看，《结婚以后》的内容有些芜杂，但芜杂恰是该小说的特色。去除枝叶，当然能使枝干更加突出，但同时也失去了树木的丰富性。从这未加修剪的树木上，我们也许能得到更加丰富的信息。正如鲁迅所说："这正如折花者，

---

① 高长虹：《复济行》，《高长虹全集》第 3 卷，中央编译出版社 2010 年版，第 354 页。

② 高长虹：《游离·游离》，《高长虹全集》第 2 卷，中央编译出版社 2010 年版，第 396 页。

③ 高长虹：《心的探险·土仪·悲剧第三幕》，《高长虹全集》第 1 卷，中央编译出版社 2010 年版，第 119 页。

④ 高长虹：《光与热·睡觉之前》，《高长虹全集》第 1 卷，中央编译出版社 2010 年版，第 233 页。

除尽枝叶，单留花朵，折花固然是折花，然而花枝的活气却灭尽了。"① 鲁迅这话虽然是针对删节的译本而言，但用之于小说创作也有一定道理。也许正因为如此，《结婚以后》才具有了与众不同的特点。该小说发表后，远在巴黎的阎宗临在给高长虹的信中如此写道："你的长篇小说，我还是以未完成的《家庭之下》好的多。你能够再写吗？我实在盼你早日写成那部。"②

在对传统家庭进行抨击的作品中，我们经常看见的是《红楼梦》、《家》、《财主底儿女们》等这些对大家族进行抨击的作品，而《家庭之下》则是对小户人家进行抨击，所以单从选材这个角度说，《家庭之下》的选材是新颖的。高长虹若能把家庭给他们兄弟三人造成的痛苦如实地写出来，谁能说《家庭之下》不能与巴金的《家》、路翎的《财主底儿女们》三分现代文学史上家族小说的天下呢？尽管长篇小说《家庭之下》未完成，高长虹在收入集子《实生活》时将其改名为《结婚以后》，作为短篇小说，尽管6、7部分有些离题，笔者仍要冒着被人指责为孤陋寡闻、不懂小说的风险大胆断言：该小说无疑是20世纪20年代最优秀的短篇小说之一，在同类题材中它更是别具一格、名列前茅！

---

① 鲁迅：《华盖集·忽然想到》，《鲁迅全集》第 3 卷，人民文学出版社 2005 年版，第 16 页。

② 《已燃（阎宗临）致长虹》，山西盂县政协编《高长虹研究文选》，北岳文艺出版社 1991 年版，第 421 页。

"性的烦闷"对高长虹创作的影响

高长虹说:"在文学作品上,性的烦闷做了大部的题材"①,这种说法虽与整个文学创作实际不符,却与高长虹自己的创作实际相符。

《结婚以后》② 告诉我们,高长虹是在不情愿的情况下与一个自己不喜欢的女子结婚的:"他觉着什么还都不明白,还得专心再读几年书",他希望自己的妻子是一个读书的女子,"但是她,一个乡下的姑娘,在他三四岁的时候他祖父便给他订了的。他是不喜欢那种小足,他一看那个便可以引起他的一切的愤恨。"半个月的"蜜月"过后,他的梦想破灭了:"书上说的是:夫妇之道,举案齐眉。事实上却是:家庭,媳妇,劳作,憾怨,虚荣。他所希望的都看不见一点影子,他只遇见了一个庄严的对敌:各不相犯。"

高长虹的婚姻如此令他失望,所以在遇到自己所喜欢的"读书的女子"时,常常情不自禁地爱上她。在爱上一个人的同时,高长虹常用笔来抒发、表达自己的情感。

---

① 高长虹:《时代的先驱·论杂文》,《高长虹全集》第 1 卷,中央编译出版社 2010 年版,第 477 页。

② 高长虹:《实生活·结婚以后》,《高长虹全集》第 2 卷,中央编译出版社 2010 年版,第 98—116 页。

一 与石评梅有关的作品

1923 年 9 月 24 日，高长虹在《晨报副刊》上发表了一首诗歌《一刹那的回忆》，这首诗收入《给——》时为第二首，描写的情景当与 1922 年初次看见石评梅有关。这次见面的结果是"她完全地淡漠；他相信他是失败了"[①]，所以没有留下更多的诗歌。但从见面一年后高长虹还在回忆初次见面时"一刹那"的情景可以看出，高长虹一看见石评梅便被其迷住了，并且久久不能忘记。

1925 年 3 月，高长虹出版了诗集《精神与爱的女神》。言行先生认为，《美的颂歌》"表面上是歌颂美女，实质上是赞赏人世间一切美的事物"；《恒山心影》"表现的是诗人对美的执著坚定、百折不回的追求的心情"；《离魂曲》表现的是"对祖国的羸弱和人民的贫困的无限同情和改变这种情况的坚定决心"；《美的憧憬》"是述说美的追求的艰难与曲折"。正如言行先生所说："长虹这时期的作品，受中国传统诗歌风格影响的痕迹很明显。他对格律诗的兴趣似乎不大，他所钟情的是以《诗经》和《乐府》为代表的民歌体诗，以《离骚》为代表的古代自由体诗。"[②] 中国传统诗歌多有借香草美人来表达自己理想的特点，所以从这个角度说，言行先生的评价是有道理的。但结合高长虹的经历和诗歌内容可以看出，高长虹创作这些诗歌的出发点主要是为了他心目中的"女神"——石评梅。

1925 年 3 月 5 日，石评梅恋人高君宇因急性盲肠炎猝发不治而逝；6 月 1 日起，高长虹开始在《语丝》、《莽原》、上海版《狂飙》等刊物上"痛哭流

---

① 高长虹的《实生活·革命的心》，《高长虹全集》第 2 卷，中央编译出版社 2010 年版，第 82 页。

② 言行：《一生落寞，一生辉煌——高长虹评传》，百花文艺出版社 1996 年版，第 78—83 页。

涕的做《给——》的诗"①；1927年9月，高长虹的爱情诗集《给——》出版；1928年12月15日，高长虹在《长虹周刊》第10期发表四首《给——》，并在前两首后注明"以上旧作"，在后两首后注明"以上新作"。② 高长虹为什么在诗集《给——》出版后又来写《给——》呢？很可能与石评梅该年9月30日因病去世有关。

高君宇死后，高长虹不但在刊物上"痛哭流涕的做《给——》的诗"，还采取了过火行动："我太对不住她了。我确乎太残忍，我用毒药敷在她的新伤上，虽然我并没有歹意。"为此高长虹付出了很大代价：当他再一次与石评梅相遇时，"你（按：石评梅）搜寻着最锋锐的字句刺在我（按：高长虹）的伤上"。③ 在这种情况下，高长虹只好借为阎宗临出国筹集资金的机会，离开北京前往太原。

短篇小说《生的跃动》除去"他想象着他做家庭教师的情状"这一虚构部分外，几乎可看成高长虹1925年11月初离开北京前这段时间生活和思想的实录。从这篇小说可以看出，高长虹已被"性的烦闷"折磨得有些变态："如其有一个美的女性，那便是应该立刻便这样吻抱着，缠绵着，沉酣着，生活着，那是应该超出了一切的限制的。"④ 高长虹在想象自己当家庭教师的情景时，特意强调两个不满十岁的小孩中"有一个是女的"；并且在与这两个小孩有关的文字中，只见"妹妹"和"她"，不见"哥哥"和"他"。

11月初，高长虹来到太原，由于战争影响，火车不通，只得在太原住下，《游离》便是他在等火车开通的两个礼拜中写的小说。小说中的N

---

① 鲁迅：《书信（1904—1926）·261229致韦素园》，《鲁迅全集》第11卷，人民文学出版社2005年版，第667页。

② 高长虹：《给——·集外同题作品》，《高长虹全集》第1卷，中央编译出版社2010年版，第343—344页。

③ 高长虹：《游离·游离》，《高长虹全集》第2卷，中央编译出版社2010年版，第399—406页。

④ 高长虹：《游离·生的跃动》，《高长虹全集》第2卷，中央编译出版社2010年版，第383页。

"梦见一个老朋友，铅铁一般的皮肤贴在脸上，我惊得发颤，他常是那样健壮呢！我想着他的女孩子呢！"① 文中的"老朋友"形象与石评梅的父亲有着惊人的相似的地方，这个"女孩子"很明显与石评梅有关。

收入短篇小说集《实生活》的《革命的心》中的张燕梅同样有着石评梅的影子。高长虹是一个对"革命"相当反感的人，现在为什么写起《革命的心》来呢？石评梅的恋人高君宇是中国共产党的早期领导人之一，高君宇死后，石评梅在文章中表达了对革命的向往，由此可知，高长虹写这篇小说很可能是向石评梅表明，他也有一颗"革命的心"。

二　与冰心、吴桂珍有关的作品

1927 年 10 月 19 日，高长虹在书简体散文《曙》中如此写道：

> 我非常宝爱我今年春夏之交那一段的生活了！我那时，美中不足的只是我反常地穷，而且终于伤损了我的美。我的诗，在那个时候，只是它神出鬼没，达到所有的限际，演出无穷的变化，而我只时（是），跟定了它。②

《献给自然的女儿·一》③ 的落款为"一九二七，六，二七，上海"，与"春夏之交"相符；并且从诗歌本身来说，这首诗也真如高长虹所说："达到所有的限际，演出无穷的变化"。这首诗共 200 节，每节 4 行，是高长虹一生创作的最长的一首诗。就内容而言，作者叙述从塘沽回上海在路上的见闻，回忆自己的生活，谈自己的理想，表达"我"对意中人的思

---

① 高长虹：《游离·游离》，《高长虹全集》第 2 卷，中央编译出版社 2010 年版，第 395 页。

② 高长虹：《曙》，《高长虹全集》第 2 卷，中央编译出版社 2010 年版，第 63 页。

③ 高长虹：《献给自然的女儿·一》，《高长虹全集》第 1 卷，中央编译出版社 2010 年版，第 353—386 页。

念，阐述自己对人生、历史、国家、诗歌等的看法。就形式而言，整齐而富于变化：前175节，以错落有致的自由诗为主杂以整齐的五言诗；176—184节是长达9节的五言诗；185—200节又以自由诗为主杂以五言诗。就语言而言，在以白话为主的基础上，杂以"清兮濯缨浊濯足"之类的文言和"洋灰筒筒，豌豆袋袋"一类的口语。并且，不管是诗体的转换还是语言的转换都非常自然，看不出雕琢的痕迹。

到底是什么原因使高长虹的诗思在这段时间达到如此"神出鬼没"的境地呢？可以肯定不是因为事业。在这之前不久，高长虹与周氏兄弟才大打了一场笔仗，上海《狂飙》周刊又于1927年1月30日因经济支绌而停刊。那到底是什么原因呢？此事当与冰心有关。冰心1926年7月底回国，9月起在燕京大学任教。高长虹1927年1月为刊物筹款回北京时去找过冰心，这可从高长虹1928年9月10日给冰心写的情书看出来："简直还有人为我担心——我真感激他们对我的好意——怕我上当。我想，如其怕我上当的时候，我已经上当一年又加一个半年了！"① 在这首诗中，高长虹这样写道："我也蓦然，/想到此去办周刊，/奇迹新发现，/名之曰自然。//只望你早来编撰，/别让我一人当关，/更不要心已应允，启事袖底藏！"② 高长虹1928年9月5日在给冰心情书中又提到周刊："《红心》，我想他同 Outline 一般大……都因你现在不肯出来！刊物中最可宝贵的，又是一个周刊被搁浅了。我不愿意要月刊。便只有出隔周刊了。……隔周刊，这被隔的自然是你的那一周。"③ 高长虹在筹备刊物期间，甚至准备以《红心》作为刊物的名称，但是，"在发稿前几天，我决然干脆把他叫做《长虹周刊》了。免得被人说假冒招牌，免得自欺

---

① 高长虹：《情书五则》，《高长虹全集》第3卷，中央编译出版社2010年版，第231页。

② 高长虹：《献给自然的女儿·一》，《高长虹全集》第1卷，中央编译出版社2010年版，第355页。

③ 高长虹：《情书五则》，《高长虹全集》第3卷，中央编译出版社2010年版，第230页。

欺人说谎话。"① 由此可知，高长虹在北京时与冰心商量过合办刊物事。

也许正因为如此，才使高长虹的诗思在事业受挫的情况下仍然达到了"神出鬼没"的境地：他开始为冰心创作诗歌。《献给自然的女儿》这一书名本身也告诉我们，高长虹的这本诗集是献给冰心的：母爱、童心、大自然是冰心作品的三大主题。知道了高长虹创作《献给自然的女儿》的心理动机后再来看这本诗集，对这本诗集中所写的内容就很容易理解了。不久前才与鲁迅、周作人等大打过一场笔战的高长虹，在这本诗集中却高唱和平、友爱、大自然："但我不愿东风压倒西风，/也不愿西风压倒东风，/随天象而自在转移，/大家都是风"；"我便是自然，/我包罗万象，/我的怀里包着海与天，/波涛震霆两乳间"；"我愿有一个超人的时代，/人类如兄弟，/地球一家，/取消了一切障碍"……这一切，都是因为冰心。

《春天的人们》②是高长虹的第一部中篇小说，由29则情书构成。这部小说中的"老人"不再是有着"铅铁一般的皮肤"的"老朋友"，而是一个有着很大区别的"心广体胖的老人"。我们知道，冰心的父亲曾经是一艘军舰的副舰长，创办过海军军官学校，出任过海军部军学司长等职，与仅供职于文庙博物馆的石评梅的父亲当然有着很大不同。在这部小说中，主人公"我"是一个刚刚辞职的大学校长，有着惊人的军事才识："有一个朋友，新近做了第八十五军的军长，这个朋友自然是同我很要好的，自然是更佩服我的军事的才识。所以，他请我做参谋长。两日之内，我接到了他的五封信。他说。如其他再等不见我去时，他便要派人到上海来。"联系到冰心父亲的经历不难看出，高长虹写这篇小说有投其所好之意。

高长虹除了以小说形式给冰心写情书外，还在他的个人刊物《长虹周

---

① 高长虹：《情书三则》，《高长虹全集》第3卷，中央编译出版社2010年版，第272页。

② 高长虹：《春天的人们》，《高长虹全集》第1卷，中央编译出版社2010年版，第557—593页。

刊》第 1、4—7 期发表了 21 则情书。由于《长虹周刊》"常常延期，以及文字太单调"①，史济行希望高长虹将《长虹周刊》改为《狂飙周刊》。高长虹的答复是："变革周刊的计划，这是不可能的事。我个人无论如何需要一种个人刊物。我在四五年前，没有办任何一种狂飙刊物的时候，我已先想过办个人刊物。到今日才办，我已嫌太迟。我常说，我只为了讲恋爱，也有办个人刊物的必要。这一点都不是笑话，至少我自己实在有这样的需要。你不看，周刊一期到七期不是有情书累累吗?"② 由此可见高长虹对与冰心"讲恋爱"是多么重视。

80 岁时，冰心在回忆自己的爱情和婚姻时说："我很早就决定迟婚。那时有许多男青年写信给我，他们大抵第一封信谈社会活动，第二封信谈哲学，第三封信就谈爱情了。这类信件，一看信封也可以看出的。我一般总是原封不拆，就交给我的父母。他们也往往一笑就搁在桌上。我不喜欢到处交游，因此甚至有人谣传我是个麻子。"③ 在这写信的"许多男青年"中，高长虹应该是其中之一。

《神仙世界》④ 是高长虹的又一部中篇小说，由两条线索构成：一条线索写近真（也即李健雄）与原本志同道合的妻子王静和（也即张淑女）关系的破裂，另一条线索写李健雄与"神仙世界"的女招待吴桂珍的交往。第一条线索中的王静和出生于贵族之家，"是近三年来文坛上崛起的第一个女文学家。她的家庭在政治同经济上都占很高的地位。她性情仁惠，又有非凡的志向。"但是，这样出生高贵而又才貌双全的人，偏偏爱上了穷作家近真，"两口儿合办书店，印自己著作，自己发售"，宁愿做一个"书

① 《史济行致长虹》，山西盂县政协编《高长虹研究文选》，北岳文艺出版社 1991年版，第 413 页。

② 高长虹：《复济行》，《高长虹全集》第 3 卷，中央编译出版社 2010 年版，第355 页。

③ 肖凤：《冰心传》，北京十月文艺出版社 1987 年版，第 191 页。

④ 高长虹：《神仙世界》，《高长虹全集》第 2 卷，中央编译出版社 2010 年版，第445—483 页。

店的小伙计"。按高长虹自己的话说，他这样写是与冰心"开一点玩笑"："我现在是想告诉你，我在写一篇小说。你完全不是我的小说中的主人翁。然而我终免不掉这里边同你开一点玩笑。"①

第二条线索写李健雄与吴桂珍的交往。小说中李健雄的所作所为，虽不能与高长虹这段时间的所作所为一一对应，但结合高长虹所写的《模特儿的故事》可以看出，这条线索所写事情很大程度上是真实的。在将吴桂珍写入小说时，甚至连姓名都未加改变："我在南京遇见几个朋友，他们都高兴谈到我的《神仙世界》，他们才都是曾经去过神仙世界呢。有那更熟习的，更知道吴桂珍在上海都是很有名的人物。"②

《神仙世界》发表在《长虹周刊》1—4期，与《神仙世界》有关的《模特儿的故事》发表在《长虹周刊》第5、8、9期，高长虹给冰心的情书发表在《长虹周刊》第1、4—7期。从发表文章的刊物和时间可以看出，高长虹与吴桂珍的交往是在给冰心写情书的过程中发生的。并且从小说内容可以看出，高长虹之所以到"神仙世界"去，很大程度上也是因为冰心："你知道，我日常的习惯是不逛这些游艺场的，连听人谈起都觉得讨厌。这次我真是破例，我真是太破例了！虽然也许倒因为这个鄙俗的名字触到了我的心情。我在诗里也用过这同样的名字。我在去访问那个现实的神仙世界！"③ 高长虹给冰心写情书始于1928年8月20日④，第一次到"神仙世界"的时间是9月2日⑤。由此可推断，高长虹在这个时候到"神

---

① 高长虹：《情书五则》，《高长虹全集》第3卷，中央编译出版社2010年版，第231页。

② 高长虹：《模特儿的故事》，《高长虹全集》第3卷，中央编译出版社2010年版，第287页。

③ 高长虹：《神仙世界》，《高长虹全集》第2卷，中央编译出版社2010年版，第446页。

④ 高长虹：《情书五则》，《高长虹全集》第3卷，中央编译出版社2010年版，第228页。

⑤ 高长虹：《模特儿的故事》，《高长虹全集》第3卷，中央编译出版社2010年版，第290页。

仙世界"，除了"这几天书店的生意坏得出轨"① 外，还与想念冰心有关。

高长虹在给冰心的最后一封情书中说："我此后将是一个无心的人了！我一定很喜欢是一个无心的人呢！倒要谢你作成我，完了我几年来的宿愿。我此后将只有行，行，行，我此外便没有其他。《红心》，我已决定了要动手写了。我将一半是实录一半是虚构地写她。我祝贺她早日生成！这是你作成了她！"②

《红心》③ 是一篇小说，高长虹曾准备把它写成自己的《浮士德》。这篇小说"构思起于一九二七年的春天，到现在已是一年半了。本想有一年可以写完。不料到现在还没有动笔"——由此可知，与冰心开始交往的时候高长虹就准备写《红心》。高长虹要求这篇小说的"一字一句而至于全文，而至于全文，我必须，我是必须完全生活过"，由于已经"生活过"的事情不过"十分之一"，所以直到 1928 年 8 月 5 日"连一句都不能动笔"。④ 11 月 17 日，高长虹决定写这篇小说时实际"生活过"的事情仍然只有那么多，所以计划写成《浮士德》的《红心》只写了三千多字。

三 "性的烦闷"与作品成就的关系

在评价高长虹以"性的烦闷"为题材的作品时，我们需要根据不同体裁区别对待。

董大中先生在说到高长虹的诗歌成就时说："读他的诗觉得如大河奔腾，才思喷涌而来。闻一多的诗，雕琢过多，高长虹则显得自然天成。戴

---

① 高长虹：《神仙世界》，《高长虹全集》第 2 卷，中央编译出版社 2010 年版，第 446 页。

② 高长虹：《情书十则》，《高长虹全集》第 3 卷，中央编译出版社 2010 年版，第 330 页。

③ 高长虹：《青白·红心》，《高长虹全集》第 2 卷，中央编译出版社 2010 年版，第 372—375 页。

④ 高长虹：《每日评论·〈红心〉是我的〈浮士德〉吗?》，《高长虹全集》第 3 卷，中央编译出版社 2010 年版，第 219 页。

望舒的诗如女郎吟唱，沉郁而缠绵，高长虹则显出一股男子汉气。徐志摩受英国湖畔派影响，讲究意境和情调，也能给人一种在湖畔领略大自然美好风光和桥头重温朋友间温馨情意之感，所写事物多属'微观世界'，高长虹则常常着眼于'宏观世界'。总之，我以为高长虹的诗，有闻一多的旧学底子，有戴望舒的现代派手法，还有徐志摩的纯真的情，而他那像天马行空、在寥阔无垠的宇宙间神驰的大境界，是那几个人所没有的。"① 通观高长虹的诗歌作品，董先生的这一评价是有道理的。

高长虹一生共出版了五部诗集：《精神与爱的女神》、《给——》、《献给自然的女儿》都是爱情诗集；《闪光》内收145首小诗，这些小诗并不具备董先生所说的那些特征；《延安集》是公认的高长虹艺术水准下降的诗作：陈漱渝先生认为是"标语口号"②、戈风先生认为"味淡若水"③。所以董先生所高度评价的诗歌主要指高长虹的爱情诗歌。所以就"性的烦闷"与诗歌创作的关系而言，高长虹失败了爱情却成功了作品。

高长虹以"性的烦闷"为题材的小说应分成两种情况：一、以自己亲身经历为题材；二、写自己想象中发生的事情。以自己亲身经历为题材的小说，以《结婚以后》和《神仙世界》中的李健雄与吴桂珍的交往这条线索为代表。《结婚以后》虽然是以常见的包办婚姻为题材，但由于每个人的情况有所不同，所以高长虹在这一常见的题材中写出了新意：在常见的抨击包办婚姻罪恶的作品中，婚姻本身便是罪恶，包办对象一无是处。但在这篇小说中，婚姻在旁人眼中是"一件最美满的结婚"；包办对象也是一个让人羡慕的美人儿，她不但满足了"我"的生理需要，还满足了"我"的虚荣心。尽管如此，这婚姻仍给"我"带来了极大痛苦。所以说，这篇小说粉碎了包办婚姻的又一道防线：表面上"美满"的包办婚姻也有可能不美满。"该篇小说尽管存在着缺点，但无疑是20世纪20年代最优秀

① 董大中：《鲁迅与高长虹》，河北人民出版社1999年版，第13页。
② 陈漱渝：《序二》，董大中《鲁迅与高长虹》，河北人民出版社1999年版。
③ 戈风：《高长虹的著作》，山西盂县政协编《高长虹研究文选》，北岳文艺出版社1991年版，第27页。

的短篇小说之一，在同类题材中，它更是别具一格、名列前茅！"①《神仙世界》中李健雄与吴桂珍的交往这条线索写得较生动具体。在这条线索中，高长虹作品中终于出现了一个较为生动的人物形象——李健雄，这是一个真正爱上了人的形象：注意她的一言一行，为一时没有看见她而怅惘，为受到无意识的冷落而愤怒，为她招待了别人而吃醋，为她不惜花大钱打扮自己……并且这篇小说中有不少精彩的细节描写："我递给她手巾把的时候，她已接住了，我故意像还没有放手，她的手指便立刻移动了一下，便触到了我的手上。我捉住一种形容不出来的奇异的感觉，这是小说家们最喜欢描写的呢！""他把钱轻轻地放在她的手心，比肉更为软绵的一种神奇的感觉代替了声音从那琴上悠悠地吐出"②……这些细节将恋爱中人的心理活动描写得栩栩如生。就"性的烦闷"与小说创作的关系而言，在这种情况中，高长虹失败了爱情却成功了作品。

在以自己想象发生的事情为题材的小说中，高长虹的写作无疑是失败的。由于《神仙世界》中李健雄与张淑女合办书店这条线索所写事情是高长虹想象的，所以人们评价《神仙世界》中的张淑女"像是一个死人"③。由 29 则情书构成的《春天的人们》只见"我"如何，不见"她"如何。并且就"我"而言，也以记录"我"一天所做的事情为主，从中看不出"我"对意中人的爱有多深——且不说这些以小说形式写的"情书"，就是高长虹真正的情书发表后也有人批评"这些情书中有一段不像情书"④。创作于 1928 年的《革命的心》是一篇标准的"罗曼蒂克"式的小说。由于高长虹对革命是不熟悉的，所写的爱情又是没经历过的，所以这篇小说不管

---

① 廖久明：《白猫也是猫——高长虹短篇小说〈结婚以后〉解读》，《名作欣赏》2007 年第 4 期。

② 高长虹：《神仙世界》，《高长虹全集》第 2 卷，中央编译出版社 2010 年版，第 448—455 页。

③ 高长虹：《情书十则》，《高长虹全集》第 3 卷，中央编译出版社 2010 年版，第 330 页。

④ 高长虹：《情书一则》，《高长虹全集》第 3 卷，中央编译出版社 2010 年版，第 293 页。

是从革命还是从爱情角度说都是概念化的。情况怎么会如此糟糕呢？高长虹要求自己小说的材料"大抵得之实验"①，而高长虹这方面的经验又非常少，所以有关这方面的描写便显得相当苍白。就"性的烦闷"与小说创作的关系而言，在这种情况中，高长虹既失败了爱情又失败了作品。

需要说明的是，"性的烦闷"虽然做了高长虹作品的"大部的题材"，但毕竟也只是"大部"——高长虹的杂文、话剧等便与"性的烦闷"的关系不很密切，就是高长虹的诗歌、小说中也有不少与"性的烦闷"无关的题材。还需要说明的是，在高长虹以"性的烦闷"为题材的文章中，所写人物虽然大部分都能在现实生活中找到影子，却不能因此将二者完全等同起来，因为高长虹的作品，"即是极像自传的描写，里边总有那最反自传的描写"②。如果简单地将二者等同起来，一定会闹出不少笑话。

---

① 高长虹：《通讯四则》，《高长虹全集》第 3 卷，中央编译出版社 2010 年版，第 455 页。

② 高长虹：《每日评论·小说不是自传》，《高长虹全集》第 3 卷，中央编译出版社 2010 年版，第 352 页。

《奔月》人物原型分析及高鲁冲突中的 鲁迅、许广平

《奔月》中的逢蒙是影射高长虹早有定论，后羿是鲁迅的自况应当也没什么异议，小说中另一重要人物——嫦娥影射谁似乎至今没人论及。在笔者看来，嫦娥实际上融入了鲁迅创作《奔月》时对许广平的看法。

一　此时鲁迅对许广平产生这种看法的原因

首先，与鲁迅、许广平、高长虹之间的关系有关。高长虹的《绵袍里的世界》在《莽原》周刊第 1 期发表后，许广平在 1925 年 4 月 25 日给鲁迅的信中说该文"也有不少先生的作风在内"[①]；鲁迅曾将许广平的稿子给高长虹看，高长虹看后，"觉得写得很好，赞成发表出去"，并且"我们都说，女子能有这样大胆的思想，是很不容易的了"；高长虹的《精神与爱的女神》出版后，许广平曾写信购买，并且"前后通了有八九次信"，对许广平，高长虹曾有过"狂想"；高长虹从荆有麟处得知许广平"在鲁迅家里的厮熟情形"后，停止了与许广平的通信……[②]并且，

---

① 景宋：《景宋四月二十五日》，《鲁迅景宋通信集》，湖南人民出版社 1984 年版，第 48 页。
② 高长虹：《一点回忆——关于鲁迅和我》，《高长虹全集》第 4 卷，中央编译出版社 2010 年版，第 363—364 页。

《京报》第 432 号（1926 年 3 月 8 日）发表的高长虹的《游离》中有这样的语句："朴讷，直谅，愤激，这是 L 的品德。同他相反的是他的夫人 S。她是活泼，机敏，豪放，她是一个更富于男性的女子。我去年见她时，才只十六岁，但她比我直到现在为止所见过的女子都勇敢。我那时的心曾这样惋惜过：唉，一个可爱的人又被 L 夺去了！而且我那时，为了他们自己的利益，不得不劝他们早点结婚。我曾经受过人生最痛苦的刑罚。"① 从引文可以看出，文中的 L、S 除年龄外，与鲁迅、许广平的性格非常相似；并且，1925 年 1 月 26 日出版的《语丝》第 11 期上，鲁迅以 L. S. 的笔名发表了总题为《A. Petöfi 的诗》。向以"多疑"著称又处于热恋中的鲁迅看见"月亮诗"后，若不将其与"攻击说"联系起来，反而有违常理。难怪鲁迅在 1926 年 12 月 12 日给许广平的信中如此写道："现在故意要轻视我和骂倒我的人们的眼前，终于黑的妖魔似的站着 L. S. 两个字。"②

其次，与鲁迅当时在恋爱中的处境有关。在鲁迅与许广平的交往中，尽管许广平占主动，但许广平毕竟是自己的学生，比自己小 17 岁，自己还"供养"着母亲给的"一件礼物"——朱安③，所以在与许广平交往时，鲁迅是非常矛盾的，一方面非常希望，一方面又非常犹豫，正如他在 1929 年 3 月 22 日给韦素园的信中说："异性，我是爱的，但我一向不敢，因为我自己明白各种缺点，深恐辱没了对手。"④ 直到离开厦门到广州与许广平相聚的前五天，鲁迅才在 1927 年 1 月 11 日给许广平的信中如此肯定地写道："我有时自己惭愧，怕不配爱那一个人；但看看他们的言行思想，便觉得

---

① 高长虹：《游离·游离》，《高长虹全集》第 2 卷，中央编译出版社 2010 年版，第 411 页。

② 鲁迅：《书信（1904—1926）·261212 致许广平》，《鲁迅全集》第 11 卷，人民文学出版社 2005 年版，第 652 页。

③ 许寿裳：《亡友鲁迅印象记》，《挚友的怀念》，河北教育出版社 2000 年版，第 35 页。

④ 鲁迅：《书信（1927—1933）·290322 致韦素园》，《鲁迅全集》第 12 卷，人民文学出版社 2005 年版，第 157 页。

我也并不算坏人，我可以爱。"①

其三，与恋爱心理有关。12 月 3 日，鲁迅在给许广平的信中写道："今天刚发一信，也许这信要一同寄到罢。你或者初看以为又有什么要事了，不过是闲谈。前回的信，我半夜放在邮筒中；这里邮筒有两个，一在所内，五点后就进不去了，夜间便只能投入所外的一个。而近日邮政代办所里的伙计是新换的，满脸呆气，我觉得他连所外的一个邮筒也未必记得开，我的信不知送往总局否，所以再写几句，俟明天上午投到所内的一个邮筒去。"② 许广平在收到这两封信后，在 12 月 7 日的回信中谐谑道："'所外'的信今上午到，'所内'的信下午到，这正和你发信次序相同，不必以傻气的傻子，当'代办所里的伙计'为'呆气'的呆子，实在半斤八两，相等也……"③ 常言道，恋爱中的人是傻子，被称作"第一个，冷静，第二个，还是冷静，第三个，还是冷静"④ 的鲁迅，看来也逃不出这一定律。

二 《奔月》中的嫦娥融入了此时鲁迅对许广平看法的证据

我们知道，鲁迅创作《奔月》与高长虹发表的"月亮诗"及因"月亮诗"产生的"流言"有关："那流言，最初是韦漱园通知我的，说是沉钟社中人所说，《狂飙》上有一首诗，太阳是自比，我是夜，月是她。"⑤ 如果鲁迅写作《奔月》时对许广平没有不恰当的看法，那么他将"逢蒙学射

---

① 鲁迅：《书信（1927—1933）·270111 致许广平》，《鲁迅全集》第 12 卷，人民文学出版社 2005 年版，第 11 页。

② 鲁迅：《书信（1904—1926）·261203 致许广平》，《鲁迅全集》第 11 卷，人民文学出版社 2005 年版，第 641 页。

③ 景宋：《景宋十二月七日》，《鲁迅景宋通信集》，湖南人民出版社 1984 年版，第 267 页。

④ 张定璜：《鲁迅先生》，《现代评论》第 1 卷第 8 期（1925 年 1 月 31 日）。

⑤ 鲁迅：《书信（1927—1933）·270111 致许广平》，《鲁迅全集》第 12 卷，人民文学出版社 2005 年版，第 11 页。

于羿，尽羿之道，思天下惟羿为愈己，于是杀羿"（《孟子·离娄下》）这一故事加以"铺排"就行了，没必要将"羿请不死之药于西王母，姮娥窃以奔月"（《淮南子·览冥训》）这一故事掺和进去。即使因高长虹的诗中有"月亮"所以要掺和进去，也没必要对嫦娥如此丑化：小说中的嫦娥确实是一个"娇贵自私的太太"①。

再来分析一下鲁迅向许广平报告"流言"的信，这封信很明显没有对许广平说实话。据笔者考证，鲁迅 1926 年 11 月 29 日看见高长虹 11 月 21 日发表在上海《狂飙》周刊第 7 期上的"月亮诗"后，就怀疑该诗是在攻击自己，于是在 11 月 29 日、12 月 1 日、12 月 5 日给在上海的周建人连写三封信进行调查，并在 12 月 3 日完稿的《〈阿 Q 正传〉的成因》中对高长虹进行批判。12 月 19 日，鲁迅得到了周建人 13 日发的信，此信中当有"调查"结果。这封信虽未能保存下来，根据 12 月 29 日鲁迅给许广平的信却能知其大概："北京似乎也有流言，和在上海所闻者相似，且说长虹之攻击我，乃为此。"② 由此可知，鲁迅 12 月 19 日就听说了与"月亮诗"有关的"流言"——并且是自己调查得来的。在得到周建人来信的几乎同时，高长虹发表在 12 月 12 日出版的北京《狂飙》周刊第 10 期上的《时代的命运》一定会使鲁迅认为周建人信中的"流言"是真的。高长虹在该文中说："我对于鲁迅先生曾献过最大的让步，不只是思想上，而且是生活上，但这对于他才终于没有益处，这倒是我最大的遗憾呢！"③ 与"月亮诗"联系起来，文中"生活上"的"让步"很容易让人这样认为：高长虹认为自己将许广平"让"给了鲁迅。由此可以得出结论：鲁迅 12 月 22 日作《〈走到出版界〉的"战略"》、24 日作《新的世故》，是因为 19 日从周建人处听说了与"月亮诗"有关的"流言"，并在《时代的命运》

① 李何林：《关于〈故事新编〉》，《江淮论坛》1981 年第 4 期。

② 鲁迅：《书信（1904—1926）·261229 致许广平》，《鲁迅全集》第 11 卷，人民文学出版社 2005 年版，第 670 页。

③ 高长虹：《走到出版界·时代的命运》，《高长虹全集》第 2 卷，中央编译出版社 2010 年版，第 242 页。

中找到了证据——难怪鲁迅在《新的世故》中说高长虹"病根盖在胆，'以其好吃醋也'"。[①] 鲁迅 1927 年 1 月 11 日在给许广平的信里清清楚楚地写着"那流言，最初是韦漱园通知我的"，这又做何解释呢？实际上，同一封信已经做了解释："老三不回去了，听说今年总当回京一次，至迟以暑假为度。但他不至于散布流言。"[②] 很明显，这两处的"流言"应为同一"流言"，即："《狂飙》上有一首诗，太阳是自比，我是夜，月是他。"再结合 12 月 29 日鲁迅给许广平的信便可知道，在鲁迅看来，尽管周建人将产生于上海的"流言"告诉了自己，但"散布"至北京的不是周建人。由此可以断定，这一"流言"鲁迅最初是从周建人处调查得来的，并非是韦素园"通知"自己的。[③] 明明如此，鲁迅却不对许广平说实话，说明此时的鲁迅对许广平也有所保留。

小说写嫦娥抛下后羿独自奔月是因为受不了天天吃乌鸦炸酱面的生活，看看鲁迅与许广平这段时间的交往可以知道，这实际上隐含着鲁迅对他与许广平恋爱的隐忧。许广平在说到鲁迅离开北京的原因时说："政治的压迫，个人生活的出发，驱使着他。尤其是没有半年可以支持的生活费，一旦遇到打击，那是很危险的。我们约好：希望在比较清明的情境之下，分头苦干两年，一方面为人，一方面自己也稍可支持，不至于饿着肚皮战斗，减低了锐气。"[④] 鲁迅从八道湾搬出后，为了购买（耗资 800 元）

---

① 需要说明的是，在"月亮诗"问题上，鲁迅很可能误会了高长虹。在笔者看来，高长虹在创作"月亮诗"时，"对因'退稿事件'而导致的高鲁冲突的爆发是感到遗憾、伤感的，高长虹创作'月亮诗'，只是他深深的失落感的自然流露，与成心攻击实在是风马牛不相及"，所以，"'月亮诗'中的'月亮'有可能指许广平，但'月亮诗'不是攻击之作。"（廖久明：《高长虹与鲁迅及许广平（修订本）》，东方出版社 2009 年版，第 172—173 页）

② 鲁迅：《书信（1927—1933）·270111 致许广平》，《鲁迅全集》第 12 卷，人民文学出版社 2005 年版，第 12 页。

③ 廖久明：《高长虹与鲁迅——从友人到仇人》，《新文学史料》2008 年第 3 期。

④ 许广平：《欣慰的纪念·鲁迅和青年们》，《许广平文集》第 2 卷，江苏文艺出版社 1998 年版，第 17 页。许广平在《关于鲁迅的生活·因校对〈三十年集〉而引起的话旧》、《鲁迅回忆录·厦门和广州》等文章中也有类似回忆。

并修理（耗资 1020 元）阜成门内大街宫门口二条 19 号的房子，不得不向许寿裳、齐寿山各借 400 元钱，当时，北洋政府面临财政危机，政府官员常被欠薪，有时候一个月只能领到几个月前的一半甚至三分之一的薪水①，所以直到鲁迅离京前，《鲁迅日记》中尚有这样的记载：1926 年 7 月 28 日："下午访兼士，收厦门大学薪水四百，旅费百。往公园，还寿山泉百"；8 月 7 日，"季市来，还以泉百"。到厦门后，鲁迅月薪虽然高达 400 元，鲁迅即将去的中山大学聘书上的月薪却只有 280 元②，并且到中山大学后能干多久，也许连鲁迅自己都不清楚，搞得不好，真有可能让许广平也过天天吃乌鸦炸酱面的生活。

正因为《奔月》中的嫦娥融入了此时鲁迅对许广平的看法，所以小说中后羿与嫦娥之间的事情便能从鲁迅与许广平身上找到对应点。小说极力强调后羿过去的威风与现在的落魄："他于是回想当年的食物，熊是只吃四个掌，驼留峰，其余的就都赏给使女和家将们。后来大动物射完了，就吃野猪兔山鸡；射法又高强，要多少有多少。'唉，'他不觉叹息，'我的箭法真太巧妙了，竟射得遍地精光。那时谁料到只剩下乌鸦做菜……'"③这很容易让人想起女师大风潮中，鲁迅与章士钊、杨荫榆、陈西滢等的激烈斗争并取得了胜利，现在鲁迅那支犀利的笔却只能用来对付高长虹。

从《奔月》对嫦娥的描写可以看出，哪怕许广平像嫦娥对待后羿一样对待自己，鲁迅在愤怒的同时，也觉得许广平这样做是可以理解的："羿吃着炸酱面，自己觉得确也不好吃；偷眼去看嫦娥，她炸酱是看也不看，只用汤泡了面，吃了半碗，又放下了。他觉得她脸上仿佛比往常黄瘦些，生怕她生了病"；"'唉唉，这样的人，我就整年地只给她吃乌鸦的

---

① 鲁迅 1926 年 7 月 21 日领到 1924 年 2 月的 3 成薪水 99.00 元后写的《记"发薪"》真实地反映了欠薪情况：到 1926 年 6 月止，鲁迅欠薪"大约还有九千二百四十元"。

② 鲁迅：《书信（1904—1926）·261115 致许广平》，《鲁迅全集》第 11 卷，人民文学出版社 2005 年版，第 615 页。

③ 鲁迅：《故事新编·奔月》，《鲁迅全集》第 2 卷，人民文学出版社 2005 年版，第 372 页。出自该文的引文不另注。

炸酱面……'羿想着，觉得惭愧，两颊连耳根都热起来"；就是在嫦娥弃自己而去以后，尽管后羿连发三箭，射得月亮发抖，射完后却坐下来"叹一口气"道："'那么，你们的太太就永远一个人快乐了。她竟忍心撇了我独自飞升？莫非看得我老起来了？'"并且说："'不过乌老鸦的炸酱面确也不好吃，难怪她忍不住……'"。语言中流露出无限的伤感与理解。所谓"危急时见真情"，在这实际上并不存在的极端情况下，鲁迅对许广平的爱昭然若揭。

三　高鲁冲突中的许广平

那么，高鲁冲突中许广平的态度又如何呢？看了鲁迅 10 月 23 日报告"长虹和韦素园又闹起来"的信后，许广平 10 月 30 日在回信中说："少爷们的吵嘴，不理也好，因为顾此失彼，两姑之间难为妇，到底是牵入圈套而不讨好。"① 收到鲁迅 11 月 9 日报告高长虹"迁怒于《未名丛刊》"的信后，许广平 11 月 16 日在回信中说："你敢说天下间就没有一个人矢忠尽诚对你吗？有一个人，你说可以自慰了，你也可以由一个人而推及二三以至无穷了，那你何必天鹅绒呢……"② 由于 11 月 17—21 日都未收到鲁迅来信，许广平在 21 日和 22 日连写两信。在后一封信中，许广平如此写道："少爷们不少吸血的，所以我在北京时，常常为此着急，进言，你非不晓得；可是总愿意，宁人负我，毋我负人，故终于吃亏是明知故犯，现在不愿再犯，也省些麻烦。"③ 收到鲁迅 11 月 20 日报告"决定不再彷徨，拳来拳对"的信后，许广平 11 月 27 日在回信中说："至于长虹的行径，实在太

---

① 景宋：《景宋十月三十日》，《鲁迅景宋通信集》，湖南人民出版社 1984 年版，第 191 页。

② 景宋：《景宋十一月十六日》，《鲁迅景宋通信集》，湖南人民出版社 1984 年版，第 230—231 页。

③ 景宋：《景宋十一月二十二日》，《鲁迅景宋通信集》，湖南人民出版社 1984 年版，第 240 页。

过了，你是怎样待他的，尽在人眼中，小愤而且非直接是你和他发生，而如此无理对待，这真可说奇妙不可测的世态人心，你泄愤好了，不要介意，世界不少这类人物。"[①] 从这些信件可以看出，在高鲁冲突中，许广平是毫不含糊地站在鲁迅一边的。

---

① 景宋：《景宋十一月二十七日》，《鲁迅景宋通信集》，湖南人民出版社 1984 年版，第 248 页。

也谈《铸剑》写作的时间、地点及其意义

鲁迅对《故事新编》评价不高，对《铸剑》[①] 却另眼相看："《故事新编》真是'塞责'的东西，除《铸剑》外，都不免油滑……"[②] 加上《铸剑》的写作过程相当复杂，因而涉及的内容也很复杂，所以研究的文章不少，争议也很大。因搞清楚《铸剑》写作的时间、地点对理解作品意义重大："不仅解决了史料的准确性，主要则是看到了鲁迅这一段不平凡的生活历程、思想发展及其战斗精神；特别是有助于对作品的主题的深入理解"[③]，所以单《铸剑》写作的时间、地点就存在着很大争议——多数人认为 1926 年 10 月在厦门完成了 1、2 节，1927 年 4 月 3 日在广州完成了 3、4 节。[④] 早在 1979 年，朱正先生就在《铸剑不是在厦门写的》中如此写道："关于《铸剑》，看来可以断定：写作时间：一九二七年四月三日，

---

① 《铸剑》发表时题为《眉间尺》，1932 年收入《自选集》时改题为《铸剑》，1935 年年底收入《故事新编》时仍题为《铸剑》。为论述方便，除引用文章外一律写《铸剑》。

② 鲁迅：《书信（1936）·360201 致黎烈文》，《鲁迅全集》第 14 卷，人民文学出版社 2005 年版，第 17 页。

③ 孙昌熙、韩日新：《〈铸剑〉完篇的时间、地点及其意义》，《吉林师大学报》1980 年第 1 期。

④ 主要文章有：《回忆鲁迅先生在厦门大学》（俞荻）、《关于〈铸剑〉的写作年代及发表时间、刊物》（柯家强）——以上文章见《鲁迅在厦门资料汇编第一集》（厦门大学中文系，1976 年），《〈铸剑〉完篇的时间、地点及其意义》（孙昌熙、韩日新：《吉林师大学报》1980 年第 1 期）等。

而不是一九二六年十月；写作地点：广州白云路白云楼，而不是厦门的石屋里；最先发表的刊物乃是《莽原》，而不是《波艇》。"① 也许因为朱先生考证时依靠的证据主要来源于《铸剑》以外，所以收有《铸剑不是在厦门写的》的《鲁迅回忆录正误》尽管影响很大②，但直到 21 世纪仍有人认为"《眉间尺》的一、二节是在厦门写的，三、四节是在广州写的"③。李允经先生最近更认为：鲁迅 1935 年 12 月在自编《故事新编》时在《铸剑》后补记的时间"1926 年 10 月作""没有错，也不会错"④。既然弄清楚《铸剑》写作的时间、地点有如此重要意义且争议如此巨大，笔者便不揣浅陋，结合《铸剑》本身对这一问题做一考证并同时谈谈该作品的意义——凡朱正先生已论及的地方笔者不再赘言。不当之处，还望专家多多批评指正。

---

① 朱正：《铸剑不是在厦门写的》，《鲁迅回忆录正误》，湖南人民出版社 1979 年版，第 41 页。

② 该书出版了 4 种版本：湖南人民出版社 1979 年版、人民文学出版社 1986 年版、浙江人民出版社 1999 年版、人民文学出版社 2006 年版。2006 年版的《内容简介》中有这样的话："1979 年出版后，为学术界所瞩目，书中的一些结论被鲁迅的传记作者们普遍接受。胡乔木认为此书可以作为编辑学教材的参考书。"

③ 聂运伟：《缘起·中止·结局——对〈故事新编〉创作历程的分析》，《文学评论》2003 年第 5 期。持类似观点的文章有：《死亡与新生——〈铸剑〉的文化原型分析》（申松梅：《现代语文》2007 年第 10 期）、《〈铸剑〉：鲁迅的爱情宣言与生命宣言》（邱福庆：《龙岩学院学报》2007 年第 4 期）、《虚无现实中的复仇——浅析〈铸剑〉中的人物及其思想》（白帆：《沧桑》2007 年第 3 期）、《〈铸剑〉的文化解读》（张兵：《复旦学报》2005 年第 2 期）、《对"复仇"主题的诗意表达》（曹兴戈：《学生阅读·高中版》2003 年第 1 期）；《色彩斑斓的小说——读鲁迅小说〈铸剑〉》（郎伟：《朔方》2003 年第 1 期）、《鲁迅为何偏爱〈铸剑〉》（袁良骏：《鲁迅研究月刊》2002 年第 9 期）、《放逐之子的复仇之剑——从〈铸剑〉和〈鲜血梅花〉看两代先锋作家的艺术品格与主体精神》（林华瑜：《鲁迅研究月刊》2002 年第 8 期）、《从民族精魂的赞歌到胜者的悲哀——〈铸剑〉解读》（程宁：《咸宁师专学报》2000 年第 5 期）、《深刻独特的生命体验 历史特质的准确把握——鲁迅历史小说〈铸剑〉解读》（朱全庆：《山东教育学院学报》2000 年第 6 期）等。

④ 李允经：《〈铸剑〉究竟写于何年》，《鲁迅研究月刊》2009 年第 10 期。

一 1、2 节不可能写于 1926 年 10 月

从内容可以推断，1、2 节不可能写于 1926 年 10 月。第 2 节中有这样的话："'哎，孩子，你再不要提这些受了污辱的名称。'他严冷地说，'仗义，同情，那些东西，先前曾经干净过，现在却都变成了放鬼债的资本……'"① 这段话至少有一大部分是针对高长虹的。我们知道，鲁迅写文章有一显著特点，喜欢在文章中引用论敌的语句以达到讽刺目的。如果说"仗义"有可能针对现代评论派的话——鲁迅 1927 年 9 月 3 日创作的《辞"大义"》便主要是针对现代评论派的②，那么"同情"很明显是针对高长虹的——正如《鲁迅全集》对该小说中"放鬼债的资本"的注释所说："作者在创作本篇数月后，曾在一篇杂感里说，旧社会'有一种精神的资本家'，惯用'同情'一类美好言辞作为'放债'的'资本'，以求'报答'。参看《而已集·新时代的放债法》"，而《新时代的放债法》中的"精神的资本家"是指高长虹已成学界定论。高鲁冲突爆发后，高长虹除在《公理与正义的谈话》中将自己打扮成公理和正义的化身外，还在《时代的命运》中如此写道："不妨说，我们是曾经过一个思想上的战斗时期的。他的战略是'暗示'，我的战略是'同情'。"③ 明明是自己挑起争端，高长虹却在这儿摆出一副与人为善的样子，其荒谬性不言而喻，鲁迅对其进行讽刺也在情理之中——鲁迅 12 月 22 日完稿的《〈走到出版界〉的"战略"》引用的第一句话便是这句。而《时代的命运》和《公理与正义的谈

---

① 鲁迅：《故事新编·铸剑》，《鲁迅全集》第 2 卷，人民文学出版社 2005 年版，第 440 页。凡引自该文的文字不另注。

② 实际上，说此处的"仗义"是针对高长虹也有道理：高长虹在《公理与正义的谈话》中将自己打扮成是公理和正义的化身，鲁迅在写作《〈走到出版界〉的"战略"》时，引用得最多的便是这一篇文章。

③ 高长虹：《走到出版界·时代的命运》，《高长虹全集》第 2 卷，中央编译出版社 2010 年版，第 242 页。

话》发表在 1926 年 12 月 12 日出版的上海《狂飙》周刊第 10 期上。根据 10 月 17 日出版的《狂飙》周刊第 2 期鲁迅 10 月 23 日收到、11 月 7 日出版的《狂飙》周刊第 5 期 11 月 15 日收到可以推断，鲁迅收到《狂飙》周刊第 10 期的时间当在 12 月 20 日左右。由此可推断，1、2 节的写作时间不可能早于 12 月中旬。

二　鲁迅误记为 1926 年 10 月的原因

尽管 1、2 节的写作时间不可能早于 1926 年 12 月中旬，鲁迅在收入《故事新编》时写上"一九二六年十月作"的落款却是有原因的。

小说第一节中有这样一段话："过了一会，才放手，那老鼠也随着浮了上来，还是抓着瓮壁转圈子。只是抓劲已经没有先前似的有力，眼睛也淹在水里面，单露出一点尖尖的通红的小鼻子①，咻咻地急促地喘气"，并说："他近来很有点不大喜欢红鼻子的人"。只要看过鲁迅书信的人都知道，此"红鼻子"指顾颉刚②。尽管在 9 月 20 日和 30 日给许广平的信中鲁迅都表达了对顾颉刚的不满，但这不满毕竟不严重。从给许广平的信可以知道，从 10 月中旬后，鲁迅对顾颉刚的厌恶之情明显加深："本校情形实在太不见佳，顾颉刚之流已在国学院大占势力，周览（鲠生）又要到这里来做法律系主任了，从此现代评论色彩，将弥漫厦大。在北京是国文系对抗着的，而这里的国学院却弄了一大批胡适之陈源之流，我觉得毫无希

---

① 在鲁迅整理的《古小说钩沉·列异传》中有这样一句话："妻后生男，名赤鼻。"也就是说，"赤鼻"本是干将、莫邪的儿子眉间尺的名。在写作《眉间尺》时，鲁迅也许由眉间尺的名"赤鼻"想到顾颉刚的红鼻子，于是特别强调老鼠的红鼻子以达到讽刺顾颉刚的目的。

② 1927 年在广州期间，鲁迅就在 2 月 25 日、5 月 15 日、5 月 30 日、6 月 12 日、6 月 23 日、7 月 7 日、7 月 17 日、7 月 28 日、7 月 31 日、8 月 8 日、8 月 17 日给章廷谦信中称顾颉刚为"赤鼻"或"鼻"，另在 8 月 2 日给江绍原的信也有此称呼。

望"①；"此地研究系②的势力，我看要膨胀起来，当局者的性质，也与此辈相合"，"研究系比狐狸还坏，而国民党则太老实，你看将来实力一大，他们转过来拉拢，民国便会觉得他们也并不坏……国民党有力时，对于异党宽容大量，而他们一有力，则对于民党之压迫陷害，无所不至，但民党复起时，却又忘却了，这时他们自然也将故态隐藏起来。上午和兼士谈天，他也很以为然，希望我以此提醒众人，但我现在没有机会，待与什么言论机关有关系时再说罢"③。鲁迅在 1927 年 4 月 10 日完稿的《庆祝沪宁克复的那一边》如此写道："革命的势力一扩大，革命的人们一定会多起来。统一以后，我恐怕研究系也要讲革命。去年年底，《现代评论》，不就变了论调了么？和'三一八惨案'时候的议论一比照，我真疑心他们都得了一种仙丹，忽然脱胎换骨。"④ 两相比较不难看出，它们的意思相近，由此可知，鲁迅此时确有打算写作提倡不妥协的复仇精神《铸剑》的可能。

鲁迅此时打算写作《铸剑》，另外一个非常重要的原因当与女师大有关。8 月 26 日，鲁迅离开北京，"在上海看见日报，知道女师大已改为女子学院的师范部，教育总长任可澄自做院长，师范部的学长是林素园。后来看见北京九月五日的晚报，有一条道：'今日下午一时半，任可澄特同林氏，并率有警察厅保安队及军督察处兵士共四十左右，驰赴女师大，武装接收……'"⑤ 从给许广平的信可以知道，尽管离开了北京，自己曾经为之付出过心血和

---

① 鲁迅：《书信（1904—1926）·261016 致许广平》，《鲁迅全集》第 11 卷，人民文学出版社 2005 年版，第 575—576 页。

② 鲁迅在 1926 年 10 月 16 日给许广平的信中说"现代评论色彩，将弥漫厦大"，此信又说"此地研究系的势力，我看要膨胀起来"，由此可知，鲁迅是将现代评论派与研究系相提并论的——鲁迅 11 月 3 日给许广平的信说顾颉刚为"研究系下的小卒"便是最直接的证据。

③ 鲁迅：《书信（1904—1926）·261020 致许广平》，《鲁迅全集》第 11 卷，人民文学出版社 2005 年版，第 580—581 页。

④ 鲁迅：《集外集拾遗补编·庆祝沪宁克复的那一边》，《鲁迅全集》第 8 卷，人民文学出版社 2005 年版，第 197—198 页。

⑤ 鲁迅：《华盖集续编·记谈话》，《鲁迅全集》第 3 卷，人民文学出版社 2005 年版，第 378 页。

汗水的女师大发生的事情仍然牵动着鲁迅的心："看上海报，北京已解严，不知何故；女师大已被合并为女子学院，师范部的主任是林素园（小研究系），而且于四日武装接收了，真令人气愤，但此时无暇管也无法管，只得暂且不去理会它，还有将来呢"①；"女师大的事，没有听到什么，单知道教员大抵换了男师大的，历史兼国文主任是白月恒（字眉初），黎锦熙也去教书了，大概暂时当是研究系势力，总之，环境如此，女师大是不会单独弄好的"②；"'经过一次解散而去的'，自然要算有福，倘我们在那里，当然要气愤得多"③ ……尽管鲁迅不会像在北京那样"气愤"④，还是"气愤"却是毫无疑问的：10 月 14 日，鲁迅将自己在离京前四天在女师大学生会举行的毁校周年纪念会上发表的演讲《记鲁迅先生的谈话》⑤后写上附记，并将篇名改为《记谈话》收入《华盖集续编》，"先作一个本年的纪念"。

应该正是以上两方面原因，才使鲁迅 1926 年 10 月打算写作《铸剑》。也正因为如此，鲁迅后来才会在《铸剑》末尾写上"一九二六年十月"这样的落款。所以丸尾常喜先生下面的观点应该是站得住脚的："在篇末所记的 1926 年 10 月这一时间里面，与其说反映了编辑《故事新编》时记忆的模糊，毋宁说在鲁迅的记忆里存在着某种对《铸剑》的构思起过重要作

---

① 鲁迅：《书信（1904—1926）·260914 致许广平》，《鲁迅全集》第 11 卷，人民文学出版社 2005 年版，第 545 页。

② 鲁迅：《书信（1904—1926）·261004 致许广平》，《鲁迅全集》第 11 卷，人民文学出版社 2005 年版，第 566 页。

③ 鲁迅：《书信（1904—1926）·261015 致许广平》，《鲁迅全集》第 11 卷，人民文学出版社 2005 年版，第 574 页。

④ 鲁迅在 1926 年 11 月 9 日给许广平的信中如此写道："校事也只能这么办。但不知近来如何？但如忙则无须详叙，因为我对于此事并不怎样放在心里，因为这一回的战斗，情形已和对杨荫榆不同也。"（鲁迅：《书信（1904—1926）·261109 致许广平》，《鲁迅全集》第 11 卷，人民文学出版社 2005 年版，第 608 页）从此信也可看出，鲁迅对女师大当时发生的事情确实没有在北京时那样气愤，这也应当是鲁迅未能将创作《铸剑》的计划付诸实现的原因之一。

⑤ （向）培良：《记鲁迅先生的谈话》，《语丝》周刊第 94 期（1926 年 8 月 28 日）。

用的东西这种可能性更强。"①

尽管有了想法，鲁迅却并没有动笔，用他自己的话说是没有与"什么言论机关有关系"②。在笔者看来，实际上还有以下原因：一、读读此段时间鲁迅的书信便可知道，当时厦门大学的吃住条件极差，不但浪费了他大量的宝贵时间，还使他内心感觉很不舒服；二、鲁迅在厦门大学不但有教学任务，还有研究任务；三、与许广平的分离不但令他牵肠挂肚，他还花时间写了不少情书；四、莽原社内部矛盾爆发，不但伤透了鲁迅的心，他还花时间写作了以下文章：《写在〈坟〉后面》（11 月 11 日）、《所谓"思想界先驱者"鲁迅启事》（11 月 20 日）、《〈阿 Q 正传〉的成因》（12 月 3日）、《〈走到出版界〉的"战略"》（12 月 22 日）、《新的世故》（12 月 24日）、《奔月》（12 月 30 日）……

三　鲁迅 1927 年 4 月初动笔的原因

《鲁迅日记》：1927 年 1 月 16 日，鲁迅"午发厦门"；18 日到达广州，"晚访广平"；19 日"晨伏园、广平来访，助为移入中山大学"；20、22、23、24 日，鲁迅接连看了四场电影。这段时间，鲁迅"每日吃馆子，看电影，星期日则远足旅行，如是者十余日，豪兴才稍疲"③。从以上文字可以看出，自从鲁迅到广州后，妨碍他写作的多数原因已不存在。与此相反，顾颉刚要到中山大学的消息却使他写作提倡不妥协的复仇精神的文章的愿望更加强烈。

用鲁迅自己的话说，他离开厦门有"一半"原因是"在厦门时，很受

---

① ［日］丸尾常喜：《复仇与埋葬——关于鲁迅的〈铸剑〉》，《中国现代文学研究丛刊》1995 年第 3 期。

② 此处的"言论机关"当指后来刊载《庆祝沪宁克复的那一边》的《国民新闻》这类影响较大的报纸，而不是影响有限的《波艇》月刊之类。

③ 许寿裳：《亡友鲁迅印象记》，《挚友的怀念》，河北教育出版社 2000 年版，第41 页。

几个'现代'派的人的排挤"①。1927 年 2 月 25 日，鲁迅在给章廷谦的信中如此写道："红鼻，先前有许多人都说他好，可笑。"② 这时，鲁迅应该已经听说了顾颉刚确实要到中山大学任教的消息③，故出此语。"有一天，傅孟真（其时为文学院院长）来谈，说及顾某可来任教，鲁迅听了勃然大怒，说道：'他来，我就走。'态度异常坚决。"④ 傅斯年（按：傅孟真）是顾颉刚的同学，学生时代同住一室。傅斯年决定聘顾颉刚为文科教授，并扬言：如聘受阻，他便辞职。为此，当时主持校务的朱家骅多次到鲁迅宿舍调停，傅斯年也多次向鲁迅说情，乃至双方激烈争论，鲁迅丝毫不为所动。后来，傅斯年提出一个折中方案，让顾颉刚"赴京买书，不在校"，但鲁迅认为这是他们早有此意，而"托词于我之反对"，坚决不回到学校⑤。4 月 18 日，顾颉刚到了中山大学；21 日，鲁迅辞去一切职务，离开中大⑥。5 月 11 日，孙伏园在武汉《中央日报》副刊第 48 号发表了《鲁

① 鲁迅：《书信（1927—1933）·270420 致李霁野》，《鲁迅全集》第 12 卷，人民文学出版社 2005 年版，第 29 页。

② 鲁迅：《书信（1927—1933）·270225 致章廷谦》，《鲁迅全集》第 12 卷，人民文学出版社 2005 年版，第 21 页。

③ 据鲁迅 1926 年 11 月 6 日给许广平信可以知道，还在厦门时，鲁迅就已知道顾颉刚要到中山大学："顾之反对民党，早已显然，而广州则电邀之"（鲁迅：《书信（1904—1926）·261108 致许广平》，《鲁迅全集》第 11 卷，人民文学出版社 2005 年版，第 605 页）。

④ 许寿裳：《亡友鲁迅印象记》，《挚友的怀念》，河北教育出版社 2000 年版，第 42 页。

⑤ 鲁迅：《书信（1927—1933）·270515 致章廷谦》，《鲁迅全集》第 12 卷，人民文学出版社 2005 年版，第 33 页。

⑥ 鲁迅离开中山大学的原因，不少人只说"四一五"政变，但笔者认为下列说法更符合实际："顾颉刚的到来，是最直接的促使鲁迅很快作出辞职反应的导火线。"（李运抟：《鲁迅辞职由于顾颉刚吗？》，《广东鲁迅研究》1999 年第 3 期）实际上，顾颉刚的后人顾潮也认为鲁迅离开中山大学是因为她父亲要到中山大学："（4 月）17 日抵广州后，父亲见到傅斯年，方知鲁迅在中大宣扬谓顾某若来，周某即去；并知鲁迅恨自己过于免其教育部佥事职之章士钊，大有誓不两立之势。鲁迅一知道父亲来了，即于 20 日辞职；傅斯年亦为鲁迅反对父亲入校而辞职。"（《历劫终教志不灰·我的父亲顾颉刚》，华东师范大学出版社 1997 年版，第 113 页）

迅先生脱离广东中大》的文章，以通信形式说明了鲁迅脱离中大的原因。见报后，顾颉刚于 7 月 24 日写信给鲁迅："务请先生及谢先生暂勿离粤，以俟开审。"鲁迅接信后作《辞顾颉刚教授令"候审"》，揭穿了他的诡计。由此可见，鲁迅对顾颉刚是多么深恶痛绝。现在，听说顾颉刚也要到中大，种种往事涌上心头，鲁迅决定动手创作《铸剑》便是顺理成章的事情。

到广州后，鲁迅动笔创作《铸剑》，除自己深恶痛绝的顾颉刚接踵而至外，还与他到广东后看见的现实有关：从鲁迅 1927 年 3 月 24 日写作的《黄花节的杂感》、4 月 8 日在黄埔军官学校作的《革命时代的文学》的演讲、4 月 10 日写作的《庆祝沪宁克复的那一边》等文章可以知道，鲁迅到广州后看见的现实印证和加深了他在厦门时对国民党、现代评论派和研究系的看法。

四　《铸剑》与高长虹的关系

除上面提到的与高长虹有关的内容外，《铸剑》中还有部分内容与高长虹有关。

眉间尺复仇的传说主要来源于《列异传》、《搜神记》，在这两种版本中，大王杀掉干将的原因都是将雌剑献出而将雄剑藏起来。鲁迅创作《铸剑》时却这样写道："他说．'大王是向来善于猜疑，又极残忍的。这回我给他炼成了世间无二的剑，他一定要杀掉我，免得我再去给别人炼剑，来和他匹敌，或者超过他。'"其原因与《奔月》中逢蒙射杀后羿的原因非常相似：后羿教会了逢蒙射箭，逢蒙为了能出人头地，射杀后羿。而《奔月》中的逢蒙是影射高长虹的，已成学界定论。

《铸剑》第二部分中还有这样一句话："我的灵魂上是有这么多的，人我所加的伤，我已经憎恶了自己！"这一句话应该主要是针对高长虹的。进入 1925 年后，鲁迅便仿佛交了"华盖运"，斗争不断：先是在女师大事件和"三一八"惨案中与陈西滢、杨荫榆、章士钊等斗，到了厦门后不久又与自己一手培养出来的高长虹等人斗。鲁迅与陈西滢、杨荫榆、章士钊等斗是无所顾忌的，与自己一手培养出来的高长虹斗却伤透了鲁迅的心。高鲁冲突的爆发对鲁迅的精神打击是"格外沉重的"："鲁迅所产生的，是强烈的'被利用感'——这是继 1923 年'兄弟失和'之后第二次同样性质（至少他自己主观感觉如此）的精神打击……鲁迅在五四时期所自觉选择的以'进化论'为基础的'发展自我与牺牲自我互相制约与补充'的伦理模式，受到了严重挑战。"①

鲁迅将自己的笔名"宴之敖者"送给黑色人，应当也与高长虹对自己的攻击有关。1924 年 9 月，鲁迅辑成《俟堂砖文杂集》，题记后用"宴之敖者"作为笔名。这一笔名的由来，据说与鲁迅从八道湾搬出有关："父亲的解释是，这个'宴'字从上向下分三段看，是：从家、从日、从女；而'敖'字从出、从放。即是说：'我是被家中的日本女人逐出的。'"② 周作人说：《孤独者》"第一节里魏连殳的祖母之丧说的全是著者自己的事情"③。文中的魏连殳是这样的一个人："原来他是一个短小瘦削的人，长方脸，蓬松的头发和浓黑的须眉占了一脸的小半，只见两眼在黑气里发光。"④ 人们在回忆鲁迅在中山大学的形象时说："穿着一领灰黑色的粗布长衫……面部消瘦而苍黄，须颇粗黑。"⑤ 比较一下便知，宴之敖、魏连殳与鲁迅的外部形象及内在精神都有相似的地方。

10 月 17 日，高长虹在《狂飙》上发表《通讯二则》，11 月 6 日，周作

---

① 钱理群：《从高长虹与二周论争中看到的……》，《鲁迅研究月刊》1990 年第 5 期。

② 周海婴：《鲁迅与我七十年》，南海出版公司 2001 年版，第 73 页；另见《欣慰的纪念·略谈鲁迅先生的笔名》（许广平：《许广平文集》第 1 卷，江苏文艺出版社 1998 年版，第 46 页）。

③ 周作人：《鲁迅小说里的人物·〈彷徨〉衍义》，周作人、周建人：《书里人生》，河北教育出版社 2000 年版，第 83 页。

④ 鲁迅：《彷徨·孤独者》，《鲁迅全集》第 2 卷，人民文学出版社 2005 年版，第 90 页。

⑤ 钟敬文：《记找鲁迅先生》，中国社会科学院文学研究所鲁迅研究室编《1913—1983 鲁迅研究学术论著资料汇编》第 1 卷，中国文联出版公司 1985 年版，第 252 页。

人在《语丝》第 114 期上发表《南北》通信，文中有"疑威将军"、"不先生"、"挑剔风潮"等语。11 月 19 日，高长虹写《语丝索隐》，说《南北》中的话是周作人"'自画自赞'"、"自谓"、"自述"①。至此，原本发生在鲁迅与高长虹之间的冲突变成了周氏兄弟与以高长虹为首的狂飙社成员之间的冲突。论争中，周氏兄弟的文章都发表在《语丝》上，狂飙社成员的文章都发表在上海《狂飙》周刊上。给人的感觉是，周氏兄弟以《语丝》为阵地协同作战，对以《狂飙》为阵地的狂飙社成员进行反击。虽然周作人在《又是"索隐"》、《南北释义》等文章中反复说明高长虹误解了他的意思，但不管怎样，周作人实际上参与了同高长虹的论战。周作人参与论战，不但减轻了鲁迅的压力，而且为鲁迅提供了思想武器：在《新的世故》中，鲁迅借用周作人在《南北》中的"酋长思想"、晋人"好喝醋"等语言，对高长虹进行批判。周氏兄弟 1923 年失和以后，互不往来。这次周作人参与论战，很可能使鲁迅想起了他们兄弟之间原本怡怡的情景，若没有那个日本女人羽太信子，他们兄弟之间何至于成为参商？想起这些，鲁迅对周作人的妻子怎不心怀怨恨呢？1927 年 10 月，《语丝》被张作霖政府所封，作者皆暂避，周作人躲进日本医院，鲁迅知道后，在 11 月 7 日给川岛的信中写道："他之在北，自不如来南之安全，但我对于此事，殊不敢赞一辞，因我觉八道湾之天威莫测，正不下于张作霖，倘一搭嘴，也许罪戾反而极重，好在他自有他之好友，当能互助耳。"② 对周作人的拳拳之心，溢于言表；对羽太信子的懔懔之意，同样昭然若揭。所以在创作《铸剑》时，鲁迅将自己用过的笔名送给了要代他复仇的黑色人也很正常。

---

① 高长虹：《走到出版界·语丝索隐》，《高长虹全集》第 2 卷，中央编译出版社 2010 年版，第 250 页。

② 鲁迅：《书信（1927—1933）·271107 致章廷谦》，《鲁迅全集》第 12 卷，人民文学出版社 2005 年版，第 85 页。

五 《铸剑》的意义

从上面的分析可看出，《铸剑》从酝酿到中止到写作再到内容都与顾颉刚、高长虹有关，是否就意味着《铸剑》的创作与女师大事件和"三一八"惨案及当时中国的现实无关呢？否！

鲁迅创作《铸剑》与顾颉刚有关，但并不是因为与顾颉刚有私仇。在分析"鲁迅误记为 1926 年 10 月的原因"时，已经知道与顾颉刚有关的原因是：一、"现代评论派色彩，将弥漫厦大"；二、顾颉刚是"研究系下的小卒"，而国民党对与现代评论派沆瀣一气的研究系认识不清。鲁迅对现代评论派和研究系不满，一个重要原因是：在女师大事件和"三一八"惨案中，该营垒的不少人站在段祺瑞政府一边。

尽管《铸剑》中有不少内容与高长虹有关，由于这方面的内容太过隐蔽，以致直到现在笔者尚未看见这方面的说法。《铸剑》中涉及高长虹的内容，当与鲁迅的常用"妙法"有关："我现在得了妙法，是谣言不辩，诬蔑不洗，只管自己做事，而顺便中，便偶刺之。他们横竖就要消灭的，然而刺之者，所以偶使不舒服，亦略有报复之意云尔。"[1]

在人们心目中，鲁迅始终以"战士"的形象存在着，殊不知："譬如勇士，也战斗，也休息，也饮食，自然也性交，如果只取他末一点，画起像来，挂在妓院里，尊为性交大师，那当然也不能说是毫无根据的，然而，岂不冤哉！"[2] 鲁迅与那些自称"心中只有他人"的"战士"不同的是：他有自己，并且时时捍卫自己的应得利益。1933 年 6 月 18 日，鲁迅在给曹聚仁的信中说："现在做人，似乎只能随时随手做点有益于人之事，倘其不能，就做些利己而不损人之事，又不能，则做些损人利己之事。只

---

① 鲁迅：《书信（1934—1935）·340621 致郑振铎》，《鲁迅全集》第 13 卷，人民文学出版社 2005 年版，第 158 页。

② 鲁迅：《且介亭杂文二集·"题未定"草》，《鲁迅全集》第 6 卷，人民文学出版社 2005 年版，第 436 页。

有损人而不利己之事，我是反对的，如强盗之放火是也。"① 在与人战斗的时候，鲁迅"没有这些大架子，无论吧儿狗，无论臭茅厕，都会唾过几口吐沫去，不必定要在脊梁上插着五张尖角旗（义旗？）的'主将'出台，才动我的'刀笔'"②，《铸剑》便是鲁迅向顾颉刚、高长虹等"唾过去"的"吐沫"。只不过，在向顾、高"唾过去"之前，鲁迅早就想向现代评论派及研究系"唾过去"了，所以也溅了这些人一脸。

在说到创作方法时，鲁迅曾说："作家的取人为模特儿，有两法。一是专用一个人……二是杂取种种人，合成一个……我是一向取后一法的……"③鲁迅在创作《铸剑》时，尽管与顾颉刚、高长虹有关，但在创作时，古今中外类似的事件浮现在他眼前：　"三王冢"的传说、女师大事件的事情、三一八惨案中的血痕、厦门大学乌烟瘴气的环境、广州"奉旨革命"④ 的现实等种种影像叠加在一起，使《铸剑》呈现出一种"多义性"特征。所以，说《铸剑》的创作是因为女师大事件和"三一八"惨案是有道理的。我们甚至可以这样说：《铸剑》的意义远不止上面所说的具体事件，它是一首反抗压迫、颂扬复仇精神的悲歌——它适用于古今中外所有类似情况，不仅指向集团复仇，也包括向个人复仇。

---

① 鲁迅：《书信（1927—1933）·330618 致曹聚仁》，《鲁迅全集》第 12 卷，人民文学出版社 2005 年版，第 404 页。

② 鲁迅：《而已集·革"首领"》，《鲁迅全集》第 3 卷，人民文学出版社 2005 年版，第 494 页。

③ 鲁迅：《且介亭杂文末编·〈出关〉的"关"》，《鲁迅全集》第 6 卷，人民文学出版社 2005 年版，第 537—538 页。

④ 见《而已集·革命时代的文学》（1927 年 4 月 8 日）、《三闲集·在钟楼上》（1927 年 12 月 17 日发表）等。

谈谈鲁迅时期的《莽原》广告

为了"对于根深蒂固的所谓旧文明，施行袭击，令其动摇"，鲁迅团结"几个不问成败而要战斗的人"① 于 1925 年 4 月成立了莽原社，《莽原》便是他们"施行袭击"的阵地。直到 1926 年 8 月 26 日离开北京前往厦门止，鲁迅一直是《莽原》编辑：包括 32 期周刊和前 16 期半月刊。不但鲁迅在上面发表的文章如《春末闲谈》、《灯下漫笔》等值得重视，就是这期间刊登的广告也很值得研究。通过研究这些广告，不但能够发现鲁迅的不少佚文，并能够发现莽原社成员与鲁迅的亲疏程度及变化情况，同时能够发现莽原社与其他社团的关系及变化情况，还能知道鲁迅对刊物刊登广告的看法。

一　广告中的鲁迅佚文

2005 年版《鲁迅全集》出版时，将初刊于《关于鲁迅及其著作》版权页后的广告《〈未名丛刊〉与〈乌合丛书〉》以《〈未名丛刊〉与〈乌合丛书〉印行书籍》（以下简称《印行书籍》）为题收入，由于该广告在刊登时署名"鲁迅编"，所以收进《鲁迅全集》应当没有异议。该广告中包含有

---

① 鲁迅：《书信（1904—1926）·250331 致许广平》，《鲁迅全集》第 11 卷，人民文学出版社 2005 年版，第 470—471 页。

下列书籍的广告:《呐喊》(鲁迅)、《故乡》(许钦文)、《心的探险》(高长虹)、《飘渺的梦及其他》(向培良)、《彷徨》(鲁迅)——以上为《乌合丛书》的广告,《苦闷的象征》(厨川白村作,鲁迅译)、《苏俄的文艺论战》(褚沙克等作,任国桢译)、《出了象牙之塔》(厨川白村作,鲁迅译)、《往星中》(安特列夫作,李霁野译)、《穷人》(陀斯妥夫斯基作,韦丛芜译)、《外套》(果戈理作,韦素园译)、《十二个》(勃洛克作,胡斅译)、《小约翰》(望蔼覃作,鲁迅译)等——以上为《未名丛刊》的广告。在这些书籍广告中,同时在《莽原》(按:本文所说的《莽原》为鲁迅时期的《莽原》,下同)上刊登广告的有:《心的探险》、《飘渺的梦》、《鲁迅第二小说集〈彷徨〉》、《出了象牙之塔》、《穷人》、《未名丛刊〈外套〉快出版了》、《十二个》。下面,我们就来逐则考证《莽原》上刊登的这七则广告是否为鲁迅亲拟。

出了象牙之塔

　　这是厨川白村泛论文学,艺术,思想,批评社会,文明的论文集。著者说:"我是也以斯提芬生将自己的文集题作'贻少男少女'一样的心情,将这小著问世的。"

　　现经鲁迅译出,陶元庆画面,全书约二百六十面,插画五幅。实价七角。＊外埠直接购买者邮费不加,但不能以邮票代价。

　　总发行处:北京东城沙滩新开五号

　　未名社刊物经售处

　　售书时间:每日下午一点半至六点钟。

该广告刊登于半月刊第 1—13、15、16 期,第 10—13 期无＊后的内容。第 15、16 期改为:"日本厨川白村作关于文艺的论文及演说十二篇,是一部极能启发青年的神智的书。鲁迅译。插图四幅,又作者照像一幅。

陶元庆画封面。"第15、16期刊登的内容为鲁迅亲拟应当没有异议，因为它与《印行书籍》中的内容完全一样。现在需要说明的是第15期以前刊登的广告内容是否为鲁迅亲拟。首先，《出了象牙之塔》是鲁迅自己翻译的书籍；其次，该广告刊登在鲁迅自己主编的《莽原》上。同为鲁迅自己翻译的《出了象牙之塔》的广告，既然刊于台静农编的《关于鲁迅及其著作》上的广告为鲁迅亲拟，若说刊于鲁迅自己主编的《莽原》上的广告反而不为鲁迅亲拟实在说不过去——更进一步的论证参见后面。

穷人（发售预约）

这是陀思妥夫斯基的第一部，也是使他即刻成为大家的长篇小说；（小说家）格里戈洛维其和诗人涅克拉索夫为之狂喜，批评家培林斯基曾给他公正的褒辞。

韦丛芜译，鲁迅和 Seltzer 序，封面刊有作者的像，首页刊有作者的铜版肖像。

实价六角五分，不日出书，在出版前预约者，照价八折（六月底止）。仅限在本社。

该广告刊登于半月刊第11—16期。第12期起标题改为《穷人出版了》，第13期起标题改为《穷人》，内容从第12期起也有所改动：正文部分括号内为新增内容，第14期末尾增加"（北京书局代印）"。第15期起改为："俄国陀思妥夫斯基作，韦丛芜译。这是作者第一部，也是使他即刻成为大家的书简体小说；人生的困苦和悦乐，崇高和卑下，以及留恋和决绝，都从一个少女和老人的通信中写出。译者对比了数种译本，并由韦素园用原文校定，这才印行，其正确可想。鲁迅序。前有作者画像一幅，并用其手书及法人跋乐顿画像作封面。"第15、16期刊登的内容为鲁迅亲拟同样没有异议，因为它也与《印行书籍》中的内容完全一样。现在同样需要说明的是第 15 期以前刊登的广告内容是否为鲁迅亲拟。首先，该广告同样刊登在鲁迅主编的《莽原》上；其次，《穷人》虽不为鲁迅自己翻译，却为鲁迅"所校订"①。同样道理，既然刊于台静农编的《关于鲁迅及其著作》上的广告为鲁迅亲拟，刊于鲁迅自己主编的《莽原》上的广告应当也为鲁迅亲拟。

未名丛刊《外套》快出版了

这是果戈理的短篇代表作品，也是他的一篇极有名的讽刺小说，诙谐中藏有隐痛，冷语里仍见同情，凡留心世界文学的都知道。陀思妥夫斯基说一切俄国的小说，都发源于果戈理的故事《外套》，其在本国影响，可想而知。现经韦素园由原文译出。司徒乔画封面。首有关于作者的详细论述及肖像。定价二角五分。

该广告刊登于半月刊第 16—21 期，第 17 期标题改为《未名丛刊〈外套〉一周内出版》、第 18 期起标题改为《未名丛刊〈外套〉出版了》，定价改为"三角"。比较一下《印行书籍》中的内容便可知道，该广告确为鲁迅亲拟："俄国果戈理作，韦素园译。这是一篇极有名的讽刺小说，然而诙谐中藏着隐痛，冷语里仍见同情，凡留心世界文学的都知道。别国译本每有删略，今从原文译出，最为完全。首有关于作者的详细论述及肖像。司徒乔画封面。"并且，从两处的广告内容不完全一致可以推断，鲁迅在为书籍撰写广告词时，他会不断修改。由此可以进一步断定，刊登于《莽原》半月刊第 15 期前后的《出了象牙之塔》和《穷人》，尽管具体内容有所不同，却同样为鲁迅亲拟。

---

① 鲁迅：《三闲集·鲁迅著译书目》，《鲁迅全集》第 4 卷，人民文学出版社 2005 年版，第 186 页。

十二个

俄国勃洛克作长诗［，胡敩译］。作者原是有名的都会诗人，这一篇写革命时代的变化和动摇［，］尤称一生杰作。译自原文，又屡经校定，和重译的颇的（有）不同，前为托罗兹基的《勃洛克论》一篇，（；）鲁迅作后记，加以释解。又有缩印的俄国插图名家玛修庚木刻图画四幅；卷头有作者的画像。

该广告刊登于《莽原》半月刊第 17 期，该广告为鲁迅亲拟应当没有异议，因为它与《印行书籍》中的内容差别极小：［ ］为刊于《印行书籍》时增加的内容，（ ）为不同的地方。从这些不同处可以看出，"胡敩译"这三个字是增加的，其他不同很大可能属排版错误。比较一下《外套》的广告便可看出，刊登于两处的《十二个》的广告差别极小，其原因为：鲁迅已于 8 月 26 日离开北京前往厦门，想改动都已不可能。由此可以进一步断定，刊登于《莽原》半月刊第 15 期前后的《出了象牙之塔》和《穷人》，尽管具体内容有所不同，却同样为鲁迅亲拟。

鲁迅第二小说集《彷徨》

鲁迅第一小说集——《呐喊》出版后，不但国内文艺界公认为不朽的杰作，即法国现代文学家罗曼罗兰见了敬隐渔君的《阿 Q 正传》的法译本，也非常的称赞，说这是充满讽刺的一种写实的艺术，阿 Q 的苦脸永远的留在记忆［中］。

现在鲁迅先生又将——《呐喊》后的小说——已发表的和未发表的，计十一篇，合成这［一］集《彷徨》。有人说，《彷徨》所收各篇依然是充满着讽刺的色彩，但作风有些儿改变了。究竟是不是呢？请读者自己去判断吧。现已付印，实价八角，预约六角。

该广告刊登于《莽原》半月刊第15、19期。第19期标题改为《彷徨》，正文中的最后一句话移至全文开头并改为："鲁迅著定价八角"，［ ］内的文字为第19期所加。其内容与《印行书籍》中的广告内容差别较大："鲁迅的短篇小说集第二本。从一九二四至二五年的作品都在内，计十一篇。陶元庆画封面。"刊登于《莽原》半月刊的该广告应为鲁迅亲拟，除了与《出了象牙之塔》相同的原因外，还可从下面这段话中找到证据："得到较整齐的材料，则还是做短篇小说，只因为成了游勇，布不成阵了，所以技术虽然比先前好一些，思路也似乎较无拘束，而战斗的意气却冷得不少。"① 两相比较不难看出，它们对《彷徨》的评价意思基本相同。在笔者看来，第19期上的改动应该也是鲁迅的意思，因第15期出版半个月后鲁迅才离开北京，他完全有时间对广告中不满意的地方进行修改。

心的探险

　　高长虹著实价六角特价四角半

　　长虹的作品，文字是短峭的，含义是精刻的，精神是对于现社会的反抗。此集为鲁迅所选定。都是作者的代表作品，其特色尤为显著。现已出版，特价至六月底止。

该广告刊登于《莽原》半月刊第13期（7月10日），其内容与《印行

---

① 鲁迅：《南腔北调集·〈自选集〉自序》，《鲁迅全集》第4卷，人民文学出版社2005年版，第469页。

书籍》中的广告内容差别较大："长虹的散文及诗集。将他的以虚无为实有，而又反抗这实有的精悍苦痛的战叫，尽量地吐露着。鲁迅选并画封面。"但仍可断定该广告为鲁迅亲拟。首先，该广告同样刊登在鲁迅主编的《莽原》上；其次，《心的探险》虽不是鲁迅自己的作品集，却为鲁迅"所选定，校字者"①；其三，既然刊于台静农编的《关于鲁迅及其著作》上的广告为鲁迅亲拟，应当能够断定刊于鲁迅自己主编的《莽原》上的广告也为鲁迅亲拟；其四，《出了象牙之塔》和《穷人》这两则广告的内容已经告诉我们，鲁迅在为书籍撰写广告词时，常会写上不同内容，由此可以断定，我们不能因为刊登于两处的《心的探险》广告内容有所不同便断定它们不是鲁迅亲拟。并且，据《鲁迅日记》，高长虹1926年4月16日离京南下开展狂飙运动后，鲁迅只收高长虹两信：6月14日，"得长虹稿，八日杭州发"——高长虹发信时《心的探险》尚未出版；7月14日，"晚得长虹信并稿，十一日杭州发"——此时《心的探险》的广告已在7月10日出版的《莽原》半月刊上登出。从时间表也可看出，该广告不可能为高长虹亲拟。

飘渺的梦

　　向培良著实价五角特价四角

　　这部短篇小说集，为鲁迅所选定，都是作者精心经营之作，倾吐出隐藏在人心深处的精微的悲哀，尤其是青年男女，最易引起读者的共鸣，现已出版，特价至六月底止。

　　该广告刊登于《莽原》半月刊第13期（7月10日），其内容与《印行

---

① 鲁迅：《三闲集·鲁迅著译书目》，《鲁迅全集》第4卷，人民文学出版社2005年版，第185页。

书籍》中的广告内容差别较大："向培良的短篇小说集，鲁迅选定，从最初至现在的作品中仅留十四篇。革新与念旧，直前与回顾；他自引明波乐夫的话道：矛盾，矛盾，矛盾，这是我们的生活，也就是我们的真理。司徒乔画封面。"但仍可断定该广告为鲁迅亲拟，理由与《心的探险》的广告相同。

为了证明《心的探险》和《飘渺的梦》这两则广告确为鲁迅亲拟，笔者再提供一些旁证。1926 年 4 月 10 日，鲁迅写下了这样一段文字："因为或一种原因，我开手编校那历来积压在我这里的青年作者的文稿了；我要全都给一个清理。我照作品的年月看下去，这些不肯涂脂抹粉的青年们的魂灵便依次屹立在我眼前。他们是绰约的，是纯真的，——阿，然而他们苦恼了，呻吟了，愤怒，而且终于粗暴了，我的可爱的青年们！"[①] 从时间和内容可以推断，此处的青年作者的"文稿"当指作为《乌合丛书》后三种的《故乡》（许钦文著，鲁迅于 5 月 2 日得到该书）、《心的探险》（高长虹著，鲁迅于 6 月 13 日得到该书）、《飘渺的梦及其他》（向培良，鲁迅于 6 月 23 日收到该书）。"退稿事件"发生后，鲁迅在给许广平的信中如此说："我这几年来，常想给别人出一点力，所以在北京时，拚命地做，不吃饭，不睡觉，吃了药校对，作文。谁料结出来的，都是苦果子。"[②] 这基本道出了《莽原》时期鲁迅在北京时的真实情况：据李霁野回忆，为了校高长虹的稿子，鲁迅甚至吐了血。[③] 在这种情况下，这些青年作者的"文稿"出版后，鲁迅为其亲拟广告便是很自然的事情。并且，鲁迅虽为莽原社盟主，但实在是"两姑之间难为妇"[④] ——他必须很小心地处理莽原社

---

① 鲁迅：《野草·一觉》，《鲁迅全集》第 2 卷，人民文学出版社 2005 年版，第 228 页。

② 鲁迅：《书信（1904—1926）·261028 致许广平》，《鲁迅全集》第 11 卷，人民文学出版社 2005 年版，第 589 页。

③ 李霁野在《鲁迅先生的爱与憎》（1949 年 10 月）、《鲁迅先生和青年》（1956 年 3 月）等文章中都说到鲁迅深夜为高长虹校稿而吐血的事。

④ 景宋：《景宋十月三十日》，《鲁迅景宋通信集》，湖南人民出版社 1984 年版，第 191 页。

内部事情才行。在《乌合丛书》和《未名丛刊》中的其他广告都由鲁迅亲拟的情况下，若《心的探险》和《飘渺的梦》由作者自己拟定反而有违常理，并可能引起误会：因高长虹在莽原社中"奔走最力"①，且没有固定的生活来源，鲁迅每月给高长虹 10 元、8 元钱，韦素园、李霁野等 1925 年 5 月便一度不给《莽原》来稿。再说，《心的探险》和《飘渺的梦及其他》为鲁迅"所选定，校字者"，鲁迅对其内容非常熟悉，要在自己编辑的刊物上为其作广告，如此短的广告也用不着高长虹、向培良专门来写。

拙作在写作一、二稿时曾拟定这样一条原则："只要同时符合下列两个条件并除去不是鲁迅所拟的《莽原》广告便能断定为鲁迅佚文：1. 鲁迅编辑期间的广告，2. 莽原社及其成员的广告。"在《莽原》周刊和半月刊上刊登的众多广告中，符合这两个条件的广告有 19 则，其中便包括上面已经考证为鲁迅佚文的《出了象牙之塔》、《鲁迅第二小说集〈彷徨〉》、《穷人》、《未名丛刊〈外套〉快出版了》、《飘渺的梦》、《心的探险》。由于《十二个》刊登于第 17 期，此时的鲁迅已离开北京前往厦门，笔者尽管根据文章风格怀疑它为鲁迅亲拟，但由于不符合所列的两个条件，所以只在注释中加以说明——未包含在笔者所列的 19 则广告中。现在结合《印行书籍》可以知道，该广告确为鲁迅亲拟：鲁迅离京后，主持半月刊的韦素园将其刊登于第 17 期时只增加了"胡斅译"三字。由此说明，笔者所拟定的原则至少符合已考证为鲁迅佚文的这些广告。现在，笔者继续考证这一原则是否符合剩下的 13 则广告。《莽原》周刊上符合这两个条件的广告有：《许钦文〈短篇小说三篇〉出版了》（第 1—10 期）、《莽原周刊》（第 1—32 期）、《精神与爱的女神》（第 2—10 期）、《莽原社启事》（第 2—10 期）、《〈深誓〉出版了》（第 17、20 期）、《〈闪光〉出版广告》（第 23、26 期）、《狂飙社的两种新出版物》（第 24、25 期）；《莽原》

---

① 鲁迅：《且介亭杂文二集·〈中国新文学大系〉小说二集序》，《鲁迅全集》第 6 卷，人民文学出版社 2005 年版，第 258 页。

半月刊上符合这两个条件的广告有①：《本刊启事》（第 1 期）、《本刊（重要）代售处》（第 3—6、9、10 期）、《〈华盖集〉出版了》（第 11 期）、《情书一束》（第 11 期）、《〈关于鲁迅及其著作〉快出版了》（第 13—16 期）、《小说旧闻抄》（第 16 期）。在这些广告中，《〈华盖集〉出版了》②、《小说旧闻抄》③ 为鲁迅自己著作的广告，且刊登在自己主编的《莽原》上，正如前面所论证的一样，其为鲁迅亲拟应当没有异议。如此一来，便还剩下 11 则广告需要考证。

先来看看《莽原》周刊上的七则广告。首先考证《许钦文〈短篇小说三篇〉出版了》是否为鲁迅亲拟。该广告（实为书讯）内容为：

> 许钦文《短篇小说三篇》出版了。定价二角。代售处：各大书坊。外埠函购，可向北京宣外南半截胡同四号许钦文接洽。

先来说说许钦文与鲁迅之间非同一般的关系。许钦文是鲁迅的老乡、许羡苏的哥哥，1920 年冬就开始在北京大学旁听鲁迅的课。在鲁迅 1924 年 2 月 18 日完稿的《幸福的家庭》中，不但标题下有副标题"拟许钦文"，并且篇末有《附记》："我于去年在《晨报副刊》上看见许钦文君的《理想的伴侣》的时候……"④ 该小说发表后，社会上便起了一种"广告"论，

---

① 由于《鲁迅全集补遗》（刘运峰，天津人民出版社 2006 年版）已收录了符合笔者所列两个条件的两则广告：《李霁野译〈往星中〉广告》、《〈坟〉出版预告》，所以笔者未再对其进行考证。现根据《印行书籍》可以知道，《李霁野译〈往星中〉广告》确为鲁迅亲拟，而《〈坟〉出版预告》是为自己的作品集打广告，为鲁迅亲拟应该没有异议。

② 具体内容为："这是鲁迅先生的杂感第二集。他在自序中说，因为这是他转辗而生活于风沙中的瘢痕，所以很爱惜他们，收集刊印。每集实价六角。"

③ 具体内容为："鲁迅先生编著《中国小说史略》时，凡遇珍奇材料，均随手择要摘录，书成，积稿至十余巨册，今将明清两代关于小说之旧闻遗事，选取精要者纂集成册，取材审慎，考证精密，凡读过先生所著小说史略者，不可不读此书，实价四角。"

④ 鲁迅：《彷徨·幸福的家庭》，《鲁迅全集》第 2 卷，人民文学出版社 2005 年版，第 42 页。

说鲁迅的那个标题是为许钦文作广告。[①] 鲁迅主观上是否在为许钦文作广告我们不敢妄加推测，但客观上确有这样的效果。1925 年 9 月，为了让鲁迅早在 1924 年初就已编好的许钦文的《故乡》能够出版，"鲁迅先生应得的《呐喊》版税暂不领用，叫北新书局用这笔钱印我的《故乡》"[②]。要知道，此时的鲁迅因买房不久而负债累累[③]，可见他们的关系非同一般。由此可以断定，在许钦文的《故乡》及莽原社其他成员集子的广告由鲁迅亲拟的情况下，刊登在鲁迅编辑的《莽原》上的该则广告应为鲁迅所拟——如此短的广告提笔即可完成，也用不着许钦文专门来写。

其次考证与高长虹有关的三则广告：《精神与爱的女神》、《〈闪光〉出版广告》、《狂飙社的两种新出版物》。前两则广告是高长虹的诗集《闪光》、《精神与爱的女神》的广告，后一则广告中的"两种新出版物"中有一种是他的《闪光》。由于笔者看的《莽原》影印本上的《〈闪光〉出版广告》的内容部分仅能看见"长虹作"这三个字，所以暂时无法判断其作者。先来看另外两则广告。

狂飙社的两种新出版物

一，《闪光》。长出作的短诗，一百四十五首，已版，价洋五分

---

① 许钦文：《来今雨轩》，《〈鲁迅日记〉中的我》，浙江人民出版社 1979 年版，第 36 页。

② 许钦文：《〈鲁迅日记〉中的我》，《〈鲁迅日记〉中的我》，浙江人民出版社 1979 年版，第 5 页。

③ 鲁迅从八道湾搬出后，为了购买（耗资 800 元）并修理（耗资 1020 元）阜成门内大街宫门口内二条 19 号的房子，不得不向许寿裳、齐寿山各借 400 元钱，当时北洋政府面临财政危机，政府官员常被欠薪，有时候一个月只能领到几个月前的一半甚至三分之一的薪水，所以直到鲁迅离京前，《鲁迅日记》中尚有这样的记载：1926 年 7 月 28 日："下午访兼士，收厦门大学薪水四百，旅费百。往公园，还寿山泉百"；8 月 7 日，"季市来，还以泉百"。

（根据意思，该句话当为：长虹作的短诗，一百四十五首，已出版，价洋五分）。

二，《狂飙不定期刊》：第一期已付印。内容：批评与创作。宗旨：力的说教。本期撰创者为尚钺，燕生，培良，成均，雨农，高歌，欲擒，长虹。

《闪光》广告的作者暂时仍不能断定，但可以断定《狂飙》不定期刊广告的作者不是鲁迅——对"说教"很反感的鲁迅，不会用"力的说教"来评价一份刊物。

精神与爱的女神

这本诗集的内容，在歌颂理想的爱——两性共同的创造——以暗示新的人生全部的意义。爱的女神，不含神秘的意味，乃象征一切具有优美的灵性而为现实所泪没的女性。精神亦不过代表觉悟到某种程度的形式而已。诗用旧体，故对于以白话为新文学之全体的人们，殊无一看之必要。但其中反抗的精神，则殊强烈。故于不安于社会的压迫与人生的烦闷的青年，则此书或能与君以或种之刺激也。

可以肯定的是，该广告的作者只可能是两人中的一人：要么是书籍作者高长虹，要么是刊物编辑鲁迅。笔者如此肯定的原因在于，高长虹此时的朋友中，没有其他人能写出这样的广告。高长虹于1924年9月末到北京后，将从太原带来的《狂飙》月刊"送出十几份"，其中一份给了郁达夫①，交往的

①　高长虹：《致籍雨农》，《高长虹全集》第3卷，中央编译出版社2010年版，第26页。

结果却是"仅一次往来，遂成路人"①——此时为1924年11月下旬。尽管高长虹托孙伏园送了一份《狂飙》月刊给周作人，但周作人看后"没有说什么"②。用高长虹自己的话来说，孙伏园好摆"臭架子"③，更不可能为高长虹的诗集撰写广告词。再来看看高长虹为他同类诗集《献给自然的女儿》写的广告就可断定该广告不是高长虹写的："恋爱诗十一首。大半是没有发表过的。第一首长约五千言，是作者一篇代表的作品，写宇宙，人生，科学，艺术，民众思想的联合。生命是世界的花，恋爱是生命的花，艺术是恋爱的花，诗歌是艺术的花，《献给自然的女儿》是一切花中的花"④；"这便是所谓'健康的诗歌'。在艺术与人生上，都达到极致。第一首是在海上写的；正是中国最混乱的时候，吟边韵外，颇多所触发，这又是所谓'音乐的批评'"⑤……通观高长虹为自己书籍写的广告，可以看出其特点为有些夸大其词且以叙述为主，《精神与爱的女神》却很谦虚且是对内涵的高度概括，所以可以断定该广告不是高长虹写的。为了证明该广告确为鲁迅亲拟，除第二部分将详细谈到此时高长虹与鲁迅的友好关系外，此处还罗列一下《精神与爱的女神》出版后《鲁迅日记》中的相关记载：3月9日，"阎宗临、长虹来并赠《精神与爱的女神》二本，赠以《苦征》各一本"；3月12日，"以《山野掇拾》及《精神与爱之女神》各一本赠季市"；3月20日，"长虹来并赠《精神与爱的女神》十本"；3月22日，"上午诗荃、诗苟来，赠以《苦闷的象征》、《精神与爱的女神》各一本"；4月6日，"下午钦文来，赠以《精神与爱之女神》一本"。从这些记载可

① 高长虹：《走到出版界·给鲁迅先生》，《高长虹全集》第2卷，中央编译出版社2010年版，第159页。

② 高长虹：《走到出版界·1925，北京出版界形势指掌图》，《高长虹全集》第2卷，中央编译出版社2010年版，第193页。

③ 同上书，第203页。

④ 高长虹：《长虹的著作十种两种已出余续出》，《高长虹全集》第3卷，中央编译出版社2010年版，第197—198页。

⑤ 高长虹：《本刊编者的著作》，《高长虹全集》第3卷，中央编译出版社2010年版，第250页。

以看出，鲁迅对《精神与爱的女神》是非常喜欢的。既如此，为其广而告之也在情理之中。

再来看《〈深誓〉出版了》、《情书一束》。《深誓》和《情书一束》都属章衣萍的作品集，由于笔者所看的《莽原》影印本上《〈深誓〉出版了》的内容部分只有"这是衣萍先生的一本诗集，是曙天女士替他编的。这诗集里"这些文字，暂时无法对其进行判断，故只能对《情书一束》的广告作者进行推断。该广告的内容部分为：

> 本书共八万字，计二百六十余页，分上下两卷。上卷为《松萝山下》、《从你走后》、《阿莲》、《桃色的衣裳》四篇。共含情书约二十余封。有的写同性恋爱的悲惨，有的写三角恋爱之纠缠，有的写离别后的相思，怨哀惋转，可泣可歌。下卷为《红迹》、《爱丽》、《你教我怎么办呢》、《第一个恋人》四篇。《红迹》为少女的日记体裁，写恋爱心理，分析入微。内附插图两幅。封面为曙天女士所绘，用有色版精印。

如此啰唆、煽情的广告不可能出自鲁迅之手，如此一来，便只可能出自章衣萍或吴曙天之手了。依此类推，《〈深誓〉出版了》也不应当为鲁迅所写。

最后来看《〈关于鲁迅及其著作〉快出版了》。关于该广告，标题和内容都有变化，第 14 期的标题改为《〈关于鲁迅及其著作〉一周内就出版了》，第 15、16 期改为《〈关于鲁迅及其著作〉出版了》。第 13、14 期的内容部分为：

> 这是台静农收集近年来一般人士对于鲁迅先生及其著作的观察和批评而成的一本书。内插有鲁迅少年和中年的肖像，并有陶元庆最近给他绘的画像。末附有鲁迅的撰译表。

第 15、16 期的内容部分为：

这是台静农先生收集近年来一般人士对于鲁迅先生及其著作的观察，感想和批评而成的一本书。内插有鲁迅少年和中年的肖像，并有陶元庆最近给他绘的画像，还有林语堂先生绘的《打叭儿狗图》一幅。末附有景宋女士拟的鲁迅撰译表。全书约百四十面，内有文章十四篇。

根据鲁迅自己的著译和他编印的《乌合丛书》、《未名丛刊》中的广告都由他自己拟写可以断定，该广告应为鲁迅亲拟。

在符合条件的广告中，还剩下《莽原周刊》、《莽原社启事》、《本刊启事》、《本刊（重要）代售处》四则。由于这期间的《莽原》由鲁迅编辑，按道理都应该是鲁迅佚文，但笔者能肯定的只有《莽原周刊》这一则："鲁迅先生主撰，注重文艺思想等问题，每星期五随京报发行"，因该广告实际上是《〈莽原〉出版预告》（已收入《全集》）的精华版："闻其内容大概是思想及文艺之类，文字则或撰述，或翻译，或稗贩，或窃取，来日之事，无从须知。但总期率性而言，凭心立论，忠于现世，望彼将来云。"①再看看《京报》的其他九种周刊广告便可知道，此广告不愧为鲁迅所拟：言简而意赅！

尽管笔者不敢擅作主张将剩下的三则广告视为鲁迅佚文，但它们的作用不可小觑。《莽原社启事》全文为："本刊总发行处：北京东城翠花胡同北新书局。凡有代派或零卖事宜，概与该书局接洽，但投稿或其他信件，仍寄锦什坊街九十六号本刊通信处"；《本刊启事》全文为："本刊由未名社刊物经售处负责发行，以前的莽原周刊发行订阅手续概归北新书局清理"；《本刊（重要）代售处》全文为："北京：各大学号房、翠花

---

① 鲁迅：《集外集拾遗补编·〈莽原〉出版预告》，《鲁迅全集》第 8 卷，人民文学出版社 2005 年版，第 472 页。

胡同北新书局、景山东大街景山书店、东安市场（佩文斋、新华书社）、劝业场（东亚书局、四友书社、会友书社）、琉璃厂萃文商行、宫内头发胡同文古斋，上海：光华书局、出版合作社，南京：启明书局，芜湖：科学图书馆，长沙：长沙商店，开封：国民书社，太原：晋华书社，宁波：宁波书店”①。这些广告包含着丰富信息：不但能从中知道《莽原》的发行处、通信处、代售处这些基本信息，还能从代售处越来越多知道《莽原》的影响越来越大——在谈到《莽原》的影响范围时，《本刊（重要）代售处》罗列的地址无疑是最直接并最有说服力的证据。如对相关情况有所了解，那么它们所能提供的信息远比上面丰富。晋华书社是太原社会主义青年团成员王振翼、贺昌等人1921年8月在太原创办的，高长虹在太原期间，经常在此买书并成为创办人之一张稼夫的好朋友②，由此可推断，该书社一开始便能成为《莽原》代售处应当是高长虹牵线搭桥的结果。“退稿事件”发生后，高长虹曾如此说：“实则我一月虽拿十元八元钱，然不是我亲自去代售处北新书局讨要，便是催迫有麟去讨要”③，证之以《莽原社启事》可以看出，高长虹的话是真实的。景山书店是韦素园、冯至等听说与“月亮诗”有关的“流言”的地方：“鲁迅在一九二六年十二月二十九日写给韦素园和一九二七年一月十一日写给许广平的信中提到的高长虹的那首诗，是我们从认识高长虹的一个朋友那里听来的，我们在景山东街的夜话里谈到此事，韦素园写信告诉了鲁迅，鲁迅因而在《故事新编》的《奔月》里‘和

---

① 第4期增加了武昌的“时中书社”、上海增加了“民智书局”；第9期北京的东安市场增加了“福华书社”、上海增加了“创造社出版部”、武昌增加了“共进书社”、开封增加了“两河书社”，并在天津增加了“英华书局”，广州增加了“广大消费社”、“创造社出版部分部”，成都增加了“华阳书报流通处”，重庆增加了“唯一书局”，贵阳增加了“振亚书局”，标题也从第5期起改为《本刊代售处》。

② 张稼夫：《我和“狂飙社”》，山西盂县政协编《高长虹研究文选》，北岳文艺出版社1991年版，第30页。

③ 高长虹：《走到出版界·1925，北京出版界形势指掌图》，《高长虹全集》第2卷，中央编译出版社2010年版，第202页。

他开了一些小玩笑'。"①《本刊启事》则告诉我们，半月刊时期未名社成员已由周刊时期的"第二集团军"变成"第一集团军"了——以高长虹为首的狂飙社成员则与此相反，正如高长虹后来在给鲁迅的信中所说："从半月刊的形迹之间，几无处不显示有入主出奴之分。"②

由此可知，笔者所拟定的原则至少适合"《莽原》广告"且是"鲁迅时期"的《莽原》广告这种情况。看了朱金顺先生收入《新文学考据举隅》中的《〈萧伯纳在上海〉广告应为鲁迅所作》、《鲁迅先生与"文艺连丛"》后，发现该原则同样适合于"文艺连丛"的广告。退一步说，即使人们不认可这一原则，但该原则至少告诉人们，我们应重视鲁迅编辑的报刊上的广告。

确实，笔者认为是鲁迅佚文的这些广告并没有已经收入《鲁迅全集》的这四则广告那样有直接证据：《〈未名丛刊〉与〈乌合丛书〉广告》（题下署名"鲁迅编"）、《〈苦闷的象征〉广告》（文末有"鲁迅告白"）、《〈未名丛刊〉是什么，要怎样？（一）》（题下署名"鲁迅"）、《〈未名丛刊〉与〈乌合丛书〉印行书籍》（题下署名"鲁迅编"）、《〈莽原〉出版预告》——鲁迅认为《京报副刊》（1925年4月20日）上的《莽原》广告"夸大可笑"，"第二天我就代拟了一个别的广告，硬令登载"③。但是，如果非要有如此明显证据，已经收入《鲁迅全集》中的多数广告都应拿掉，因为它们都没有如此明显的证据。因笔者对其他广告没有进行过专门考证，也由于孤陋寡闻没见过相关考证，所以此处只谈自己有所了解的广告。收入第8卷的《〈未名丛刊〉是什么，要怎样？（二）》尽管与《〈未名丛刊〉与〈乌合丛书〉广告》、《〈未名丛刊〉是什么，要怎样？（一）》的部分内容相同，

---

① 冯至：《鲁迅与沉钟社》，赵家璧等《编辑生涯忆鲁迅》，河北教育出版社2000年版，第250—251页。

② 高长虹：《走到出版界·给鲁迅先生》，《高长虹全集》第2卷，中央编译出版社2010年版，第160页。

③ 鲁迅：《书信（1904—1926）·250422 致许广平》，《鲁迅全集》第11卷，人民文学出版社2005年版，第481页。

但毕竟有多数部分不同，该广告刊登时并未署名"鲁迅"，也没其他证据证明，我们怎能擅自确定不同部分为鲁迅亲拟呢？如果说《〈未名丛刊〉是什么，要怎样？(二)》总还有一部分内容为鲁迅亲拟，所以应收进《鲁迅全集》，那么《萧伯纳在上海》这一广告就完全不应增收进 2005 年版《鲁迅全集》：因为该书由鲁迅和瞿秋白合编——不像《莽原》一样由鲁迅独自编辑，由费慎祥独自经营的野草书屋虽然得到了鲁迅支持，但毕竟不像《莽原》一样由鲁迅亲自编辑。如果《萧伯纳在上海》这一广告都可以收入《鲁迅全集》，笔者所列的 12 则广告更应收进《鲁迅全集》。

笔者这样说，并不是说非得将这些广告从《鲁迅全集》中拿掉才行，而是说在确定何为鲁迅佚文时应标准统一。已收入《鲁迅全集》的《〈莽原〉出版预告》告诉我们，在鲁迅亲拟的广告中，确实存在未署名的情况。鲁迅在撰写这些广告词时并不看重，所以刊登时未署名，而鲁迅的文字已被人们称为"吉光片羽"[1]，所以将这些广告考证出来便是后人义不容辞的责任——如有明显证据，也用不着考证了。在穷搜鲁迅佚文多年之后，与鲁迅有关的佚文可以说是越来越少，在这种情况下，如果注意一下鲁迅编辑报刊上的广告，应该有大量收获。高长虹曾这样评价《莽原》广告："普通的批评看去像广告，这里的广告却像是批评。"[2] 在笔者看来，这实际上是对鲁迅时期的《莽原》广告的极其恰当的评价。董大中先生在评价鲁迅拟的《〈莽原〉出版预告》时这样说："鲁迅拟的广告，既点明了主旨，又预示了特色，于谦和的介绍中透出一股教人不注意不行的魅力"[3]，朱金顺先生认为"鲁迅先生是拟定书籍广告的高手"[4]，笔者要说的是：若要用最少文字对一本书的精髓进行概括的话，鲁迅所拟的大部分书

---

①　陈漱渝：《序》，刘运峰编《鲁迅佚文全集》，群言出版社 2001 年版。

②　高长虹：《走到出版界·未名社的翻译，广告及其他》，《高长虹全集》第 2 卷，中央编译出版社 2010 年版，第 155 页。

③　董大中：《鲁迅与高长虹》，河北人民出版社 1999 年版，第 68 页。

④　朱金顺：《〈萧伯纳在上海〉广告应为鲁迅所作》，《新文学考据举隅》，中国文史出版社 1990 年版，第 11 页。

籍广告无疑是最佳选择。

顺便说说佚文考证的方法。汪成法先生在《周作人"顽石"笔名考辨》中曾如此写道："这里不想从文笔或者风格的角度来论证这些文章不属于周作人，因为那是太过空灵难察的标准。"[①] 董大中先生也曾在信中反复告诫笔者："查找高长虹早期佚文，风格不是第一标准，也不是第二标准，只能放在第三位、第四位"（2007年2月3日）；"不能把风格放在第一位。一个人即使已形成风格，个别篇也会有截然不同之处"（2007年2月7日）。在笔者看来，这些都是经验之谈。鲁迅至少是中国现代作家中文章风格最突出的人之一了，仍不断有人将高长虹、徐诗荃、徐懋庸、唐弢等人的文章误以为是鲁迅的。由此也可说明，考证佚文时风格只是必要条件，而不是充要条件，即：只有具备某人风格的文章才有可能是某人佚文，但是，具备了某人风格的文章不一定就是某人佚文。所以笔者在考证这些广告为鲁迅佚文时没从风格角度进行考证。

二 广告反映出的人际关系

看看所考证的19则（不包括刊登于第17期上的《十二个》）广告刊登的期数便可知道，它们不是一样的。这期数的多少犹如晴雨表，很好地反映了相关书籍著/译者与鲁迅关系的亲疏程度及其变化。除去与鲁迅和莽原社有关的9则广告，能够反映人际关系变化的广告有10则。属于周刊时期的广告有：《许钦文〈短篇小说三篇〉出版了》、《精神与爱的女神》、《〈深誓〉出版了》、《〈闪光〉出版广告》、《狂飙社的两种新出版物》，属于半月刊时期的广告有：《穷人》、《情书一束》、《飘渺的梦》、《心的探险》、《未名丛刊〈外套〉快出版了》。

先来看周刊时期。很明显，鲁迅对许钦文、高长虹与对章衣萍的态度不一样，对高长虹前后期的态度不一样。许钦文的《短篇小说三篇》的广

---

① 汪成法：《周作人"顽石"笔名考辨》，《湖南人文科技学院学报》2007年第1期。

告接连刊登了十期，高长虹的《精神与爱的女神》的广告接连刊登了九期，章衣萍的《深誓》的广告仅刊登两期。《精神与爱的女神》的广告尽管比《短篇小说三篇》的广告少一期，前者却比后者长得多，两相抵消，至少可以说他们两人此时在鲁迅心目中地位相当。关于鲁迅与许钦文之间非同一般的关系，前面已有论述，在此从略。现在来看看鲁迅与高长虹之间的关系。高长虹1924年12月10日才初次拜访鲁迅："夜风。长虹来并赠《狂飙》及《世界语周刊》。"① 关于这次拜访，高长虹曾如此写道："在一个大风的晚上我带了几份《狂飙》，初次去访鲁迅。这次鲁迅的精神特别奋发，态度特别诚恳，言谈特别坦率，虽思想不同，然使我想象到亚拉籍夫与绥惠略夫会面时情形之仿佛。我走时，鲁迅谓我可常来谈谈，我问以每日何时在家而去。"② 从高长虹所用的三个"特别"可以看出，鲁迅此时对高长虹是多么好。当然，这与鲁迅"正在准备毁坏者"以打破"漆黑的染缸"③ 有关。所以在得知邵飘萍约请鲁迅为《京报》编一副刊时，"第二天晚上，我们便聚集在鲁迅先生家里吃晚饭"④；1925年4月11日，"夜买酒并邀长虹、培良、有麟共饮，大醉"⑤。由此可以进一步证明，《精神与爱的女神》的广告确为鲁迅所拟。在参加"共饮"的人中，实际上还有《深誓》作者章衣萍，鲁迅却没将他记入日记中。董大中先生的解释是："章在'共饮'之前，对于《莽原》没有作过什么事，是临时加入的……有点像是临时碰上也便拉进来一起吃酒。"⑥ 除此之外，还应当与章衣萍不

① 鲁迅：《日记（1912—1926）》，《鲁迅全集》第15卷，人民文学出版社2005年版，第539页。

② 高长虹：《走到出版界·1925，北京出版界形势指掌图》，《高长虹全集》第2卷，中央编译出版社2010年版，第195页。

③ 鲁迅：《书信（1904—1926）·250323 致许广平》，《鲁迅全集》第11卷，人民文学出版社2005年版，第468页。

④ 荆有麟：《〈莽原〉时代》，孙伏园、许钦文等《鲁迅先生二三事——前期弟子忆鲁迅》，河北教育出版社2000年版，第252页。

⑤ 鲁迅：《日记（1912—1926）》，《鲁迅全集》第15卷，人民文学出版社2005年版，第560页。

⑥ 董大中：《鲁迅与高长虹》，河北人民出版社1999年版，第69页。

是鲁迅所要寻找的"毁坏者"有关：看看章衣萍在《莽原》上刊登广告的书名——《深誓》、《情书一束》——便可知道。并且能够进一步断定，这两本书的广告确实不是鲁迅写的——鲁迅对这类东西不感兴趣。同为高长虹的广告，《〈闪光〉出版广告》、《狂飙社的两种新出版物》都只分别登了两期，这实际上反映出高长虹与鲁迅的关系已由亲变疏。高长虹晚年在回忆他与鲁迅的交往时说：《闪光》的出版在他和鲁迅的友谊中"造成了初次的裂痕"，《狂飙》不定期刊"在一九二五年冬间的出版，鲁迅本说要写篇小说，后来又说翻译，但最后连译稿都没有。狂飙朋友都攻击起鲁迅来。我时常为鲁迅辩护，从中劝解。"① 由此可以进一步断定，这两则广告同样不应当是鲁迅所拟。

再来看看半月刊时期。《情书一束》的广告已结合《深誓》的广告进行分析，半月刊从第 17 期起便不是鲁迅编辑，所以《未名丛刊〈外套〉快出版了》（第 16—21 期）也应排除在外，如此一来便还剩下作为《乌合丛书》的广告《飘渺的梦》、《心的探险》和作为《未名丛刊》的广告《穷人》了。我们知道，《乌合丛书》和《未名丛刊》是由鲁迅编印的两套丛书，前者专收创作，后者专收翻译。高鲁冲突爆发后，鲁迅在彻底清算高长虹的《新的世故》中如此说："创作翻译和批评，我没有研究过等次，但我都给以相当的尊重。"② 刊登广告的期数却告诉我们，它们之间是有"等次"的：《穷人》刊登了 6 期（第 11—16 期）、《飘渺的梦》、《心的探险》只刊登了 1 期（第 13 期）。笔者打算如此解释这一现象：尽管鲁迅理智上"创作翻译和批评，我没有研究过等次，但我都给以相当的尊重"，情感上此时却偏向于未名社成员——已收入《鲁迅全集补遗》中的《李霁野译〈往星中〉广告》甚至刊登了 7 期（第 10—16 期）。1925 年 11 月，"《京报》要停止副刊以外的小幅了，便改为半月刊，由

① 高长虹：《一点回忆——关于鲁迅和我》，《高长虹全集》第 4 卷，中央编译出版社 2010 年版，第 363 页。

② 鲁迅：《集外集拾遗补编·新的世故》，《鲁迅全集》第 8 卷，人民文学出版社 2005 年版，第 185 页。

未名社出版"①。莽原改组时，"鲁迅想改用《莽原》半月刊交给未名社印行并想叫我担任编辑的时候，我赞成了出版方法，把编辑责任辞却了"②，"虽经你解释，然我终于不敢担任，盖不特无以应付外界，亦无以应付自己；不特无以应付素园诸君，亦无以应付日夕过从之好友钟吾。"③ 在这种情况下，鲁迅情感上偏向未名社成员便是顺理成章的事情。

现在再来看看《莽原》上刊登的其他广告。此类广告甚多，因篇幅关系仅择其要者进行分析。在周刊和半月刊上都有不少语丝社、猛进社、创造社的广告，却没有现代评论社的广告，由此可知，鲁迅把语丝社、猛进社、创造社当作莽原社盟友，却把现代评论社排除在外。由此可以进一步知道，鲁迅在《莽原》创办以前不同意徐旭生将《语丝》、《现代评论》、《猛进》"集合起来，办一个专讲文学思想的月刊"④ 的建议的部分原因了：鲁迅压根儿就没把现代评论社的人当成盟友。由此还可以进一步知道，尽管 1921 年 8 月 29 日鲁迅在给周作人的信中说"我近来大看不起沫若田汉之流"⑤，并且 1924 年 1 月 17 日在北京师范大学附属中学校友会演讲时对"崇拜创作"的观点提出了批评⑥，但莽原时期鲁迅对创造社成员的态度已有所改变，所以便会有后来联合创造社的打算。1926 年 11 月 7 日，鲁迅

---

① 鲁迅：《且介亭杂文二集·〈中国新文学大系〉小说二集序》，《鲁迅全集》第 6 卷，人民文学出版社 2005 年版，第 258 页。

② 高长虹：《一点回忆——关于鲁迅和我》，《高长虹全集》第 4 卷，中央编译出版社 2010 年版，第 364 页。

③ 高长虹：《走到出版界·给鲁迅先生》，《高长虹全集》第 2 卷，中央编译出版社 2010 年版，第 160 页。

④ 鲁迅：《华盖集·通讯》，《鲁迅全集》第 3 卷，人民文学出版社 2005 年版，第 24 页。

⑤ 鲁迅：《书信（1904—1926）·210829 致周作人》，《鲁迅全集》第 11 卷，人民文学出版社 2005 年版，第 413 页。

⑥ 鲁迅：《坟·未有天才之前》，《鲁迅全集》第 1 卷，人民文学出版社 2005 年版，第 175 页。《全集》中有这样的注释："这里所说似因郭沫若的意见而引起的。郭沫若曾在 1921 年 2 月《民铎》第二卷第五号发表的致李石岑函中说过：'我觉得国内人士只注重媒婆，而不注重处子；只注重翻译，而不注重产生。'"

在给许广平的信中如此写道："其实我也还有一点野心，也想到广州后，对于研究系加以打击，至多无非我不能到北京去，并不在意；第二是同创造社连络，造一条战线，更向旧社会进攻，我再勉力做一点文章，也不在意。"① 1927 年 11 月 9 日，"郑伯奇、蒋光慈、段可情来"②，"商谈联合作战事宜"："鲁迅对创造社的倡议不仅欣然表示赞同，并且慨然提出，不必另办刊物，可以把《创造周报》恢复起来，使之成为共同战斗的园地。于是，在 1927 年 12 月 3 日《时事新报》和 1928 年元旦初版发行的《创造月刊》第一卷第八期上，分别刊登了《〈创造周刊〉复活了》的预告和《创造周报》优待定户的启事。由鲁迅、麦克昂（郭沫若的变名）、蒋光慈等领衔署名，公开宣告'不甘心任凭我们的文艺界长此消沉'，说'我们的文学革命已经告了一个段落，我们今天要根据新的理论，发扬新的精神，努力新的创作，建设新的批评。'"③

不但周刊上刊登了狂飙社的四则广告，狂飙社的《弦上》周刊出版后，半月刊第 5、6、11、12、14、15 期上也有它的广告。由此可知，莽原改组前后狂飙社成员自办刊物，尽管鲁迅情感的天平偏向了未名社成员，但是鲁迅"依然关怀着狂飙社作家群"④。若把时间稍稍放宽一些看看第 17 期（9 月 10 日）、第 20 期（10 月 25 日）的半月刊（上面有狂飙社广告）便会发现，不但鲁迅对高长虹的恶毒攻击会莫名其妙，就是未名社成员应该也没想到他们将高歌的《剃刀》和向培良的《冬天》退回后会造成如此严重的后果：北京的向培良"愤怒而凄苦"⑤地给上海的高长虹写信；高

---

① 鲁迅：《书信（1904—1926）·261107 致许广平》，《鲁迅全集》第 11 卷，人民文学出版社 2005 年版，第 606 页。

② 鲁迅：《日记（1927—1936）》，《鲁迅全集》第 16 卷，人民文学出版社 2005 年版，第 46 页。

③ 黄淳浩：《创造社：别求新声于异邦》，社会科学文献出版社 1995 年版，第 106 页。

④ 董大中：《鲁迅与高长虹》，河北人民出版社 1999 年版，第 131 页。

⑤ 高长虹：《走到出版界·给鲁迅先生》，《高长虹全集》第 2 卷，中央编译出版社 2010 年版，第 159 页。

长虹接信后第二天（10 月 10 日）便给鲁迅和韦素园写公开信并发表在上海《狂飙》第 2 期（10 月 17 日）上；正在鲁迅对高长虹、韦素园等人都不满的时候，高长虹迫不及待地在《狂飙》周刊第 5 期（11 月 7 日）上发表《1925，北京出版界形势指掌图》对鲁迅进行恶毒攻击，致使"中国现代文学史上的一桩公案"全面爆发。由此可知，高鲁冲突爆发实在是"冰冻三尺，非一日之寒"，"退稿事件"仅是"一根导火线罢了"①。这便是"退稿事件"发生后，"纵观高鲁冲突中长虹的文章，涉及压稿事件的，只有公开信和一篇叫作《戏答》的打油诗，其他文章中均一字未提"②的根本原因。

三　鲁迅对刊物刊登广告的看法

看看内容便可知道，《莽原》广告严格限定在书刊、出版、社团上，没有一则其他方面的广告，知道这一点，便可明白鲁迅对刊物刊登广告的看法。关于这一点，抄录一段鲁迅的文字便能说明问题：

> 看广告的种类，大概是就可以推见这刊物的性质的。例如"正人君子"们所办的《现代评论》上，就会有金城银行的长期广告，南洋华侨学生所办的《秋野》上，就能见"虎标良药"的招牌。虽是打着"革命文学"旗子的小报，只要有那上面的广告大半是花柳药和饮食店，便知道作者和读者，仍然和先前的专讲妓女戏子的小报的人们同流，现在不过用男作家，女作家来替代了倡优，或捧或骂，算是在文坛上做工夫。③

---

① 廖久明：《高长虹与鲁迅及许广平（修订本）》，东方出版社 2009 年版，第 289 页。

② 言行：《一生落寞，一生辉煌——高长虹评传》，百花文艺出版社 1996 年版，第 157 页。

③ 鲁迅：《三闲集·我和〈语丝〉的始终》，《鲁迅全集》第 4 卷，人民文学出版社 2005 年版，第 175 页。

在广告无孔不入的今天，鲁迅这段话对我们应该有一点启示作用：刊物刊登广告应注意其内容，不能见钱眼开，否则便是自砸招牌。这段话还提醒我们，根据广告可以推知刊物的性质、它的作者群和读者群等，这无疑为现在流行的报刊研究提供了一个新的视角。推而广之，该段话蕴含的道理同样适合于各种媒体的广告，如此一来，它的启示作用便可以拓展到所有与广告有关的对象，包括制作者、传播者和接受者。

这篇文章已经不短了，在搁笔前却还有点题外话要说。笔者写这篇文章，完全属意外之举。由于"狂飙社作家群不仅参加了筹办，而且绝对是它的基本队伍，是它的主力"①，所以在写作《一群被惊醒的人——狂飙社研究》时通读了《莽原》周刊和半月刊（当然是影印本）。在通读中发现，在人们穷搜鲁迅佚文多年之后，竟然在鲁迅主编的、著名而常见的《莽原》上发现这么多鲁迅佚文！②笔者在惊讶之余，觉得有必要公之于众，于是写了这样一篇文章。由于鲁迅一生办了不少刊物，这一经历提醒我，在鲁迅主办的其他刊物上，应该还能发现鲁迅佚文。由于笔者的兴趣是通过甄别后的史料来研究现代文学史和思想史，辑佚只是

---

① 董大中：《鲁迅与高长虹》，河北人民出版社 1999 年版，第 85 页。

② 由于体例限制不能一起分析，《莽原》上实际还有下列文章属鲁迅佚文：周刊第 4 期的《豫报》广告，半月刊上的广告还有：叶遂宁画像下的文字说明（第 1 期）、《请看北京唯一的报纸——〈国民新报〉》（第 4、5 期）、《十二个》（第 17 期）、《毛线袜》（第 17 期）、《罗兰的真勇主义》（第 7—8 期合刊）和《巴什庚之死》（第 17 期）后的《译者记》等。因《全集》第 8 卷收录了周刊第 12 期上的《正误》，《补遗》收录的《正误》更多，若以此为标准，《莽原》上的鲁迅佚文还应包括：周刊第 2、8、9、10、11、17、24 期上的《正误》，半月刊第 2、5、6、10、11 期上的《正误》。在一些人看来，这样的《正误》毫无意义。不过，笔者看见这些《正误》时，很自然地想到了"退稿事件"发生后鲁迅写的一段文字："我这几年来，常想给别人出一点力，所以在北京时，拼命地做，不吃饭，不睡觉，吃了药校对，作文。谁料结出来的，都是苦果子。"（鲁迅：《书信（1904—1926）·261028 致许广平，《鲁迅全集》第 11 卷，人民文学出版社 2005 年版，第 590 页）透过这些《正误》，我仿佛能看见鲁迅在烟雾缭绕中尽力睁大眼睛，一字一字校对的情景。

附带工作：在研究过程中发现佚文便将它们收集起来并进行考证，或为了研究而收集资料并进行考证。笔者很遗憾不能像刘运峰先生一样长期致力于鲁迅佚文的辑录工作，所以非常希望或有人继续专门辑录鲁迅和他人的佚文，或在从事研究过程中附带做一点辑佚工作，以使资料工作做得更完善一些！

新酒装在旧瓶里

——从编排情况看《女神》的"地方色彩"

　　笔者在通读 2008 年版《〈女神〉及佚诗》时首先对那么多诗歌未收入《女神》感到疑惑，随后对《女神》的编排方式感到惊讶：全书由三辑构成；第一辑由三部诗剧构成，第二辑由《凤凰涅槃之什》、《泛神论者之什》、《太阳礼赞之什》三部分构成，第三辑由《爱神之什》、《春蚕之什》、《归国吟》三部分构成；第二、三辑每部分都由十首诗歌构成——《归国吟》目录上虽然只有五首诗歌，由于《西湖纪游》由六首诗组成，所以该部分实际上也有十首诗歌。这种编排方式让笔者联想到了郭沫若对中国古人数字观念的评价："古人数字的观念以三为最多，三为最神秘（三光、三才、三纲、三宝、三元、三品、三官大帝、三身、三世、三位一体、三种神器等等）"①，并联想到了鲁迅对"十景病"的批判："我们中国的许多人，——我在此特别郑重声明：并不包括四万万同胞全部！——大抵患有一种'十景病'，至少是'八景病'，沉重起来的时候大概在清朝。凡看一部县志，这一县往往有十景或八景，如'远村明月''萧寺清钟''古池好水'之类。而且，'十'字形的病菌，似乎已经侵入血管，流布全身，其势力早不在'！'形惊叹亡国病菌之下了。点心有十样锦，菜有十碗，音

---

　　① 郭沫若：《中国古代社会研究·〈周易〉时代的社会生活》，《郭沫若全集》历史编第 1 卷，人民出版社 1982 年版，第 33 页。

乐有十番，阎罗有十殿，药有十全大补，猜拳有全福手福手全，连人的劣迹或罪状，宣布起来也大抵是十条，仿佛犯了九条的时候总不肯歇手。"[1]难道被认为富有"时代精神"缺乏"地方色彩"的《女神》并不缺乏"地方色彩"[2]？也就是说，难道富有"时代精神"的诗歌是按照"地方色彩"编排成书的？换句话说，新酒难道装在了旧瓶里？如果事实确实如此，那么，郭沫若到底是有心栽花还是无意插柳？对这些问题的回答不但能够帮助我们正确评价《女神》，还能够为作家作品研究提供一个新的角度，所以笔者不揣浅陋写作了此文。

一　《女神》编排情况分析

《〈女神〉及佚诗》由初版本《女神》和《女神》时期佚诗两部分构成，编者对"《女神》时期"有这样的说明："本书辑录的佚诗，最早的创作于1915年，最晚的一篇写于1924年。这一时间范围涵盖了郭沫若留学日本十年的诗歌的创作经历。"[3] 由于《女神》编定于1921年5月，所以本文在考察《女神》编排情况时仅考察在这之前创作的诗歌。《女神》时期佚诗共收录诗歌95首，其中66首（31首曾发表）创作于1921年5月前，由此可知，郭沫若在编排《女神》时，并不是简单地将已经创作或者发表的诗歌收集起来结集出版，而是经过精心选择。

如果再来具体考察一下《女神》第三辑的收录情况便会发现，郭沫若在编排《女神》时甚至达到了削足适履的地步。第三辑由《爱神之什》、《春蚕之什》和《归国吟》三部分构成，《爱神之什》收录了两首未发表的

---

① 鲁迅：《坟·再论雷峰塔的倒掉》，《鲁迅全集》第1卷，人民文学出版社2005年版，第201页。

② 此处的"时代精神"、"地方色彩"分别借用自闻一多的《女神之时代精神》（《创造周报》第4号）、《女神之地方色彩》（《创造周报》第5号）。

③ 蔡震：《一个历史的文本》，郭沫若《〈女神〉及佚诗》，人民文学出版社2008年版，第296页。

诗歌：《Venus》、《别离》，后一首还是旧体诗，《春蚕之什》收录了三首未发表的诗歌：《晨兴》、《春之胎动》、《日暮的婚筵》。一方面有 31 首已经发表的诗歌未收录，另一方面却收录了五首未发表的诗歌，其中一首还是旧体诗，由此可以得出这样的结论：郭沫若在编《爱神之什》和《春蚕之什》时，由于在已经发表的诗歌中找不到合适的诗歌，只好从未发表的诗歌中选择，由于在未发表的诗歌中找不到足够多的新诗，于是只好从旧体诗中选择。

通过以上分析可以得出这样的结论：《女神》由三辑构成，第一辑由三部诗剧构成，第二、三辑每辑由三部分构成，每部分由十首诗歌构成，这样的编排方式是郭沫若有心栽花的结果。联系中国传统文化对数字"三"和"十"的推崇可以知道，《女神》是按照"地方色彩"编排起来的，也就是说，新酒确实装在了旧瓶里。

二　《女神》编排与童年经验

在笔者看来，郭沫若将充满"时代精神"的诗歌按照"地方色彩"编排在一起的原因有两个：一、心境的变化，二、童年经验的影响。

从相关叙述可以知道，《女神》中的诗歌大多是在兴奋状态下创作出来的："在民八、民九之交，那种发作时时来袭击我。一来袭击，我便和扶着乩笔的人一样，写起诗来。有时连写也写不赢"[1]；"民七民八之交，将近三四个月的期间差不多每天都有诗兴来猛袭，我抓着也就把它们写在纸上"[2]；"在一九一九与二〇年之交，我的诗兴被煽发到了狂潮的地步"[3]。

---

[1]　郭沫若：《集外·我的作诗的经过》，《郭沫若全集》文学编第 16 卷，人民文学出版社 1989 年版，第 217 页。

[2]　郭沫若：《沸羹集·序我的诗》，《郭沫若全集》文学编第 19 卷，人民文学出版社 1992 年版，第 408 页。

[3]　郭沫若：《凫进文艺的新潮》，王锦厚、伍加伦、肖斌如编：《郭沫若佚文集》下册，四川大学出版社 1988 年版，第 96 页。

考察一下编排《女神》时的情况便会发现，此时的郭沫若对自己、家庭、国家的情况都非常失望。就在郭沫若为学医还是学文烦恼不堪的时候，成仿吾得到了泰东图书局打算改组编辑部的消息，具体情况为："李凤亭任法学主任，李石岑任哲学主任，是已经约定了的。李凤亭便推荐仿吾为文学主任①。"于是成仿吾决定马上回国，并把即将到来的毕业实验放弃了。郭沫若得知这一消息后，立即决定与成仿吾一同回国。就在郭沫若动身前一天——1921 年 3 月 31 日，房东来告诉郭沫若，说他的房子要改造，限郭沫若一家在一周内搬出。想到自己走后妻儿要在一周内另寻巢穴，郭沫若的眼泪"和那晚的夜雨一样，是淋漓地洒雪过的"。乘船回国途中，郭沫若心情愉快，"感受着了'新生'的感觉，眼前的一切的物象都好像在奏着生命的颂歌"。当船进入黄浦江口后，看见两岸美丽的景色，郭沫若"靠在船围上呈着一种恍惚的状态，很想跳进那爱人的怀里——黄浦江的江心里去"。但是，"船愈朝前进，水愈见混浊，天空愈见昏朦起来"。到了上海，郭沫若看见一个个长袖男、短袖女"一个个带着一个营养不良、栖栖遑遑的面孔，在街头窜来窜去"，为此，他的眼泪"在这时候率性又以不同的意义流出来了"。

郭沫若与成仿吾来到泰东书局后，"从一些人的谈话中，知道了改组编辑部的事原来才是一场空话"，郭沫若为此认为成仿吾"算是等于落进了一个骗局"。成仿吾在上海住了两三个礼拜后，看见泰东书局没有容纳两人的位置，于是决定回长沙，把上海的事情交给郭沫若。成仿吾离开上海后，感觉自己"好像飘流到孤岛上的鲁滨孙"的郭沫若对自己的生活、

---

①　据赵南公 1921 年 2 月 13 日日记可以知道该说法与事实不符："四时，无为、风亭、静庐、王靖等均来，适南屏、陈方来谈，未得谈编辑事。七时，始同至同兴楼聚谈：（一）编辑所组织暂定四五人，首重文学、哲学及经济，渐推及法政及各种科学。文学、哲学由王靖担任，另聘成仿吾兼任科学，因成君能通英、法、德、日各国文字也。经济由风亭担任。无为留日，作事须在半年后。静庐专任印刷，并另拨一人副之。"（陈福康：《郭沫若〈创造十年〉杂考》，《郭沫若研究》第 9 辑，文化艺术出版社 1991 年版，第 223—224 页。）

工作都非常不满意：与有诸多恶习的顶头上司王靖同住一室，"每当他在编辑所里的时候，我便用毛巾把头包着，把两只耳朵遮盖起来。别人问我是否头痛，我也就答应是头痛"；"书局方面听说我们要出纯文艺刊物，便有意思要我来主编，我已经替它改了一个名字叫着《新晓》。但是，王先生却仍然把持着不肯放手。我也就让他去主持，我自己做自己的事"。① 在所做的事情中，便包括《女神》的编排。

从以上叙述可以看出，郭沫若编排《女神》时的心境是失望的、落寞的，与创作诗歌时的兴奋形成了强烈对比。我们知道，一个人身处逆境时，精神常常会不自觉地回到故乡、童年。这时，童年经验便会有意无意地对作家的写作造成影响："童年经验作为先在意向结构对创作产生多方面的影响。一般地说，作家面对生活时的感知方式、情感态度、想象能力、审美倾向和艺术追求等，在很大程度上都受制于他的先在意向结构。对作家而言，所谓先在意向结构，就是他创作前的意向性准备，也可理解为他写作的心理定势。根据心理学的研究，人的先在意向结构从儿童时期就开始建立。整个童年的经验是其先在意向结构的奠基物。"② 对此，郭沫若曾深有体会地如此写道："我自己这个经历给我一个坚确的信念，一个人要想成为什么，最当注意的是二十岁前的教育和学习。二十岁前所读过的书和所接近过久的人可以影响你一辈子。"③

现在我们便来看看郭沫若的童年经验。郭沫若曾在《沸羹集·序我的诗》、《沸羹集·如何研究诗歌与文艺》等文章中说到自己幼时所受的传统教育："幼时我自己所受的教育，完全是旧式的。读的是四书、五经，虽然并不能全懂，然而也并不是全不懂。像《诗经》那种韵语，在五经中是最容易上口的。四书也并不怎么深奥。这些古书的熟读，它的唯一的好

---

① 郭沫若：《学生时代·创造十年》，《郭沫若全集》文学编第 12 卷，人民文学出版社 1992 年版，第 86—97 页。

② 童庆炳：《作家的童年经验及其对创作的影响》，《文学评论》1993 年第 4 期。

③ 郭沫若：《沸羹集·如何研究诗歌与文艺》，《郭沫若全集》文学编第 19 卷，人民文学出版社 1992 年版，第 427 页。

处，便是教人能接近一些古代的文艺。而我们当时，除四书、五经之外还要读些副次的东西，便是唐诗、《千家诗》、《诗品》和古文之类。结果下来，在十岁以前我所受的教育只是关于诗歌和文艺上的准备教育。这种初步的教育似乎就有几分把我定型化了。"① 正因为郭沫若童年所受的教育"完全是旧式的"，所以他的"先在意向结构"不可避免地受到传统文化影响。在他身处逆境精神回到故乡、童年时，这一"先在意向结构"便不自觉地通过他当时正在做的事情表现出来，于是具有"时代精神"的一首首诗歌便这样以"地方色彩"的方式编排在了一起，即新酒就这样装进了旧瓶。

三　应该重视"编排页"的研究

就如何研究新文学版本，武汉大学的金宏宇教授曾很有见地地提出了"九页"说："研究新文学版本要看很多材料，比如说作家的传记、日记、回忆录、创作谈、年谱、著作书目等。但最关键的是要关注版本实物。而版本实物不光是正文，还有其他因素。一个完整的版本应该有九种因素，即封面页、书名页、题辞或引言页（它们多半在扉页上）、序跋页、正文页、插图页、附录页、广告页、版权页。我们可以称之为'九页'。'九页'当然是一种直观、简括的说法。事实是只有封面页、书名页、版权页各占一页，其他的可能都不止一页。新文学版本就由这'九页'构成，而新文学版本的研究主要就是从不同视域中来看这'九页'。"② 不过在笔者看来，金教授的"九页"说并未穷尽新文学版本的所有研究对象，还应在此基础上增加一页即"编排页"。

很明显，"编排页"是套用"九页"的说法，它实际上是指整本书的

---

① 郭沫若：《沸羹集·如何研究诗歌与文艺》，《郭沫若全集》文学编第19卷，人民文学出版社1992年版，第426—427页。

② 金宏宇：《新文学版本之"九页"》，《人文杂志》2006年第6期。

编选和排列过程。目录页是"编排页"的最终体现而非全部：通过目录页能够知道编排结果却不知道其过程。研究编排过程不但能够了解编排者本人的知识背景、兴趣爱好、水平高低等①，还能够了解时代风尚、政治气候、社会变迁等情况。在研究作品集时，如果只研究"九页"而不研究"第十页"即"编排页"，很可能会造成遗憾。

现在结合闻一多的《女神之地方色彩》谈谈不研究"编排页"造成的遗憾。闻一多在该文中如此评价《女神》："我前面提到女神之薄于地方色彩底原因是在其作者所居的环境。但环境从来没有对于艺术产品之性质负过完全责任，因为单是环境不能产生艺术。所以我想日本底环境固应对女神的内容负一份责任，但此外定还有别的关系。这个关系我疑心或就是女神之作者对于中国文化之隔膜。我们在前篇已看到女神怎样富于近代精神。近代精神——即西方文化——不幸得很，是同我国的文化根本地背道而驰的；所以一个人醉心于前者定不能对于后者有十分的同情与了解。女神底作者，这样看来，定不是对于我国文化直能了解，深表同情者。"② 很明显，批评《女神》中的诗歌"同我国的文化根本地背道而驰"是有道理的，因为《女神》中的诗歌确实使用了大量西方典故、西洋事物名词、西洋文字等；批评《女神》作者"定不是对于我国文化直能了解，深表同情者"却与事实不符：不但《女神》的编排情况与中国传统文化的特点高度吻合，幼时所受的教育和后来取得的成就都告诉人们，郭沫若是一个"对于我国文化直能了解，深表同情者"。在笔者看来，对中西文化都有深刻了解的闻一多，如果不只是关注《女神》中的一首首诗歌，而是同时关注《女神》中的一首首诗歌是如何编排起来的，相信他会发现创作于日本、编排于中国的《女神》正是他所希望出现的"中西艺术结婚后产生的宁馨儿"。

---

① 鲁迅曾如此评价选本与选者的关系："选本所显示的，往往并非作者的特色，倒是选者的眼光。"（鲁迅：《且介亭杂文二集·"题未定"草（六至九）》，《鲁迅全集》第 6 卷，人民文学出版社 2005 年版，第 436 页。）由此可知，我们可以通过"选本"考察"选者的眼光"。

② 闻一多：《女神之地方色彩》，《创造周报》第 5 号（1923 年 6 月 10 日）。

正题戏说

——《马克思进文庙》的我见

1957 年，人民文学出版社出版《沫若文集》时，保留了《漆园吏游梁》、《柱下史入关》、《孔夫子吃饭》、《孟夫子出妻》、《秦始皇将死》、《楚霸王自杀》、《齐勇士比武》、《司马迁发愤》、《贾长沙痛苦》九篇历史小说，却抽去了《马克思进文庙》，由此可见这是一篇有"问题"的小说。

郭沫若的历史小说向来不受重视，在研究郭沫若的专著中，一些人甚至置之不谈。由于《马克思进文庙》未收入《沫若文集》，加上"把马克思和孔子这两个思想意识体系迥然不同的人硬拽到一起，不伦不类，极不严肃，且有丑化马克思，曲解马克思主义之嫌，不便置评"①，《马克思进文庙》便成了郭沫若作品中研究很少的一篇。但在笔者看来，这恰恰是郭沫若历史小说中颇值得研究的一篇。

一 作品内容分析

《马克思进文庙》发表不久就遭到一些人反对，郭沫若在辩驳中交代了创作这篇小说的原因："我在《洪水》第七期上做了一篇《马克思进文

---

① 江源：《渗入现代主义艺术的短篇结集——郭沫若历史小说新论》，《郭沫若学刊》1988 年第 2 期。

庙》，本来是带有几分游戏的性质的。我当初原想做一篇论文，叫着《马克思学说与孔门思想》，做来做去只做成了那样一篇文章，这是我所不曾预料的。"① 从这段话可以看出，这篇小说虽然带有"游戏"性质，出发点却是严肃的。

郭沫若最初确定的论文题目虽是《马克思学说与孔门思想》，一旦创作成小说《马克思进文庙》时，便不再仅仅涉及"马克思学说与孔门思想"了，其中还包含了与之有关的丰富内容。

（一）《马克思进文庙》与"社会主义论战"

五四时期，原本反对社会主义在中国传播的张东荪开始致力于介绍社会主义。1919 年 9 月 1 日，张东荪在上海创办《解放与改造》杂志，在它出版的两卷 24 期中，讨论社会主义的文章和译文占了绝大部分。1920 年 3 月，梁启超欧游归来；4 月，共学社在北京成立；9 月 1 日，《解放与改造》更名为《改造》，由共学社主办。

1920 年 10 月，英国著名哲学家、基尔特社会主义代表人物罗素应邀来华演讲，张东荪负责接待。罗素来华前，曾随英国工界代表团赴苏俄访问，来华后对俄国革命的评价是："吾到俄国，即相信自己亦为一共产党人；然与一班深信共产主义之人来往后，我之疑念转加一千倍，不惟不信共产主义，即凡人类所最崇仰与冒苦而求之一切信条，吾亦不敢相信。"听说这话后，张东荪"本来潜伏在心中的怀疑态度便发了出来"②，在《时事新报》上发表了《由内地旅行而得之又一教训》，认为"救中国只有一条路，一言以蔽之，就是增加富力。而增加富力就是开发实业"，中国努力的方向，应是"使中国人从来未过过人的生活的，都得

---

① 郭沫若：《讨论〈马克思进文庙〉》，王锦厚、伍加伦、肖斌如编《郭沫若佚文集》上册，四川大学出版社 1988 年版，第 149 页。

② 张东荪：《现在与将来》，克柔编《张东荪学术文化随笔》，中国青年出版社 2000 年版，第 100 页。

着人的生活，而不是欧美现成的什么社会主义、什么国家主义、什么无政府主义、什么多数派主义等等"。① 这篇文章发表后，陈独秀以《新青年》为阵地，陈望道、邵力子等人以《民国日报·觉悟》为阵地，对其进行了批判。

为了答复陈独秀等早期马克思主义者的批评和质问，经过认真思考和研究，1920 年 12 月 15 日，张东荪在《改造》第 3 卷第 4 号上发表《现在与将来》，这篇长文全面、系统地阐述了他在这场"社会主义论战"中的总观点："用资本主义发展中国实业"②。张东荪的文章发表后，立即得到研究系人的支持与共鸣，《改造》第 3 卷第 6 号上发表了梁启超、蓝公武、蒋百里等人的文章，支持张东荪的观点。陈独秀、李大钊、李达、周佛海等则以《新青年》为阵地，对研究系的人进行了更为猛烈的批判。这场"社会主义论战"由于当时中国思想界众多人士参与其中，曾在社会上产生过巨大影响。张东荪、梁启超等基尔特社会主义者虽然在具体认识上有分歧，其根本观点却是一致的：一、中国尚不具备社会主义革命的物质基础；二、中国问题的症结是"太穷"，为此必须"开发实业"、"增加富力"；三、就中国现在的环境而言，社会主义"尚是不合宜"；四、反对现在即宣传社会主义，并组织团体，认为现在尚不合宜，若勉强实行，则必发生伪劳农革命。③

通过这场"社会主义论战"经过不难看出，《马克思进文庙》与这场论战有着密切关系。小说中的马克思从遥远的德国来到中国上海的文庙，其原因便是："我们的主义已经传到你们中国，我希望在你们中国能够实现。但是近来有些人说，我的主义和你的思想不同，所以在你的思想普遍著的中国，我的主义是没有实现的可能性。"参与这场论战的主要刊物有

① 张东荪：《由内地旅行而得之又一教训》，克柔编《张东荪学术文化随笔》，中国青年出版社 2000 年版，第 98—99 页。

② 张东荪：《现在与将来》，克柔编《张东荪学术文化随笔》，中国青年出版社 2000 年版，第 137 页。

③ 左玉河：《张东荪传》，山东人民出版社 1998 年版，第 118—165 页。

《新青年》、《民国日报·觉悟》、《时事新报》、《改造》，这四份刊物除《改造》外，当时都在上海，小说中马克思进的文庙不在孔子的家乡曲阜，却在商业气氛非常浓厚的上海，很容易让人们将小说中的"四位大班"与这四份刊物联系起来。若要将这"四位大班"限定在上海也不难：一、《改造》的前身《解放与改造》在上海；二、当时在上海宣传社会主义的刊物还有戴季陶、沈玄庐主编的《星期评论》，只不过该周刊已在论战开始前的 6 月 6 日停刊。纠缠于这"四位大班"到底指哪几家刊物是没有意义的——抬轿子的人不可能是单数，小说中的"四位大班"当泛指当时在上海宣传社会主义的所有刊物。

从对"四位大班"的描写可以看出，郭沫若对参加"社会主义论战"的任何一方的观点都不以为然，他为当时混乱的中国找到的出路是："马克思进文庙"。这一想法看起来很荒谬，出发点却是严肃的，并且与郭沫若对孔子和马克思的认识有关。"打倒孔家店"、"文学革命"是五四新文化运动的两项主要任务，积极投身于"文学革命"的郭沫若并不反孔。他认为孔子是和歌德一样的、仅有的两个全面发展的"球形天才"[①]。郭沫若在将孔子称为"球形天才"时，也把马克思与列宁当成"终竟是我辈青年所当钦崇的导师"[②]。通过翻译河上肇的《社会组织与社会革命》，郭沫若在给成仿吾的信中说："我现在成了个彻底的马克思主义的信徒了！马克思主义在我们所处的这个时代是唯一的宝筏。"[③] 正因为郭沫若对"马克思学说与孔门思想"都佩服得五体投地，让"马克思进文庙"也在情理之中了。

---

① 郭沫若：《三叶集·郭沫若致宗白华》，《郭沫若全集》文学编第 15 卷，人民文学出版社 1990 年版，第 19 页。

② 郭沫若：《文艺论集·论中德文化书》，《郭沫若全集》文学编第 15 卷，人民文学出版社 1990 年版，第 152 页。

③ 郭沫若：《文艺论集续编·孤鸿——致成仿吾的一封信》，《郭沫若全集》文学编第 16 卷，人民文学出版社 1989 年版，第 8 页。

（二）《马克思进文庙》与"科玄论战"

1923 年 2 月，北京大学教授张君劢在清华作题为《人生观》的讲演，通过比较科学与人生观，得出了科学不能解决人生观问题的结论："故科学无论如何发达，而人生观问题之解决，决非科学所能为力，惟赖诸人类之自身而已。"① 地质学家丁文江看见后发表《玄学与科学——评张君劢的〈人生观〉》，对张君劢的观点进行反驳。面对丁文江的反驳，张君劢又撰《再论人生观与科学并答丁在君》的长文，批驳丁文江的观点并进一步阐述自己的观点。就在张君劢与丁文江这两位玄学派和科学派的主将围绕科学与人生观激战的时候，学界其他名流纷纷介入战斗，站在丁文江一边的有胡适、吴稚晖等人，支持张君劢的有梁启超、张东荪等人。该次论战，被胡适称为"空前的思想界大笔战"②。

在论战中，张君劢主张实行"寡均贫安"、"以公道为根本"的"社会主义"，并且认为："若夫国事鼎沸纲纪凌夷之日，则治乱之真理，应将管子之言而颠倒之，曰：知礼节而后衣食足，知荣辱而后仓廪实。"③ 在《马克思进文庙》中，孔子的"不患寡而患不均，不患贫而患不安"的话"还没有十分落脚"，马克思"早反对起来"："不对，不对，你和我的见解终竟是两样，我是患寡且患不均，患贫且患不安。你要晓得，寡了便均不起来，贫了便是不安的根本。所以我对于私产的集中虽是反对，对于产业的增殖却不惟不敢反对，而且还极力提倡。所以我们一方面用莫大的力量去剥夺私人的财产，而同时也要以莫大的力量来增殖社会的产业。要产业增

---

① 张君劢：《人生观》，黄克剑、吴小龙编《张君劢集》，群言出版社 1993 年版，第 114 页。

② 胡适：《序》，张君劢、丁文江等《科学与人生观》，山东人民出版社 1997 年版，第 9 页。

③ 张君劢：《再论人生观与科学并答丁在君》，黄克剑、吴小龙编《张君劢集》，群言出版社 1993 年版，第 160—166 页。

进了，大家有共享的可能，然后大家才能安心一意地平等无私地发展自己的本能和个性。"听了马克思的话，孔子"点头称是"，说自己也说过"庶矣富之富矣教之"、"足食足兵民信之矣"等话，还说"我的思想乃至我国的传统思想，根本和你一样，总要先把产业提高起来，然后才来均分"。听了孔子的话，马克思感叹起来："我不想在两千年前，在远远的东方，已经有了你这样的一个老同志！你我的见解完全是一致的，怎么有人曾说我的思想和你的不合，和你们中国的国情不合，不能施行于中国呢？"

（三）《马克思进文庙》与杜威、罗素、杜里舒、泰戈尔来华讲学

《马克思进文庙》如此写道："请名人讲演是我们现在顶时髦的事情"，反映了当时中国的又一现实。

1919 年 4 月底，美国著名哲学家、实用主义者杜威应北京大学、南京高等师范学校及江苏省教育会的邀请来华讲学。1920 年 9 月，由梁启超出面组织的讲学社正式成立时，杜威在华已一年有余，第二年名义上由讲学社续聘。在演讲中，杜威"主张改良，反对革命，抨击'现在世界有许多野心家，高谈阔论，一张口就要说改造社会'，他认为'改造社会绝不是一件笼统的事，绝不是一笔批发的货，是要零零碎碎做成功的'"[①]。杜威讲学在当时中国造成了很大影响："杜威先生于民国八年（1919）五月一日——'五四'的前三天——到上海，在中国共住了两年零两个月。中国地方到过并且讲演过的，有奉天、直隶、山西、山东、江苏、江西、湖北、湖南、浙江、福建、广东十一省。他在北京的五种长期讲演录已经过十版了，其余各种小讲演录……几乎数也数不清了！我们可以说，自从中国与西洋文化接触以来，没有一个外国学者在中国思想界的影响有杜威先生这样大的。"[②]

---

① 李喜所、元青：《梁启超传》，人民出版社 1994 年版，第 506 页。
② 白吉庵：《胡适传》，人民出版社 1993 年版，第 143 页。

　　10月12日，英国著名哲学家、基尔特社会主义代表人物罗素应邀来华讲学。罗素认为，社会主义不适合中国国情："西方社会有西方社会的思想情形，中国有中国社会的思想情形，二者往往不同。若硬将西方社会主义，完全搬到中国来，这是不行的，必须看中国情形如何，变程如何，方可以引用。"[①] 罗素的到来，使中国学术界掀起一股罗素热，组织了专门的"罗素研究社"，发行《罗素月刊》，讲学社还组织翻译了"罗素丛书"，罗素的在华学术演说也多次结集出版。

　　1921年12月，张君劢陪德国哲学家及生物学家杜里舒乘轮东来。杜里舒在中国期间，先后在上海、南京、杭州等地讲学，除宣传康德哲学之外，主要系统介绍和阐述自己的哲学体系及体系的具体内容。1923年4月，《东方杂志》刊出了"杜里舒专号"，使杜氏在中国的讲学趋向高潮。杜里舒"尝埋头于那泊尔海滨生物实验所十二年"研究实验胚胎学[②]，认为每个细胞都可以发展为全体，以此反对达尔文的生物进化学说。

　　1924年4、5月间，泰戈尔来华游历讲学，由讲学社接待。泰戈尔到达上海时，在对东方通讯社记者发表初次谈话时说："余此次来华演讲，其目的在希望亚细亚文化，东洋思想复活。现在亚细亚青年迎合欧美文化。然大战以来，竟暴露人类相食之丑态，西洋文明濒于破产。人类救济之要谛，仍在东洋思想复活之旗帜下，由日本、中国、印度三大国民，坚相提携。"[③] 泰戈尔的观点与玄学派的观点如出一辙，为此，当时曾有人以为玄学派在"科玄论战"中失败了，故请其祖师爷来替他们争气。当时的中国思想文化界在泰戈尔来华问题上分成两派：以陈独秀、瞿秋白、茅盾等为代表组成了"驱泰大军"，疾言厉色地要送泰戈尔走，而梁启超、徐志摩等人则组成了"保泰大军"，千方百计为他辩护，一时间双方唇枪舌

　　① 罗素：《社会主义》，高军、李慎兆等编《中国现代政治思想史资料选辑》上册，四川人民出版社1983年版，第138页。

　　② 张君劢：《人生观》，黄克剑、吴小龙编《张君劢集》，群言出版社1993年版，第122页。

　　③ 何乃英：《泰戈尔传略》，天津人民出版社1993年版，第193页。

剑，一场鏖战。

郭沫若曾对泰戈尔推崇备至，在听说泰戈尔不久又要来华时，郭沫若却作《太戈儿来华的我见》，对在"民穷财困"的时候借外债请外国人来华演讲的做法颇为不满："学艺本无国族的疆域。在东西诸邦每每交换教授，交换讲演，以枭枲彼此的文化；这在文化的进展与传布上，本也是极可采法的事。我们中国近年来也采法得惟恐不逮了。杜威去了罗素来，罗素去了杜里舒来，来的时候哄动一时，就好象乡下人办神会，抬起神像走街的一样热闹。"在这篇文章中，郭沫若叙述了自己对泰戈尔作品从迷恋到疏离的过程，认为泰戈尔逃避现实的"森林哲学"不适合中国，中国需要的是"唯物史观"："唯物史观的见解，我相信是解决世局的唯一的道路。世界不到经济制度改革之后，一切甚么梵的现实，我的尊严，爱的福音，只可以作为有产有闲阶级的吗啡、椰子酒；无产阶级的人是只好永流一生的血汗。无原则的非暴力的宣传是现世的最大毒物。那只是有产阶级的护符，无产阶级的铁锁。"①

在《马克思进文庙》中，孔子说"我是不懂逻辑的人"，可看成是针对罗素的——罗素是著名的逻辑学家，在中国讲学期间，曾讲《数理逻辑》；马克思说"我的思想对于这个世界和人生是彻底肯定的，就是说我不和一般宗教家一样把宇宙人生看成虚无，看成罪恶的"，可看成是针对泰戈尔的——郭沫若认为，"印度思想与希伯来思想同为出世的，而中国的固有精神与希腊思想则同为入世的"②。郭沫若除在小说中以只言片语影射了罗素、泰戈尔等人的来华讲学外，整篇小说实际上可看成是请马克思到中国来讲学：通过与孔子的比附，在信奉儒家思想的中国人中宣传马克思主义。

从上面的分析可以看出，《马克思进文庙》虽然仅四千余字，却包含着极其丰富的内容。

---

① 郭沫若：《文艺论集·太戈儿来华的我见》，《郭沫若全集》文学编第 15 卷，人民文学出版社 1990 年版，第 266—272 页。

② 郭沫若：《文艺论集·论中德文化书》，《郭沫若全集》文学编第 15 卷，人民文学出版社 1990 年版，第 149 页。

二　文本特征分析

郭沫若在说到他的历史小说创作时，曾强调其中的现实因素："我始终是站在现实的立场的"、"我应该说是写实主义者"①。但是，人们对他的表白并不买账："总之，郭沫若和鲁迅的历史小说，从总的方面看，都是采取了浪漫主义创作方法。"② 那么，郭沫若历史小说的创作方法到底是什么呢？本文仅以《马克思进文庙》为例分析这一问题。

通过对这篇小说内容的分析可以看出，它们是对当时中国现实的准确反映。小说开篇，写丁祭过后第二天，孔子与弟子在文庙吃冷猪头肉，这热与冷的强烈对比准确地概括了孔子在中国的命运：一方面被当作圣人在文庙里供奉起来，另一方面却各取所需地阉割孔子学说。文章以"笑了一会，又才回到席上去，把刚才吃着的冷猪头肉从新咀嚼"，预示着孔子的命运还会继续下去。就是小说中孔子的事迹和马克思与孔子各自所说的话也多是有案可稽的，并非瞎编乱造。小说中的孔子说自己是一个"妻吾妻以及人之妻"，并说马克思的老婆也是他的老婆，这与实际的孔子确实相去甚远。但是，郭沫若这样写，首先与他对孔子的认识有关："哥德是个'人'，孔子也不过是个'人'。孔子对于南子是要见的，'淫奔之诗'他是不删弃的，我恐怕他还是爱读的！我看他是主张自由恋爱（人情之所不能已者，圣人不禁）实行自由离婚（孔氏三世出其妻）的人！我看孔子同哥德他们真可是算是'人中的至人'了。他们的灵肉两方都发展到了完满的地位。"③ 其次是对一些人污蔑共产主义共产公妻的戏拟，用这种方式驳斥

---

① 郭沫若：《集外·从典型说起——〈豕蹄〉的序文》，《郭沫若全集》文学编第16卷，人民文学出版社1989年版，第197页。

② 林之：《郭沫若和鲁迅历史小说的美学比较》，《山东师范大学学报》1984年第5期。

③ 郭沫若：《三叶集》，《郭沫若全集》文学编第15卷，人民文学出版社1990年版，第22页。

人们对社会主义的污蔑。郭沫若曾说："我并不是故意要把他们漫画化或者胡乱地在他们脸上涂些白粉。任意污蔑古人比任意污蔑今人还要不负责任。古人是不能说话的了。对于封着口的人之信口雌黄，我认为是不道德的行为。"①

将《马克思进文庙》与《子路曾皙冉有公西华侍坐章》比较一下不难看出，它们的结构颇为一致。《子路曾皙冉有公西华侍坐章》记述了孔子的弟子子路等四人申述各人的人生理想以及孔子对他们的评价；《马克思进文庙》则以马克思述说自己的主义，孔子将其与自己的观点进行比附的方法结构全篇。在这一结构统领之下，孔子的尊贤好学、子路的易怒、子贡的雄辩、颜回的木讷，与他们在《论语》、《史记》等文献中的形象是一致的。用"脸如螃蟹，胡须满腮的西洋人"的句子来描写马克思，虽有不太庄重的嫌疑，实际上与常见的马克思像并没多大区别。

小说的叙述语言，全部用现代白话；小说中人物的语言，马克思的话用白话，孔子及弟子的话尽可能使用文言。小说中如此处理语言，体现了郭沫若对语言的一贯要求："大概历史剧的用语，特别是其中的语汇，以古今能够共通的最为理想。古语不通于今的非万不得已不能用，用时还须在口头或形象上加以解释。今语为古所无的则断断乎不能用，用了只是成为文明戏或滑稽戏而已。"② 这段话虽说的是郭沫若的历史剧创作，但同样适用于他的历史小说。

有了上面几个理由，似乎可以认为《马克思进文庙》是一篇现实主义小说，但是，"马克思进文庙"这一想象本身是不符合现实的；说它是浪漫主义，小说中的内容、结构、人物、语言等却与现实主义作品有着更多相通的地方。由此可知，不管是用现实主义还是用浪漫主义来概括郭沫若的《马克思进文庙》的创作方法都会顾此失彼，这种顾此失彼的现象使我

---

① 郭沫若：《集外·从典型说起——〈豕蹄〉的序文》，《郭沫若全集》文学编第16卷，人民文学出版社1989年版，第197页。

② 郭沫若：《棠棣之花·我怎样写〈棠棣之花〉》，《郭沫若全集》文学编第6卷，人民文学出版社1986年版，第277页。

们很容易联想到 20 世纪 90 年代在中国吵得很热的后现代文本。人们在分析后现代文本的特征时将其归纳为"边缘文本",其特点为:一、"文学与社会生活、社会科学、自然科学之间进行边缘交叉的文本",二、"作为人文科学的哲学和历史,受到后现代文论批评的礼遇、利用和改造;后现代文学希望与它们建构新的边缘文本",三、"后现代文论强调文学与其他艺术种类和文学内部不同文体的'通感'效应、互文作用,促进艺术门类之间的合作,尽可能推陈出新,产生新的边缘文本"。① 郭沫若原想写一篇《马克思学说与孔门思想》的论文,没想到写成了小说形式的《马克思进文庙》,无意间将文学与社会科学"进行边缘交叉",建构出了"新的边缘文本",加上"戏说"这一后现代文本所具有的典型特征,我们有理由说《马克思进文庙》具有后现代特征。

按照通行说法,后现代主义是"晚期资本主义的文化逻辑"②,即使在西方,也是"最早在六十年代"人们才开始明确欢呼所谓"'后现代社会'的到来"③,郭沫若的《马克思进文庙》创作于 1925 年 11 月 17 日,那时的中国极端贫穷落后,怎么可能先于西方三、四十年创作出具有后现代特征的边缘文本呢?一、作为一种思潮,后现代主义确实是"晚期资本主义的文化逻辑",作为一种创作方法,它却是"一种新的原始文化"④,犹如现实主义,作为一种思潮出现于 19 世纪,作为一种创作方法却古已有之;二、天才作家,常常能突破当时人们常用的创作方法,另外开创出一片天地——不但郭沫若在 20 世纪二三十年代创作出了具有后现代文本特征的文本,鲁迅创作于同一时期的《故事新编》同样具有后现代特征⑤。不过需

---

① 张首映:《西方二十世纪文论史》,北京大学出版社 1999 年版,第 476—481 页。

② [美]詹明信:《晚期资本主义的文化逻辑》,生活·读书·新知三联书店、牛津大学出版社 1997 年版,第 420 页。

③ [美]杰姆逊(詹明信):《自序》,《后现代主义与文化理论》,北京大学出版社 1997 年版,第 22 页。

④ [俄]维·库利岑:《后现代主义:一种新的原始文化》,中国社会科学院外国文学研究所编《后现代主义》,社会科学文献出版社 1993 年版,第 212—227 页。

⑤ 廖久明:《〈故事新编〉的后现代主义特征》,《成都大学学报》2002 年第 3 期。

要指出的是，郭沫若（包括鲁迅）与西方后现代派作家使用"戏说"的目的是不同的：在后现代主义者那儿，"游戏"是为了破坏秩序、解构正统、消解深度等；郭沫若（包括鲁迅）则是为了更好地阐述严肃而重大的主题，以建立理想的新秩序。

郭沫若创作《马克思进文庙》，是"想在现在漆黑一团的思想界，由我那篇文章能够发生出一点微光来"①，但由于采用了一种"戏说"的形式，这篇小说一发表就遭到马克思主义者、孔子信徒、无政府主义者、国家主义者等的反对，解放后该篇小说甚至被取消了收进《沫若文集》的资格。究其原因，中国是一个强调"文以载道"的国家，"道"才是目的，"文"只是手段；在"文"影响到"道"的表达时，原本不受重视的"文"便成了受攻击的靶子。在这种思想影响下，中国文章多板起脸讲大道理：即使讲大道理，也得板起脸才行。看惯了这种文章的中国人来看《马克思进文庙》，严肃而重大的主题却用"戏说"的方式来表达，表达对象和表达方式之间的强烈反差使人们无所适从，最明智的办法当然是"不便置评"。

实际上，同样的内容可以用多种形式来表达，只要这种形式能较好地传达作者的意图，这样的文章就应该被认为是成功的。郭沫若对孔子和马克思都推崇备至，认为他们有很多相同的地方，并且当时一些人以马克思主义不适合中国国情为由，反对马克思主义在中国传播，郭沫若让"马克思进文庙"，把孔子认作自己的"一个老同志"，认为孔子和自己的见解"完全是一致的"，这虽有简单比附的嫌疑，却较为简洁传神地传达了自己的创作意图。我们甚至可以这样说，郭沫若已经创作出的小说《马克思进文庙》应该比他原来计划却没有写出的论文《马克思学说与孔门思想》更为成功：从影响的角度而言，论文形式的《马克思学说与孔门思想》不会比小说形式的《马克思进文庙》影响大；从文学性的角度讲，论文不会比小说高。

---

① 郭沫若：《讨论〈马克思进文庙〉》，王锦厚、伍加伦、肖斌如编《郭沫若佚文集》上册，四川大学出版社 1988 年版，第 149 页。

廖名春先生的《毛泽东郭沫若〈孙悟空三打白骨精〉唱和诗索隐》的我见

最近在收集郭沫若佚文过程中，看见一组关于《七律·看〈孙悟空三打白骨精〉》（郭沫若）和《七律·和郭沫若同志》（毛泽东）的书信、文章后，心里产生了这样的想法：廖名春先生在写作《毛泽东郭沫若〈孙悟空三打白骨精〉唱和诗索隐》（以下简称《索隐》）前，如果看过这些书信、文章，大概不会索出这样的"隐"来。这个问题实际上涉及研究过程中如何占有资料以超越前见这样重大的问题，所以笔者拟结合《索隐》谈谈自己的一点粗浅看法。

在《索隐》这篇文章中，廖先生认为人们对"千刀当剐唐僧肉，一拔何亏大圣毛"的理解不对，需要"另求别解"：

> "当"，人们都理解为应当，认为唐僧"人妖颠倒是非淆，对敌慈悲对友刁"，所以"真是值得千刀万剐"。下句"一拔何亏大圣毛"，人们都解"何亏"为"何损"，认为是说拔一根毫毛对孙大圣来说也没有甚么损失。这样理解，就每一句来看，是可以成立的。但将这一联的两句按此义联系起来看，就很费解。上句说唐僧应当千刀万剐，下句就应该赞扬孙大圣，为什么却说"一拔何亏大圣毛"？倘若"一拔何亏大圣毛"是说孙大圣打败了妖精，救出了唐僧等人，并没有遭受多大的损失，只不过是拔一毛之劳，则这与上句"千刀当剐唐僧

肉"的意思实在距离太远，与剧情也不类。所以，以上对这两句的解释是不合理的，我们应该另求别解。①

廖先生通过引用《经传释词》卷六、《仪礼·特牲馈食礼》、《孟子·离娄》、《韩非子·外储说右》、《史记·魏公子传》、《史记·留侯世家》、《太平广记·司马义》、《太平广记·王范妻》、《乐府诗集·相和歌辞十六·白头吟》、李白《古风》之三、杜甫《光禄坂行》、《西游记》第十四回、《儒林外史》第三十回等文献中的相关文字，得出了这样的结论："郭诗所谓'千刀当剐唐僧肉，一拔何亏大圣毛'，就是说唐僧正要遭受妖怪们千刀剐肉之厄时，多亏孙大圣不计前嫌，施展神威拯救了他。"

在写作《索隐》前，廖先生如果看过下面这些文字，大概就不会这么麻烦去"另求别解"了：

> 我原诗中的"白骨精"是指帝国主义，"唐僧"是指赫秃。因而"愚曹"不限于唐僧，所有修字号的宝贝们都包括着。"教育及时"是指剧本的反修意义。"大圣毛"是有用意的，你们似乎没有看出。②

> 我写这首诗，白骨精比喻为帝国主义，唐僧比喻为赫光头。但主席在和诗里是把白骨精比喻为修正主义，把唐僧比喻为要争取的中间派。

> ……

> 一拔何亏大圣毛：意思是拔一毛何损于大圣毛，这里的"大圣

---

① 廖名春：《毛泽东郭沫若〈孙悟空三打白骨精〉唱和诗索隐》，丁东编《反思郭沫若》，作家出版社 1999 年版，第 201 页。

② 郭沫若：《关于毛主席诗词解释中疑难问题给北师大〈毛主席诗词试解〉（未定稿）编写同志的回信（摘）》，湘潭师专中文科编印《郭沫若同志谈毛主席诗词》，1978 年，第 148—149 页。

毛"的毛是有所指。①

　　从郭沫若两次对"大圣毛"的解释可以看出，"大圣毛"的"毛"当指毛泽东。既如此，我们便不应该机械地"将这一联的两句按此义联系起来看"，而应该根据郭沫若的本意来理解：赫鲁晓夫真是值得千刀万剐，"拔一毛"② 何损于大圣人毛泽东。

　　廖先生还认为，郭沫若看见毛泽东和诗《七律·和郭沫若同志》后，明知毛泽东错了也"只有将错就错"：

　　　　毛泽东 1961 年 11 月 17 日的和诗云"僧是愚氓犹可训"，说唐僧虽是愚蠢之人但还可以批评教育，这显然是针对郭沫若诗"千刀当剐唐僧肉"一句而来。毛泽东将唐僧正要被妖精千刀剐肉当成唐僧真值得千刀万剐，因而批评郭氏的态度过于偏激，把"犹可训"的"愚氓"当成"必成灾"的妖精、鬼蜮。然而，根据上文对郭诗的分析，毛泽东的这一和诗实际是误解了郭诗之意而引出的。

　　　　如果毛泽东只是一般的人，当郭沫若读到其和诗后，大可做些解释以说明自己的本意。但毛泽东实非一般人，60 年代初期毛泽东与郭沫若的关系也实非一般人之间的平等关系，而毛泽东的和诗也并非用正常方式直接寄给郭沫若，却是在广州由康生抄示的。在这种情况下读到毛泽东的和诗，郭沫若又怎能为自己辩解，说主席理解错了呢？因此，他只有将错就错，顺着"僧是愚氓犹可训"说"僧受折磨知悔恨"，藉唐僧这一角色向毛泽东作检讨。

---

　　① 　郭沫若：《和〈毛主席诗词〉朝鲜文版翻译组部分同志的谈话》，湘潭师专中文科编印《郭沫若同志谈毛主席诗词》，1978 年，第 163 页。
　　② 　在苏共二十大（1956 年 2 月）、二十二大（1961 年 1 月）上，赫鲁晓夫发动了对斯大林个人崇拜的批判。在苏联批判斯大林个人崇拜后不久，中国却兴起了对毛泽东的个人崇拜。正因为如此，郭沫若认为赫鲁晓夫对斯大林个人崇拜的批判便是对毛泽东的变相批判。

在写作《索隐》前，廖先生如果看过郭沫若 1961 年 11 月 15 日写给简坚的信大概也不会得出这种结论：

简坚同志：

您的信，我阅读了。

"咒念金箍闻万遍"是指孙悟空第三次打白骨精的时候，唐僧毫不容情地念起金箍咒来，使孙悟空头痛欲炸，忍受难当。暗射反复指责阿尔巴尼亚，反复提"个人迷信"，反复提"反党集团"。

"精逃白骨累三遭"是白骨精首次变村姑，二次变村妪，三次变老翁，都被唐僧让她逃掉了。纵容敌人三次，这"三"的数目妙在恰恰符合 20、21、22。

"猪犹智慧胜愚曹"，猪是猪八戒，连他都反对唐僧过分谴责孙悟空，在唐僧遭难之后又是猪八戒到花果山去请孙悟空下山来把师弟等打救了的。结果是猪的智慧比唐僧那样不辨大是大非的和平主义者高明。我的意思是痛恨那些无原则的和平主义者是愚蠢到了极点，连猪也不如！

又第六句"一拔何亏大圣毛"，拔字印成拨字去了。

以上供您参考。

敬礼

郭沫若 十一·十五于广州[①]

该信写于毛泽东和诗（1961 年 11 月 17 日）前两天，郭沫若看见和诗（1962 年 1 月 6 日）前五十多天。该信中虽然没有明说"千刀当剐唐僧肉"中的"当"作何理解，但从他对唐僧的评价可以看出，该句的"当"确实应理解为"应当"、"值得"而不是"正要"、"将"："结果是猪的智慧比唐

---

① 谢晖：《郭沫若致简坚同志信札发现记略》，《郭沫若学刊》2002 年第 2 期。该信没有收入《郭沫若书信集》（黄淳浩编，中国社会科学出版社 1992 年版）。

僧那样不辨大是大非的和平主义者高明。我的意思是痛恨那些无原则的和平主义者是愚蠢到了极点，连猪也不如！"由此可知，毛泽东没有理解错郭沫若的诗。既如此，郭沫若更不可能"将错就错"。

从廖先生的引文可以看出，他是看过《"玉宇澄清万里埃"——读毛主席有关〈孙悟空三打白骨精〉的一首七律》（《人民日报》1964 年 5 月 30 日）的。在这篇文章中，郭沫若非常清楚地说明了唐僧"真是值得千刀万剐"：

> 戏里的唐僧，在前半部颠倒是非，把妖当成人，对自己的徒弟，真正在降妖护法的人，加以无情的惩责。甚至于说："出家人以慈悲为本，就是真正的妖精也不准打。"不断地念出紧箍咒，使孙悟空头痛得难受，在舞台上满台打滚。最后还绝情绝义地写了断绝师徒之情的谪贬书，把孙悟空赶走了。连孙悟空辞别时的膜拜，都背过面去，拂袖不理。看到舞台上的唐僧形象实在使人憎恨，觉得他真是值得千刀万剐。这种感情，我是如实地写在诗里面了。"千刀当剐唐僧肉，一拔何亏大圣毛"，这就是我对于把"人妖颠倒是非淆，对敌慈悲对友刁"的"唐僧"的判状。[①]

既如此，廖先生为什么还要说郭沫若说的是"违心话"呢？这与廖先生抱有前见有关：

> 说毛泽东误解了郭沫若诗的本意，最大的反证是郭沫若在其《"玉宇澄清万里埃"——读毛主席有关〈孙悟空三打白骨精〉的一首诗》一文中的现身说明。郭沫若明明说"看到舞台上的唐僧形象实在使人憎恨，觉得他真是值得千刀万剐。这种感情，我是如实地写在诗里面了"，"主席的和诗，事实上改正了我的对于唐僧的偏激的看法"，

---

① 郭沫若：《"玉宇澄清万里埃"——读毛主席有关〈孙悟空三打白骨精〉的一首七律》，湘潭师专中文科编印《郭沫若同志谈毛主席诗词》，1978 年，第 106 页。

这怎么解释呢？笔者认为，郭沫若的这些话很有可能是言不由衷的。为了维护毛泽东一贯的权威，为了突出领袖的英明，郭沫若在当时的情势上，说一些违心的话，是完全可能的。为了"革命"的需要，毛泽东的许多同志，就是连刘少奇、周恩来在内，也都认过许多违心的错。而在"四人帮"被打倒后，临死还留下遗嘱要将骨灰撒在大寨虎头山上的郭沫若，其对毛泽东的驯服，是不亚于任何人的。因此，他不辩释毛泽东误解他的诗作而自认有错，这其实是在那个特定时代里的一种必然态度。经过"文革"之厄的人，对此都是深有体会的。①

从这段引文可以看出，在廖先生心目中，郭沫若是一个"为了维护毛泽东一贯的权威"而说违心话的人。既然有了这样的前见，哪怕郭沫若说的是真心话，在廖先生看来也是违心话。

笔者由此想到，我们在从事研究时，不但要尽可能全面占有资料，还要尽可能超越前见。由于一切理解都是从前见出发的理解："理解甚至根本不能被认为是一种主体性的行为，而要被认为是一种置自身于传统过程中的行动（Einrüchen），在这过程中过去和现在经常地得以中介"②，所以要想超越前见是非常困难的。为了达到超越前见的目的，尽可能全面占有资料应该是一条可行之道。笔者相信，哪怕廖先生对郭沫若有前见，在写作这篇文章前，如果他看过文中提到的书信、文章，他应该能够超越前见并得出符合事实的结论来。

---

① 廖名春：《毛泽东郭沫若〈孙悟空三打白骨精〉唱和诗索隐》，丁东编《反思郭沫若》，作家出版社 1999 年版，第 204 页。
② ［德］伽达默尔：《真理与方法》，上海译文出版社 1999 年版，第 372 页。

三

史实研究

冯雪峰与"两个口号"论争

——兼谈 2005 年版《鲁迅全集》的一条注释

1936 年爆发的"两个口号"论争不但是中国现代文学史上的一件大事，同时也是中共党史上的一件大事：不但导致左翼文学界的内部矛盾彻底公开，而且使论争当事人冯雪峰、周扬等在新中国成立后深受其害。该论争过去七十多年了，但尘埃仍未落定：尽管粉碎"四人帮"后披露的相关史料足以让真相大白于天下，但在给《答徐懋庸并关于抗日统一战线问题》作注时，2005 年版《鲁迅全集》仍沿用了 1981 年版的说法："鲁迅注意到这些情况，提出了'民族革命战争的大众文学'的口号，作为对于左翼作家的要求和对于其他作家的希望。"真相到底如何，且听我慢慢道来。

要想搞清楚这一问题，最佳途径莫过于从冯雪峰与"两个口号"论争入手。

一　衔命重回上海

1928 年 11 月下旬，冯雪峰来到上海，在浙江省立一师同学、晨光社社友柔石引荐下，于 12 月 9 日拜访鲁迅。"从此，他成了鲁迅晚年最亲近的学生和战友，并在鲁迅与中国共产党之间充当了桥梁。"[①] 1933 年 11 月，

---

① 　陈早春、万家骥：《冯雪峰评传》，重庆出版社 1995 年版，第 59 页。

由于叛徒出卖，冯雪峰在上海难以继续待下去，党组织只好让他暂时隐蔽起来，听候新的工作安排。大概在家里待了一个多月，冯雪峰接受组织安排到了江西中央苏区。1934 年 10 月，冯雪峰调任红九军团地方工作组副组长，开始了举世闻名的长征。到达陕北根据地后，冯雪峰于 1936 年 2 月上旬调至中国工农红军抗日先锋军参加东征。1936 年 4 月上旬，冯雪峰从山西前线奉命调回陕北瓦窑堡，接受党中央委派给他的新任务。

据冯雪峰回忆，新任务有四项："1. 在上海设法建立一个电台，把所能得到的情报较快地报告中央。2. 同上海各界救亡运动的领袖沈钧儒等取得联系，向他们传达毛主席和党中央的抗日民族统一战线政策，并同他们建立关系。3. 了解和寻觅上海地下党组织，取得联系，替中央将另派到上海去做党组织工作的同志先作一些准备。4. 对文艺界工作也附带管一管，首先是传达毛主席和党中央的抗日民族统一战线政策。"按照党中央的指示，前两项是主要的。行前，张闻天曾几次嘱咐冯雪峰："到上海后，务必先找鲁迅、茅盾等，了解一些情况后，再找党员和地下组织。派你先去上海，就因为同鲁迅等熟识。"①

冯雪峰 4 月 25 日到上海后，当晚住在一个小客栈里，第二天下午移住鲁迅家。冯雪峰住进鲁迅家的当天，鲁迅就给茅盾送去一张条子，"上面写道：有位远道来的熟朋友想见见你，请来舍间。"当天晚上，茅盾就到了鲁迅家。冯雪峰告诉茅盾："现在尚无第三个人知道他已来到上海，叮嘱我保密，不要告诉任何人，他说他短期内不想与周扬他们见面。"② 由此可知，冯雪峰确实是按照张闻天的嘱咐办事的。

不过，在知道周扬、夏衍等人的情况后，冯雪峰仍不与他们见面，则不能用"先找党外，再找党内"的中央指示来解释：一个星期内，冯雪峰

---

① 冯雪峰：《集外·有关一九三六年周扬等人的行动以及鲁迅提出"民族革命战争的大众文学"口号的经过》，《雪峰文集》第 4 卷，人民文学出版社 1985 年版，第 506 页。

② 茅盾：《回忆录二集·"左联"的解散和两个口号的论争》，《茅盾全集》第 35 卷，人民文学出版社 1997 年版，第 60 页。

还先后见到了胡风、沈钧儒、宋庆龄、史沫特莱、周文、王学文等，在这些人中，胡风、周文、王学文都是党员。冯雪峰先见胡风，是胡风从内山书店处知道情况后找上门来的，自当别论。但冯雪峰先见周文，是因为"他通过多方了解，得知他'左联'时期的老战友周文仍然在发扬着自觉的革命精神，政治上是可靠的，于是立即请鲁迅具函约见周文，让周文担负起了向党中央传递情报的政治交通工作，并让周文的妻子郑育之掩护他们的工作。"[①] 冯雪峰同周扬的联系，则是通过王学文进行的。冯雪峰宁愿通过王学文也不直接与周扬联系，很明显与情感因素有关：由于周扬在其主编的《文学月报》第 1 卷第 4 号（1932 年 11 月）上发表芸生的长诗《"汉奸"的供状》而导致的冯雪峰与周扬的矛盾一直没有化解，加上冯雪峰到上海后最初遇到的三人中，鲁迅和胡风对周扬都极为不满，而茅盾的话又没有引起冯雪峰的足够重视，"冯雪峰对周扬不好的印象自然雪上加霜"。所以人们有理由得出如下结论："可以想见的是，鲁迅与胡风在对周扬的看法上，是冯雪峰即使知道上海文艺界有以周扬、夏衍为核心的党组织仍然坚持战斗而一直不找他们的重要原因之一。"[②] 正如冯雪峰自己所说："我到上海后对周扬、夏衍等人的情况已经相当了解的时候，除派王学文联系之外，没有很快找他们见面，是我当时工作的一个错误。因为我当时虽然初到上海，忙于别的任务，但同他们见面的时间是有的；同时我已知道他们在反对和攻击鲁迅，但并不怀疑他们同敌人已有什么实际上的勾结，所以我只有很快找他们见面谈话，根据中央政策和指示，指出他们的错误，说服他们，或者同他们争论，这才是对的。"[③]

由于冯雪峰到上海后，没有先找周扬、夏衍等党内人士，致使冯雪峰约见周扬时，遭到周扬拒绝，并要冯雪峰"拿证件（党中央的介绍信）给

---

① 陈早春、万家骥：《冯雪峰评传》，重庆出版社 1995 年版，第 183—184 页。

② 徐庆全：《周扬与冯雪峰》，湖北人民出版社 2005 年版，第 73—74 页。

③ 冯雪峰：《关于一九三六年我到上海工作的任务以及我同文委的"临委"的关系》，《鲁迅研究资料》第 4 辑，天津人民出版社 1980 年版，第 184—185 页。

他看，说我是假冒从陕北来的"①。在约见夏衍时，也弄得"话是谈不下去了"②。于是便出现了这样一种让人"哭笑不得"的情况："周扬根据'共产国际七大'和中央《八一宣言》的精神，执意要解散'左联'，提出'国防文学'的口号，是为了克服关门主义和宗派主义的错误，结成广泛的抗日统一战线；冯雪峰到上海来的使命，也是为了贯彻执行中央的这一政策，但是，两人之间的种种意气之争，都有悖于自己的初衷。而且，不容讳言的是，这种意气之争在一定程度上妨害了党的工作。当然，这恐怕也是当时'年少气盛'的周扬和具有'浙东人的老脾气'的冯雪峰所不可避免的。"③

二 "仓促策动"提出新口号

与冯雪峰一见面，鲁迅就迫不及待地说："这两年我给他们摆布得可以！"对此冯雪峰既深感意外，又明白"他们"指的是周扬等人："因为我一九三三年离开上海时，周扬等人同鲁迅已经对立。"冯雪峰在鲁迅家三楼一住就是两个多星期，从谈话中发现，鲁迅对周扬、夏衍、田汉等人非常"不满和憎恶"："鲁迅对周扬等人最愤慨的，是周扬等人因鲁迅不赞成'国防文学'的口号并拒绝在'文艺家协会'发起人中签名就攻击鲁迅为'破坏统一战线'，为'托派'等等"。④

据冯雪峰回忆，他大概在第三天或第四天去见了茅盾。据茅盾回忆，

---

① 冯雪峰：《集外·有关一九三六年周扬等人的行动以及鲁迅提出"民族革命战争的大众文学"口号的经过》，《雪峰文集》第 4 卷，人民文学出版社 1985 年版，第 523 页。

② 夏衍：《两个口号的论争》，《懒寻旧梦录》，生活·读书·新知三联书店 1985 年版，第 315 页。

③ 徐庆全：《周扬与冯雪峰》，湖北人民出版社 2005 年版，第 80 页。

④ 冯雪峰：《集外·有关一九三六年周扬等人的行动以及鲁迅提出"民族革命战争的大众文学"口号的经过》，《雪峰文集》第 4 卷，人民文学出版社 1985 年版，第 506—510 页。

"第二天他来了，我把他引进书房，继续上一天的谈话。"也就是说，冯雪峰回访茅盾应该是27号。茅盾说这天他们谈到了"国防文学"这一口号："这个口号有缺点，但可以用对它的正确解释来加以补救，现在这个口号已经得到相当广泛的支持，我们不能总是沉默，而应当参加讨论，把我们的意见提出来。"冯雪峰表示"他要先看一看讨论的文章再说"。①

4月27号下午，胡风到鲁迅家找冯雪峰，鲁迅将此事告诉冯雪峰，冯即下楼引胡风上三楼谈话："胡风谈了不少当时文艺界情况，谈到周扬等的更多。他当时是同周扬对立得很厉害的。……于是谈到'国防文学'口号，胡风说，很多人不赞成，鲁迅也反对。我说，鲁迅反对，我已知道，这个口号没有阶级立场，可以再提一个有明白立场的左翼文学的口号。胡风说，'一二八'时瞿秋白和你（指我）都写过文章，提过民族革命战争文学②，可否就提'民族革命战争文学'。我说，无需从'一二八'时找根据，那时写的文章都有错误。现在应该根据毛主席提出的抗日民族统一战线政策的精神来提。接着，我又说，'民族革命战争'这名词已经有阶级立场，如果再加'大众文学'，则立场就更加鲜明；这可以作为左翼作家的创作口号提出。胡风表示同意，却认为字句太长一点。我和他当即到二楼同鲁迅商量，鲁迅认为新提出一个左翼作家的口号是应该的，并说'大众'两字很必要，作为口号也不算太长，长一点也没什么。""胡风临走时就说，他去写一篇文章提出去，鲁迅表示同意，我

---

① 茅盾：《回忆录二集·"左联"的解散和两个口号的论争》，《茅盾全集》第35卷，人民文学出版社1997年版，第60—61页。但据雪峰回忆，他们这次见面"没有谈到新口号问题，也没有谈到'国防文学'口号。"（《集外·有关一九三六年周扬等人的行动以及鲁迅提出"民族革命战争的大众文学"口号的经过》，《雪峰文集》第4卷，人民文学出版社1985年版，第515页。）

② 一·二八战争发生后，不少左翼作家提出了多种文学口号："革命战争的文学"（瞿秋白：《上海战争和战争文学》，1932年4月《文学》）、"革命民族战争的大众文学"（社评：《榴花的五月》，1932年5月2日《文艺新闻》第53号）、"民族革命文学"（茅盾：《"五四"与民族革命文学》，1932年5月2日《文艺新闻》第53号）、"民族的革命战争文学"（冯雪峰：《民族革命战争的五月》，1932年5月20日《北斗》第2卷第2期）等。

也同意。"①

据茅盾回忆，冯雪峰回访后的两三天，茅盾有事去鲁迅家，办完正事随便闲谈，冯雪峰也在座。他们又谈到了"国防文学"："鲁迅说：现在打算提出一个新口号——'民族革命战争的大众文学'，以补救'国防文学'这口号在阶级立场上的不明确性，以及在创作方法上的不科学性。这个口号和雪峰、胡风商量过。雪峰插嘴道：这个新口号是一个总的口号，它是无产阶级革命文学的继承和发展，可以贯串相当长的一个历史时期；而'国防文学'是特定历史条件下的具体口号，可以随着形势的发展而变换。鲁迅说：新口号中的'大众'二字就是雪峰加的。又问我有什么意见。我想了一下道：提出一个新口号来补充'国防文学'之不足，我赞成，不过'国防文学'这口号已经讨论了几个月了，现在要提出新口号，必须详细阐明提出它的理由和说明白它与'国防文学'口号的关系，否则可能引起误会。这件工作别人做是不行的，非得大先生亲自来做。鲁迅道：关系是要讲明白的，除非他们不准提新口号。我们又交谈了一下新口号的内容。我说这个新口号的缺点是太长，又有点拗口。鲁迅道：长一点也不妨，短了意思不明确，要加一大篇注解，反倒长了。临走时，我又对鲁迅说：提出这个新口号，必须由你亲自出面写文章，这样才有份量，别人才会重视。因为'国防文学'这个口号，他们说是根据党中央的精神提出来的。鲁迅说：最近身体不大好，不过我可以试试看。"②

据胡风回忆，他当天晚上就写好了《人民大众向文学要求什么?》，第二天交给了冯雪峰。过了一天，胡风再去时，冯雪峰将稿子交还了他，一字未改。"说鲁迅也看过了，认为可以，要我找个地方发表出去。"胡风"交给了聂绀弩，拿给光华大学学生，左联盟员马子华，在他们编的《文

---

① 冯雪峰：《集外·有关一九三六年周扬等人的行动以及鲁迅提出"民族革命战争的大众文学"口号的经过》，《雪峰文集》第4卷，人民文学出版社1985年版，第513—514页。

② 茅盾：《回忆录二集·"左联"的解散和两个口号的论争》，《茅盾全集》第35卷，人民文学出版社1997年版，第62页。

学丛报》第三期发表了。"① 但据茅盾回忆，胡风的文章发表前，鲁迅并未看过："我看到胡风的文章大吃一惊，因为胡风这种做法，将使稍有缓和的局面②再告紧张。我跑去找鲁迅，他正生病靠在床上。我问他看到了胡风的文章没有。他说昨天刚看到。我说怎么会让胡风来写这篇文章，而且没有按照我们商量的意思来写呢？鲁迅说：胡风自告奋勇要写，我就说：你可以试试看。可是他写好以后不给我看就这样登出来了。"③ 胡风与茅盾的回忆应该是正确的。至于冯雪峰不将胡风的稿子拿给鲁迅看，原因当有两个：一、"没有把提出一个口号看成一个重大的问题，因而既没有向党中央请示，也不曾同鲁迅商量，请他用他的名义提出"④；二、鲁迅当时身体很不好，冯雪峰不愿用他认为不重要的事情去麻烦鲁迅。至于为何不在文章中提"国防文学"这一口号，胡风的解释是："它提出的时候，我就思想不通。党的负责人向我指明了它不妥当，才要再提一个。我能够说出拥护它的理由么？或者，我能够说出批判它的意思么？不提到它，留待在实践中去求得解决，或者不解决（不用权力地位作出硬性结论），为了尊重口号制定者的权威地位，这是在思想问题上可采取的唯一办法。"⑤

① 胡风：《在上海·左联离职前后》，《胡风回忆录》，人民文学出版社 2005 年版，第 57 页。

② 由于种种原因，鲁迅、胡风等人不愿加入周扬、夏衍等人组织的中国文艺家协会（该协会成员赞同"国防文学"），打算成立中国文艺工作者协会（该协会成员赞同"民族革命战争的大众文学"），为了避免矛盾进一步激化，经过茅盾、冯雪峰调解，双方答应在宣言中都不提各自的口号，并且周扬、夏衍不在宣言上签名，左联的矛盾暂时得以缓和。

③ 茅盾：《回忆录二集·"左联"的解散和两个口号的论争》，《茅盾全集》第 35 卷，人民文学出版社 1997 年版，第 64 页。

④ 冯雪峰：《集外·有关一九三六年周扬等人的行动以及鲁迅提出"民族革命战争的大众文学"口号的经过》，《雪峰文集》第 4 卷，人民文学出版社 1985 年版，第 514 页。

⑤ 胡风：《在上海·左联离职前后》，《胡风回忆录》，人民文学出版社 2005 年版，第 64 页。

根据时间推算可以知道，茅盾两三天后到鲁迅家时，冯雪峰已看过胡风写好的文章，并已还给胡风。既如此，冯雪峰为什么不将此事告诉茅盾呢？茅盾在回忆中说，冯雪峰在回访他时，他们谈到了胡风："我讲到这几年'左联'工作的变化，周扬与胡风的对立，周扬他们在工作上对鲁迅的不够尊重，以及鲁迅对周扬他们的意见。但是胡风在中间也没有起好作用，他把对周扬的私人成见与工作缠夹起来，使文艺界的纠纷更加复杂化。"① 茅盾的谈话给冯雪峰留下了这样的印象："对周扬，茅盾没有说什么；对胡风，茅盾很不满。"② 也许正因为如此，冯雪峰才没将此事告诉茅盾。

从上面分析可以看出，"民族革命战争的大众文学"是冯雪峰叫胡风提的，并且，"民族革命战争文学"来自于冯雪峰的《民族革命战争的五月》，"大众"是冯雪峰临时增加的，鲁迅仅是同意了这一新口号。胡风的文章发表前，冯雪峰并未给鲁迅看过。若因"最后的决定者是鲁迅"便认为"这口号是鲁迅提出来的"③，很明显与事实不符。胡风在回忆录中明确写道："口号是他（按：冯雪峰）要提的（具体文字还是采用了他的）。"④ 并且，据吴奚如回忆："在两个口号论战达到白热化的时候，雪峰和周扬在一次左联主要成员的会议上，雪峰说：'民族革命战争的大众文学，是我提出来的。'周扬立即挺身而起，大声疾呼：'我还以为是鲁迅提出来的，反对时有所顾虑，现在既知是你提出来的，那我就要大反而特反！！'"⑤

---

① 茅盾：《回忆录二集·"左联"的解散和两个口号的论争》，《茅盾全集》第35卷，人民文学出版社1997年版，第60页。

② 冯雪峰：《集外·有关一九三六年周扬等人的行动以及鲁迅提出"民族革命战争的大众文学"口号的经过》，《雪峰文集》第4卷，人民文学出版社1985年版，第515页。

③ 冯雪峰：《集外·有关一九三六年周扬等人的行动以及鲁迅提出"民族革命战争的大众文学"口号的经过》，《雪峰文集》第4卷，人民文学出版社1985年版，第514页。

④ 胡风：《在上海·左联离职前后》，《胡风回忆录》，人民文学出版社2005年版，第64页。

⑤ 吴奚如：《我所认识的胡风》，《芳草》1980年第12期。

那么,《答徐懋庸……》这篇文章到底是怎样写的这一问题呢?文中的相关文字为:"我先得说,前者这口号不是胡风提的,胡风做过一篇文章是事实,但那是我请他做的,他的文章解释得不清楚也是事实。这口号,也不是我一个人的'标新立异',是几个人大家经过一番商议的,茅盾先生就是参加商议的一个。郭沫若先生远在日本,被侦探监视着,连去信商问也不方便。"① 很明显,文中只说胡风的《人民大众向文学要求什么?》是鲁迅"请他做的",并未说"民族革命战争的大众文学"是鲁迅提出来的——文中只说鲁迅是商议人之一。若因鲁迅是商议人之一就说这口号是鲁迅提的,那么文中说茅盾也参加了商议,是否能说这一口号是茅盾提的呢?很明显不能。所以,即使要"以鲁迅的是非为是非",也不能从这段文字得出鲁迅提出了新口号的结论——文中说得很清楚:"这口号,也不是我一个人的'标新立异'……"

尽管笔者已勉为其难地将"民族革命战争的大众文学"这一口号的提出过程写了出来,但仍要说出自己的困惑:按冯雪峰的说法,4月27日就决定由胡风写文章将新口号提出来,胡风在回忆中也说,他是"当晚"就完成了这篇文章的写作,而《人民大众向文学要求什么?》的落款为"一九三六,五月九日晨五时"。对"国防文学"早有意见、急于提出新口号的胡风,写这样一篇一千多字的文章竟要这么长时间?如果因此认为冯雪峰的回忆有误,但他的回忆又与《鲁迅日记》多有契合之处:一、据冯雪峰回忆,他到上海后的第二天即4月26日下午找到鲁迅家,"鲁迅不在家(同许广平去看电影了)"②,而《鲁迅日记》中恰有这样的记载:"与广平携海婴往卡尔登影戏院观杂片"。二、据冯雪峰回忆,住到鲁迅家的第二天,鲁迅早上九点过就起来并上楼与他谈话,下午,胡风也到鲁迅家来找

---

① 鲁迅:《且介亭杂文末编·答徐懋庸并关于抗日统一战线问题》,《鲁迅全集》第6卷,人民文学出版社2005年版,第552页。

② 冯雪峰:《集外·有关一九三六年周扬等人的行动以及鲁迅提出"民族革命战争的大众文学"口号的经过》,《雪峰文集》第4卷,人民文学出版社1985年版,第507页。

冯雪峰。这天《鲁迅日记》中的记载为"无事"，《鲁迅日记》中这样的记载实属罕见，面对这样的记载，我们是否可以理解为：因冯雪峰是秘密来到上海，鲁迅不能将其记入日记中，故以"无事"代替？所以，笔者最终决定以冯雪峰的回忆为标准来推断新口号的提出过程①。但是，胡风文章的落款是当时写的，冯雪峰的回忆是事过三十年后的 1966 年 8 月写的，按理说文章的落款更值得相信。但按照文章的落款和胡风的回忆来推断新口号的提出过程，又很明显与《鲁迅日记》的记载和冯雪峰的回忆不符：胡风如真的于 5 月 6 号下午往鲁迅家看望冯雪峰，《鲁迅日记》中便不应该出现"下午买……"这样的字样——鲁迅应该在家；5 月 7 号的日记中也不应该出现这样的字样："上午寄母亲信。复段干青信并还艾明稿……"因为据冯雪峰回忆，他住到鲁迅家的第二天，鲁迅早上九点过就起来并上楼谈话。

尽管笔者有这么多困惑，仍赞同冯雪峰"仓促策动"② 提出新口号这一观点：冯雪峰回到上海后的第二天（按照胡风的回忆）或第三天（按照冯雪峰的回忆），冯雪峰就"策动"提出了"民族革命战争的大众文学"这一新口号。冯雪峰这样快就"策动"提出新口号，很明显是缺乏考虑的结果。正如冯雪峰自己所说："我当时是有严重错误的，就是，没有把提出一个口号看成是一个重大的问题，因而既没有向党中央请示，也不曾同鲁迅商量，请他用他的名义提出。"也如胡风所说："发表以后，徐懋庸在《光明》上发动了攻击。这是完全出乎意外的。怎么会想到提一个抗日的文学运动的口号竟会遭到反对以至仇视呢？尤其因为，这是由党中央派到上海负责工作的冯雪峰考虑以后要提出的。当时只从'国防文学'口号的'缺陷'，在政治原则上的阶级投降主义，在文学思想上的反现实主义着

---

① 程中原先生认为："冯雪峰回忆在 4 月 24 日或 25 日到上海，证之上述文献、史料，是可信的。"（《关于冯雪峰 1936—1937 年在上海情况的新史料》，《新文学史料》1992 年第 4 期）笔者认为，程先生的考证是有道理的，但由于对胡风文章的落款与冯雪峰回忆之间的矛盾未作分析，所以程先生的考证还需进一步进行。

② 陈早春、万家骥：《冯雪峰评传》，重庆出版社 1995 年版，第 205 页。

想，完全没有想到还有一个这个口号制定者（们）的个人威信问题。"①

不过，需要说明的是，冯雪峰如此"仓促策动"提出新口号，很明显是因为新口号契合了瓦窑堡会议精神：《中央关于目前政治形势与党的任务决议》（中国共产党中央政治局 1935 年 12 月 25 日通过）指出，由于日本帝国主义要把"全中国从各帝国主义的半殖民地，变为日本的殖民地"，"中国政治生活中的各阶级，阶层，政党，以及武装势力，重新改变了与正在改变着他们之间的相互关系。民族革命战线与民族反革命战线是在重新改组中。因此，党的策略路线，是在发动、团结与组织全中国全民族一切革命力量去反对当前主要的敌人——日本帝国主义与卖国贼头子蒋介石"——这便是人们通常所说的"抗日反蒋"。12 月 27 日，毛泽东在陕北瓦窑堡党的活动分子会议上作《论反对日本帝国主义的策略》报告。毛泽东在报告中指出："目前形势的基本特点，就是日本帝国主义要变中国为它的殖民地"，党的基本策略路线则是"建立广泛的民族革命统一战线"。在决议和报告中，都非常强调中国共产党在统一战线中的领导权问题："共产党应该以自己积极的澈底的正确的反日反汉奸反卖国贼的言论与行动，去取得自己在反日战线中的领导权。也只有在共产党的领导之下，反日运动，才能得到澈底的胜利"②；"共产党和红军不但在现在充当着抗日民族统一战线的发起人，而且在将来的抗日政府和抗日军队中必然要成为坚强的台柱子，使日本帝国主义者和蒋介石对于抗日民族统一战线所使用的拆台政策，不能达到最后的目的。"③ 这大概便是冯雪峰告诉胡风"现在应该根据毛主席提出的抗日民族统一战线政策的精神来提"的缘故吧。程中原先生通过对冯雪峰来上海前的一些材料的分析，甚至认为冯雪峰被派

---

①　胡风：《在上海·左联离职前后》，《胡风回忆录》，人民文学出版社 2005 年版，第 57 页。

②　《中央关于目前政治形势与党的任务决议》，中央档案馆编《中共中央文件选集》第 10 册，中共中央党校出版社 1991 年版，第 606 页。着重本来就有。

③　毛泽东：《论反对日本帝国主义的策略》，《毛泽东选集》第 1 卷，人民出版社 1991 年版，第 157 页。

到上海，"总的背景是贯彻瓦窑堡会议决议和晋西会议精神"①，对此，笔者认为是合乎事实的。

种种迹象表明，冯雪峰如此"仓促策动"提出新口号，并不是故意要与周扬等人作对。冯雪峰在回访茅盾时，他们谈到了当时左翼内部不团结的问题，茅盾希望冯雪峰能劝鲁迅加入文艺家协会。冯雪峰同意茅盾的意见，"认为有分歧可以在家里吵，但不应该分家。他答应由他去说服鲁迅。"在说服无效的情况下，冯雪峰提出一个折中办法："你（按：茅盾）可以两边都签名，两边都加入，免得人家看来完全是两个对立的组织。我们还可以动员更多的人两边都加入，这样，两个组织也就没有什么区别了。"正如茅盾所感觉的那样："从谈话中，我感觉雪峰对于上海文艺界的团结问题还是重视的，很明显，如果上海进步文艺界分裂了，他这位中央特派员是没法向中央交代的。但是，他囊中并无解决纠纷的'妙计'。他对周扬抱的成见较深，责备也多；对胡风只说他少年气盛，好逞英雄。"②

三　设法挽救危局

胡风的文章发表后，支持这一口号的文章陆续发表在《夜莺》、《现实文学》、《文学丛报》，《夜莺》第1卷第4期还出了"民族革命战争的大众文学特辑"；反驳的文章则陆续出现在《文学界》、《光明》和在东京出版的《质文》上，《文学界》也出了"国防文学特辑"。左翼文学界出现了两军对垒的情况。

面对这种情况，冯雪峰设法挽救危局：一、"通过王学文同志，也通过茅盾同志，要周扬等站在党中央毛主席的政策立场上来，首先要停止攻

①　程中原：《关于冯雪峰1936—1937年在上海情况的新史料》，《新文学史料》1992年第4期。
②　茅盾：《回忆录二集·"左联"的解散和两个口号的论争》，《茅盾全集》第35卷，人民文学出版社1997年版，第61—63页。

击鲁迅，不能再说鲁迅'反对统一战线'之类的话"；二、"我觉得胡风的态度和活动，也很妨碍团结。我要胡风不要再写文章"；三、"我当时在自己主观认识上，以为在文学主张上贯彻无产阶级立场，也可以从正确解释'国防文学'口号中去同时达到，所以提出了两个口号并用的意见"；四、"鲁迅虽然重病在床上，我想同他商量发表一个谈话之类的文件，正面表示他拥护抗日民族统一战线政策的态度"。① 在这些办法中，只有第二个办法有了效果：在整个论争中，胡风没有再写相关文章。第三、四个办法仅是冯雪峰的一些想法，要把这些想法落到实处，还得找一个恰当的途径才行——若是以自己的名义写出来，周扬等是不会买账的，第一个办法没收到效果便是前车。恰在这时，鲁迅收到了托派的来信。"鲁迅看了很生气，冯雪峰拿去看了后就拟了这封回信（按：《答托洛斯基派的信》）"，"冯雪峰回去后，觉得对口号问题本身也得提出点理论根据来。于是又拟了《论现在我们的文学运动》"。

对这两篇文章的创作情况，胡风是这样回忆的："口号问题发生后，国防文学派集全力进攻。冯雪峰有些着慌了，想把攻势压一压。当时鲁迅在重病中，无力起坐，也无力说话，连和他商量一下都不可能。恰好愚蠢的托派相信谣言，竟以为这是可乘之机，就给鲁迅写了一封'拉拢'的信。鲁迅看了很生气，冯雪峰拿去看了后就拟了这封信。'国防文学'派放出流言，说'民族革命战争的大众文学'是托派的口号。冯雪峰拟的回信就是为了解消这一栽诬的。他约我一道拿着拟稿去看鲁迅，把拟稿念给他听了。鲁迅闭着眼睛听了，没有说什么，只简单地点了点头，表示了同意。/冯雪峰回去后，觉得对口号问题本身也得提出点理论根据来。于是又拟了《论现在我们的文学运动》，又约我一道去念给鲁迅听了。鲁迅显得比昨晚更衰弱一些，更没有力气说什么，只是点了点头，表示了同意，

① 冯雪峰：《集外·有关一九三六年周扬等人的行动以及鲁迅提出"民族革命战争的大众文学"口号的经过》，《雪峰文集》第 4 卷，人民文学出版社 1985 年版，第516 页。

但略略现出了一点不耐烦的神色。……/到病情好转，恢复了常态生活和工作的时候，我提了一句：'雪峰模仿周先生的语气倒很像……'鲁迅淡淡地笑了一笑，说：'我看一点也不像。'"①

这两篇文章写好后，冯雪峰给茅盾送了去，希望这两篇文章在双方刊物上同时发表，周扬那边请茅盾交给《文学界》。茅盾将两篇文章带回家后，又仔细读了两遍，觉得第二篇文章写得太简略了一点，便写了《关于〈论现在我们的文学运动〉》附在署名鲁迅的文章后面。茅盾将这些文章交给徐懋庸后，本以为徐懋庸这个"文艺家协会理事"会给自己这个"文艺家协会常务理事"的面子，结果却大出自己所料："有三点使人觉得很不是滋味，一是《答托洛斯基派的信》没有登，编者诌了一个站不住脚的理由，而这封信却是有重大的政治意义的；二是《论现在我们的文学运动》虽然登了，却排在后面，而按其重要性应该排在第一篇；三是在我的一千多字的文章后面，编者又写了八百字的《附记》，拐弯抹角无非想说'国防文学'是正统，现阶段没有必要提出'民族革命战争的大众文学'这个口号，因此整篇《附记》没有一句话表示赞成鲁迅关于两个口号可以并存的意见。"

7月20号左右，冯雪峰听说茅盾病了，去看茅盾，他们的谈话很自然地转到了"两个口号"论争。茅盾把自己意见讲了一遍，冯雪峰同意茅盾的意见，建议茅盾为此写一篇文章。由于茅盾病尚未痊愈，一直在旁听的孔另境愿意代笔。茅盾对孔另境起草的初稿进行了修改："加重了对胡风的批评，指出他'左'的关门主义和宗派主义；删掉了对徐懋庸宗派主义的批评；对周扬则着重指出他把'国防文学'作为创作口号有关门主义和宗派主义的危险。"茅盾将文章交给徐懋庸，请他在《文学界》上发表。尽管茅盾的文章在8月10日出版的《文学界》第1卷第3号上登出来了，

① 胡风：《鲁迅先生》，《新文学史料》1993年第1期。胡风这段话的真实性可参看《关于鲁迅与〈答托洛斯基派的信〉的关系的疑问》（张永泉：《鲁迅研究月刊》1999年第3期）和《重读鲁迅杂文》（朱正：《鲁迅研究月刊》2005年第10期）。

"但是排在我这篇文章后面的是周扬的一篇反驳文章《与茅盾先生论国防文学的口号》。原来《文学界》的编者把我的原稿先送给周扬'审查'去了。所以我的文章还没有发表，反驳的文章就已经写好了。这种做法，后来是很流行了，人们见怪不怪；但在三十年代却很新鲜。"周扬文章几乎全盘否定了茅盾的观点，茅盾见后"十分恼火"："我倒不是怕论战，论战在我的文学生涯中可算是家常便饭。我气愤的是，作为党的文委的领导人竟如此听不进一点不同的意见，如此急急忙忙地就进行反驳!"冯雪峰看见周扬文章后，"跑"来找茅盾："他说，你主张对他缓和，现在有了教训了。目前阻碍文艺界团结的是周扬，是他的宗派主义和关门主义。胡风有错误，但我批评了他，他就不写文章了；而周扬谁的话都不听，自以为是百分之百的正确。冯雪峰建议我再写一篇文章予以反击，他说，这次你要把他的宗派主义、关门主义拉出来示众，要抓住这个根本问题。"① 于是茅盾作《再说几句——关于目前文学运动的两个问题》，对周扬进行严厉批评。

8月2日，鲁迅收到了徐懋庸来信，鲁迅将其拿给冯雪峰看："我现在也还记得，他当时是确实很气愤的，一边递信给我，一边说：'真的打上门来了! 他们明明知道我有病! 这是挑战。过一两天我来答复。'"冯雪峰见鲁迅身体远没有恢复健康，并且自己不久前曾代鲁迅写过两篇文章，"还符合他的意思，于是我看完徐信后就说：'还是由我按照先生的意思去起一个稿子吧。'"鲁迅拒绝了，说这回自己可以动手，冯雪峰临走时仍要走了徐懋庸的信。"回到住处后，当晚就动笔，想写下一些话给他做参考。用意还是因为他身体确实不好，而有许多话是他答复徐信时必须说的，也是他一定要说的，他平日又是谈到过多次的，我按照他的意思、他的态度先写下一些，给他参考，也许可以省他一点力。"鲁迅看了冯雪峰的草稿后说："就用这个做一个架子也可以，我来修改、

---

① 茅盾：《回忆录二集·"左联"的解散和两个口号的论争》，《茅盾全集》第35卷，人民文学出版社1997年版，第74—77页。

添加吧。"

关于冯雪峰初稿的写作情况和鲁迅修改的情况，胡风有较详细的说明：

一、关于两个口号的解释（打了旁圈的），都是雪峰的拟稿。可以想见，关于这种需要作一些引证和分析才能说明白，但对对方的论点又不能不采取折中态度的理论问题，他只好由雪峰代表党提的意见负责，留待在实践工作过程中去解决。

二、说"民族革命战争的大众文学"的口号是经过茅盾在内的几个人商议才决定的。这是雪峰在这个拟稿之前和茅盾商量，要求同意有这个事实。先前，茅盾表示过对"国防文学"口号的拥护，这时候不能不知道那个口号是不能服人的，雪峰又是以党和他自己的名义要求他，当然乐于借此转弯，同意了。……雪峰这样迁就茅盾，因为他觉得依靠原则解决问题是远水不救近火，只好靠人事关系来减轻"国防文学"派的攻势。

三、把国防文学派的理论总结成"不是国防文学就是汉奸文学"的公式，这是符合他们的实际的。……提《红楼梦》、《阿Q正传》，只能是为了陪《子夜》，为了取得茅盾的好感，为了换得茅盾承认参加了"民族革命战争的大众文学"口号的决定。这是脱离原则，专从调整人事关系着眼的。鲁迅也只好当作抵制对方错误的一个例证，让它留着了。

四、鲁迅说，"民族革命战争的大众文学"口号是他提的。这也是接受了雪峰的要求，想借鲁迅的威信，停止、至少是缓和国防文学派无原则的攻击。至于鲁迅说那篇文章是他请我写的，这是事实。是

---

① 冯雪峰：《集外·有关一九三六年周扬等人的行动以及鲁迅提出"民族革命战争的大众文学"口号的经过》，《雪峰文集》第4卷，人民文学出版社1985年版，第520—521页。

鲁迅和雪峰要我写的。①

应该说，胡风的说法基本符合事实。冯雪峰曾对陈早春先生说："我之所以这样做，是想让当时革命文艺界的三巨头（按即鲁迅、郭沫若、茅盾）及他们各自影响下的青年文艺工作者，都能消除成见，结束内讧。"②8 月 15 日《答徐懋庸……》发表之后，"两个口号的论争就进入结束阶段。除了国民党小报的造谣挑拨和徐懋庸写了两篇文章外，没有人写文章反对鲁迅。虽然不少文章继续讨论'国防文学'，但也有不少文章逐渐认识了这场论争的意义，同意了两个口号并存的意见。到九月中旬，冯雪峰已在为发表一篇《文艺界同人为团结御侮与言论自由宣言》而奔忙。宣言由我和郑振铎起草，在这个宣言上签名的，有文艺界各方面的代表人物二十一人，包括了论争的双方，从而表示两个口号的论争已经结束，文艺界终于在抗日救亡的旗帜下联合起来了。"③

为了平息论争，冯雪峰在争取鲁迅、郭沫若、茅盾"三巨头"同时，还争取到了延安方面的支持。从张闻天、周恩来 7 月 6 日给冯雪峰信可以知道，冯雪峰到上海后两个多月时间里，给延安去了三封信。张闻天、周恩来在回信中认为冯雪峰对周扬的方法"是对的"；并对"关门主义"进行了严厉批判："关门主义在目前确是一种罪恶，常常演着同内奸同样的作用"；还表达了对鲁迅的敬意和信任："他们为抗日救国的努力，我们都很钦佩。希望你转致我们的敬意。对于你老师的任何怀疑，我们都是不相信的。请他也不要为一些轻薄的议论，而发气。"④ 7 月 26 日，在保安召开的中央政治局会议上，"上海工作"是讨论的具体问题之一。会上一方

---

① 胡风：《在上海·左联离职前后》，《胡风回忆录》，人民文学出版社 2005 年版，第 59—60 页。

② 陈早春、万家骥：《冯雪峰评传》，重庆出版社 1995 年版，第 205 页。

③ 茅盾：《回忆录二集·"左联"的解散和两个口号的论争》，《茅盾全集》第 35 卷，人民文学出版社 1997 年版，第 80—81 页。

④ 《党中央领导人给冯雪峰的函电》，《新文学史料》1992 年第 4 期。

面肯定了冯雪峰的工作，另一方面认为文艺界内部要团结，再一方面认为应派人充实上海的力量。当天会议还决定，给上海党组织和冯雪峰分别写信。尽管这两封信迄今尚未发现，但根据会议记录及张闻天、周恩来 7 月 6 日给冯雪峰的信可以看出，这时的延安对冯雪峰总体上是支持的。这大概便是鲁迅的《答徐懋庸……》发表后，周扬等人没再写反驳文章的主要原因：7 月 26 日延安决定去信，8 月 15 日《答徐懋庸……》发表后两个口号论争进入结束阶段，时间上也基本吻合。看来，茅盾在回忆录中过高估计了《答徐懋庸……》在结束论争方面所起的作用：署名鲁迅的前两篇文章发表后，"赞成鲁迅意见的文章寥寥无几，而继续宣扬'国防文学'口号反对'民族革命战争的大众文学'口号的文章却车载斗量"①便是明显例证。

需要说明的是，在"两个口号"论争中，周扬等人如此听不进不同意见，非要坚持"国防文学"只此一家，除人们已经指出的"宗派主义"和"关门主义"外，恐怕还与他们认为自己绝对正确有关。周扬晚年在给中央上书时将这一点说得非常清楚："我们当时把'共产国际'看作是党的最高领导和最大权威，对它是无限信赖和崇敬的。"②既如此，得到了延安中央的来信后，周扬停止论争也是情理之中的事情：对紧跟党走的周扬来说，对党的指示唯命是从是符合其性格特征的。同样道理，支持"民族革命战争的大众文学"的人之所以如此旗帜鲜明，何尝不是因为以为自己是在贯彻瓦窑堡会议精神？所以说，"两个口号"论争，除个人因素外，同时也是当时中国革命形势在文艺界的一种反映。

---

① 茅盾：《回忆录二集·"左联"的解散和两个口号的论争》，《茅盾全集》第 35 卷，人民文学出版社 1997 年版，第 72 页。

② 徐庆全整理：《周扬关于三十年代"两个口号"论争给中央的上书》，《鲁迅研究月刊》2004 年第 10 期。

四　新中国成立前共产党对论争及雪峰的评价

尽管论争期间张闻天、周恩来在回信中认为冯雪峰对周扬的方法"是对的"，但 1937 年 5 月延安在"检讨两个口号的论争"时却作出了这样的结论："显然的'国防文学'这个口号是更适合于进行和建立战线的，'民族革命战争的大众文学'的这个口号是太狭窄了。即以它的名字一项而论，标榜'大众文学'，那末非大众的分子就已经被关在门外，丢到联合战线之外去了。"① 这一变化很明显与当时中国的形势有关：1936 年 9 月 1 日，中共中央在内部发出了《关于逼蒋抗日问题的指示》，中共政策已由"抗日反蒋"变成了"逼蒋抗日"。在这种情况下，"民族革命战争的大众文学"这一口号便显得不合时宜。

七七卢沟桥事变后，中国共产党的政策又由"逼蒋抗日"变成了"联蒋抗日"。在这种情况下，冯雪峰只得给潘汉年留下一信，跑回义乌老家写他的小说去了。对此事，人们是这样叙述的："冯雪峰是个农民的儿子，取消苏维埃政权，改变红军的性质，这对于血气方刚、脾气倔强的冯雪峰来说，确实是难以接受的。不仅如此，博古自己还写了篇宣扬右倾主张的《为彻底实现三民主义而奋斗》的文章，让冯雪峰看，再加上在白区工作方针路线方面的分歧，于是两人发生了激烈的争执，冯雪峰拍了桌子，双方对骂了起来。冯雪峰一气之下，就写了一信向潘汉年请假，要求回乡专事写作。"② 冯雪峰给潘汉年的信（尤其是第四点）很清楚地表明了这一点："一、身体不好，要求到乡下去休息二、三月，要我转向你们（按：毛泽东，张闻天）申请。二、将来患难来时仍挺身而出。三、请党对他这类份子不当作干部看，所以他离开工作没有关系。四、对组织有些意见，

---

① 艾克恩：《延安文艺运动纪盛》，文化艺术出版社 1987 年版，第 19 页。
② 陈早春、万家骥：《冯雪峰评传》，重庆出版社 1995 年版，第 234 页。

不愿再说，以保存他自己的清白和整个大局。" 从冯雪峰对共产党"联蒋抗日"政策的不满也可看出，冯雪峰确实是非常重视"阶级立场"，并非常强调统一战线中的"领导权"的。

1943年，周恩来在谈及冯雪峰与博古在上海这次论争时，认为冯雪峰所坚持的观点是正确的，符合党中央对白区工作的政策方针。实际上，这也与当时的国内形势密切相关：随着抗日战争的进行，国共力量的变化，共产党又越来越重视统一战线中的领导权了。

就这样，新中国成立前共产党对冯雪峰的评价也随着形势的变化而变化。

从上面的分析可以看出，笔者使用的材料并非"孤本秘籍"，却得出了与定论不同的结论，这到底是什么原因呢？我们在对待历史事件时，到底是应尊重事实还是其他呢？这确实值得我们深思。

---

① 程中原：《关于冯雪峰1936—1937年在上海情况的新史料》，《新文学史料》1992年第4期。

鲁迅偏袒胡风吗

在说及"两个口号"论争时，茅盾（《我走过的道路·"左联"的解散和两个口号的论争》）、冯雪峰（《有关一九三六年周扬等人的行动以及鲁迅提出"民族革命战争的大众文学"口号的经过》）、徐懋庸（《鲁迅回忆录·我和鲁迅的关系的始末》）、夏衍（《懒寻旧梦录·萧三的来信》）等都异口同声地说鲁迅"偏袒"胡风，茅盾甚至将其提高到鲁迅是否有"知人之明"[①] 的高度，所以有必要搞清楚这一问题。

鲁迅"偏袒"胡风的事实，茅盾说得最详细，现摘抄如下：

> 我与胡风只有泛泛之交，而且是由于鲁迅的关系。我对胡风没有好感，觉得他的作风、人品不使人佩服。在当时左翼文艺界的纠纷中，他不是一个团结的因素而是相反。他还在很大程度上影响了鲁迅对某些事物真相的判断，因为他向鲁迅介绍的情况常常是带着浓烈的意气和成见的。然而鲁迅却对他十分信任，这可以从我向鲁迅谈到胡风的社会关系比较复杂而鲁迅迅速作出的反应中见到。那是在一九三四年秋，我从陈望道、郑振铎那里知道（而他们又是从当时在南京政府做官的邵力子那里听来的），胡风在孙科办的"中山文化教育馆"

---

① 茅盾：《中国文论十集·需要澄清一些事实》，《茅盾全集》第 27 卷，人民文学出版社 1996 年版，第 322 页。

内领津贴，每月一百元。"中山文化教育馆"是孙科的一个宣传机构，也是他借此拉拢人的一个机构，它搜罗一批懂外文的人，翻译一些国际政治经济资料，发表在他们办的刊物上。这些人工作很轻松，月薪却高达一百元。但孙科又怕左派人士打进去，故须有人担保，他才聘用。胡风是通过什么关系进去的，我不知道，但他把这件事对我们所有的人都保了密，却使人怀疑。我把这件事情婉转地告诉了鲁迅，因为鲁迅与胡风交往甚密，应该提醒他注意。可是鲁迅一听之后，脸马上沉下来，顾左右而言他。我也就不好再深谈了。鲁迅的政治警惕性是十分高的，而我又是他的一个长期共同战斗的战友，可是我向他反映胡风这样的一个问题时，他却一点也听不进去，当时确实使我大惑不解。后来听说在我之前，周扬、田汉、夏衍等曾经向鲁迅提过这件事而遭到了鲁迅的拒绝，我才有点明白。从这件事，也反映出了鲁迅与周扬等"左联"领导人之间的隔阂之深，以及胡风在其中所起的作用。[①]

对此，胡风的解释是：

　　组织工作决定了以后（按：指胡风任左联宣传部长），我自己需要解决的就是要找个吃饭的职业，也好从韩起家搬出。我不能为了解决生活问题，随随便便写些文章去换稿费。这时，孙科出钱办的中山文化教育馆刚刚成立，陈彬和任出版部主任，出版《时事类编》半月刊，译载各国政治经济文化等时论（陈当时也是"民权保障大同盟"的活动人物，又是红色记者）。韩起的朋友杨幸之（湖南人）在那里当秘书，陈的文章几乎都是他写的。杨幸之通过韩起拉我到中山文化教育馆为《时事类编》翻译文章。我在书记处报告了这个

---

① 茅盾：《回忆录二集·"左联"的解散和两个口号的论争》，《茅盾全集》第35卷，人民文学出版社1997年版，第54—55页。

情况，茅盾、周扬他们都主张我去。这样，我就当上了中山文化教育馆的日文翻译，给每期《时事类编》译一至二篇文章。我提出只上半天班，他们也答应了。但我的工资是翻译人员中最少的，只一百元。

《时事类编》登得最多的是各资本主义国家报刊的文章，其中当然也有革命的和共产党的文章。我尽可能选进步的和革命的。记得有一篇不能算作时论，是批判日本法西斯哲学"日本主义"的，用马克思主义观点写的论文（后来才知道是日共总书记宫本显志写的）。还有一篇苏联的小说。陈彬和指定的，提倡在日本组织法西斯党的中野正刚的文章，我就给加上了按语，说明它是反动的。①

吴奚如在回忆胡风的文章中也说到此事：

那时，他的公开职业是中山文化教育馆（"太子派"首脑孙科创立的）的编译，是通过《申报》馆的陈彬龢（民权保障同盟成员，进步文化人）的关系，而且是得到左联党团批准的（他在该馆工作不久，即为韩侍桁向该馆当局揭发，被解雇了）。但因此被心怀叵测的人们据以诬陷他，直到今天还成为一个为人乐于引用，耸人听闻的"罪状"。还给他加官晋级："高级职员"。②

三相比较不难看出，胡风的解释是符合事实的。既如此，鲁迅"偏袒"胡风便在情理之中：首先，这是"得到左联党团批准的"；其次，鲁迅既是"民权保障大同盟"的成员，并且经常在《申报·自由谈》上发表文章，所以对陈彬和的情况应当是了解的。至于茅盾的"不实之词"，胡

---

① 胡风：《在上海·左联任职期间》，《胡风回忆录》，人民文学出版社 2005 年版，第 25—26 页。
② 吴奚如：《我所认识的胡风》，《芳草》1980 年第 12 期。

风认为那是他与茅盾在日本时便"格格不入"的结果①。即使胡风的解释
有误，吴奚如的回忆偏袒胡风，单就胡风在中山文化教育馆工作拿钱一事
而言，根据鲁迅的一贯言行也不会为此指责胡风。首先，鲁迅自己从 1927
年 12 月起就以"大学院特约撰述员"身份拿国民政府的钱，月薪 300 大
洋，直到 1931 年 12 月因"绝无成绩"②而被裁。鲁迅早就说过：
"钱，——高雅的说罢，就是经济，是最要紧的了。自由固不是钱所能买
到的，但能够为钱而卖掉。人类有一个大缺点，就是常常要饥饿。为补救
这缺点起见，为准备不做傀儡起见，在目下的社会里，经济权就见得最要
紧了。"③"为准备不做傀儡起见"，鲁迅可以拿国民政府的钱，胡风为何不
能呢？其次，当时国民党加紧对左翼文化进行围剿，胡风进入中山文化教
育馆，实际上为胡风的革命工作提供了合法身份。早在 1925 年 7 月，鲁迅
就为韦素园做《民报副刊》编辑出过力："一九二五年七月，我们听说要
出版一种《民报》，并且也有副刊，正在物色一个编辑人。我们想素园若
去作这个工作，可能会得到鲁迅先生的支持，因此就去问先生的意见。我
们说，我们并不清楚这个报纸的政治背景，也只听说有出副刊的拟议，不
知他是否赞成进行。他说得很简单明确：报纸没有一家没有背景，我们可
以不问，因为我们自己绝办不了报纸，只能利用它的版面，发表我们的意
见和思想。不受到限制、干涉，就可以办下去；没有自由，再放弃这块园
地。总之，应当利用一切机会，打破包围着我们的黑暗和沉默。我们托他
写介绍信，他毫不迟疑的答应了。"④并且，在当时的左翼作家中，不但胡
风在中山文化教育馆任职，聂绀弩也曾在"汪精卫在上海的中华日报副刊

---

① 胡风：《在上海·左联任职期间》，《胡风回忆录》，人民文学出版社 2005 年版，
第 21 页。

② 鲁迅：《书信（1927—1933）·320302 致许寿裳》，《鲁迅全集》第 12 卷，人
民文学出版社 2005 年版，第 287 页。

③ 鲁迅：《坟·娜拉走后怎样》，《鲁迅全集》第 1 卷，人民文学出版社 2005 年
版，第 168 页。

④ 李霁野：《〈民报副刊〉及其他》，《鲁迅先生与未名社》，人民文学出版社 1984
年版，第 234 页。

《动向》任主编"①。鲁迅既不反对聂绀弩任《动向》主编，怎么会反对胡风在中山文化教育馆任职呢？

鲁迅在《答徐懋庸并关于抗日统一战线问题》中如此评价胡风："胡风鲠直，易于招怨，是可接近的。"② ……基于什么理由，鲁迅作出如此"偏袒"胡风的评价呢？因该文与"两个口号"论争有关，故结合"两个口号"的论争来讨论这个问题。由于鲁迅在《答徐懋庸……》一文中有"这口号不是胡风提的，胡风做过一篇文章是事实，但那是我请他做的"这样的话，所以，"民族革命战争的大众文学"这一口号是由鲁迅提出并由胡风写文章宣传出去的说法几乎成了人们的共识，但据胡风③和吴奚如④的回忆可以知道，该口号是冯雪峰叫胡风提的，只不过两人商量好后征得了鲁迅的同意。胡风的《人民大众向文学要求什么？》发表后，遭到"国防文学"派的猛烈攻击，冯雪峰要胡风不要再写文章，"这一点胡风倒做到了，在整个论争中他只写过最初那一篇文章，以后就没有再写"⑤。如此忍辱负重的精神，一定让鲁迅颇为感动，作出"偏袒"胡风的结论也在情理之中了。

所以说，鲁迅并非偏袒胡风，他对胡风给予较高评价，是基于他一贯的行事原则，并且是"看人看事"⑥ 的结果。顺便说一句，尽管鲁迅在

---

① 吴奚如：《我所认识的胡风》，《芳草》1980 年第 12 期。

② 鲁迅：《且介亭杂文末编·答徐懋庸并关于抗日统一战线问题》，《鲁迅全集》第 6 卷，人民文学出版社 2005 年版，第 555 页。

③ "口号是他（按：冯雪峰）要提的（具体文字还是采用了他的），文章是他一字未改地同意了的。"（胡风：《在上海·左联离职前后》，《胡风回忆录》，人民文学出版社 2005 年版，第 64 页。）

④ "在两个口号论战达到白热化的时候，雪峰和周扬在一次左联主要成员的会议上，雪峰说：'民族革命战争的大众文学，是我提出来的'，周扬立即挺身而起，大声疾呼：'我还以为是鲁迅提出来的，反对时有所顾虑，现在既知是你提出来的，那我就要大反而特反！！'"（吴奚如：《我所认识的胡风》，《芳草》1980 年第 12 期。）

⑤ 冯雪峰：《集外·有关一九三六年周扬等人的行动以及鲁迅提出"民族革命战争的大众文学"口号的经过》，《雪峰文集》第 4 卷，人民文学出版社 1985 年版，第 516 页。

⑥ 鲁迅：《且介亭杂文末编·答徐懋庸并关于抗日统一战线问题》，《鲁迅全集》第 6 卷，人民文学出版社 2005 年版，第 554 页。

《答徐懋庸并关于抗日统一战线问题》中将"民族革命战争的大众文学"这一口号提出的责任基本揽到了自己身上。胡风却并没因此将责任推给鲁迅："在《密云期风习小纪》序言里提到它的时候，在《论现实主义的路》里提到它的时候，虽然不好声明是我提的，但从没有说是鲁迅提的。即使被插上托派的黑标签押上历史审判台，我也不愿（不忍）把责任推给鲁迅。"① 由此可见，鲁迅确实看人很准。

---

① 胡风：《关于三十年代前期和鲁迅有关的二十二条提问》，《新文学史料》1992年第4期。

鲁迅与田汉

在说到鲁迅与"左联"矛盾时，人们多与周扬联系起来，但在一段时间里，鲁迅最不满的人实际上是田汉。

一　有些不愉快的见面

1934 年 7 月，穆木天被捕；9 月 25 日，《大晚报》上刊出穆木天等脱离"左联"的报道①。穆木天出来后即向"左联"党团告密，说胡风是南京派来的汉奸，胡风为此辞去了他在中山文化教育馆的日文翻译职务。辞职后，胡风便到沙汀家去找周扬，周扬正好在那儿。胡风将自己从韩侍桁那儿听说的话告诉周扬，周扬没有否认穆的告密，也没作任何决定，只告诉胡风，因工作关系，他要搬家了。

10 月上旬，由田汉来接替胡风在"左联"的工作。交接会上，胡风提出了穆木天的污蔑造谣，对周扬默认穆的造谣表示不能接受，田汉当即表示要和周扬这种态度斗争到底。大约两三个月后，田汉约胡风和周文见面，为即将到外地的洪深饯行。尽管田汉将胡风拉到阳台上单独谈了一些

---

① 穆立立在《穆木天冤案始末》(《新文学史料》1999 年第 4 期) 中如此写道："关于我父亲穆木天历史问题的传闻，主要是说他 1934 年被捕后，发表脱离左联声明。此事纯属子虚乌有，是由于国民党中央社造谣，然后以讹传讹造成的冤案。"

话，却只字不提"左联"的事。胡风辞去"左联"职务时，曾把情况简单地告诉鲁迅。鲁迅沉默了好一会，才平静地说："只好不管他，做自己本份的事，多用用笔……"①

就在胡风辞职不久，周扬找到夏衍，"说阳翰笙建议，冯雪峰走后，好久没有向鲁迅汇报工作了，所以要我先和鲁迅约定一个时间，阳、周和我三个人去向他报告工作和听取他的意见。"夏衍第二天就到内山书店，正好遇到鲁迅，把周扬的意思转达之后，鲁迅表示同意，约定下个星期一下午三时左右，在内山书店碰头，因为星期一客人比较少。到了约定时间，夏衍在住家附近叫了一辆出租车等待周扬和阳翰笙。意外的是，除周、阳之外，还来了一个田汉。当时夏衍就有一点为难，"一是在这之前，我已觉察到鲁迅对田汉有意见（有一次内山完造在一家闽菜馆设宴欢迎藤森成吉，鲁迅、茅盾、田汉和我都在座，开头大家谈笑甚欢，后来，田汉酒酣耳热，高谈阔论起来，讲到他和谷崎润一郎的交游之类。鲁迅低声对我说：'看来，又要唱戏了。'接着，他就告辞退了席。田汉喜欢热闹，有时宴会上唱几句京戏，而鲁迅对此是很不习惯的)，加上，田汉是直性子人，口没遮拦，也许会说出使鲁迅不高兴的话来，而我和鲁迅只说了周、阳二人向他报告工作，没有提到田汉。"

尽管夏衍早就发现鲁迅对田汉不满，但田汉已来了，不好叫他不去。他们四人上了车，为了安全，到北四川路日本医院附近就下了车，徒步走到内山书店。见了鲁迅之后，看到有几个日本人在看书，夏衍说，这儿人多，到对面咖啡馆去坐坐吧。鲁迅不同意，说："事先没有约好的地方，我不去。"这时内山完造就说："就到后面会客室去坐吧，今天还有一点日本带来的点心。"于是内山就带他们到了一间日本式的会客室，还送来了茶点。"开始，阳翰笙报告了一下'文总'这一段时期的工作情况，大意是说尽管白色恐怖严重，我们各方面的工作还是有了新的发展，他较详细

---

① 胡风：《在上海·左联任职期间》，《胡风回忆录》，人民文学出版社 2005 年版，第 32 页。

地讲了戏剧、电影、音乐方面的情况，也谈了沪西、沪东工人通讯员运动的发展；接着周扬作了一些补充，如已有不少年轻作家参加了'左联'等等。鲁迅抽着烟，静静听着，有时也点头微笑。可是就在周扬谈到年轻作家的时候，田汉忽然提出了胡风的问题，他直率地说胡风这个人靠不住，政治上有问题，要鲁迅不要太相信他。这一下，鲁迅就不高兴了，问，'政治上有问题，你是听谁说的?'田汉说：'穆木天说的。'鲁迅很快地回答：'穆木天是转向者，转向者的话你们相信，我不相信。'其实，关于胡风和中山教育馆有关系的话，首先是邵力子对开明书店的人说的，知道这件事的也不止我们这几个人，而田汉却偏偏提了穆木天，这一下空气就显得很紧张了。"①

"两个口号"论争发生后，"左联"的内部矛盾完全公开，鲁迅在《答徐懋庸并关于抗日统一战线问题》中是这样描述这次会见的："胡风先前我并不熟识，去年的有一天，一位名人约我谈话了，到得那里，却见驶来了一辆汽车，从中跳出四条汉子：田汉，周起应，还有另两个，一律洋服，态度轩昂，说是特来通知我：胡风乃是内奸，官方派来的。我问凭据，则说是得自转向以后的穆木天口中。转向者的言谈，到左联就奉为圣旨，这真使我口呆目瞪。再经过几度问答之后，我的回答是：证据薄弱之极，我不相信！当时自然不欢而散，但后来也不再听人说胡风是'内奸'了。然而奇怪，此后的小报，每当攻击胡风时，便往往不免拉上我，或由我而涉及胡风。"②

二 鲁迅对田汉的"憎恶和鄙视"

早在 1921 年 8 月 29 日，鲁迅就在致周作人的信中说："我近来大看不

① 夏衍：《两个口号的论争》，《懒寻旧梦录》，生活·读书·新知三联书店 1985 年版，第 264—266 页。

② 鲁迅：《且介亭杂文末编·答徐懋庸并关于抗日统一战线问题》，《鲁迅全集》第 6 卷，人民文学出版社 2005 年版，第 554—555 页。

起郭沫若田汉之流。"① 但以后没再看见鲁迅对田汉有不满的记载。鲁迅的
《答曹聚仁先生信》在 1934 年 8 月出版的《社会月报》上头条发表后，因
最后一篇是杨邨人的《赤区归来记》，8 月 31 日出版的《大晚报》副刊
《火炬》上便出现了绍伯的《调和》，称鲁迅是在"替杨邨人打开场锣鼓"。
11 月 14 日，鲁迅作《答〈戏〉周刊编者信》，对绍伯的做法表达了强烈不
满："倘有同一营垒中人，化了装从背后给我一刀，则我的对于他的憎恶
和鄙视，是在明显的敌人之上的。"② 后来，鲁迅在说到自己为何向《戏》
周刊编者"发牢骚"时说："因为编者之一是田汉同志，而田汉同志也就
是绍伯先生。"③ 对绍伯是否是田汉问题人们曾有过争议：刘平认为绍伯是
田汉表弟易绍伯④，齐速认为"田汉用他表弟的名字发表了《调和》一
文"⑤，为了证明自己观点，刘平又写作了《再谈田汉与"绍伯"问题》⑥。
对此，笔者倾向于赞同齐速的说法：首先，这段时间田汉与鲁迅的关系很
糟糕，并不如《再谈田汉与"绍伯"问题》所说的那么好；其次，绍伯的
《调和》8 月 31 日发表，鲁迅 11 月 14 日才对"绍伯"的做法表达了强烈
不满，由此可知绍伯即田汉是鲁迅深入调查的结果，并非道听途说；其
三，1937 年 7 月《且介亭杂文》出版，鲁迅在《附记》中明确说"田汉同
志也就是绍伯先生"，田汉直到 1968 年 12 月 10 日被迫害去世都未对此加
以辩白。

　　鲁迅认定绍伯是田汉化名后，他的私人信件中便出现了大量对田汉不
满的文字：1934 年 12 月 18 日给杨霁云信（即著名的"横站"说）、12 月

---

①　鲁迅：《书信（1904—1926）·210829 致周作人》，《鲁迅全集》第 11 卷，人
民文学出版社 2005 年版，第 413 页。

②　鲁迅：《且介亭杂文·答〈戏〉周刊编者信》，《鲁迅全集》第 6 卷，人民文学
出版社 2005 年版，第 152 页。

③　鲁迅：《且介亭杂文·附记》，《鲁迅全集》第 6 卷，人民文学出版社 2005 年
版，第 220 页。

④　刘平：《"绍伯"不是田汉的笔名》，《北京晚报》1995 年 12 月 16—17 日。

⑤　齐速：《不见得是误会》，《北京晚报》1996 年 1 月 25 日。

⑥　刘平：《再谈田汉与"绍伯"问题》，《北京晚报》1996 年 4 月 1—2 日。

20 日给萧军萧红信、1935 年 1 月 15 日和 2 月 7 日给曹靖华信、4 月 28 日给萧军信、1936 年 4 月 23 日给曹靖华信。读读相关信件内容可以知道，一些表达对左联同人不满的信件实际上也与田汉有关，如：1934 年 12 月 6 日和 12 月 10 日给萧军萧红信、1935 年 1 月 17 日给徐懋庸信、3 月 13 日及 4 月 23 日给萧军萧红信。由此可见，胡风离职后的半年多时间，鲁迅最不满的人是田汉。由此可知，这段时间"鞭扑"鲁迅的是田汉——直到 1935 年 2 月田汉被捕，左联的行政书记一直是田汉。鲁迅称周扬为"元帅"，最早文字见 1935 年 6 月 28 日给胡风的信，从这以后，鲁迅最不满的左翼同人便是周扬了。

鲁迅对田汉行为不满的原因在于："敌人不足惧，最令人寒心而且灰心的，是友军中的从背后来的暗箭；受伤之后，同一营垒中的快意的笑脸。"① 鲁迅的《答〈戏〉周刊编者信》发表后，夏衍"看后呵呵大笑道：'这老头子又发牢骚了！'"对此，鲁迅的评价是："'头子'而'老'，'牢骚'而'又'，恐怕真也滑稽得很。然而我自己，是认真的。"② 田汉化名绍伯的文章已让鲁迅愤怒，田汉的解释更无疑是火上浇油："被人诘问，他说这文章不是他做的。但经我公开的诘责时，他只得承认是自己所作。不过他说：这篇文章，是故意冤枉我的，为的是想我愤怒起来，去攻击杨邨人，不料竟回转来攻击他，真出于意料之外云云。这种战法，我真是想不到。他从背后打我一鞭，是要我生气，去打别人一鞭，现在我竟夺住了他的鞭子，他就'出于意料之外'了。从去年下半年来，我总觉得有几个人倒和'第三种人'一气，恶意的在拿我做玩具。"③

---

① 鲁迅：《书信（1934—1935）·350423 致萧军、萧红》，《鲁迅全集》第 13 卷，人民文学出版社 2005 年版，第 445 页。

② 鲁迅：《且介亭杂文·附记》，《鲁迅全集》第 6 卷，人民文学出版社 2005 年版，第 220 页。

③ 鲁迅：《书信（1934—1935）·350207 致曹靖华》，《鲁迅全集》第 13 卷，人民文学出版社 2005 年版，第 375 页。

三 《文学生活》对鲁迅的"保密"

在说到与鲁迅的联系情况时，胡风说："周扬代表文委，要我接任书记。我无法推辞。到宣传部后，由我和鲁迅取联系，这时起更只是由我和他取联系了。每次都是前一天去信约定时间，届时到内山书店会齐，一道到一个外国人开的小咖啡店坐一、二小时。送我编的油印内部小刊物《文学生活》（每期顶多十来页）给他，告诉他一点工作情况，还每月领取他给的二十元经费。"① 胡风离职后，由任白戈接替胡风职务，任白戈曾要求"文委"的田汉、林伯修等向鲁迅介绍他担任的职务，以便有机会向鲁迅先生报告请示工作。但没过多久，"田汉同志就告诉我，鲁迅先生说他不想管'左联'的事，'文总'决定由他代理鲁迅先生的书记职务，有事情直接找他，不要去找鲁迅先生"②。正因为如此，便又发生了一件鲁迅对田汉及其"左联"领导都极为不满的事。

1934 年年底，《文学生活》照样出版，田汉等人没将该期《文学生活》送给鲁迅。1935 年 1 月 26 日，鲁迅在给曹靖华信中如此写道："这里的朋友的行为，我真不知道是什么意思，出过一种刊物，将去年为止的我们的事情，听说批评得不值一钱，但又秘密起来，不寄给我看，而且不给看的还不止我一个，我恐怕三兄（按：时在苏联国际左翼作家联盟工作的萧三）那里也未必会寄去。所以我现在避开一点，且看看究竟是怎么一回事。"③ 之后，鲁迅在 1935 年 2 月 18 日给曹靖华的信、1936 年 4 月 24 日给何家槐的信、5 月 2 日给徐懋庸的信都提到此问题。鲁迅后来在拒绝加入周扬等人组织的文艺家协会时也提到这事："我曾经加入过集团，虽然

---

① 胡风：《鲁迅先生》，《新文学史料》1993 年第 1 期。
② 任白戈：《我和周扬在"左联"工作的时候》，王蒙、袁鹰主编《忆周扬》，内蒙古人民出版社 1998 年版，第 29—30 页。
③ 鲁迅：《书信（1934—1935）·350126 致曹靖华》，《鲁迅全集》第 13 卷，人民文学出版社 2005 年版，第 358 页。

现在竟不知道这集团是否还在，也不能看见最末的《文学生活》。但自觉于公事无益处。这回范围更大，事业也更大，实在更非我的能力所及。签名不难，但挂名却无聊之至，所以我决定不加入。"① 由此可见，鲁迅对这事的重视程度。

田汉等人不将该期《文学生活》给鲁迅，不能用鲁迅曾说过"他不想管'左联'的事"来解释，因为连茅盾也未给："《文学生活》创刊于一九三四年初，到三五年上海地下党组织遭到大破坏后就停刊了。这个刊物有时油印有时铅印，报道一些'左联'活动的情况以及工作指示、经验介绍等。开始每期都给我们寄来，可是后来——大概在一九三四年末，却有一期不寄来了。鲁迅听说之后就托人把这期刊物借来，原来这一期是总结'左联'一九三四年的工作的，其中对工作中的缺点提得比较尖锐，譬如指出关门主义和宗派主义严重影响了工作的展开等。平心而论，一九三四年是国民党文化'围剿'最疯狂的一年，'左联'在这样困难的条件下总结出阻碍工作展开的症结是关门主义和宗派主义，也是对的。然而，这样一件事关'左联'全局的大事——'左联'一年工作的报告，却事先不同'左联'的'盟主'鲁迅商量，甚至连一个招呼也没有打（当然，也没有同我商量），这就太不尊重鲁迅了。即使是党内的工作总结，也应该向党外人士的鲁迅请教，听取他的意见，因为'左联'究竟还是个群众团体。正如当时鲁迅讲的：他们口口声声反对关门主义和宗派主义，实际做的就是关门主义和宗派主义。"②

从上面分析可以看出，"左联"时期鲁迅一度与田汉的关系非常紧张，但人们说到鲁迅与"左联"的矛盾时，多说周扬而不说田汉，这似与历史不符，也对周扬不公。

---

① 鲁迅：《书信（1936）·360424 致何家槐》，《鲁迅全集》第 14 卷，人民文学出版社 2005 年版，第 82 页。

② 茅盾：《回忆录二集·"左联"的解散和两个口号的论争》，《茅盾全集》第 35 卷，人民文学出版社 1997 年版，第 55 页。

"便是阋墙的兄弟应该外御其侮的"

—— 略谈郭沫若 1936 年的三件事

抗日战争全面爆发后，郭沫若别妇抛雏回到祖国参加抗战，这是郭沫若一生的重大选择。抗战爆发当然是郭沫若回国的直接原因，但考察一下郭沫若 1936 年的言行不难看出，郭沫若早已心系祖国，抗战爆发只不过为他提供了一个契机而已。

一 "被火迫出来"的历史小说

郭沫若在说到创作历史小说的原因时说："这儿所收的几篇说不上典型的创作，只是被火迫出来的'速写'，目的注重在史料的解释和对于现世的讽喻"，由于文中还有"这些'速写'我还不得不感谢好些催促我、鼓励我的，比我年青的一些朋友。这些作品都是被他们催出来的，有些甚至是坐催，如《孔夫子》与《贾长沙》二篇便是。假使没有他们的催生，我相信就连这些'速写'都是会流产的"① 这样的语句，一些人便将"火迫"理解为"青年朋友对于郭沫若创作的渴望和催促"②。这样的理解实际

① 郭沫若：《集外·从典型说起——〈豕蹄〉的序文》，《郭沫若全集》文学编第 16 卷，人民文学出版社 1989 年版，第 196—199 页。

② 秦川：《郭沫若评传》，重庆出版社 1995 年版，第 224 页。

上有误，这儿的"火迫"当与日本的二二六政变有关。

九一八事变后，围绕如何夺取政权问题，日本法西斯内部分化为皇道派和统制派。皇道派属军内基层革新派，他们没有完整的政纲，是一群醉心于政变、暗杀的乱砍滥伐分子，他们主张打倒财阀，认为必须通过政变推翻内阁，才能建立法西斯独裁统治。统制派属幕僚革新派，他们有比较完整的政纲，主张依靠财阀，认为无须通过政变，只要利用军部控制内阁，即可实现法西斯独裁。两派从开始的互相指责发展到最后的剑拔弩张，终于展开了一场生死搏斗。1936 年 2 月 26 日，日本皇道派军官香田清真大尉、栗原安秀中尉等率领 1400 多名官兵，袭击首相官邸、警视厅及其他政府要人私宅，杀死宫内大臣斋藤实、大藏大臣高桥是清、陆军教育总监渡边锭大郎等人，首相冈田启介因其秘书被误杀而幸免于难，直到 2 月 29 日统制派才在天皇支持下平息这次叛乱。由于 20 世纪 30 年代日本叛乱频繁，所以很少有人了解这次叛乱的真正意义："在大多数西方人看来，那次叛乱不外乎是极端民族主义者制造的又一次大屠杀，而了解其意义的人屈指可数。但苏联人却了解，这主要是因为左尔格①，他正确地推测到这次叛乱将导致向中国扩张。"②

从郭沫若创作历史小说的时间和内容可以看出，郭沫若是了解这次叛乱意义的"屈指可数"的人之一：在政变还未平息的 2 月 28 日，郭沫若就创作了《楚霸王自杀》，在接下来的两个多月里，接连创作了《齐勇士比武》（3 月 4 日）、《司马迁发愤》（4 月 26 日）、《贾长沙痛哭》（5 月 3 日）三篇历史小说。说到楚汉相争，人们多会把成败兴亡系于民心这样的道理联系起来，郭沫若在《楚霸王自杀》中除阐明这一道理外，文中还出现了"现今天下的人还在水火里面，北方的匈奴尤其在跳梁"③ 这样的语句，它

---

①　左尔格：《法兰克福报》非正式记者，德国驻日使馆武官秘书，苏联红军远东间谍网负责人。

②　[美] 约翰·托兰：《日本帝国的衰亡》，新华出版社 1989 年版，第 41 页。

③　郭沫若：《豕蹄·楚霸王自杀》，《郭沫若全集》文学编第 10 卷，人民文学出版社 1985 年版，第 206 页。

很明显与当时中国的现实有关。《齐勇士比武》通过齐国两名勇士不顾国家安危，一味争强斗狠，最后两败俱伤的故事，"抨击了蒋介石等国民党军阀，怯于外敌，不抵抗日本帝国主义的侵略，而勇于内战"；《司马迁发愤》"借主人公的高洁志行反遭屈辱缧绁来抒发作者内心的愤懑"①。《贾长沙痛哭》在叙述贾谊郁郁不得志的一生时，强调"当时的中国和现在的虽然隔了两千多年，但情形却相差不远"："中国的内部是封建割据的形势，各国的侯王拥着大兵互相倾轧，并随时都在企图着想夺取中央的政权。外部呢？广东的南越还没有统一，北方时常受着匈奴的压迫，那时的匈奴的气焰真真是高到不可思议，好象随时都有吞并中国的可能"，并借屈原的口说出了当时绝大多数中国人的心声："你应该把他们领导起来作安内攘外的工作"。② 郭沫若在如此短的时间内创作这样几篇历史小说确实给人一种"火迫"的感觉，结合创作时间和内容可以断定，这儿的"火迫"当指"战火的逼迫"，当与日本的二二六政变有关。青年朋友的"坐催"，当是在郭沫若已经开始创作的基础上，希望郭沫若能多写几篇。

二 "两个口号"论争中的郭沫若

1936 年围绕"国防文学"和"民族革命战争的大众文学"两个口号进行的论争是中国现代文学史上的一件大事，历来评说不一，笔者在此不打算对其作出全面评价，只想谈谈郭沫若在这次论争中的一些言行。

在"两个口号"论争中，郭沫若发表的第一篇作品是《国防·污池·炼狱》。在说到该作品的写作情况时，当时同在东京的左联盟员任白戈曾说："一九三六年六月初。我们在日本东京接到了周扬同志托人给我们写的信，要我们对'国防文学'和'民族革命战争的大众文学'这两个口号

---

① 秦川：《郭沫若评传》，重庆出版社 1995 年版，第 225—227 页。
② 郭沫若：《豕蹄·贾长沙痛哭》，《郭沫若全集》文学编第 10 卷，人民文学出版社 1985 年版，第 226—231 页。

的争论表示态度。在这之前，我们处在东京，不了解争论的情况，连《质文》上也未发表过有关两个口号论争的文章。来信中说，'国防文学'这个口号是党所提出的，'民族革命战争的大众文学'这个口号是胡风提出来的。我同魏猛克同志专程到东京郊外郭沫若同志的寓所去请示。郭沫若同志提议《质文》社召开一个座谈会，让大家发表意见。参加座谈会的人一致赞成'国防文学'这个口号，也有个别人未发表什么意见。魏猛克同志在编辑《质文》的时候，建议我写篇论文，我写了一篇赞成国防文学这个口号的文章。郭沫若同志随即写了一篇题名《国防·污池·炼狱》的文章，阐明'国防文学'这一口号的意义，在国内刊物发表。"① 知道了创作背景再来看内容，就会对此时的郭沫若有更加准确的认识。在《国防·污池·炼狱》这篇文章中，郭沫若并没有对"民族革命战争的大众文学"这一口号提出明白的批评，只是强调文艺家应该团结："凡是不甘心向帝国主义投降的文艺家，都在这个标帜（按：'国防文学'）之下一致的团结起来，即使暂时不能团结，也不要为着一个小团体或一个小己的利害而作文艺家的'内战'。——自然，一定要'内战'的人在这儿也是无法强制的。最好请一边在这时挂出免战牌。"为了"扩大反帝战线"，郭沫若大大地拓展了"国防文学"的内涵："第一层，我觉得'国防文学'不妨扩张为'国防文艺'，把一切造形艺术，音乐，演剧，电影等都包括在里面"；"第二层，我觉得国防文艺应该是多样的统一而不是一色的涂抹。这儿应该包含着各种各样的文艺作品，由纯粹社会主义的以至于狭义爱国主义的，但只要不是卖国的，不是为帝国主义作伥的东西，因而'国防文艺'最好定义为非卖国的文艺，或反帝的文艺"；"第三层，我觉得'国防文艺'应该是作家关系间的旗帜，而不是作品原则上的标帜"。② 郭沫若的这篇文章发表后，其观点得到了茅盾和鲁迅的赞同：茅盾在《关于引起纠纷的两个口

---

① 任白戈：《我在"左联"工作的时候》，中国社会科学院文学研究所《左联回忆》编辑组编《左联回忆录》上册，中国社会科学出版社 1982 年版，第 384—385 页。

② 郭沫若：《集外·国防·污池·炼狱》，《郭沫若全集》文学编第 16 卷，人民文学出版社 1989 年版，第 226—227 页。

号》中引用了郭沫若该文中的话，并认为郭沫若对"国防文学"的解释"最适当"①；鲁迅在《答徐懋庸并关于抗日统一战线问题》中也引用了郭沫若的观点，并说自己"很同意"这些观点②。所以人们有理由得出这样的结论："郭沫若对'国防文学'口号的正确阐述，对于促进当时进步文艺界的内部团结和推动文艺界抗日统一战线的建立，却起到了相当重要的作用，这是不容忽视的。"③

鲁迅的《答徐懋庸并关于抗日统一战线问题》发表后，"读了那篇文章的朋友，尤其年青的朋友都很愤慨，而且有许多人愈见的悲观，说情形是愈见的严重了"。郭沫若却"恰恰是相反"，认为鲁迅提出"民族革命战争的大众文学"这一口号"是在调遣着我们作模拟战，他似乎是有意来检阅我们自己的军实的"。面对同一篇文章，为什么一些人"很愤慨"，而郭沫若却"觉得问题是明朗化了，而且我深切地感觉着，鲁迅先生究竟不愧是我们的鲁迅先生"呢？这便是人们常说的"仁者见仁，智者见智"——一心希望团结御侮的郭沫若看见的当然是同了。所以郭沫若在《蒐苗的检阅》的结尾这样写道："我觉得中国临到目前这样危殆的时候，便是阋墙的兄弟也应该外御其侮的，那些曾经以强迫手段诬蔑自己兄弟的人怕已经自行在悔过而转向了吧。'从前种种如昨日死，从后种种如今日生'，悔者可以悔其悔，转者以转其转。不把敌人的武器当成武器，是一种武器。"④

现在有人在评价《蒐苗的检阅》时，因文中有"民族革命战争的大众文学"这个口号"没有必要"、"最好是撤回"一类的语句，便认为郭沫若这时创作这样一篇文章是"雄起起打上门来"；认为郭沫若站在"国防文

① 茅盾：《中国文论四集·关于引起纠纷的两个口号》，《茅盾全集》第21卷，人民文学出版社1991年版，第149页。

② 鲁迅：《且介亭杂文末编·答徐懋庸并关于抗日统一战线问题》，《鲁迅全集》第6卷，人民文学出版社2005年版，第551页。

③ 钟林斌：《郭沫若与一九三六年的"两个口号"论争》，《辽宁大学学报》1980年第5期。

④ 郭沫若：《集外·蒐苗的检阅》，《郭沫若全集》文学编第16卷，人民文学出版社1989年版，第250—251页。

学"一边，"显然与派性有着深刻联系"。① 这表明一些人对此时的郭沫若并不了解。二二六政变发生不久，郭沫若就在给《宇宙风》编辑的信中如此写道："我有一点小小的意见，希望你和××先生，能够采纳。目前处在国难严重的时代，我们执文笔的人都应该捐弃前嫌，和衷共济，不要划分畛域。彼此有错误，可据理作严正的批判，不要凭感情作笼统的谩骂。……你们如肯同意，我决心和你们合作到底，无论受怎样的非难，我都不再中辍。"② 这便是郭沫若在"两个口号"论争中既反复强调团结，又旗帜鲜明地站在"国防文学"一边的原因：因为他希望"执文笔的人都应该捐弃前嫌，和衷共济，不要划分畛域"，所以反复强调团结；因为他希望"彼此有错误，可据理作严正的批判，不要凭感情作笼统的谩骂"，所以旗帜鲜明地站在"国防文学"一边。在郭沫若看来，"国防文学"这一口号确实比"民族革命战争的大众文学"这一口号更好："'国防文学'之提出正是要叫作家们跑上抗日的联合战线，而提出这口号的都是左翼作家。他们很明白而正确的适应着目前的现实及政治的要求而扩大了向来的组织，他们并没有所'圈'，因而也似乎用不着再拿新的口号来'推动'。若说'国防文学''在文学思想的意义上''不明瞭'而又有'不正确的意见''注进'，那吗把'国防文学'严密地定义起来是可以'补救''纠正'的，而这'补救''纠正'的工夫由许多战友讨论已做了不少，在我是觉得已到完备的地步的，用不着要另起炉灶。……'民族革命战争的大众文学'这在文学思想的意义上不是更加不明瞭，更加容易注进不正确的意见么？我们目前的革命岂只是单纯的民族革命？而这革命的表现岂只是战争？大众在革命期中所要求的文学岂只是战争文学？把这些问题过细考虑起来，总觉得这个口号是不妥当不正确的一个。"③

---

① 叶德浴：《郭沫若对鲁迅态度剧变之谜》，《鲁迅研究月刊》2004 年第 7 期。

② 郭沫若：《致陶亢德》，黄淳浩编《郭沫若书信集》上册，中国社会科学出版社 1992 年版，第 410 页。

③ 郭沫若：《集外·蒐苗的检阅》，《郭沫若全集》文学编第 16 卷，人民出版社 1989 年版，第 246 页。

1936 年 10 月 1 日，鲁迅、郭沫若、茅盾、巴金、冰心等 21 人联合发表了《文艺界同人为团结御侮与言论自由宣言》。夏衍认为，郑伯奇在郭沫若签名这件事上起了"决定性的作用"："郑伯奇是创造社的'元老'，当时，在文艺界他也是唯一一个能代表创造社和向郭沫若进言的作家（到三五年，在上海的创造社作家彭康、朱镜我、阳翰笙、李初梨已被捕，李一氓、冯乃超已调离上海）。因此，流亡在日本的郭沫若在这个宣言上签名，伯奇起了决定性的作用。"① 根据郭沫若在 1936 年的言行可以看出，夏衍的这种说法是事后想当然的猜测：团结御侮，是郭沫若当时最大的心愿，在标志着文艺界同人团结的宣言上签名，当是郭沫若梦寐以求的事情。

三　鲁迅逝世后的郭沫若

在《文艺界同人为团结御侮与言论自由宣言》上签名后不到二十天，鲁迅逝世了。郭沫若从晚报上看见这一消息时，简直难以相信："这个消息使我呆了好一会，我自己有点不相信我的眼睛。我疑这个消息不确，冒着雨跑到邻家去借看别种报，也一样地记载着这个噩耗。我的眼睛便不知不觉地酝酿起了雨意来"，当晚用毛笔在宣纸上写了《民族的杰作》。第二天早上，非厂来向郭沫若报告，把文章拿了去，后来登在《质文》上。东京帝国大学的帝大新闻社也打来电话，要郭沫若写一篇文章，郭于 10 月 22 日完成了《坠落了一个巨星》。在《民族的杰作》中，郭沫若对鲁迅给予高度评价："中国文学由鲁迅而开辟出了一个新纪元，中国的近代文艺是以鲁迅为真实意义的开山，这应该是亿万人的共同认识"，称赞"鲁迅是我们中国民族近代的一个杰作"。② 在《坠落了一个巨星》中，郭沫若回

---

① 夏衍：《两个口号的论争》，《懒寻旧梦录》，生活·读书·新知三联书店 1985 年版，第 326—327 页。

② 郭沫若：《集外·民族的杰作——悼唁鲁迅先生》，《郭沫若全集》文学编第 16 卷，人民文学出版社 1989 年版，第 256—258 页。

忆了自己与鲁迅的交往过程，对自己的"孩子脾气"表示忏悔："这种事，假如我早一些觉悟，或是鲁迅能再长生一些时间，我是会负荆请罪的，如今呢，只有深深地自责自己而已。"并要人们用实际行动纪念鲁迅："鲁迅已经给我们留下了一个榜样。拿着剑倒在战场上吧！以这样的态度努力工作下去，怕才是纪念鲁迅的最好的道路。"① 10 月 24 日，郭沫若将所作挽联寄回国内发表，挽辞为："方悬四月，叠坠双星，东亚西欧同殒泪；钦诵二心，憾无一面，南天北地遍招魂。"② 11 月 1 日，郭沫若作《不灭的光辉》，认为鲁迅精神的真谛是"不妥协"，鲁迅真正的仇敌是"人类的仇敌，尤其是我们民族的仇敌"，纪念鲁迅的最佳途径是"加倍地鼓起我们的敌忾，前仆后继，继续奋战"。③ 11 月 4 日，郭沫若在东京日华学会内举行的"鲁迅追悼大会"上发表演讲，高度评价鲁迅为"夏殷周以后的伟大的人物"，最后套用古人高度评价孔子的话结束了自己的演讲："呜呼鲁迅，鲁迅鲁迅！鲁迅以前，无一鲁迅！鲁迅以后，无数鲁迅！呜呼鲁迅，鲁迅鲁迅！"④ 11 月 10 日，郭沫若在《质文》第 2 卷第 2 期发表悼念鲁迅挽联："平生功业尤拉化，旷代文章数阿 Q。"⑤

从以上言行可以看出，郭沫若对鲁迅的逝世是悲痛的，其哀悼是真心的，其评价是崇高的。但是，郭沫若这些文章、挽联发表后，当时就有人说郭沫若虚情假意："在逝者生前，而有一类人们诅咒着他死，甚至帮同他的敌人们来压迫他死……于今也大写其哀悼文章来了，这也不是我们所

---

① 郭沫若：《坠落了一个巨星》，王锦厚、伍加仑、肖斌如编《郭沫若佚文集》上册，四川大学出版社 1988 年版，第 292—294 页。

② 郭沫若：《挽鲁迅先生》，王继权、姚国华、徐培均编注《郭沫若旧体诗词系年注释》上册，黑龙江人民出版社 1982 年版，第 179 页。

③ 郭沫若：《集外·不灭的光辉》，《郭沫若全集》文学编第 16 卷，人民文学出版社 1989 年版，第 259—261 页。

④ 《在东京"鲁迅追悼大会"上郭沫若先生演词（常情记）》，《留东新闻》第 5 卷第 13 期（1936 年 11 月 6 日）。

⑤ 郭沫若：《赞挽鲁迅先生》，王继权、姚国华、徐培均编注《郭沫若旧体诗词系年注释》上册，黑龙江人民出版社 1982 年版，第 181 页。

需要的。因为他们要利用哀悼死者的眼泪（？）来洗涤自己外在的被人民所唾弃的痰汗，企图另换一副形容，好继续着他们罪恶卑鄙的生涯"①；现在也有人认为"这个变化实在太大了"②。从表面上看这一变化确实很大，但如果了解1936年的郭沫若，便会知道这是水到渠成的事情。

从上面的三件事可以看出，郭沫若在全面抗战爆发后回国，实在是顺理成章的事情：二二六政变发生时，郭沫若敏感地发现日本的这次政变与中国之间有着非常密切的关系，于是借历史小说提醒国人，并以贾谊自比，希望能为国效力；在"两个口号"中，郭沫若慎重宣布："我自己是在现代中国的中国人，我敢于宣称：我有充分的资格来爱国"③；鲁迅逝世后，郭沫若认为纪念鲁迅的最好方式是："拿着剑倒在战场上吧！以这样的态度努力工作下去，怕才是纪念鲁迅的最好的道路。"④ 抗日战争全面爆发为郭沫若回国提供了契机：回到祖国，"拿着剑倒在战场上"，这确实是纪念鲁迅的最好方式。

---

① 萧军：《散文·致郭沫若君——关于"不灭的光辉"》，《萧军全集》第11卷，华夏出版社2008年版，第163—164页。

② 叶德浴：《郭沫若对鲁迅态度剧变之谜》，《鲁迅研究月刊》2004年第7期。

③ 郭沫若：《在国防的旗帜下》，王锦厚、伍加仑、肖斌如编《郭沫若佚文集》上册，四川大学出版社1988年版，第273页。

④ 郭沫若：《坠落了一个巨星》，王锦厚、伍加仑、肖斌如编《郭沫若佚文集》上册，四川大学出版社1988年版，第294页。

论金钱因素对高鲁冲突的影响

人们常常喜欢从精神层面分析作家作品，却较少想到作家也是人，也需要食人间烟火，他们的物质需求常常会对自己造成深刻影响，因此单纯的精神层面分析常常是片面的。本文拟从物质层面（主要通过金钱因素）来分析高鲁冲突的原因，希望能够为人们从物质层面研究作家作品提供一个案例，不当之处还望多多指教。

一　高长虹为何辞谢《莽原》编辑责任

1925 年 11 月 27 日，《莽原》周刊出至第 32 期，"《京报》要停止副刊以外的小幅了，便改为半月刊，由未名社出版"①。"《莽原》周刊停刊后，鲁迅想改用《莽原》半月刊交给未名社印行并想叫我担任编辑"②，高长虹却"畏难而退"："虽经你解释，然我终于不敢担任，盖不特无以应付外界，亦无以应付自己；不特无以应付素园诸君，亦无以应付日夕过从之好友钟吾。"③ 高长虹的解释颇为含糊，有必要进行深入分析。

---

①　鲁迅：《且介亭杂文二集·〈中国新文学大系〉小说二集序》，《鲁迅全集》第 6 卷，人民文学出版社 2005 年版，第 258 页。
②　高长虹：《一点回忆——关于鲁迅和我》，《高长虹全集》第 4 卷，中央编译出版社 2010 年版，第 364 页。
③　高长虹：《走到出版界·给鲁迅先生》，《高长虹全集》第 2 卷，中央编译出版社 2010 年版，第 160 页。

众所周知，莽原社主要由狂飙社作家群和安徽作家群（由安徽霍丘叶集的李霁野、韦素园、韦丛芜、台静农构成，他们是小学同班同学）组成，莽原社成立初期，安徽作家群成员就"已在鲁迅前攻击过我同高歌"①。由于高长虹"无论有何私事，无论大风泞雨，我没有一个礼拜不赶编辑前一日送稿子去"②，加上没有生活来源，鲁迅决定每月给高长虹十元八元钱。对此，高长虹一方面"感激鲁迅"，同时又觉得是"普通视为丢脸的事"："实则我一月虽拿十元八元钱，然不是我亲自去代售处北新书局讨要，便是催迫有麟去讨要，并不是正当薪水，出纳分明。"③安徽作家群却因此一段时间不再来稿。就在这时，五卅惨案发生了，因为安徽作家群不再来稿，"《莽原》的稿件也略感缺乏"，高长虹便在鲁迅的要求下，"开始了那个使人讨厌的《弦上》"的创作。

高长虹的《弦上》由15篇系列杂文构成，前三篇文章与五卅惨案有关，剩下九篇文章与女师大事件有关、三篇文章与思想革命有关。从这些文章内容可以看出，高长虹在五卅惨案、女师大事件和思想革命中与鲁迅取一致的步调。这些杂文在为高长虹赢得较高声誉的同时，也给高长虹带来了麻烦："因此也使我得到不少的反感，即是，一般读者都不懂得我所说的用意。我曾当面受过很几次的讥笑，有朋友式的，有路人式的，也有敌人式的……我的批评，无形之间惹来许多人对于我的敌意不算外，它并且自己造作出一种敌意，一种我对于自己的创作的敌意，它无形之间毁灭了我自己的创作！"④

由于高长虹协助鲁迅编辑《莽原》，"关系《莽原》的，有一些人都疑

---

① 高长虹：《走到出版界·1925，北京出版界形势指掌图》，《高长虹全集》第2卷，中央编译出版社2010年版，第203页。

② 高长虹：《走到出版界·给鲁迅先生》，《高长虹全集》第2卷，中央编译出版社2010年版，第160页。

③ 高长虹：《走到出版界·1925，北京出版界形势指掌图》，《高长虹全集》第2卷，中央编译出版社2010年版，第202页。

④ 高长虹：《时代的先驱·批评工作的开始》，《高长虹全集》第1卷，中央编译出版社2010年版，第501—502页。

惑是我编辑,连徐旭生都有一次这样问过我。外面来稿不登的,也有人积怨于我。"另一方面,在外人看来,《莽原》"只是鲁迅办的一个刊物,再不会认识其他"。① 在这种情况下,高长虹决定自办《狂飙》月刊,将《莽原》、《语丝》、《猛进》"三种周刊合组而成为一个月刊","再有人多做点宣传的所谓系统的文字,则人们的耳目一定会更为清爽一些"②,并请鲁迅、徐旭生"担任稿件"。由于鲁迅、徐旭生答应的稿件没写,高长虹只好"暂且停止了这个工作,退出北京的出版界,到上海游逛一次。"于是,高长虹开始写《生的跃动》,"预备写六七万字来上海卖稿"。③

《生的跃动》后来被收入高长虹的小说集《游离》中,结合高长虹当时情况却可以看出,这篇小说除"他想象着他做家庭教师的情状"这部分(第3部分)是高长虹"想象"的外,其余部分基本可看作是高长虹1925年11月初离开北京前这段时间生活和思想的实录。摘录其中一段文字便可看出高长虹此时的生活情况:"他想着,又反转来痛恨起那些报馆来了。一首诗只给八分钱,真是气死人! 笑死人! 比如,他开一顿客饭,便得两角钱,客人走了的时候,他便必须做出两首半诗来了,而他的客饭又那样多,每天至少也得平均两顿,他如何有那样许多诗做呢?"④

《闪光》是1925年6月1日至7月23日在《京报副刊》上连载的100首短诗。关于此诗,高长虹曾说:"去年夏天在《莽原》做文字时,我本想多做些文艺的,但时代同舆论却要我多做论文或批评,我服从了。但有时也想写诗,却不能写长,这便成了《闪光》的来历。《闪光》,最先是在公园里写的,以后有在北河沿写的,也有在市场写的,不一。先是想在

　　① 高长虹:《走到出版界·1925,北京出版界形势指掌图》,《高长虹全集》第2卷,中央编译出版社2010年版,第198—207页。

　　② 高长虹:《走到出版界·今昔》,《高长虹全集》第2卷,中央编译出版社2010年版,第129页。

　　③ 高长虹:《走到出版界·1925,北京出版界形势指掌图》,《高长虹全集》第2卷,中央编译出版社2010年版,第208页。

　　④ 高长虹:《游离·生的跃动》,《高长虹全集》第2卷,中央编译出版社2010年版,第388页。

《莽原》上发表的，编者以其简短，易于去取，置之报尾。不料第一次便被挤去了。我觉得先兆不好，便转送《京副》，一共发表了一百段。不料《京副》的记者只给了我八元稿费。所以一首诗等于八分钱，以后写去便不发表，也不大高兴写了。"①

根据高长虹的叙述和他5—8月到鲁迅寓次数的变化可以看出，高长虹6月份就打算自办《狂飙》月刊，并为此忙碌了两个月：5月10次、6月7次、7月6次、8月11次。从上面的分析可以看出，高长虹自办《狂飙》除了他已说出的原因外，恐怕还有一个非常重要的原因：钱的问题。由于投稿《莽原》是没有稿费的，鲁迅虽然出于好意每月给高长虹十元八元钱，但拿钱的原因、方式及安徽作家群的不满很容易让"骄傲"②的高长虹感到这是嗟来之食，即："这其实是普通视为丢脸的事"。何况身在《莽原》还有那么多不如意的事情。但是，自办《狂飙》似乎这些问题都能得到解决：可以按照自己的意愿创作并发表、可以不必为他人背黑锅和做嫁衣裳、拿多少钱都名正言顺……两相比较，自办《狂飙》很明显比继续待在《莽原》好，所以高长虹辞谢《莽原》半月刊编辑责任是很自然的事情。

二 高长虹为何急于抛出《1925，北京出版界形势指掌图》

鲁迅看见高长虹因"退稿事件"而写的《给鲁迅先生》和《给韦素园先生》后，在给许广平的信中如此写道："长虹和韦素园又闹起来了，在上海出版的《狂飙》上大骂，又登了一封给我的信，要我说几句话。他们真是吃得闲空，然而我却不愿意陪着玩了，先前也陪得够苦了，所以拟置

---

① 高长虹：《走到出版界·关于〈闪光〉的黑暗与光明》，《高长虹全集》第2卷，中央编译出版社2010年版，第177页。

② 高长虹：《走到出版界·1925，北京出版界形势指掌图》，《高长虹全集》第2卷，中央编译出版社2010年版，第195页。

之不理。"① 由此可知，鲁迅明白高长虹的公开信主要是针对韦素园的。加上李霁野、韦素园等不断来信催稿，鲁迅愤怒了："长虹因为他们压下（压下而已）了投稿，和我理论，而他们则时时来信，说没有稿子，催我作文。我才知道牺牲一部分给人，是不够的，总非将你磨消完结，不肯放手。我实在有些愤怒了，我想至二十四期止，便将《莽原》停刊，没有了刊物，看他们再争夺什么。"② 但在看见高长虹的《1925，北京出版界形势指掌图》后，鲁迅的愤怒对象由安徽作家群转向了高长虹："我先前为北京的少爷们当差，耗去生命不少，自己是知道的。……不过先前利用过我的人，知道现已不能再利用，开始攻击了。长虹在《狂飙》第五期上尽力攻击，自称见过我不下百回，知道得很清楚，并捏造了许多会话（如说我骂郭沫若之类）。其意盖在推倒《莽原》，一方面则推广《狂飙》销路，其实还是利用，不过方法不同。他们专想利用我，我是知道的，但不料他看出活着他不能吸血了，就要杀了煮吃，有如此恶毒。"③ 所以说，《1925，北京出版界形势指掌图》的发表才是导致高鲁关系破裂的真正原因。

到底是什么原因使高长虹在鲁迅"拟置之不理"的情况下发表这样一篇文章呢？高长虹1940年在说到这篇文章的写作和发表情况时说：

我本想写三万六千字来答复鲁迅，因为这恰好可以作满一版《狂飙》的篇幅。写到三分之一的时候，想想说："鲁迅老了，何苦这样呢！"后来我看到他的岂有此理的事时，才想，要是写满三万六千字的时候，也许还要好一点。文章写好后，给一个朋友看，我还说："不发表吧！"那个朋友说："写了，就发表好了。"我擦干眼泪，就交

---

① 鲁迅：《书信（1904—1926）·261023 致许广平》，《鲁迅全集》第11卷，人民文学出版社2005年版，第588页。

② 鲁迅：《书信（1904—1926）·261028 致许广平》，《鲁迅全集》第11卷，人民文学出版社2005年版，第590页。

③ 鲁迅：《书信（1904—1926）·261115 致许广平》，《鲁迅全集》第11卷，人民文学出版社2005年版，第614—615页。

给书店付印了。①

从这段文字可以看出，高长虹写作《1925，北京出版界形势指掌图》时心情是极其复杂的：写到三分之一就没写了；写好后，本不打算发表；是"朋友"的话促使他"擦干眼泪，就交给书店付印了"。《1925，北京出版界形势指掌图》完稿于 10 月 28 日，发表在《狂飙》第 5 期；《批评工作的开始》完稿于 10 月 19 日，却发表于第 6 期。高长虹在说到《批评工作的开始》的发表情况时说："那篇文章，本来是编入第五期的，不料到那一期将付印的时候，我的精神上受了一个大的打击，因此，那篇文章也便被挤到第六期去了。"② 从高长虹这段话可以看出，当"朋友"看见高长虹的《1925，北京出版界形势指掌图》时是如何急不可耐地将其发表。

这"朋友"为什么如此急于发表高长虹的这篇文章呢？应该与《狂飙》销路有关。高长虹在 10 月 10 日出版的上海《狂飙》周刊第 1 期上如此写道："稿件太多时，则须加以选择"③；第 4 期的《为投稿〈狂飙〉者略进数言》说得更是豪气满怀："本刊接受投稿的，只有'有话大家说'一栏，但必须'出言真实，事无捏造'"，其他投稿则"概不收受"。④《狂飙》周刊第 8 期发表的《关于〈狂飙〉》却这样写道："'有话大家说'一栏已经空白到七七四十九天了。外面来稿的一份也没有，连自己的朋友也都沉默了。这可知中国的说话界之穷也不亚于经济界。我几次想一人登场了，然而终于没有好意思。但是一个福音终于来了，一个不认识的十八岁的朋友终于寄来《为科学作战》的说话了，我在此真不禁要三呼中国的青

① 高长虹：《一点回忆——关于鲁迅和我》，《高长虹全集》第 4 卷，中央编译出版社 2010 年版，第 366 页。

② 高长虹：《走到出版界·取消批评工作》，《高长虹全集》第 2 卷，中央编译出版社 2010 年版，第 301 页。

③ 高长虹：《〈狂飙〉周刊的开始》，《高长虹全集》第 3 卷，中央编译出版社 2010 年版，第 150 页。

④ 高长虹：《走到出版界·为投稿〈狂飙〉者略进数言》，《高长虹全集》第 2 卷，中央编译出版社 2010 年版，第 183 页。

年万岁！科学万岁！"①从这段话可以看出，"有话大家说"一栏设立了"七七四十九天"都没有人来"说"，由此可知，上海《狂飙》周刊并不如高长虹开始预料的那样火暴。难怪 11 月 9 日鲁迅在给韦素园的信中如此写道："《狂飙》已经看到四期，逐渐单调起来了。"②"逐渐单调起来"的《狂飙》，为了增加销路，便在第 5 期登载了高长虹的《1925，北京出版界形势指掌图》。为了《狂飙》的销路，高长虹将自己与鲁迅的关系推入绝境，这实在是一件得不偿失的买卖。

那么，这"朋友"又是谁呢？戈风先生说：

> 高长虹的著作大多由泰东、光华、现代这些书局出版。书局的老板曾企图在郭沫若等留日青年文学者之外，树立起高长虹等跑到上海滩的青年文学者的名声，来捞一笔大财。③

曾经访问过与高长虹有过交往的老同志的张谦说：

> 承印《狂飙》周刊的书局老板，看见这伙人劲头很足，《狂飙》周刊的销路也好，很有发展前途，便鼓励高长虹说："你们好好搞下去，将来也能搞到郭沫若他们那个样子"。④

由此可知，这所谓的"朋友"，应该就是那些唯利是图的书局老板。

---

① 高长虹：《走到出版界·关于〈狂飙〉》，《高长虹全集》第 2 卷，中央编译出版社 2010 年版，第 230 页。文中的"为科学作战"指郑效洵翻译的《什么是行为主义》，并非文章题目，故不应加书名号。

② 鲁迅：《书信（1904—1926）·261109 致韦素园》，《鲁迅全集》第 11 卷，人民文学出版社 2005 年版，第 610 页。

③ 戈风：《高长虹的著作》，山西盂县政协编《高长虹研究文选》，北岳文艺出版社 1991 年版，第 25—26 页。

④ 张谦：《谈〈狂飙社〉成员高长虹》，山西盂县政协编《高长虹研究文选》，北岳文艺出版社 1991 年版，第 293 页。

说到底，还是因为钱。

三　高长虹为何如此急需钱

到底是什么原因使高长虹如此急需钱呢？

首先，高长虹离开家庭后，没有固定的生活来源，只有靠卖稿和办杂志为生，以致"贫与病"成了"我们青年的常态生活"①。高长虹在说到自己在北京的生活情况时曾说："一个月赚六七元钱，北京的房饭没有这样的便宜，我的肚子也没有这样小，编辑先生一翻脸，我便要站在悬崖上了……"② 其次，高长虹的家庭还望高长虹寄钱回去："与死挣扎的母亲每天需要一元至两元的药钱，我能够向那里偷去呢？我想卖一部稿子，然而这个倒埋（霉）的北京呵，在卖稿上正等于一个倒埋（霉）的乡村。"③ 其三，高长虹作为狂飙社盟主，周围还有一大批人等着他帮助："如我赁到一间屋子想写点文字时，那也许一天以内便会住满四五个人了！"④ ……用钱的地方那么多，而钱的来源又这么少，高长虹对钱非常饥渴便在情理之中了。

高长虹那么穷，以致他的不少作品都留下了哭穷叫苦的声音："曾有过一个朋友向我的别一个朋友建议：他那样穷的人，你还不赶快同他绝交了吗？被人骂为刻毒的我，曾有过一次像这样刻毒过吗？"⑤ "他于是想起他的穷来，他的过去和未来的。他尤其乐于去想那未来的，他如何一天

---

① 高长虹：《复皎我》，《高长虹全集》第 3 卷，中央编译出版社 2010 年版，第 161 页。

② 高长虹：《心的探险·绵袍里的世界》，《高长虹全集》第 1 卷，中央编译出版社 2010 年版，第 139 页。

③ 高长虹：《睡觉之前》，《高长虹全集》第 3 卷，中央编译出版社 2010 年版，第 112 页。

④ 高长虹：《曙》，《高长虹全集》第 2 卷，中央编译出版社 2010 年版，第 55 页。

⑤ 高长虹：《光与热·反应》，《高长虹全集》第 1 卷，中央编译出版社 2010 年版，第 191 页。

比一天穷。债一天比一天多，直到他的尸首埋在那穷和债的堆积里。"① 穷对高长虹来说是一种刻骨铭心的感受，以致高长虹写小说时也忘不了它，使小说中的主人公几乎无一例外地染上了穷的色彩，不管职业如何。《春天的人们》中的"我"是一个刚辞去大学校长职务的人，为了筹措150元的路费却花了一个多月："我近来是，越发穷了。我简直没有一点弄钱的办法。"② 读着这样的文字，谁能不为高长虹的穷感到心酸？

从上面的分析可以看出，高长虹对钱的饥渴确实是导致高鲁冲突的重要原因之一。如果有人为此对高长虹提出批评，笔者只想借用鲁迅的一段话来回答："钱这个字很难听，或者要被高尚的君子们所非笑，但我总觉得人们的议论是不但昨天和今天，即使饭前和饭后，也往往有些差别。凡承认饭需钱买，而以说钱为卑鄙者，倘能按一按他的胃，那里面怕总还有鱼肉没有消化完，须得饿他一天之后，再来听他发议论。"记住："自由固不是钱所能买到的，但能够为钱而卖掉。"③ 另外，笔者想强调的是，高长虹虽然对钱非常饥渴，但并不是为了满足一己之私欲，而是在满足自己基本生存需要的同时，帮助家人和周围人，所以高长虹对钱饥渴的理由是非常正当的。

为了减少类似于高鲁冲突以至更严重的事情发生，为人们提供一个适宜的生存环境吧！

---

① 高长虹：《游离·生的跃动》，《高长虹全集》第2卷，中央编译出版社2010年版，第388—389页。

② 高长虹：《春天的人们》，《高长虹全集》第1卷，中央编译出版社2010年版，第571页。

③ 鲁迅：《坟·娜拉走后怎样》，《鲁迅全集》第1卷，人民文学出版社2005年版，第167—168页。

高长虹与周作人

——从路人到仇人

在《高长虹文集》出版前，就高长虹与鲁迅的冲突而言，人们还能从鲁迅的文章中看见鲁迅的一面之词；就高长虹与周作人的冲突而言，由于周作人论战中的文章未收入文集，依然保留在最初发表的《语丝》上，对没看过《语丝》的人来说，连周作人的一面之词也不知道。《高长虹文集》出版后，人们能够看见高长虹和鲁迅冲突双方的相关文章，为人们全面了解高鲁冲突提供了方便。但是，就高长虹与周作人的冲突而言，人们仍然只能看见高长虹的一面之词。对这一问题展开论述的，笔者到目前为止只看见钱理群先生发表于《鲁迅研究月刊》1990年第5期的《从高长虹与二周论争中看到的……》。在这篇文章中，钱理群先生"不准备复述论争的具体过程，论争各方的具体论点、根据"，他只把高长虹与二周论争"当作一种'典型形象'，从中'看到'更为普遍的'典型'意义"："我们所看到的，是中国几千年封建专制主义文化对于中国知识分子心灵的损伤，以及中国现代知识分子要摆脱封建专制主义文化所造成的心理阴影的艰难历程：事实上，在整个论争过程中，高长虹与周氏兄弟都表现了追求思想自由、个性独立与尊严的高度自觉。"[1] 董大中先生在探讨高长虹与鲁迅关

---

[1] 钱理群：《从高长虹与二周论争中看到的……》，山西盂县政协编《高长虹研究文选》，北岳文艺出版社1991年版，第165—172页。

系的专著《鲁迅与高长虹》中顺便论及了高长虹与周作人的冲突，认为周作人创作的《南北》"是周作人对高长虹的宣战书，表层意思是说历史上的'南北之争'和'近来这南北之争的声浪又起来了'，深层意思则是指高长虹'挑剔风潮'，引起'南北之争'"。① 笔者在考证高长虹与鲁迅关系时，发现有必要对高长虹与周作人的冲突作专门考证。搞清楚高长虹与周作人冲突的来龙去脉，不但能让人们明白高长虹与周作人冲突的真相，而且有助于人们正确理解高长虹与鲁迅的冲突，并有利于人们了解20世纪20年代中期的周作人。现在，笔者不妨当一次文抄公，将高长虹与周作人的相关文字摘抄下来，让有兴趣的人从中看到自己能看到的。

一　周作人与《南北》

1926年11与6日，《语丝》第104期发表了周作人的《南北》，全文为：

鸣山先生：

从前听过一个故事，有三家村塾师叫学生作论，题目是"问南北之争起于何时?"学生们翻遍了纲鉴易知录，终于找不着，一个聪明的学生便下断语云，"夫南北之争何时起乎? 盖起于始有南北之时也。"得了九十分的分数。某秀才见了说，这是始于黄帝讨蚩尤，但塾师不以为然，他说涿鹿之战乃是讨蚩，（一说蚩尤即赤眉之古文，）是在北方战争，与南方无涉，于是这个问题终于没有解决。

近来这南北之争的声浪又起来了，其实是同那塾师所研究的是同样的虚妄，全是不对的。粤军下汉口后，便有人宣传说南方仇杀北人，后来又谣传刘玉春被惨杀，当作南北相仇的证据，到处传布，真是尽阴谋之能事。我相信中国人民是完全统一的，地理有南北，人民

---

① 董大中：《鲁迅与高长虹》，河北人民出版社1999年版，第323页。

无南北。历来因为异族侵略或群雄割据，屡次演出南北分立的怪剧，但是一有机会，随复并合，虽其间经过百十年的离异，却仍不见有什么裂痕，这是历史上的事实，可以证明中国国民性之统一与强固。我们看各省的朋友，平常感到的只是一点习惯嗜好之不同，例如华伯之好吃蟹（彭越?），品青之不喜吃鱼，次鸿之好喝醋，（但这不限于晋人，贵处的"不"先生也是如此，）至于性情思想都没有多大差异，绝对地没有什么暌隔，所以近年来广东与北京政府立于反对地位，但广东人仍来到京城，我们京兆人也可以跑到广州去，很是说得来，脑子里就压根儿没有南北的意见。自然，北京看见南方人要称他们作蛮子或是豆皮，北方人也被南方称作侉子，但这只是普通的绰号，如我们称品老为治安会长，某君为疑威将军，开点小玩笑罢了。老实说，我们北方人闻道稍晚，对于民国建立事业出的力不很多，多数的弟兄们又多从事于反动战争，这似乎也是真的。不过这只是量，而不是质的问题。三一八的通缉，有五分之三是北人，而反动运动的主要人物也有许多是南人，如张勋，段祺瑞，章士钊，康有为，蒋百里等辈皆是。总之，民国以来的混乱，不能找地与人来算账，应该找思想去算的，这不是两地方的人的战争，乃是思想的战争。南北之战，应当改称民主思想与酋长思想之战才对。现在河南一带的酋长主义者硬要把地盘战争说是南北人民的战争，种种宣传，"挑剔风潮"，引起国民相互的仇视，其居心实在是凶得可怜悯了。我们京兆人民酷爱和平，听见这种消息，实在很不愿意，只希望黄帝有灵，默佑这一班不肖子孙，叫他们明白起来，安居乐业，不要再闹什么把戏了，岂不懿欤！先生隐居四川，恐怕未必知道这些不愉快的事情，那倒也是很好的。何时回平水去乎？不尽。

高长虹看见这篇文章后认为是针对他的，11月18日作《晴天的话》，第二天作《语丝索隐》、《公理和正义的谈话》、《请大家认清界限》（以上文章均发表在上海《狂飙》周刊第10期，1926年12月12日出版），从而将高鲁冲突转变成高长虹与周氏兄弟的冲突。董大中先生认为，周作人在这个时候创作《南北》，其目的是为了"上阵助兄"[1]，此说值得商榷。

针对高长虹的指摘，周作人后来在《南北释义》中如此写道：

> 我真抱歉，我的文章竟会这样难懂，至于使那位自由批评家的长虹先生也看不懂：为此我不得不来破费几分钟工夫这一篇无聊的释义。
>
> 《语丝》一〇四期上我那篇《南北》是针对讨贼军通电宣传汉口南军仇杀北人而发的，但是我的坏脾气是向来不喜欢直说，而且，又是那个年头儿，所以我只笼统地说河南的酋长思想者，岂料长虹先生以为是在骂他，这真不知道从那里直觉出来的。我又说北方"闻道稍晚"，我是说的革命；无论引什么南派北派的美术南欧北欧的文学来作证明，直到最近为止，黄河以北地方之没有加入革命运动总是事实。这个，长虹先生又以为是在骂他。其实，我何至于要骂他呢？"道""酋长思想"，本来都是一个"隐"，而这回长虹先生又"索"不出：甚矣"自由批评"之不易也。
>
> 其实我那篇《南北》文章虽然晦涩，只要头脑稍为清楚的人，从上下文看来，意思万不会误解的。然而长虹先生既看不懂矣，可奈何？有此释义，后之览者度可不再蹈覆辙钦？阅《狂飙》十一期后记。[2]

周作人是否在为自己狡辩呢？不妨以事实为证。

1926 年 6 月 5 日，国民政府在广州召开会议，通过出师北伐案，颁布出师北伐的动员令；7 月 1 日，发出"北伐宣言"；7 月 9 日，国民革命军正式誓师北伐。当时奉、直军阀张作霖、吴佩孚、孙传芳等虽有兵力七十

---

① 董大中：《鲁迅与高长虹》，河北人民出版社 1999 年版，第 181 页。
② 周作人：《南北释义》，《语丝》第 114 期（1927 年 1 月 15 日）。

万人，但他们割据称雄，各不相谋。北伐军根据这一特点，采取各个击破的作战方针，首期作战时提出打倒吴佩孚、联络孙传芳、不理张作霖的口号。北伐战争开始后，吴佩孚部连吃败仗，退守武昌城。吴佩孚决心战死也不放弃武昌，吴佩孚对刘玉春有知遇之恩，刘愿代吴死守武昌。9月6日，吴佩孚失汉阳，先退孝感，再退广水，三退信阳，后奔郑州，这时的吴已没有抵抗北伐军的力量。为了抵抗北伐军的进攻，张作霖希望吴让出一条路给奉军，并愿意把奉军交给吴指挥，吴担心因此失掉在河南的地盘及其他原因，对张作霖的要求不理不睬，在革命军、奉军夹击和自己部队内讧的情况下，吴佩孚最终落得个"凄凉蜀道"的结局。[①] 所以，如果非要"索隐"的话，"河南一带的酋长主义者"当指吴佩孚。

刘玉春是河北省玉田县人，一副北方人高大魁梧的模样，原是第八师第十五旅旅长，第八师驻守宜昌，并非吴的基本队伍。吴东山再起后，左右都是不堪一战的衰兵懦将，刘不失为燕赵慷慨之士，因此提升刘为第八师师长，继而又升他为第八军军长，吴北上时把刘的三团编为卫队旅，用为亲兵。刘玉春留守武昌后，决定死守，而武昌城内尽是败兵之将，在刘指挥的守城部队万余人中，他直属的第八师只有2000人，别人天天要降。因此，当城下炮火震天、军心离散之际，他一方面要布置死守，一方面还要分出兵力来监视城内杂牌军的行动。10月10日武昌城被攻破时，刘玉春登蛇山指挥守军死战，战至全城守兵尽降时才被身边的于旅长生拉活扯地拉到文华书院，卒被革命军擒获，解往第四军司令部，被俘后刘对新闻记者发表演讲，"新闻记者听了他的话，几忘其为反革命之战俘，却佩服其忠义之气概和视死如归的人格"。[②] 笔者虽未看见"讨贼军""宣传汉口南军仇杀北人"的通电，但根据时任国民革命军总政治部副主任郭沫若的回忆可以知道，日本记者对刘玉春被俘这一事件非常感兴趣："南军占领了武汉的时候，日本的各个报馆、各个通讯社，都派

---

① 丁中江：《北洋军阀史话》第4册，中国友谊出版社1992年版，第386—461页。
② 同上书，第405页。

有专门的访员，勤勉地访查四面的消息……"① 我们知道，北伐战争时期日本帝国主义者支持北洋军阀，这些记者（包括那些持相同立场的中国记者）为了把国民革命军的北伐战争说成是地理上的南北之争，完全有可能拿刘玉春大做文章。所以"谣传刘玉春被惨杀，当作南北相仇的证据"是有可能的②。

对政治不很热心的周作人，为什么要作一篇文章来讽刺北洋军阀呢？原因很简单，在北伐战争这件事上，周作人是坚定地站在国民革命军这一边的，这可从他对自己恩师章太炎的态度看出来。北伐战争开始不久，章太炎应五省联军总司令孙传芳、江苏省长陈陶遗"特聘"到南京任"修订礼制会会长"，并于 8 月 9 日"晚七时复行雅歌投壶礼"。8 月 13 日，又发出通电，反对北伐，内云：

> 今之世虽无刘裕，而曾国藩则为老生逮见之人，非不可勉而企也。师其勤诲，效其节制，有志者何必不成。且以顺制逆，以夏攘夷，则名义必可齐于刘裕，而远视曾国藩为贞正，于是干蛊之功保民济国，此则不佞所望于群帅与在野之豪杰也。③

周作人见此通电后，作《谢本师》，内云：

> 我在东京新小川町民报社听章太炎师讲学，已经是十八年前的事了。当时先生初从上海西牢放出，避往日本，觉得光复一时不易成功，转而提倡国学，思假复古之事业，以寄革命之精神，其意甚可悲，亦复可感。国学讲习会既于神田大成中学校开讲，我们几个人又

---

① 郭沫若：《革命春秋·北伐途次》，《郭沫若全集》文学编第 13 卷，人民文学出版社 1992 年版，第 118—119 页。

② 实际上，北伐军并未杀害刘玉春。刘玉春获释后，"回天津贫困无以为生，落拓而死"（丁中江：《北洋军阀史话》第 4 册，中国友谊出版社 1992 年版，第 405 页）。

③ 汤志钧：《章太炎年谱长编》，中华书局 1979 年版，第 875—879 页。

请先生特别在家讲说文，我便在那里初次见到先生。《民报》时代的先生的文章我都读过无遗，先生讲书时像弥勒佛似的趺坐的姿势，微笑的脸，常带诙谐的口调，我至今也还都记得。对于国学及革命事业我不能承了先生的教训有什么供献，但我自己知道受了先生不少的影响，即使在思想与文章上没有明显的痕迹，虽然有些先哲做过我思想的导师，但真是授过业，启发过我的思想，可以称作我的师者，实在只有先生一人。

民国成立以来，先生在北京时我正在南方，到得六年我来北京，先生又已往南方去了，所以这十几年中我还没有见过先生一面。平常与同学旧友谈起，有两三个熟悉先生近状的人对于先生多表示不满，因为先生好作不大高明的政治活动。我也知道先生太轻学问而重经济（经济特科之经济，非 Economics 之谓），自己以为政治是其专长，学问文艺只是失意时的消遣；这种意见固然不对，但这是出于中国谬见之遗传，有好些学者都是如此，也不能单怪先生。总之先生回国以来不再讲学，这实在是很可惜的，因为先生倘若肯移了在上海发电报的工夫与心思来著书，一定可以完成一两部大著，嘉惠中国的后学。然而性情总是天生的，先生既然要出书斋而赴朝市，虽是旧弟子也没有力量止得他住，至于空口非难，既是无用，都也可以不必了。

"讨赤"军兴，先生又猛烈地作起政治的活动来了。我坐在萧斋里，不及尽见先生所发的函电，但是见到一个，见到两个，总不禁为我们的"老夫子"（这是我同疑古君私下称他的名字）惜，到得近日看见第三个电报把"剿平发逆"的"曾文正""奉作人伦模范"我于是觉得不能不来说一句话了。先生现在似乎已将四十余年来所主张的光复大义抛诸脑后了。我相信我的师不当这样，这样的也就不是我的师。先生昔日曾作《谢本师》一文，对于俞曲园先生表示脱离，不意我现今亦不得不谢先生，殊非始料所及。此后先生有何言论，本已与我无复相关，唯本临别赠言之义，敢进忠告，以尽寸心：先生老矣，来日无多，愿善自爱惜令名。①

12 月 29 日，周作人看见孙传芳对天刺血的通电，怀疑这篇文章是章太炎写的，作《妙文》进行讽刺：

> 文中乱引许多人名，什么张巡石敬塘丁公之类，末后又有什么皇天后土，诛殛我妻子等怪语，我又"直觉"地感到，这可不是那位老先生的手笔么？论起文笔来呢，某先生的当然还要古奥点，至少也要"亨"点，但是，君子恶居下流，他的晚节不检。就未免容易招人家之猜疑了。②

在章太炎家听讲《说文解字》的，除周作人外，还有鲁迅、许寿裳、钱家治、朱希祖、钱玄同、朱宗莱、龚宝铨③，尽管"有两三个熟悉先生近状的人对于先生多表示不满"，作文宣告与章太炎脱离师生关系的人却只有周作人。在写《谢本师》前不久，周作人曾写作《两个鬼》，周作人在这篇文章中说自己身上有"绅士鬼"和"流氓鬼"，每当"流氓鬼"要真正撒野时，听"绅士鬼"一吆喝"带住，着即带住"，"流氓鬼"便"一溜烟地走了"。④ 这次"流氓鬼"撒野时，周作人身上的"绅士鬼"为什么不喊一声"带住"呢？原因只可能是周作人对章太炎的通电太过气愤。因

---

①　周作人：《谢本师》，《语丝》第 94 期（1926 年 8 月 28 日）。高长虹在《读〈谢本师〉》（原载 1926 年 10 月 9 日《北新》周刊第 1 卷第 8 期）中曾如此评价周作人的这篇文章："至于出书斋而赴朝市，则是很普遍的现象，虽然也有不大高明与或较高明的分别。这是一个很大的问题，不能以'中国谬见之遗传'一语决之。"（高长虹：《走到出版界·读〈谢本师〉》，《高长虹全集》第 2 卷，中央编译出版社 2010 年版，第 133 页。）

②　周作人：《妙文》，《语丝》第 113 期（1927 年 1 月 8 日）。

③　周作人：《关于鲁迅之二》，周作人、周建人《年少沧桑——兄弟忆鲁迅》，河北教育出版社 2000 年版，第 246 页。

④　周作人：《两个鬼》，《语丝》第 91 期（1926 年 8 月 9 日）。

为自己的恩师站在北洋军阀一边，周作人都如此气愤，现在看见"讨贼军""宣传汉口南军仇杀北人"的通电，周作人是完全可能幽他一默的。所以说，周作人的《南北》很明显与北伐战争有关，如果非要"索隐"的话，南"当"指国民革命军，"北"当指北洋军阀，尤指吴佩孚。

认为周作人创作《南北》是"上阵助兄"的说法是站不住脚的。首先，《南北》创作于 1926 年 10 月 31 日，高长虹给鲁迅和韦素园的公开信 10 月 17 日才在上海《狂飙》周刊第 2 期发表，引起鲁迅愤怒的《1925，北京出版界形势指掌图》（发表于 11 月 7 日《狂飙》周刊第 5 期）尚未发表，鲁迅对高长虹的公开信尚"拟置之不理"[①]，安徽作家群也没有任何表示，还没有形成"南北之争"的局面；其二，周作人与鲁迅失和后兄弟成为参商，周作人在这种情况下不可能在鲁迅"拟置之不理"的情况下"上阵助兄"；其三，周作人与高长虹和安徽作家群之间都没有什么深交，作为绅士的周作人，没必要帮助任何一方。

二　高长虹与周作人的论争文字

（一）"索　隐"

尽管周作人的《南北》与高长虹无关，但高长虹仍把它与自己联系起来。11 月 18 日，高长虹作《晴天的话》，内云：

今天看到第一○四期的《语丝》，又回头看了几期《狂飙》，我悲哀而且失笑了。我是力求镇静的一人，然而每苦于不能镇静。不镇静是不能做出艺术作品。而且也不能做出好的思想文字，更无论乎批评

---

① 鲁迅：《书信（1904—1926）·261023 致许广平》，《鲁迅全集》第 11 卷，人民文学出版社 2005 年版，第 588 页。

工作。近来精神颓丧，以致《时代的姿势》终于还没有动手，若再加别的纠葛，将更无去做的希望了。我实在不愿意走这样逆路。

尽管高长虹在这篇文章中把《南北》与自己联系了起来，高长虹在希望得到帮助的同时仍在提倡宽容：

> 总之，我所希望于从事思想工作的朋友们者，大家都宽容一些，思想上的冲突自然是免不了的，但总要维持着思想上的德谟克拉西的精神，大家都诉之于自由批评。我们大家的思想总还是有相同点的：如建设科学，建设艺术，乃至反抗传统思想。在介绍罗兰思想的现在，我希望大家能够接受点罗兰的精神。在介绍弥爱的现在，我希望大家都保持点骆驼的精神。
>
> 冷静是一件不容易的事，但岂明先生毕竟是一个比较能够冷静的人，而且是主张宽容的人。
>
> 我们的今年是可以开始一个自由批评的时期了。时代常在变化着，常在进步着。提倡了好久的科学，我们现在才开始抱着牺牲的精神去建设，我们希望同时代的人们给与我们帮助，或给与我们指摘，但不希望给与我们敌视。①

第二天，高长虹作《语丝索隐》、《公理与正义的谈话》、《请大家认清界限》，这时，高长虹的态度完全变了。

高长虹在《语丝索隐》中如此写道：

> 第一百〇四期《语丝》有《南北》一文，中有数处，读者不知其内情。我以最忠诚的态度，为人类计，为中国计，为思想界计，谨为

---

① 高长虹：《走到出版界·晴天的话》，《高长虹全集》第 2 卷，中央编译出版社 2010 年版，第 247—249 页。

索隐如下。

"疑威将军"者，岂明之"自画自赞"也。

"不，先生"，亦岂明自谓，以其好喝醋也。

"挑剔风潮"者，亦岂明之自述，而为酋长思想之表现也。如其我的索隐不对，请岂明先生本其民主思想提出驳论，我必谢罪。以一月为限，过期不候。[①]

《公理与正义的谈话》全文为：

公理：去年彼等曾拥护我等，而被诬为挑剔风潮。今年彼等乃排斥我等而将挑剔风潮了。

正义：唉，唉，唉，又一《现代评论》也！

公理：彼等在出版界的历史上颇有价值，今若堕落，未免可惜。

正义：我深望彼等觉悟，但恐不容易吧！

公理：我即以其人之道反诸其人之身。

正义：我来写光明日记——

不再吃人的老人或者还有？救救老人！！！[②]

《请大家认清界限》全文为：

今日思想上的冲突是科学与玄学的冲突，新旧艺术的冲突，是幽默与批评的冲突，并无其他意义。

人本来没有好坏，只因环境不同，时代不同，所以思想也便不同了。如诉之自由批评，则是。如党同伐异，则必闹到不可开交。自由

---

① 高长虹：《走到出版界·语丝索隐》，《高长虹全集》第 2 卷，中央编译出版社 2010 年版，第 250 页。

② 高长虹：《走到出版界·公理与正义的谈话》，《高长虹全集》第 2 卷，中央编译出版社 2010 年版，第 251 页。

批评是思想上的德谟克拉西的精神的表现。

　　大抵旧的思想遇到新的思想时，旧的思想常变为"知其故而不能言其理"，其实已不成其为思想了。到"知其故而不能言其理"时，用了别的方法来排斥新的思想，那便是所谓开倒车，如林琴南，章士钊之所为是也。我们希望《新青年》时代的思想家不要再学他们去。①

　　针对高长虹的指摘，周作人作《又是"索隐"》，全文照录了高长虹的《语丝索隐》后如此写道：

　　这一番话我看过只是一笑，本来不疑回答了，因为索隐这件事压根儿是无聊的，反正一点儿都不能猜中的，譬如蔡孑民先生的《石头记索隐》即是不远的一个殷鉴。但是又看《晴天的话》，看见长虹先生为了一〇四期的《语丝》而如此悲愤，不禁引起好奇心，找出《语丝》来一查，这才恍然大悟，原来又是那篇《南北》得罪了长虹先生，使他不能镇静，更不能去做批评工作，实在是非常抱歉的。让我先来回答索隐，然后再来声明误会吧。

　　"疑威将军"即是疑古玄同的徽号。

　　"不"先生此刻不便发表真姓名，是疑古君的亲戚，现在浙江教书。

　　"挑剔风潮"原系陈源教授语，我用在这里是说讨赤军之挑拨南北界限。

　　这些毫无意思的问题为什么值得那样严重地探索，而且至于不能镇静呢？这我怕是为了那封信中的这几句话吧？我谈到有人喜欢喝醋，便加上这一句：

　　"但这也不限于晋人，贵处的'不'先生也是如此。"现在，长虹

---

　　① 高长虹：《走到出版界·请大家认清界限》，《高长虹全集》第2卷，中央编译出版社2010年版，第252页。

先生是晋人，或者看了不禁生起气来，但我当时写的时候始终没有想到长虹先生，自然更没有想到长虹先生要见了生气。长虹先生的文章我大抵看见，但我并不想回骂他，更何至于以醋呀，晋人呀，不先生呀，疑威将军呀等的暗箭（？）去骂他呢？唉，我的文章真太晦涩，晦涩到使人们看成什么"隐"，这是我所应当自警的，以后要设法写得更为明显才好。总之，这一点是我错的。①

针对周作人的辩解，高长虹作《寄到八道湾》、《请疑古玄同先生自己声明》、《疑威将军其亦鲁迅乎》。在《寄到八道湾》中，高长虹不相信周作人在《又是"索隐"》中的话："你真是一个趣人呢，装得那么像！"并说自己由于"同情"周作人的缘故，所以"很不愿意完全把你的戏法揭破"②。在《请疑古玄同先生自己声明》中，高长虹希望钱玄同投函《狂飙》周刊，声明自己是否是"疑威将军"，并说自己有"真凭实据"，"证明疑威将军即岂明先生之自画自赞，但现在则暂不宣布"③。在《疑威将军其亦鲁迅乎》中，高长虹说"疑威将军"是鲁迅的"第四顶纸冠"④。

（二）"谈道"

在《狂飙》周刊第 11 期（12 月 19 日）上，高长虹发表《与岂明谈道》，内云：

---

① 周作人：《又是"索隐"》，《语丝》第 113 期（1927 年 1 月 8 日）。

② 高长虹：《走到出版界·寄到八道湾》，《高长虹全集》第 2 卷，中央编译出版社 2010 年版，第 288 页。

③ 高长虹：《走到出版界·请疑古玄同先生自己声明》，《高长虹全集》第 2 卷，中央编译出版社 2010 年版，第 293 页。

④ 高长虹：《走到出版界·疑威将军其亦鲁迅乎》，《高长虹全集》第 2 卷，中央编译出版社 2010 年版，第 294 页。

　　我承认周作人是少微闻过些道的，但那是《新青年》时代的启明，是《语丝》前期的开明，而不是现在的岂明。现在的岂明，已经有些杂毛老道的色彩了。

　　岂明说，南方人闻道在先，北方人是酋长思想。我不知道这是根据什么逻辑的，这只能说是根据了南北逻辑吧！然而，在中国古代的绘画上，乃至拳术上，是有南北派之分的，若在逻辑则不能分出这样派别来。所以南北逻辑者，即非逻辑也。

　　吾人之所谓南北者，犹之乎欧洲之所谓南欧北欧也，除地理上之区别外，别无其他意义。岂明能谓北欧艺术家如易卜生，托尔斯泰，斯特林堡的思想都是酋长思想吗？岂明能谓俄国人的思想都是酋长思想，而今日的苏俄换言之亦即酋俄吗？

　　岂明所谓民主思想者是什么？凡赞成岂明的便都是民主思想，凡反对岂明的，便都是酋长思想吗？然则岂明的思想乃真的酋长思想，而岂明的逻辑乃仍然是党同伐异式的小我逻辑也！岂明所提倡的宽容，现在又存放在那里去了？这宽容，难道已尽量用之于赞成自己的人们，而且已经用完了吗？吾人虽不谈宽容，然闻道之岂明，能否本其民主思想来同我们一较量宽容否吗？

　　我亦民主思想者，然非如岂明坐在绅士的书斋里过着舒服的生活而做和平的空梦之民主思想也。如我今日而处岂明之地位者，则这一点惠外的小便宜，我早弃之如遗矣！我的民主思想，是全人类的民主，不是一国的民主，不是一国中人类的民主，不是少数特殊阶级的民主，岂明对此，真如小巫之见大巫矣，还谈什么道？

　　岂明去年便常说，如何宽容反叛的孩子。在进化上，在思想上，孩子是人类的父亲，我亦曾在《弦上》某期以此言折之矣。岂明不谈道则已，则我们都是人类，岂明若一谈道，则我以矛刺盾，我委实是老人的爸爸呢！岂明也知道孙文先生，吴稚晖先生，都不是空口谈道的人吗？然此两人在思想上，在行为上，固都是岂明的爸爸也！岂明亦曾经赞美过孙文先生，难道那只是因为他老了，而且死了，而才赞美他吗？则这真是秀才人情纸半张，而亦杂毛老道之道也已！

　　岂明空谈宽容，而实不能实行宽容，岂明空谈民主，而实没有看见过人类的痛苦，呜呼！宽容民主之谓何。

　　岂明赞美《十二个》，而意在言外则蔑弃中国之创作。岂明也曾做过批评，难道连艺术是时代的产物都不知道吗？《十二个》在当时之俄国，已非新时代的作品，特罗斯基亦既言之矣！岂明赞美外国作品，其别一意义，则借之以否定中国现在之作品，呜呼，何其器量之小而不闻批评之大道呢？然而我亦曾赞美岂明之《钢枪趣味》一文矣！呜呼，谁是真能宽容的人，岂明乎，我者？

　　我看岂明的思想，则通俗的水平线上的思想也。我也曾想批评过，为一般读者较明白地了解故。然而岂明自谓老人，而无老人之宽大，乃有婢妾之嫉妒，对于我等青年创作，青年思想，则绝口不提，提则又出以言外的讥刺。呜呼，如使此宽大为老人所有之美德者，则谁是老人，岂明乎，我者？

　　相对地说今年的《兰生弟日记》，等于去年的《玉君》。岂明去年为反对《玉君》的一人，对于今年的《玉君》又持什么态度呢？如不能认识，则赞成我去年之评《玉君》，也便该赞成我今年之评《兰生弟日记》。如知而不说，则何以对得住为其朋友之徐祖正先生呢？群众之赞美，有时实足以拉未成功之艺术家下水，是很危险的一事。岂明难道不知道弥爱之平民图画是何由而作的吗？吾人所希望于从事艺术工作之国人者，是希望其能满足一般人的嗜好便算了事，还是希望其产生一二伟大的作品以为中国人亦为人类进其相当的贡献呢？呜呼，岂明不要装糊涂了吧！

　　岂明曾谓他人无看中国书之资格，而自己则有之。不，这是傲慢！人类都一样，岂明也没有看中国书的资格！岂明思想之不进步，或即其看中国书之为障也！岂明如还想主张宽容吗？还想发挥其民主思想吗？那末，我不特不希望岂明少看中国书，而且还得少看十九世纪的外国书，而须看20世纪的外国书，而且也不妨说，还须看我们青年的出版物，如《沉钟》，《广州文学》，《飞霞》，《莽原》，乃至我们的这个《狂飙》！①

1927 年 1 月 22 日，周作人在《语丝》第 115 期发表《老人的苦运》，全文为：

> 高长虹在《狂飙》十一期上说：
>
> "岂明赞美《十二个》，而意在言外则蔑视中国之创作。……岂明赞美外国作品。其别一意义，则借之以否定中国现在之作品。
>
> ……然而岂明自谓老人，而无老人之宽大，乃有婢妾之嫉妒，对于我等青年创作，青年思想，则绝口不提，提则又出以言外的讥刺。"
>
> 这是所谓自由批评吧，但是这种"深刻"的说法也是"古已有之"的，看雍正乾隆的上谕便知。不过古时皇帝是不准人说他，现代"青年"是不准人不说他，有这一点不同罢了。二十世纪这个年头儿，世界进化总是进化了吧，但我等老人却是更苦了；以前以为只要不干涉青年的事就是宽容了，现在才知道宽容须得"提"他们，而且要提得恭敬，否则便是罪大恶极，过于康先生，苦哉苦哉！
>
> "意在言外"，"别一意义"，"言外"，从言语文字外去寻求意义，定为罪案，这不是又有点像古时的什么"腹诽"之律么？呜呼，自由批评家乎，君自言是民主思想，然此非莫索利尼之棒喝主义而何？君自言反对英雄，然此非吴佩孚之酋长思想而何？呜呼长虹乎，我者？（末二字意不甚明白，故仿为之，亦有兴趣，犹今人之仿尼采也。）

在同一期上，周作人还发表了《素朴一下子——呈常燕生君——》，这篇文章主要是针对常燕生的，第三节"论高长虹之骂人"与高长虹

---

① 高长虹：《走到出版界·与岂明谈道》，《高长虹全集》第 2 卷，中央编译出版社 2010 年版，第 253—255 页。

有关：

　　高长虹是什么人，我不很知道，因为我只见过他一次，通过三五次信，我还记得一回是寄《弦上》的目录来，最后一回是来借什么书。我没有帮助也没有受帮助过，也没有参加他的什么运动，所以可以说简直是等于路人，一点儿都没有关系。但是他骂我的原因我是明白的，就是因为我没有恭维他。我对于他的骂毫不为怪，只是觉得骂的原因太离奇了。我既不是自称什么批评家，我要看或说，或不看不说，都是我个人的自由，为什么对于长虹便非"提"不可，不提便要算有罪？长虹中了听人家谈尼采之毒，自己以为是天才，别人都应该恭维他：这正是酋长思想之表现，或者从前敷衍他的人们也应当分一点责任。长虹恨人家不去理他，又看不懂文章，所以断章取义地来寻衅，如骂我那篇《南北》是最明白确实的证据。看长虹的文章，觉得他的神经有点过敏或是什么，那种焦急胡说，也有几分可以原谅；但我不相信这可以算得"少年的精神"，能够比旧时代的浮夸傲慢的名士气好得多少。不过长虹之骂人的确比燕生正要"直截直爽"一点，比燕生卑劣的程度也要稍差一点了。

　　看见周作人发表在《语丝》第 115 期上的文章后，高长虹作《"天才"一下子》，全文由"一鼻孔出气的人有两张嘴"、"我原来是天才"、"两面等于一面曰所谓一面之辞也"、"大鱼与小鱼"、"鲁迅梦为皇太子"五个部分组成，在对周作人的观点进行驳斥的同时对鲁迅进行攻击。

　　除上面所引文章外，高长虹攻击周作人的文章还有：《名字的退化或进化》（杂文，《狂飙》周刊第 15 期）、《赠小老头及其傻瓜》（诗歌，《狂飙》周刊第 16 期）、《再寄八道湾》（杂文，《狂飙》周刊第 17 期）、《多数是对的》、《答周作人》（以上二篇杂文在收入《走到出版界》之前未在刊物上发表）。周作人在与高长虹"索隐"与"谈道"的同时，把更多的精力放在了对国家主义者常燕生的批判上，除《素朴一下子——呈常燕生君——》外，还发表了《国旗颂》（《语丝》第 112 期）、《国旗之拥护》（《语丝》第 113 期）、《徒劳的传单》（《语丝》第 116 期）、《〈挽狂飙〉书后》（《语丝》第 116 期）、《关于非宗教》（《语丝》第 117 期）、《何必》（《语丝》第 118 期）、《马太神甫》（《语丝》第 119 期）、《北京的好思想》（《语丝》第 120 期）、《讨赤救国》（《语丝》第 124 期）等。在周作人的这些文章中，除《〈挽狂飙〉书后》和《何必》涉及高长虹外，其余文章都在批判支持北洋军阀的国家主义者常燕生。从行文可以看出，周作人表面上是在批判常燕生，实际上是在借批判常燕生批判北洋军阀。从周作人对常燕生的批判也可看出，在北伐战争这件事上，周作人是坚定地站在国民革命军这一边的。由此也可证明，周作人说《南北》"是针对讨贼军通电宣传汉口南军仇杀北人而发"的说法是属实的。

三　高长虹为何向周作人开战

（一）"用新的思想批评旧的思想"

通过梳理论争文字可以知道，高长虹与周作人的冲突起因于高长虹误认为周作人的《南北》是在影射自己。按道理，高长虹要周作人解释清楚"南"、"北"的真实意思即"索隐"即可，用不着节外生枝去"谈道"。高长虹为何如此"小题大做"呢？下面一段文字为我们提供了线索：

> 我们尊崇科学，尊崇艺术。我们以为艺术表现人类的行为，科学指导人类的行为。我们以为文化只是科学与艺术。我们以为中国只有两条路可走：有科学与艺术便生存，没有科学艺术便灭亡。我们以为人类只有两条路可走：有新的科学艺术便和平，没有新的科学艺术便战争。我们倾向和平，然而我们也尊崇战争，我们要为科学艺术而作战！
>
> 我们不以为思想是真实，因为没有更好的科学，所以才需要思

想。人类对于自己的生活的科学的研究太冷淡了。思想也有新的与旧的，十九世纪的思想不能应用于现在的中国，《新青年》时期的思想，不能应用于现在的中国，我们对于人类的生活的科学研究太幼稚了，以致我们不能够毅然抛弃思想。

我们的重要的工作在建设科学艺术，在用科学批评思想。因为目前不得已的缘故，我们次要的工作在用新的思想批评旧的思想，在介绍欧洲较进步的科学艺术到中国来。

我们尊崇现在，尊崇勇敢，尊崇贫穷，尊崇牺牲，因为这些都是我们从事我们的工作所必备的条件。我们尊崇朋友，尊崇同我们从事同样工作的朋友。[①]

这段文字引自《〈狂飙〉周刊的开始》，发表在 1926 年 10 月 10 日出版的上海《狂飙》周刊第 1 期，是该刊的发刊词，它宣告了狂飙社在上海开展狂飙运动的宗旨。该发刊词告诉我们，除"建设科学艺术"外，"用新的思想批评旧的思想"也是狂飙运动的任务之一。根据"《新青年》时期的思想，不能应用于现在的中国"可以知道，在以高长虹为首的狂飙社成员心目中，"《新青年》时期的思想"已经属于"旧的思想"了。

何谓"《新青年》时期"，高长虹有非常明确的界定：

我这里所用的"新青年时期"是包含从《新青年》到《语丝》的这一个时期的。这不但《语丝》的主要做文字的人是曾在《新青年》做过文字的，而且《语丝》的思想也仍然同《新青年》的思想大致一样。《少年中国》正是同《新青年》是同时的刊物，思想上的色彩也差不多。《创造周报》似乎是另具色彩的，然而在思想上看，仍然是属于这一个时期的。而且，连标榜无政府主义的，以至极端相反的依

---

① 高长虹：《〈狂飙〉周刊的开始》，《高长虹全集》第 3 卷，中央编译出版社 2010 年版，第 149—150 页。

傍政府的《现代评论》，也都不是例外。

在高长虹看来，从《新青年》到《语丝》这一时期都属于"新青年时期"，既然如此，先后为《新青年》、《语丝》同人的周作人（包括鲁迅）毫无疑问属于"新青年时期"的人，他们的思想当然属于"旧的思想"了。

高长虹到底什么时候开始认为周作人的思想属于"旧的思想"呢？下面一段文字为我们提供了线索：

　　大家想来知道当时引人注意的周刊可以说有四个，即：《莽原》，《语丝》，《猛进》，《现代评论》。《莽原》是最后出版的，暂且不说。最先，那三个周刊并没有显明的界限，如《语丝》第二期有胡适的文字，第三期有徐志摩的文字，《现代评论》有张定璜的《鲁迅先生》一文，孙伏园又在《京副》说这三种刊物是姊妹周刊，都是例证。徐旭生给鲁迅的信说，思想革命也以《语丝》，《现代评论》，《猛进》三种列举，而办文学思想的月刊又商之于胡适之。虽然内部的同异是有的，然大体上却仍然是虚与委蛇。最先对于当时的刊物提出抗议的人却仍然是狂飙社的人物，我们攻击胡适，攻击周作人，而漠视《现代评论》与《猛进》。我们同鲁迅谈话时也时常说《语丝》不好，周作人无聊，钱玄同没有思想，非攻击不可。鲁迅是赞成我们的意见的。而鲁迅也在那时才提出思想革命的问题。但这个是没有什么结果的，因为并没有怎么实行。思想运动倒是从别一方面才表现出来，从实际的事件。至于思想上的战线，则始终没有分清，所以到霉江写《联合战线》一文时，终于碰到了《语丝》的壁而撕碎了。而鲁迅则说，他对于《语丝》的责任，只有投稿。但大体上的界限却是很显明了：《莽原》，《语丝》，《猛进》对《现代评论》；《京副》，《民副》对《晨

_____

　　① 高长虹：《走到出版界·思想上的〈新青年〉时期》，《高长虹全集》第2卷，中央编译出版社2010年版，第233页。

副》。但孙伏园以后在《京副》以《语丝》，《猛进》，《现代评论》并举的时候也还有过。①

根据"《莽原》是最后出版的，暂且不说"、"鲁迅也在那时才提出思想革命的问题"可以知道，早在1925年3月高长虹便认为"《语丝》不好，周作人无聊，钱玄同没有思想，非攻击不可"了：《莽原》周刊创刊于1925年4月24日、鲁迅1925年3月12日在给徐旭生信中提出再次进行"思想革命"②。

尽管高长虹1925年3月便认为"《语丝》不好，周作人无聊，钱玄同没有思想，非攻击不可"，周作人令高长虹哀叹"中国民族之心死"却与一篇文章有关：

> 我们再回头看一看霉江的那封信，再看信中征引的岂明"而新的还没练好"那一句话，我们又当作何感想呢？他使"新的"撕碎了"联合战线"而不自知，他却知道说"新的还没练好"！对于自己何其宽容，对于他人何其夸大！我们如再看了他关于国民文学的那两句话"要切开民族昏愦的痛疽，要阉割民族自大的疯狂"时，又当作何感想呢？我当时看了此文，便老大地不满意，真不知岂明何以自处，又何以处人！岂明年纪至多不过四十以上，以古例之，正在不惑的时候，以新例之，则托尔斯泰未著其《忏悔》也。乃自己不努力，而把责任推在青年身上，而独不自知，乃敢谓在训练新兵！试问岂明不知科学，何以训练科学的新兵？不敢批评，无创作力，何以训练艺术的新兵？左顾孺人，右对稚子，身不履险，足不行远，茶余酒后，偶作

---

① 高长虹：《走到出版界·1925，北京出版界形势指掌图》，《高长虹全集》第2卷，中央编译出版社2010年版，第199页。

② "我想，现在的办法，首先还得用那几年以前《新青年》上已经说过的'思想革命'。"（鲁迅：《华盖集·通讯》，《鲁迅全集》第3卷，人民文学出版社2005年版，第23页。）

一二率直短文，便以为功不再世，此何以能训练实行的新兵？若夫当时的所谓新兵者，亦大抵是二十以上的人，力量却是大得多，即鲁迅所谓富有生力者也。他们所缺乏的倒只是地位与声望，这倒正需要有人帮助，如蔡孑民昔日之帮助《新青年》者。我写到这里真不免有怀古之感而有如鲁迅之怕敢想下去者！不料当事诸人无蔡孑民之雅量，不重视青年思想之自觉，而视为若为彼等私人争气，而独不知感激，反妄以主帅自诩，我当时真叹中国民族之心死矣！①

你曾经"轻飘飘地"说过："《新青年》时期的老兵有的退伍了，有的投降了，而新的还没有练好。"我当时懒得驳回你，因为我知道你总有一天你自己打你的嘴。可惜这一天来得太快了，这个，我很为你悲哀，我又很为中国庆幸！你一九二五年联合战线上的老兵呵，你现在是退伍了呢，还是投降了呢？②

这两段文字告诉我们，高长虹非常不满意周作人在一篇文章中说"新的还没练好"这句话。笔者想尽办法也未查出该句话出自周作人哪篇文章，仅从一封信中查到了霉江（韦丛芜）引用的相关文字：

如今"新青年的老同志有的投降了，有的退伍了，而新的还没练好"，而且"势力太散漫了。"我今天上午着手草《联合战线》一文，致猛进社，语丝社，莽原社同人及全国的叛徒们的，目的是将三社同人及其他同志联合起来，印行一种刊物，注全力进攻我们本阶级的恶势力的代表：一系反动派的章士钊的《甲寅》，一系与反动派朋比为奸的《现代评论》。我正在写那篇文章的时候，N君拿着一份新出来的《语丝》，指给我看这位充满"阿Q精神"兼"推敲大教育家"江绍原的"小杂

---

① 高长虹：《走到出版界·1925，北京出版界形势指掌图》，《高长虹全集》第2卷，中央编译出版社2010年版，第201—202页。

② 高长虹：《走到出版界·寄到八道湾》，《高长虹全集》第2卷，中央编译出版社2010年版，第289页。

种",里面说道,"至于民报副刊,有人说是共产党办的。"……我于是立刻将我的《联合战线》一文撕得粉碎;我万没想到这《现代评论》上的好文章,竟会在《语丝》上刊出来。实在,在这个世界上谁是谁的伙伴或仇敌呢?我们永远感受着胡乱握手与胡乱刺杀的悲哀。①

根据霉江信发表在 1925 年 9 月 4 日出版的《莽原》周刊第 20 期上可以推断,至迟在 1925 年 9 月初,周作人的言行就令高长虹痛心疾首地哀叹"中国民族之心死"了。

为了更好地了解高长虹对"新的还没练好"这句话如此反感的原因,不妨看看鲁迅令高长虹哀叹"中国民族的心死"的原因:

于是"思想界权威者"的大广告便在《民报》上登出来了②。我看了真觉得"瘟臭",痛惋而且呕吐。试问,中国所需要的正是自由思想的发展,岂明也这样说,鲁迅也不是不这样说,然则要权威者何用?为鲁迅计,则拥此空名,无裨实际,反增自己的怠慢,引他人的反感,利害又如何者?反对者说:青年是奴仆!自"训练"见于文字;于是思想界说:青年是奴仆!自此"权威"见于文字;于是青年自己来宣告说:我们是奴仆!我真不能不叹中国民族的心死了!③

从周作人的"新的还没练好"和一则广告将鲁迅称作"权威"都令高长虹哀叹"中国民族的心死"可以知道,深受进化论思想影响的高长虹对

---

① 霉江:《通信》,《莽原》周刊第 20 期(1925 年 9 月 4 日)。

② 1925 年 8 月 5 日,担任《民报副刊》编辑的韦素园在《京报》刊登《〈民报〉十二大特色》,内云:"现本报自八月五日起增加副刊一张,专登载学术思想及文艺等,并特约中国思想界之权威者鲁迅、钱玄同、周作人、徐旭生、李玄伯诸先生随时为副刊撰著,实学术界大好消息也。"1925 年 8 月 7 日、14 日、21 日,《莽原》周刊第 16、17、18 期刊登了类似广告。

③ 高长虹:《走到出版界·1925,北京出版界形势指掌图》,《高长虹全集》第 2 卷,中央编译出版社 2010 年版,第 204 页。

进化论思想有着多么片面的认识：在高长虹看来，老年（权威）一定落伍，并且一定会阻碍青年发展。

在高长虹看来，"如想再来一次思想革命，我以为非得由几个青年来做这件工作不可"：

> 如想再来一次思想革命，我以为非得由几个青年来做这件工作不可：他们的思想是新的，他们是没有什么顾忌的，他们是不妥协的，他们的小环境是单纯而没有什么纠葛的。已经成名的人，我想能够得到他们的帮助便是最好的了。鲁迅当初提议办《莽原》的时候，我以为他便是这样态度。但以后的事实却不能证明他是这样态度。这事实只证明他想得到一个"思想界的权威者"的空名便够了！同他反对的话都不要说，我想找一些人来替他说话，说他自己所想说的话，而他还不以为他是受了人的帮助，有时还反疑惑是别人在利用他呢！然而他却是得到了"思想界的权威者"，"青年叛徒的领袖"的荣誉！①

由于高长虹 1925 年 3 月就认为对周作人"非攻击不可"了，所以在"退稿事件"发生后、周作人的《南北》发表前，高长虹就在批判鲁迅时捎带着批判了周作人：

> 须知年龄尊卑，是乃父乃祖们的因袭思想，在新的时代是最大的阻碍物。鲁迅去年不过四十五岁，岂明也大抵在四十上下，如自谓老人，是精神的堕落！思想呢，则个人只是个人的思想，用之于反抗，则都有余，用之于压迫，则都不足！如大家都不拿人当人，则一批倒下，一批起来；一批起来，一批也仍然要倒下，猴子要把戏，没有了局。所以有当年的康梁；也有今日的康梁；有当年的章太炎，也有今

---

① 高长虹：《走到出版界·1925，北京出版界形势指掌图》，《高长虹全集》第2卷，中央编译出版社 2010 年版，第 200 页。

日的章太炎；有当年的胡适，也有今日的胡适；有当年的章士钊，也
有今日的章士钊。所谓周氏兄弟者，当有以善自处了！①

正因为高长虹自认为是在对周作人的思想进行批判，所以在看见周作
人发表在《语丝》第113期的《又是"索隐"》后写作了《寄到八道湾》，
该文不但写得痛心疾首，甚至将自己批判周作人的原因解释为"给老牛抽
一鞭子，并喂它一把草"②。

（二）未能得到希望得到的"同情与帮助"

高长虹在《晴天的话》中如此写道：

> 过着较舒服的生活的人对于较困苦的，较牺牲的人们总可以表示
> 些同情与帮助，这总该是有思想者所能做到的事吧。然而何以连这一
> 点都也成为华美的好梦呢？何以也时常遇到相反的事实呢？何以这遇
> 到的又常是使人悽苦，使人几乎绝望的事实呢？
> 中国提倡文学的人，大抵都偏爱俄国文学，这自然是极好的事，
> 然而陀斯妥夫斯基的同情何以又每难于表现在作品上呢？这怕不是几
> 个作者所能负的责任吧？这怕是大家都有错吧！③

高长虹在《与岂明谈道》中如此写道：

---

① 高长虹：《走到出版界·1925，北京出版界形势指掌图》，《高长虹全集》第2
卷，中央编译出版社2010年版，第204页。
② 高长虹：《走到出版界·寄到八道湾》，《高长虹全集》第2卷，中央编译出版
社2010年版，第290页。高长虹解释自己攻击鲁迅的原因是："我所以开始攻击他者，
正是想预先给他一种警告。"（高长虹：《走到出版界·我走进了化石的世界，待我吹送
些温热进来》，《高长虹全集》第2卷，中央编译出版社2010年版，第277页。）
③ 高长虹：《走到出版界·晴天的话》，《高长虹全集》第2卷，中央编译出版社
2010年版，第248页。

岂明赞美《十二个》，而意在言外则蔑弃中国之创作。岂明也曾做过批评，难道连艺术是时代的产物都不知道吗？《十二个》在当时之俄国，已非新时代的作品，特罗斯基亦既言之矣！岂明赞美外国作品，其别一意义，则借之以否定中国现在之作品，呜呼，何其器量之小而不闻批评之大道呢？然而我亦曾赞美岂明之《钢枪趣味》一文矣！呜呼，谁是真能宽容的人，岂明乎，我者？①

高长虹在《寄到八道湾》中如此写道：

托尔斯泰对于一个不相识的所谓异国的青年尚那样严重的写三十六页的长信，为什么我们反而不能够希求于我们同国的人，而只得到讥笑呢？②

将这三段话联系起来不难看出，高长虹之所以攻击周作人，一个很重要的原因是高长虹未能从周作人那儿得到他希望得到的"同情与帮助"。

早在莽原改组的 1925 年 10 月，高长虹就在《反应》中表达了对周作人等人的不满：

我们中国不少是平民起家的人，这在社会上还被视为最高荣誉呢！我们一看那些过去的俄国人，那些从贵族之家跑出来而把生命投在危险中，而去为平民作战的人们时，我们当起一种什么感想呵？③

---

① 高长虹：《走到出版界·与岂明谈道》，《高长虹全集》第 2 卷，中央编译出版社 2010 年版，第 254 页。

② 高长虹：《走到出版界·寄到八道湾》，《高长虹全集》第 2 卷，中央编译出版社 2010 年版，第 291 页。

③ 高长虹：《光与热·反应》，《高长虹全集》第 1 卷，中央编译出版社 2010 年版，第 192 页。

这段文字虽没指名道姓，但结合高长虹后来写给周作人的文字可以看出，这儿所说的"平民起家的人"，很明显包括周作人在内。

高长虹刚到北京时，对周作人的期望是很大的，因为"周作人在当时的北京是唯一的批评家"，"直到《语丝》初出版的时候，鲁迅被人的理解还是在周作人之次"①。高长虹 1924 年 10 月到北京后，送了两份《狂飙》月刊给孙伏园，孙把其中一份给了周作人，周作人看了"但没有说什么"②。一直到高鲁冲突爆发前的 1926 年 10 月，高长虹与周作人只是"见过两面的朋友"③。据现有资料，高长虹与周作人的交往情况如下：一、1924 年 12 月 22 日，高长虹拜访了周作人，《周作人日记》有记载："下午高长虹来。"④ 二、高长虹的《假话》发表后，得到了周作人的赏识："后来听说岂明很称读这篇文字，他当面也同我说过一次，说是把《玉君》的坏处说尽了。"⑤ 在这两次见面中的一次，他们还谈到了尼采："说到尼采，我同你倒正当面谈过一次，也许你已经忘了吗？你说，尼采的哲学其实也没有什么新的东西。我说，我读尼采的书也只当是艺术作品。你笑了你忘记了也说不定。"⑥

在谈到与高长虹的交往时，周作人说：

高长虹是什么人，我不很知道，因为我只见过他一次，通过三五

① 高长虹：《一点回忆——关于鲁迅和我》，《高长虹全集》第 4 卷，中央编译出版社 2010 年版，第 353—355 页。
② 高长虹：《走到出版界·1925，北京出版界形势指掌图》，《高长虹全集》第 2 卷，中央编译出版社 2010 年版，第 193 页。
③ 高长虹：《每日评论·留别鲁迅》，《高长虹全集》第 3 卷，中央编译出版社 2010 年版，第 223 页；另见《走到出版界·"天才"一下子》，《高长虹全集》第 2 卷，中央编译出版社 2010 年版，第 296 页。
④ 周作人：《周作人日记》中册，大象出版社 1996 年版，第 414 页。
⑤ 高长虹：《时代的先驱·批评工作的开始》，《高长虹全集》第 1 卷，中央编译出版社 2010 年版，第 501 页。
⑥ 高长虹：《走到出版界·答周作人》，《高长虹全集》第 2 卷，中央编译出版社 2010 年版，第 311 页。

次信，我还记得一回是寄《弦上》的目录来，最后一回是来借什么书。我没有帮助也没有受帮助过，也没有参加他的什么运动，所以可以说简直是等于路人，一点儿都没有关系。①

根据高长虹和周作人的叙述可以看出，尽管高长虹与周作人"见过两面"，并且还"通过三五次信"，周作人却确实没有帮助过高长虹，也没得到高长虹的帮助，所以他们之间的关系几乎可以说是"路人"。

孙伏园把《狂飙》月刊给周作人后，周作人看了却"没有说什么"；高长虹虽然"得到郁达夫的两信"，与郁达夫的交往却是"仅一次往来，遂成路人"②；对鲁迅的初次拜访虽然给高长虹留下了很好印象，持续时间却很短："我与鲁迅，会面不只百次，然他所给与我的印象，实以此一短促的时期为最清醒，彼此时实在为真正的艺术家的面目。过此以往，则递降而至一不很高明而却奋勇的战士的面目，再递降而为一世故老人的面目，除世故外，几不知其他矣。"③ 正因为如此，高长虹在《反应》中如此写道：

> 我读过书上的话，在实人生上一点也找不到什么。我读过理想的书，描写人类的爱的书，但我一翻开人生的活页时，便一齐都变了颜色。我不能够从实人生的接触中遇见我所要见的东西。我所看见的常是令我失望的。当我写文章时，我很想写出些同情的东西，然触到笔尖的只是愤怒，愤怒。我知道有人在那里骂我目空一切，骂我刻毒，然我岂不知道尊视人，宽容是好的呢？当我穷起来的时候，社会向我

① 周作人：《素朴一下子——呈常燕生君——》，《语丝》第 115 期（1927 年 1 月22 日）。

② 高长虹：《走到出版界·给鲁迅先生》，《高长虹全集》第 2 卷，中央编译出版社 2010 年版，第 159 页。

③ 高长虹：《走到出版界·1925，北京出版界形势指掌图》，《高长虹全集》第 2卷，中央编译出版社 2010 年版，第 195 页。

致意了：讨吃子，无聊。当我接受到这些礼物而没有欣然色喜的能力的时候，我将如何把我的同情写在纸上呢？[①]

正因为高长虹在"实人生"的接触中——包括从周作人那儿——没有遇见他"所要见的东西"，所以写文章时"触到笔尖的只是愤怒，愤怒"。周作人的《南北》发表之前，由于周作人与高长虹的关系几乎可以说是"路人"，所以高长虹有火也无处发泄；周作人的《南北》发表后，高长虹怀疑此文与自己有关，潜伏已久的不满终于爆发了。

（三）疑神疑鬼

在分析高鲁冲突原因时，言行先生认为是"一场误会"[②]，这虽有大事化小之嫌，但也不能说没有这方面的因素。从《周作人与〈南北〉》一部分可以看出，高长虹与周作人冲突的爆发，与高长虹误会了周作人的《南北》不无关系。高长虹《走到出版界》的最初几篇文章在《北新周刊》上发表后，高长虹认为《北新周刊》上的一些文章是针对他而放的"冷箭"，在杭州作《谨防冷箭》进行还击。回到上海后，"面见春台田间两君，我亦疑事出误会，深悔冒失"[③]。从这些事实可以看出，高长虹确如他自己所说："有时真是一个怀疑太过的人"[④]。除此之外，还可从下面这件事看出高长虹确确实实是"一个怀疑太过的人"。

1928 年 11 月 3 日出版的《长虹周刊》第 4 期发表了高长虹的一篇题

---

① 高长虹：《光与热·反应》，《高长虹全集》第 1 卷，中央编译出版社 2010 年版，第 191 页。该段引文发表在 1925 年 10 月 20 日出版的《京报副刊》第 303 号上。

② 言行：《一生落寞，一生辉煌——高长虹评传》，百花文艺出版社 1996 年版，第 167 页。

③ 高长虹：《走到出版界·谨防冷箭》，《高长虹全集》第 2 卷，中央编译出版社 2010 年版，第 191 页。

④ 高长虹：《光与热·反应》，《高长虹全集》第 1 卷，中央编译出版社 2010 年版，第 197 页。

为《关于演剧的文字上的答辩》，内云：

> 有些没要紧的人们，没有事干，知道我不好说闲话，便拿嘴巴子四处游行了给我说坏话，吵得空气污浊，我不知道受了多少这些小人们的害。更不知道有多少人上恶当，还来埋怨我，钻在闷葫芦里没出路。我也常招呼："好汉们，写在纸面上，公来公道，别尽管放冷箭！"唉，唉，没得回响！不须解释，聪明的人们如何会不知道我的笔头岂止比十万狼牙强？所以，我看了明君在《戏剧周刊》上《读了〈长虹周刊〉》一文，无论论调如何（，敢在文人的门前来买文，已经是一位勇士了！所以我，也无论论调如何），终高兴在这里答辩答辩！①

看见高长虹的这篇文章，左明作《好泼皮的长虹》，内云：

> 这才是"好心作了牛肝肺。"
> 我在十一期剧刊②上作了一篇杂感，题目是《读了〈长虹周刊〉》，我写这篇东西的目的，一方面是介绍狂飙的戏剧运动，一方面是表示联络，准备将来有合作的机会，因为戏剧这东西她是需要多数的劳力与智慧。个人英雄主义在她面前是用不上的。不料想长虹先生在他的周刊第四期上板起面孔臭骂我一顿。好！好！，我没有什么说的。我只叫一声"活该"。③

回过头来看看左明的《读了〈长虹周刊〉》，不难看出左明的话并不是

---

　①　高长虹：《关于演剧的文字上的答辩》，《高长虹全集》第3卷，中央编译出版社2010年版，第267页。括号中的文字为原刊上有的文字。

　②　《高长虹研究文选》说是"戏剧周刊12期"（第365页），两说不知谁对。

　③　左明：《好泼皮的长虹》，山西盂县政协编《高长虹研究文选》，北岳文艺出版社1991年版，第376页。

在为自己狡辩，在这篇文章中，左明愿做高长虹的同志，"只要不嫌我的微细与浅薄"，并且希望携起手来，"实际作演剧运动"。①

在分析高长虹之所以把自己的"好心作了牛肝肺"时，左明如此写道：

> 长虹先生，你也许受够了小人们的害，上够了恶人们的当，满腹牢骚没处发泄吧！可是你为什么又找到牢骚还是过于你的我呢！发泄吧！大家发泄了就没事了，不过在这一点上我可以看出来你有些胆怯了，风声鹤唳草木皆兵，所以我向你表示好感与亲近的文字，你都当成了你的敌人而加以攻击，长虹先生，你怯了，因为怯，所以你才有这样可笑的滑稽剧呢！②

---

① 左明：《读了〈长虹周刊〉》，山西盂县政协编《高长虹研究文选》，北岳文艺出版社 1991 年版，第 362—363 页。

② 左明：《好泼皮的长虹》，山西盂县政协编《高长虹研究文选》，北岳文艺出版社 1991 年版，第 379 页。

高长虹与阎宗临

——亲如兄弟

20 世纪 20 年代，一群贫穷而不安于现状的孩子离开家乡闯荡社会，为了在冷酷的现实面前生存发展他们只能抱团取暖，从而结下了兄弟般的友谊，这是狂飙社成员的主要情况，高长虹与阎宗临的友谊便是其代表。

一　大将与副将

山西盂县人高长虹是狂飙社的发起人和主要负责人，当他被父亲赶出家门后，发现周围的人是那么冷漠："我出来便遇见了朋友。当他们和我很客气地握手的时候，我听见他们的肚子里在冷笑了。我想找到什么呢？在这些同我一样一无所有的化子中间？我这样问着时，我看见我已经弃绝了他们走了。/女人，人类，都给我以同样的拒绝。"[①]

也许正因为高长虹有过这么一段不堪回首的经历，所以在认识穷学生阎宗临（山西五台人）后便格外热情，不但于 1925 年 2 月 8 日、3 月 9 日、6 月 16 日、9 月 5 日（见《鲁迅日记》）带阎宗临去见鲁迅，还经常在一起散步谈心。高长虹和阎宗临的作品分别留下了他们散步谈心的文字：

---

① 高长虹：《心的探险·幻想与做梦·生命在什么地方》，《高长虹全集》第 1 卷，中央编译出版社 2010 年版，第 82 页。

想起去年夏天的一夜，同小弟弟坐在河沿的树上，谈论未来的军国大事，我做大将，小弟弟做副将。于是，大将副将要吃烟了，没有洋火。对面门里出来个小女孩子，惊异地看着我们。我们开始说话了：向她讨火。她知道我们也是人，便答说"不敢"，跑回去了。我们在绝望中看见她二次又跑了出来，并且拿了火来，说是偷的。于是，大将同副将感谢地笑了。[①]

在 1925 年 1 月 16 日，我同虹哥出西直门外。那时候，我们装上一盒红狮子烟，做野外的旅行。他走着，用脚把田间的土沙无意的一踢，笑的向我说："假如我们有钱时，《长虹周刊》马上便出来了。"因为有钱便可出周刊。这是个事实。我这么闷的想。[②]

高长虹的文字出自《步月》，发表在 1926 年 3 月 7 日的《弦上》周刊第 4 期上。高长虹在《弦上》发表的文章大多是随写随发，3 月 1 日《鲁迅日记》如此写道："以一法国来信转寄长虹"[③]，由此可知《步月》当是在得到阎宗临来信后所写。

查《鲁迅日记》，高长虹出现在 1924 年 12 月 24 日日记后再次出现在日记中的时间是 1925 年 2 月 8 日："午后长虹、春台、阎宗临来。"[④] 在这段时间里，高长虹曾回家过年。高长虹曾如此叙述他最初几次拜访鲁迅的情况："在一个大风的晚上我带了几份《狂飙》，初次去访鲁迅。这次鲁迅的精神特别奋发，态度特别诚恳，言谈特别坦率，虽思想不同，然使我想象到亚拉籍夫与绥惠略夫会面时情形之仿佛。我走时，鲁迅谓我可常来谈谈，我问以每日何时在家而去。此后大概有三四次会面，鲁迅都还是同样好的态度，我那时以为已走入一新的世界，即向来所没有看见过的实际世

---

① 高长虹：《步月》，《高长虹全集》第 3 卷，中央编译出版社 2010 年版，第 88 页。
② 已燃：《读了〈长虹周刊〉之后》，《长虹周刊》第 18 期（1929 年 2 月 9 日）。
③ 鲁迅：《日记（1912—1926）》，《鲁迅全集》第 15 卷，人民文学出版社 2005 年版，第 611 页。
④ 同上书，第 551 页。

界了。"① 由此可以推断，高长虹回到北京后会立即拜访鲁迅。阎宗临在文章中说自己与高长虹出西直门外的时间是 1925 年 1 月 16 日，意味着高长虹此时已回北京，《鲁迅日记》记载高长虹与阎宗临一道前往鲁迅寓所的时间却是 2 月 8 日。可以肯定的是，高长虹 1 月 16 日回到北京后不可能直到 2 月 8 日才去拜访鲁迅。剩下的可能便是，高长虹回到北京后的前几次拜访没有记入鲁迅日记。不过，相对于这种可能，笔者更愿意相信以下可能：阎宗临所说的"1925 年 1 月 16 日"是农历——这天正好是该年公历 2 月 8 日。

　　1925 年 12 月 5 日，阎宗临孤身一人从上海前往法国。在这之前的 11 月上旬，高长虹陪同阎宗临回到太原。他们在太原住了两三天后，高长虹送走了阎宗临。在阎宗临走的那一天，保定开火打伤南下的火车，次日保定又开火。高长虹本来以为阎宗临到了石家庄后便会给自己写信，八天后仍未接到来信，高长虹为此非常担心："他被人误认做侦探抓去了吗？他触在不知何处来的飞弹上了吗？他死在他的愤怒中了吗？"高长虹本计划在太原住两个礼拜，由于火车不通，只得继续住下去。在这期间，百无聊赖的高长虹写作了《游离》，"直抒他的所见所闻，所思所想"②。在这部"笔记"中，高长虹非常真实地记下了与阎宗临分别时的感人情景：

　　　　我看见他在车上流出眼泪来。我连忙又跳上车去，握住他的手。他放声哭了。眼泪在我的眼中跳跃着，我强制着竭力安慰他。他说："你赶快回北京去吧！并且你赶快到法国去吧！"那不正像是刚才所看见的景象吗？

　　　　车开行了，我才跳下来。在那些送行者中，我迟疑地退在后面，我让我的眼泪自由地流淌。走着，走着，出了车站，我再也不能够往

---

① 高长虹：《走到出版界·1925，北京出版界形势指掌图》，《高长虹全集》第 2 卷，中央编译出版社 2010 年版，第 195 页。

② 董大中：《鲁迅与高长虹》，河北人民出版社 1999 年版，第 210 页。

回走了。我迟疑地向着旁边的旷场中走去，我的眼泪自由地流淌着，我听见 Z 在后面叫我的声音。突然有人抱住了我，是 F，我放声哭了，正像我在车上所看见的景象。

我回到 Z 的屋里，他给我买了酒来，我喝了。我不知道我喝了多少，到我知道我在睡着时，是下午三点多钟。

于是小弟弟又走上京奉车了，于是他不愿意他们送他行。

阎宗临回北京后，与向培良、郑效洵及另一人一起共同给高长虹写了一封信，劝高长虹赶快回北京。为此，高长虹在《游离》中如此写道："小弟弟，去吧！回来时给我们带回一点礼物来，好奉送那赐福于我们的祖国！大西洋上有我的游踪在浮浪着时，那便是我们聚会的时候呵！"

高长虹在《游离》中还抄录了一封他给阎宗临的信，现将与阎宗临有关的部分摘抄如下：

亲爱的弟弟：

接到 P（按：向培良）和 H（按：郑效洵）的信，知道你已经从北京走了。现在也许你已经坐在太平洋的船上，因为他们的来信路上耽误得很久，我应该寄信给你到那里去呢？

我的照片，你偷去了，这在我很幸福，我幻想也许我的生命也一并被你偷去，带他到那我所久欲去而不得的一块迷恋人的地方。

你已经看见过 V 了吗？他还是那样的精神，他说话的时候还是常把他那拇指要挑起的吗？他得到爱人了没有，还是明年决定走了再到法国去呢？

你的旅行生活如何？自然你现在所储蓄的痛苦已经很多，你自然不会有忘掉的时候，可是在旅行中，你至少还不能得到一些爽气吗？况且，太平洋的水，尤其可以把所有一切都形容得像芥子一样的微小的呵！

H 说你走时，不让他们知道，他因为没有能够送你行，很苦，你还要到天津给他寄信呢！你的不安定的心，你的这种反常的行动，我听得

234

已经战栗了。可是你终不应该这样对待 H，我怕他是不能够经受太多的打击的呢！他来信说，东安楼自我走后，他们只去了一次，三层楼已关门了！这在他便有无限的悲哀，我也觉着有什么秘意在里边似的——我又知道，你到北京后，也没有同他们惠顾我们的东安楼一次！

……

可是，小弟弟，前面的世界是很敞亮的，你也不要太悲哀吧！到了你的目的地后，你只可用全力于你的工作，我明年也决意要去了，让我放开大声说一句话吧：十年后的时代是我们的！

你带去的那一点可怜的旅费，怕只够三个月用。你把那边的情形告诉我好了，这是不会阻止你的兴致的！①

二　天涯若比邻

阎宗临到法国后，虽然与仍在中国的高长虹远隔万里，他们的心却是连在一起的。

高长虹回到北京后，1926 年 2 月 8 日在与朋友闲谈时决定出版《弦上》周刊，当天便给向培良写信报告《弦上》周刊诞生过程。在这封信中，高长虹还谈到了阎宗临的巴黎来信："小弟弟已从巴黎有信来，我特别报告你：小弟弟已到巴黎了。他问你同你的棍，我希望你能够回答他！"② 第二天高长虹专门给阎宗临去信，内云："我们的《弦上》并且放大了，寄到巴黎伴你的孤寂的心！勿流泪，勿灰心，前进呵！"③ 在这封信中，高长虹称阎宗临为"爱读《弦上》的小弟弟"，由此可知阎宗临十分

① 高长虹：《游离·游离》，《高长虹全集》第 2 卷，中央编译出版社 2010 年版，第 398—420 页。
② 高长虹：《寄到西城》，《高长虹全集》第 3 卷，中央编译出版社 2010 年版，第 77 页。
③ 同上书，第 78 页。

"爱读"高长虹发表在《莽原》周刊上的系列杂文《弦上》。3月1日，鲁迅将阎宗临从法国寄来的信转寄高长虹："以一法国来信转寄长虹。"① 3月7日，高长虹作散文《步月》，回忆1925年夏天与小弟弟阎宗临相聚的情景。4月上旬，从来信中得知阎宗临买到了一本英译《苏菲亚传》并且自己八日后可以收到的第二天，高长虹作《关于苏菲亚》，叙述自己对苏菲亚的了解过程。6月，高长虹作《给K》，其中谈到了给阎宗临寄款事："燃款寄起，甚好。B（按：高沐鸿）怕我受穷，嘱卖稿供我嚼咬，钱到手时，可再寄燃一部去。"② 在目前能够看见的最后一期《弦上》周刊上，发表了黄鹏基署名Q的文章，其中谈到了阎宗临在巴黎的情况："小弟弟，恐怕是最爱读《弦上》而在最远的人了，他近有信来，说近来在Paris又认识了marie TaTa。"③

尽管接下来的上海《狂飙》周刊第1—17期（1926年10月10日—1927年1月30日）和《世界》周刊第2—9期（1928年1月1日出版的第1期和1928年3月4日出版的第10期已佚）等刊物上没有出现与阎宗临有关的信息，根据阎宗临发表在《长虹周刊》上的两篇文章和一则通信却可以知道，阎宗临与高长虹一直保持着友好关系，哪怕在高长虹与鲁迅发生冲突以后。1928年1月，高长虹的诗集《献给自然的女儿》出版；3月27日，阎宗临完工后在实验室作《关于〈献给自然的女儿〉》。在这篇文章中，阎宗临高度评价"虹哥"的《献给自然的女儿》"是一个穿破一切神秘的匕首"，以最高的诚意对"人类生活的态度"做一个归根结底的说明；认为高长虹在见识上"有两个很重要的观念"："1. 要使人类是动的；2. 要人类有行为的自由"。阎宗临在这篇文章中还如此写道："如其，我们承认写的东西是作者很忠实的自白，再如其承认他不是听人谈尼采而偷窃来

---

① 鲁迅：《日记（1912—1926）》，《鲁迅全集》第15卷，人民文学出版社2005年版，第611页。

② 高长虹：《给K》，《高长虹全集》第3卷，中央编译出版社2010年版，第141页。

③ Q：《我们的消息》，《弦上》第24期（1926年8月1日）。

的，则他的这本书，在我看来，自然也是很平常的了。"① 看看周作人在《素朴一下子——呈常燕生君——》和高长虹在《"天才"一下子》的相关文字便会知道，阎宗临这句话是针对一年多前周作人将高长虹与尼采联系起来这件事的："长虹中了听人家谈尼采之能，自己以为是天才，别人都应该恭维他：这正是酋长思想之表现，或者从前敷衍他的人们（按：指鲁迅）也应当分一点责任"②；"且不管这些，无论如何，我自己不自命天才，是可以证明的事。不料有岂明者，偏说我自命天才，证据则是我'听人谈过尼采'，而且是从文字上看来的"③。由此可知，在高长虹与周氏兄弟冲突这件事上，阎宗临是站在"虹哥"这一边的。

1928 年 10 月 13 日，高长虹计划四年多的个人刊物《长虹周刊》终于出版；12 月 29 日，阎宗临读过五期《长虹周刊》后写作《读了〈长虹周刊〉之后》。在这篇文章中，阎宗临对《长虹周刊》及其作品的评价之高令人咂舌："在国内，如有几个人很能了解那篇《母亲的故事》，那《长虹周刊》在当时，还不会遭 Rouge et Noir（按：《红与黑》）的命运。让我说句狂飙的话罢：这一篇文章确是启示出人类的福音，一切，都装在里边。/不要坐在公园的凳子上，思索你们的未来，还是多睁开你的眼才好，睁开些，再睁开些！有谁不感觉到周身的空气是多么沉闷啊，他窒息了我们的呼吸，在过去，在现在，怕的还在未来！我又不说《长虹周刊》便是修身，齐家，治国，平天下的经典，我是说在你们走着这条不平而又无尽的路上，敢不敢整起你们的力量，劲力地改变改变你们周身的闷气？"④ 第二天阎宗临还给高长虹写信一封，在简要评价《长虹周刊》前五期作品的

①　已燃（阎宗临）：《关于〈献给自然的女儿〉》，《长虹周刊》第 4 期（1928 年 11 月 3 日）。

②　周作人：《素朴一下子——呈常燕生君——》，《语丝》第 115 期（1927 年 1 月 22 日）。

③　高长虹：《走到出版界·"天才"一下子》，《高长虹全集》第 2 卷，中央编译出版社 2010 年版，第 295 页。

④　已燃（阎宗临）：《读了〈长虹周刊〉之后》，《长虹周刊》第 18 期（1929 年 2 月 9 日）。

同时介绍了自己的写作情况："我也存的些诗和小说。近来写了一节《曼纳夫》，我自己以为比较好一点。"[1] 1929 年 2 月 16 日，高长虹在回信开头如此写道："你的诗和小说，可选几篇最好的寄我看看。你是有生活的，你缺乏的只是文字。近来看你的信，文字上还不很熟练，所以你仍须努力。一般的青年作者，初出来时，发表便是一个难关。这在你是没有的。不过，我却总有些标准高，所以，仍须你写出好的作品。"[2] 在现存的 22 期《长虹周刊》中，我们未能看见阎宗临作品。既有可能是阎宗临未寄，更有可能是高长虹未收到——高长虹回信后一个月左右便离开上海，直到 1930 年 2 月离开中国前都行踪不定。

三 情寄《大雾》

《大雾》是一部中篇小说，考察一下它的写作原因、内容和保管出版情况便会发现，这一切都凝聚着阎宗临对高长虹的深情。

关于《大雾》的写作原因，阎宗临 1942 年 1 月 26 日在《后记》中如此写道：

十八年前，寄寓在北平一个报社，认识了几位研究文学的朋友，看他们的创作，读翻译的著述，使我感到深厚的兴趣，那时候，我以为文学是黑暗社会的匕首，它能使不安者宁静，烦恼者快乐，因而跟着他们，我也来研究文学。

继后在里昂做工三年，受了许多事实的教训，逐渐发现自己没有创作的能力。这并不是自馁，实因一个作家，须要有严肃的生活，渊博的学问，以及颖脱的资质。我既不能具备这些条件，遂决心抛弃了

---

① 《通信十一则》，《长虹周刊》第 18 期（1929 年 2 月 9 日）。
② 高长虹：《通讯九则》，《高长虹全集》第 3 卷，中央编译出版社 2010 年版，第 467—468 页。

文学，研究历史，不觉已快十三年了。

　　但是，我永远怀念着这一段幻梦的生活，他具有一种魔力，要我不断地回想与分析，由分析而烦闷，因烦闷而眷恋。我眷恋他，因为眷恋我自己已逝的生命！总想找一个宁静的机会，把他记录出来，分别赠给几位朋友。在九年前，与佩云在海程上时，居然实现了我的这个愿望。①

　　这些满怀深情的文字告诉我们，阎宗临写作《大雾》是为了记录自己18年前的"一段幻梦的生活"。现在我们便来考证阎宗临寄寓在北平报社时认识的"几位研究文学的朋友"到底有哪些人？

　　首先看看阎宗临的经历。阎宗临1924年从崞县中学毕业后到北京，曾到梁漱溟在曹州办的重华书院（亦称曲阜大学预科），不久便回北京到朝阳大学就读；景梅九办的《国风日报》复刊后到报社做校对，与"给《学汇》负着一点责任"②的高长虹相识；1924年12月初搬到宣外魏染胡同国风日报社；1925年2月8日首次出现在《鲁迅日记》中："午后长虹、春台、阎宗临来"③；1925年7月带着华林的信到河南彰德府找到景梅九希望出国勤工俭学并得到热心人士资助；1925年11月上旬在高长虹陪同下回到太原，两三天后离开太原；回北京后不久前往上海，1925年12月5日前往法国。④

　　其次看看这段时间阎宗临可能与哪些狂飙社成员有过交往。1924—

---

　　① 阎宗临：《大雾·后记》，任茂棠、行龙、李书吉编《阎宗临先生诞辰百周年纪念文集》，山西人民出版社2004年版，第211页。

　　② 高长虹：《我的悲哀》，《高长虹全集》第3卷，中央编译出版社2010年版，第39页。

　　③ 鲁迅：《日记（1912—1926）》，《鲁迅全集》第15卷，人民文学出版社2005年版，第551页。

　　④ 肖飞：《从山村走出来的学者——阎宗临》，任茂棠、行龙、李书吉编《阎宗临先生诞辰百周年纪念文集》，山西人民出版社2004年版，第113—114页；廖久明：《一群被惊醒的人——狂飙社研究》，武汉出版社2011年版，第84页。

1925 年为狂飙社的太原时期和北京前期，太原时期的成员有高长虹、高沐鸿（劣者）、高歌、段复生（沸声）、籍雨农、荫雨（荫宇、宇）等，北京前期的成员有向培良、阎宗临（已燃）、高远征、王绪琴（欲擒）、吕蕴儒、云坞等。① 由于阎宗临是从崞县到北京的，所以在太原时期的狂飙社成员中，阎宗临只可能与此时已到北京的高长虹、高歌有过交往；在北京时期的狂飙社成员中，高远征在太原，王绪琴在开封，阎宗临不可能与他们交往。由此可知，阎宗临所说的"几位研究文学的朋友"应为狂飙社成员高长虹、高歌、向培良、吕蕴儒、云坞等以及国风日报社的其他成员。

现在来考证阎宗临与哪些"朋友"的关系最密切。除高长虹外，高歌应该是阎宗临最早结识的狂飙社成员——他们相识于国风日报社，不过没有多久他们便分别了："1925 年初与吕蕴儒、向培良到河南开封筹办《豫报副刊》（5 月 18 日创刊）。1925 年 8 月《豫报副刊》停刊后回老家照顾病重的母亲。高长虹到上海开展狂飙运动后，于 1926 年 5 月初到北京接编《弦上》周刊。"② 向培良的情况为："1925 年 2 月与高长虹长谈后加入狂飙社……4 月 14 日，'晚培良以赴汴来别，赠以《山野掇拾》一本及一支铅笔'（《鲁迅日记》）。《豫报副刊》停刊前后离开开封，10 月中旬回到北京，与高长虹等人筹办《狂飙》不定期刊。"吕蕴儒的情况为："在北京《狂飙》周刊发表《爱神战胜了》（第 14 期）、《某君日记》（第 16 期）两篇文章；第 14 期起周刊的发行处为'北京中老胡同十五号吕蕴儒转'。曾与高歌、向培良等到河南创办《豫报副刊》，4 月 22 日：'上午得吕琦信，附高歌及培良笺，十八日开封发'（《鲁迅日记》），鲁迅 4 月 23 日给三人的回信发表在 1925 年 5 月 6 日《豫报副刊》。"云坞的情况为："《鲁迅日记》1924 年 12 月 20 日载：'午后云五、长虹、高歌来。'云五，《全集》注'未详'。按，此人为'贫民艺术团'最早成员（按：当为'平民艺术团'），名叫张蕴吾，1924 年冬到京，跟高长虹等人住在一起，曾有小说《村人李成》

---

① 廖久明：《一群被惊醒的人——狂飙社研究》，武汉出版社 2011 年版，第 3 页。
② 同上书，第 55—56 页。

（按：第 3 期）、《往那儿逃走》（按：第 4 期）在《狂飙》发表，署名'云坞'。1926 年夏仍在北京。其余不详。"① 除这些狂飙社成员外，阎宗临还应该与国风日报社的其他成员有过交往，不过仅为《国风日报》校对的阎宗临，不可能与那些有名望的人成为"朋友"，与他身份类似的人则不多。综合以上分析可以知道，在阎宗临所说的"几位研究文学的朋友"中，最亲密的朋友应该是高长虹。

阎宗临的《大雾》写作于 1934 年秋，此时他正与结识不久的恋人梁佩云乘船前往瑞士，热恋中的阎宗临却念念不忘以高长虹为主的"几位研究文学的朋友"当与他前一段时间的经历有关。1933 年夏天，阎宗临以优异成绩取得了瑞士国家文学硕士学位。这年适逢恩师岱梧教授当选为伏利堡大学校长，学校要开设中国文化讲座，岱梧教授遂聘阎宗临担任讲席，并给予一年休假期和往返船票，让他回国探亲。9 月，阎宗临回到阔别 10 年的故乡山西五台，探亲之后返回北京。1934 年受聘于北京中法大学服尔德学院任教授，讲课一学期，并在《中法大学月刊》上发表了《巴斯加尔的生活》、《关于波特莱尔的研究》等论文。这年阎宗临刚满 30 岁，已经是年轻的教授了。1934 年秋天，阎宗临重返伏利堡大学任中国近代思想史教授，同时准备博士学位的考试。② 就在阎宗临回国探亲那一年，国内已经有两年没有任何消息的高长虹突然在张申府（曾加入狂飙社）主办的《大公报》副刊《世界思潮》第 36 期（1933 年 5 月 4 日）发表了《民自为战》的通讯，提倡在日本进袭热河正急的情况下"民自为战"③。阎宗临回国后，熟悉狂飙社历史的人难免会在这位"小弟弟"面前谈起曾经名噪一时的高长虹。高长虹 1932 年在德国研究马克思主义期间，曾到瑞士找在那里

① 廖久明：《一群被惊醒的人——狂飙社研究》，武汉出版社 2011 年版，第 80—87 页。

② 肖飞：《从山村走出来的学者——阎宗临》，任茂棠、行龙、李书吉编《阎宗临先生诞辰百周年纪念文集》，山西人民出版社 2004 年版，第 113—114 页。

③ 高长虹：《民自为战》，《高长虹全集》第 3 卷，中央编译出版社 2010 年版，第 563 页。

读大学的阎宗临资助他治病。^① 在人们谈起高长虹时，阎宗临难免会想起高长虹当时落魄潦倒的情景并进而想起狂飙社时期的情景。

关于狂飙社成员的情况，笔者曾有如下概括："狂飙社成员中除常燕生、张申府等少数几人在五四时期便已成名外，多数是在五四新文学直接哺育下走上文学道路的，他们可以看作是被五四新文化运动'惊醒'的人。"在他们被"惊醒"后，却发现周围是"绝无窗户而万难破毁"的"铁屋子"，但是他们"没有睁着眼睛等死，而是呼唤着同伴，用自己的血肉之躯一次又一次地向'铁屋子'撞去"。^② "铁屋子"是那么万难破毁，他们想出去的心情又那么迫切，所以他们焦躁万分，于是不断攻击社会，攻击他人，最终在将"铁屋子"撞出一些印痕的同时更将自己撞得伤痕累累。对这些情况阎宗临是熟悉的，所以他 1934 年 11 月 3 日在为《大雾》写的《自识》中如此写道："书中数人的生活，当时辗转在大雾之中，没有光，没有热，时时在阴暗中挣扎。他们忧积愁心，终身羁绊在生活的铁柱之上，绝不求人们的同情与太息，因为生活原是如此，何能责之过苛，而望之太奢哩？"^③ 可以肯定地说，如果生活不是那么严酷，高长虹取得的成就不会比阎宗临差。

尽管阎宗临在《大雾》中希望写出"几个熟习的面孔"，并且阎宗临的求学经历"与书中所写邓五成的求学经历完全吻合"^④，石君与高长虹或者其他狂飙社成员的经历却有很大不同。很明显，阎宗临并不打算一一对应地写出那"几个熟习的面孔"，而是对他们进行综合加工，以便描写一群年轻人如何在冷酷的现实面前抱团取暖。不过根据以下文字可以知道，

---

① 廖久明：《高长虹年谱》，人民出版社 2011 年版，第 291 页。

② 廖久明：《一群被惊醒的人——狂飙社研究》，武汉出版社 2011 年版，第 37—38 页。

③ 阎宗临：《大雾·自识》，任茂棠、行龙、李书吉编《阎宗临先生诞辰百周年纪念文集》，山西人民出版社 2004 年版，第 161 页。

④ 韩石山：《大雾中的人生——读〈大雾〉》，任茂棠、行龙、李书吉编《阎宗临先生诞辰百周年纪念文集》，山西人民出版社 2004 年版，第 67 页。

石君确实有高长虹的影子：

> 正在沉思各种神秘问题时，有人放在他面前一个纸包。他打开，内边是几本新书和杂志，系他朋友石君寄来的。自从放假以来，生活的刑具，使他失了孩子的天真，他不敢向他朋友说知，他自己咬住牙的忍受。这几本书，像是枯禾得雨，他觉着又回到学校内，他看到石君的微笑，石青的温厚，他觉有这样的朋友，也便够了。
>
> 无心中翻开一页，正碰到这几句话：
>
> "我是一只骆驼，我的使命是负重，走那千里无草的莽原。"他像得了至宝，他觉着一切都在狂动，从这几句话上，去建设他的生活，长大，成熟，奉献给期待他的人们。[①]

尽管石君和邓五成的交往情况与高长虹和阎宗临不同，石君对邓五成的鼓励、帮助等友谊则很容易让人将高长虹与阎宗临联系起来；"我是一只骆驼，我的使命是负重，走那千里无草的莽原"则有可能来自高长虹的"我是一只骆驼，我的快乐只有负重"[②]。

《大雾》完成于1934年11月，出版于1942年，这其间的经历也可看出阎宗临对该书稿的重视并进而看出他对该段"文艺生活"的重视。抗战爆发后，阎宗临决定回国，他将自己在欧洲多年收集的图书资料装成五大箱运往上海，这批资料后来毁于战火。《大雾》没有被毁，说明它是随身带回祖国的。回国后，阎宗临辗转于太原、汉口、桂林等地，在那朝不保夕的战时，有多少重要的东西需要带在身边，阎宗临却始终将《大雾》书稿带在身边，由此可知他对该书稿的重视程度。在说到《大雾》出版原因时，阎宗临如此写道："将九年前写的《大雾》印行，不敢存丝毫的奢望，

---

① 阎宗临：《大雾》，任茂棠、行龙、李书吉编《阎宗临先生诞辰百周年纪念文集》，山西人民出版社2004年版，第176页。

② 高长虹：《精神与爱的女神·精神的宣言》，《高长虹全集》第1卷，中央编译出版社2010年版，第3页。

只是纪念已经结束了的一段文艺生活。"① 读着这样的文字，不得不承认阎宗临确实非常怀念这段"文艺生活"。

高长虹于 1954 年春离我们远去了，阎宗临于 1978 年 10 月 5 日也离我们远去了，他们不但给我们留下了相濡以沫的故事，并且给我们留下了很大遗憾：要是阎宗临能活到改革开放以后，凭借他与高长虹的关系，他一定愿意写出自己与高长虹之间的感人故事，我们不但能够据此了解北京前期狂飙社的情况，还能对当时的文坛有更多了解。遗憾的是，这一切仅仅是假设。

---

① 阎宗临：《大雾·后记》，任茂棠、行龙、李书吉编《阎宗临先生诞辰百周年纪念文集》，山西人民出版社 2004 年版，第 211 页。

狂飙社成立时间考证

关于狂飙社的成立时间目前主要有三种说法：得到多数人认同的是
《所谓"思想界先驱者"鲁迅启事》和 1927 年 10 月 14 日鲁迅致台静农、
李霁野信后对狂飙社的注释中出现的说法："高长虹、向培良等所组织的
文学团体。1924 年 11 月，曾在北京《国风日报》上出过《狂飙》周刊"，
1981 年版、2005 年版的《鲁迅全集》均持此观点，注释者持此种观点的
原因也许是目前所见的最早的狂飙刊物《狂飙》月刊第 2—3 期合刊的出版
时间是 1924 年 11 月；第二种说法是根据太原《狂飙》月刊的出版时间为
1924 年 9 月 1 日而认为是 1924 年 8、9 月份，对狂飙社及其成员研究较多
的人多持这种观点，他们是：言行（已仙逝）、董大中、郝雨、赵润生等
先生；第三种说法是根据鲁迅的"莽原社内部冲突了，长虹一流，便在上
海成立了狂飙社"[1] 这句话认为"狂飙社，是一九二六年成立于上海的一
个文学团体"，代表人物是对鲁迅研究较多的林辰、陈漱渝等先生。笔者
在《狂飙社与第二次思想革命》[2]、《关于 2005 年版〈鲁迅全集〉与狂飙社
有关的部分注释》[3] 等文章中认同第二种观点，认为成立时间为 1924 年

---

① 鲁迅：《且介亭杂文二集·〈中国新文学大系〉小说二集序》，《鲁迅全集》第
6 卷，人民文学出版社 2005 年版，第 259 页。
② 廖久明：《狂飙社与第二次思想革命》，《山西大学学报》2006 年第 2 期。
③ 廖久明：《关于 2005 年版〈鲁迅全集〉与狂飙社有关的部分注释》，《鲁迅研究
月刊》2006 年第 4 期。

8月。在编撰《高长虹年谱》第一稿过程中，我发现该成立时间有问题，但由于材料不足，只好存疑；在编撰《高长虹年谱》第二稿过程中，我便注意收集相关资料，并最终得出结论，狂飙社的成立时间当为1923年暑期。

一　高长虹的相关文字

高长虹在1926年10月28日完稿的一篇文章中如此写道："在三年以前，我对于出版界的情形是什么也不知道。我当时曾听人说过，鲁迅即周建人的别字，我便信以为真。……那时狂飙社虽已成立，然潜声默影，初无表示。我个人为生活所苦，日惟解决出国问题，他无所顾。沐鸿尔时已有诗稿不少，我亟称之，而彼不信，要我就正于北京负时望之作者。"[①]

高长虹在1928年11月10日写的一篇文章中又如此写道："光就狂飙艺术运动来说，已有五年的历史了。狂飙初生的时候，纯洁清新，如不说他是云中的天使，他也是人间的婴儿。半年之后，一年之后，之后之后，他入世既久，他恶化了，他已不像初生时候的《狂飙》。"[②]

从上面两段文字可以推知，狂飙社成立时间应当在1923年10月左右。

二　高沐鸿的相关文字

高沐鸿是狂飙社的重要成员，在笔者看见的文章中，没看见他直接谈狂飙社成立时间的文字。不过一篇采访文字中的一段话为我们考证狂飙社成立时间提供了间接证据："在师范学校读书时，我在第12班，我的一位叔伯哥哥叫高隽夫，比我高一班，在第11班。和我哥哥同班的有个叫高仰

---

① 高长虹：《走到出版界·1925，北京出版界形势指掌图》，《高长虹全集》第2卷，中央编译出版社2010年版，第193页。

② 高长虹：《出了那股毒气便好了》，《高长虹全集》第3卷，中央编译出版社2010年版，第317页。

慈的同学，笔名叫高歌，是山西省盂县人，和我哥哥很要好，通过我哥哥的关系，我也和高仰慈很快熟惯了。高歌有个哥哥叫高仰愈，也叫高长虹，出身于破落的书香门第，因而，他也曾用过'高残红'的名字。在我们上学期间，高长虹在盂县老家，由于从小舞文弄墨，又受'五四'运动的影响，在 1925 年前后，就在茅盾主编的《小说月报》上，用'残红'的笔名发表短诗。1923 年，我师范毕业，被正式分配到太原师范附属小学当教师，校址就在太原市三桥街。由于高歌的引荐，我和高长虹在太原见了面。他吃苦耐劳、能个人奋斗的事儿，我早有所闻，所以对他很崇拜。特别是由于文字的姻缘，我便和高长虹成了好朋友。在文学创作上，我俩互学共勉，在他的影响下，我开始以极大的热情从事文学创作活动。"①

这段文字虽然没谈到狂飙社成立时间，却谈到他 1923 年暑假在高歌引荐下与高长虹见面并在文学创作上"互学共勉"的事情。他们的见面情况为："1923 年暑假期间，分配在盂县'一高'教书的高歌，来太原看望长虹和高沐鸿，沐鸿就向他提出了想认识长虹的愿望。高歌说好办，明天我就领你去找他。第二天，沐鸿沐浴更衣，正等着高歌来约他，不料高歌却领着长虹来了。"② 高长虹、高沐鸿 1923 年暑期见面，无疑为狂飙社成立创造了条件。

三　冈夫的相关文字

冈夫在一篇回忆狂飙社重要成员高沐鸿的文章中如此写道："沐鸿是作为五四新文化运动时期山西最早的一批积极的参加者并开始进行文学创作活动的。当时他在太原省立第一师范读书时便和同校的张友渔、张磐石

---

① 曹平安：《高沐鸿忆长虹》，山西盂县政协编《高长虹研究文选》，北岳文艺出版社 1991 年版，第 49—50 页。

② 言行：《一生落寞，一生辉煌——高长虹评传》，百花文艺出版社 1996 年版，第 68 页。

等组成'共进学社'，办起《共鸣》杂志①。在 1922 年山西《教育杂志》上发表了他最初的白话体新诗多首和提倡新文学的论文。稍后又和磐石、雨农等在太原组织起'贫民艺术团'。接着又参加了高长虹倡导的狂飙文艺运动，于 1924 年 9 月间创刊了《狂飙》月刊。"②

冈夫，原名王玉堂，曾为"狂飙社的小伙计"③，与高沐鸿长期保持着友好关系：1926 年与高沐鸿等"实际接触和认识"；1927 年春季高沐鸿帮助冈夫、张青萍、郭子明等在《晋阳日报》上创办了小型文艺刊物《SD》（Sturmun Drang 的缩写，意为"狂飙"）；1930 年 4 月高沐鸿、冈夫等一起在《山西日报》上创办了《前线上》；1937 年 10 月，冈夫任武乡县临时工委书记、高沐鸿任宣传委员；解放战争初期，高沐鸿任太行文联主任，冈夫任副主任……从上面的交往可以看出，冈夫与高沐鸿的关系确实非常密切，冈夫对高沐鸿的情况非常熟悉是完全可能的。冈夫的回忆文章写于 1991 年 11 月，距与高沐鸿"实际接触和认识"的时间已相距 65 年，冈夫的回忆会不会有误呢？从该文的其他内容来看，几乎没有错误的地方；冈夫甚至记得高沐鸿 1926 年左右写的一首诗歌中的诗句——该诗"因还待修改没有出版过"④，由此可见冈夫超常的记忆力。从以上的事实可以断定，

---

① 张友渔在《我解放前的斗争生活》中曾如此说："在'五·四'运动期间，山西成立了全省学生联合会，我是执行委员，侯外庐也是执行委员。当时组织了讲演团，开展了检查日货的活动。这时第一师范成立了一个'共进学社'，成员中有信共产主义的，有信三民主义的，也有胡适派、康梁派。'共进学社'出版一种刊物叫《共鸣》，在当时还算是进步的。高沐鸿（原名高成均）、张磐石（原名潘敬业），都先后参加过这个组织。"（张友渔：《报人生涯三十年》，重庆出版社 1982 年版，第 80 页。）另在《报人生涯三十年》中也有类似说法，只不过在说到成员时更简略："我在学校还和同学高沐鸿等成立了共进学社，出了个叫《共鸣》的刊物。"（张友渔：《报人生涯三十年》，重庆出版社 1982 年版，第 4 页。）

② 冈夫：《严正宽厚，立己立人——忆念高沐鸿同志》，《高沐鸿诗文集》下册，北岳文艺出版社 1992 年版，第 652—653 页。

③ 张磐石：《我与高长虹》，山西盂县政协编《高长虹研究文选》，北岳文艺出版社 1991 年版，第 41 页。

④ 冈夫：《严正宽厚，立己立人——忆念高沐鸿同志》，《高沐鸿诗文集》下册，北岳文艺出版社 1992 年版，第 653—654 页。

冈夫的回忆应该是准确的，故狂飙社的成立时间当为 1922 年至 1924 年之间。结合高长虹、高沐鸿的相关文字可以断定，狂飙社的成立时间当为 1923 年暑期。

四　高沐鸿愿意加入狂飙社的原因

从冈夫的回忆文字可以看出，在参加"高长虹倡导的狂飙文艺运动"之前，高沐鸿已与人先后成立了"共进学社"和"贫民艺术团"，现在又为什么愿意参加"狂飙文艺运动"呢？

尽管高沐鸿 1922 年 5 月就在山西《教育杂志》第 8 卷第 1—2 期合刊上发表了内含 42 首诗歌的《新诗集》、短篇小说《梦里的爱》和《寡妇语》、文学评论《文学略谈》，数量远比高长虹多，但高沐鸿发表文章的刊物毕竟是地方性的，影响有限。而高长虹发表文章的刊物是有全国影响的报刊：《译惠特曼小诗五首》（署名残红）发表在 1921 年 5 月 20 日的《晨报》上、诗歌《红叶》和给沈雁冰的信发表在 1922 年 5 月 10 日出版的《小说月报》第 13 卷第 5 期上、诗歌《永久的青年》发表在 1922 年 10 月 10 日出版的《小说月报》第 13 卷第 10 期上、《反诗》（已佚）发表在 1922 年 12 月 4 日出版的《国风日报》副刊《学汇》第 55 期上……并且，高长虹从山西省立第一中学"逃出来"[①] 后，曾到北京"偏尔在一个大学校听讲"[②] 近一年，阅历也比未出过娘子关的高沐鸿丰富。正如高沐鸿自己所说："他吃苦耐劳、能个人奋斗的事儿，我早有所闻，所以对他很崇拜。"

高沐鸿愿意"参加"高长虹倡导的狂飙文艺运动，除对高长虹很"崇拜"外，还与高沐鸿希望高长虹能够将自己的诗歌"就正于北京负时望之

---

① 高长虹：《走到出版界·答周作人》，《高长虹全集》第 2 卷，中央编译出版社 2010 年版，第 310 页。

② 高长虹：《走到出版界·读〈谢本师〉》，《高长虹全集》第 2 卷，中央编译出版社 2010 年版，第 132 页。

作者"① 有关：高长虹曾到过北京、在北京的刊物上发表过并正在发表着文章、《国风日报》的负责人景梅九"很爱"② 高长虹。

五 平(贫)民艺术团与狂飙社的关系

董大中先生认为"平民艺术团"是"'狂飙社'最初的名字"③，理由当为：1924 年 11 月太原《狂飙》月刊第 2—3 期合刊和 1924 年 11 月 9 日北京《狂飙》周刊都注明编辑者为"平民艺术团"、高长虹 1925 年 3 月 1 日出版的《精神与爱的女神》和 1925 年秋出版的《闪光》均注明由"北京贫民艺术团编"。在笔者看来，此说法值得商榷：按冈夫的说法，是"贫民艺术团"的成员"参加了高长虹倡导的狂飙文艺运动"，而不是高长虹加入了"贫民艺术团"。"退稿事件"发生后，高长虹要韦素园搞清楚的四件事中的第三件事是："三请先生或先生等认清这几件事的性质，则《未名丛刊》是一事，《未名丛刊》经售处又是一事。《莽原》又是一事，《莽原》编辑又是一事，《未名丛刊》经售处发行《莽原》又是一事。"④ 从高长虹如此细致区分可以看出，"《莽原》编辑"与"《莽原》"之间并不能划等号。以此为标准，如果要在"平（贫）民艺术团"和狂飙社之间划等号，必须有其他证据。在找不到其他证据的情况下，笔者只能相信冈夫的说法，并认为狂飙出版物一度使用"平（贫）民艺术团编"这样的字样，只不过是借"平（贫）民艺术团"这块牌子，而不能说"平（贫）民艺术团"是"'狂飙社'最初的名字"。

---

① 高长虹：《走到出版界·1925，北京出版界形势指掌图》，《高长虹全集》第 2 卷，中央编译出版社 2010 年版，第 193 页。

② 高长虹：《心的探险·土仪·伯父的教训及其他》，《高长虹全集》第 1 卷，中央编译出版社 2010 年版，第 127 页。

③ 董大中：《狂飙社编年纪事》，《新文学史料》2002 年第 3 期。

④ 高长虹：《走到出版界·给韦素园先生》，《高长虹全集》第 2 卷，中央编译出版社 2010 年版，第 162 页。

六　太原《狂飙》月刊的创刊

至于 1924 年 8、9 月，那已是《狂飙》月刊出版的时间了。《狂飙》月刊的创刊则与高君宇有关："我有一个朋友叫'君宇'的，曾做《向导》记者，在思想上我们可以说是互相反对的，但是却听说过他很希望我办一个刊物出来说话。也正在这年暑假中，我在一个地方遇到他了。谈话当然是没有结果的，所以他又说希望我出来办一刊物。但到我们办起刊物不久，他却死了。我虽然以为他思想浅薄，然而他的这种态度是我始终喜欢的。而他的死，也更减少了我从事某种批评的一个机缘，我在这里不得不又想念这一个朋友。"①

---

① 高长虹：《走到出版界·1925，北京出版界形势指掌图》，《高长虹全集》第 2 卷，中央编译出版社 2010 年版，第 194—195 页。

莽原社·狂飙社·未名社述考

  对莽原社成员包括部分狂飙社成员，笔者至今未见异议；对莽原社成员是否包括未名社成员却存在很大争议。未名社成员李霁野在《记未名社》（1952 年 6 月 27 日写，1956 年 8 月 10 日修改）、《未名社出版的书籍和期刊》（1976 年 5 月 23 日）、《鲁迅先生谈未名社》（1976 年 6 月 12 日）、《鲁迅先生与"安徽帮"》（1981 年）等文章中都极力否认未名社成员与《莽原》周刊之间的关系："未名社的几个成员确实同高长虹等'互不相识'，他们只有一二人向《莽原》周刊编者鲁迅先生投寄过少数几篇短稿"①。董大中则坚持认为："大家都是莽原社成员"，只不过狂飙社作家群属"第一集团军"，安徽作家群（未名社主要成员）属"第二集团军"。② 那么实际情况如何呢？笔者在此谈谈自己的粗浅看法，希望有资格成为引玉之砖。

一 北京《狂飙》周刊的停刊与莽原社的成立

  1924 年 9 月 1 日，太原《狂飙》月刊创刊；9 月底，高长虹将刊物交

---

  ① 李霁野：《未名社出版的书籍和期刊》，《鲁迅先生与未名社》，人民文学出版社 1984 年版，第 78 页。
  ② 董大中：《鲁迅与高长虹》，河北人民出版社 1999 年版，第 76 页。

给高沐鸿、籍雨农等，独自赴京；11 月 1 日，《狂飙》月刊第 2—3 期合刊在太原出版后停刊；11 月 9 日，高长虹在北京创办《狂飙》周刊，附属于《国风日报》发行。

高长虹在北京听说鲁迅对《狂飙》周刊的夸奖后，于 1924 年 12 月 10日夜拜访鲁迅："夜风。长虹来并赠《狂飙》及《世界语周刊》。"① 为了支持《狂飙》周刊，鲁迅译了日本伊东干夫的《我独自远行》一诗发表在《狂飙》周刊第 16 期（1925 年 3 月 15 日）上，并且还"时常说想法给《狂飙》推广销路"。②

由于以下原因，《狂飙》周刊出至第 17 期于 1925 年 3 月 22 日停刊："这时，狂飙社内部发生问题。这时，《狂飙》的销路逐期递减。这时，办日报的老朋友也走了，印刷方面也发生问题。终于，《狂飙》周刊到十七期受了报馆的压迫便停刊了。"③

在说到莽原社成立时，高长虹说：

当由兄弟周刊而变成朋友周刊的《狂飙》停刊之后，便是快入于《莽原》时期的时候了。但中间也还又有一点牵连，颇有一述的必要。当时有一个朋友愿意介绍《狂飙》到《京报》做一附属物，条件却是要他加入狂飙社。培良是偏于主张这样办的。听说那时鲁迅也赞成这样。我同高歌是反对这样办法。因为这个朋友，我们知道是不能合得来的，再则我们吃尽了附属的苦，而且连自己的朋友都隔膜太多。《狂飙》遂不得再出。过了几天，我便听说鲁迅要编辑一个周刊了。最先提议的，大概是鲁迅，有麟，培良吧。我也被邀入伙，又加了衣萍，这便组成了那一次五人的吃酒。这便是《莽原》

---

① 鲁迅：《日记（1912—1926）》，《鲁迅全集》第 15 卷，人民文学出版社 2005 年版，第 538 页。

② 高长虹：《走到出版界·1925，北京出版界形势指掌图》，《高长虹全集》第 2卷，中央编译出版社 2010 年版，第 197—198 页。

③ 同上书，第 197 页。

的来历。①

据荆有麟回忆，《京报》的七种附刊是由他为邵飘萍"计划"的，出面约请鲁迅为《京报》编一种副刊的人也是他②。由此可推断，高长虹所说的"愿意介绍《狂飙》到《京报》做一附属物"的"朋友"很可能是荆有麟。荆有麟跟景梅九是同乡，且已有往来，而高长虹的《狂飙》周刊办在景梅九的《国风日报》上。高长虹晚年回忆自己与鲁迅交往时说，他最初是通过"一个在世界语学校里做了鲁迅的学生"的人了解鲁迅的③，而荆有麟是鲁迅在北京世界语专门学校教书时的学生。由此可推断，莽原社成立经过应当是这样的：邵飘萍请荆有麟为《京报》"计划"七种附刊，附属于《国风日报》的《狂飙》周刊已于 3 月 22 日停刊，荆有麟首先"愿意介绍《狂飙》到京报做一附属物"，条件是自己要"加入狂飙社"，由于高长虹和高歌反对，荆有麟便去找鲁迅，鲁迅"很赞成"，"第二天晚上，我们便聚集在鲁迅先生家里吃晚饭"④，于是莽原社成立。

二 《莽原》周刊时期的狂飙社成员

1925 年 4 月 11 日，"夜买酒并邀长虹、培良、有麟共饮，大醉。"⑤ 此次吃酒，标志着莽原社成立。高长虹加入莽原社后，"曾以生命赴莽原"：

---

① 高长虹：《走到出版界·1925，北京出版界形势指掌图》，《高长虹全集》第 2 卷，中央编译出版社 2010 年版，第 198 页。

② 荆有麟：《〈莽原〉时代》，孙伏园、许钦文等《鲁迅先生二三事——前期弟子忆鲁迅》，河北教育出版社 2000 年版，第 252 页。

③ 高长虹：《一点回忆——关于鲁迅和我》，《高长虹全集》第 4 卷，中央编译出版社 2010 年版，第 351 页。

④ 荆有麟：《〈莽原〉时代》，孙伏园、许钦文等《鲁迅先生二三事——前期弟子忆鲁迅》，河北教育出版社 2000 年版，第 252 页。

⑤ 鲁迅：《日记（1912—1926）》，《鲁迅全集》第 15 卷，人民文学出版社 2005 年版，第 560 页。

"无论有何私事，无论大风淫雨，我没有一个礼拜不赶编辑前一日送稿子去。"① 从 1925 年 4 月 11 日《莽原》筹办到 11 月 6 日高长虹拜访鲁迅后离京回太原这近七个月时间里，《鲁迅日记》记载高长虹到鲁迅寓次数多达 52 次。高长虹加入莽原社后，把自己的朋友也带入了莽原社，"在《莽原》周刊实际发表的 259 篇文章中，这些人共计发表文章 78 篇：高长虹 35 篇、尚钺 22 篇、常燕生 6 篇、高沐鸿 15 篇。"②

高长虹的系列杂文《弦上》发表后，在受到一些人欢迎的同时，也引起一些人的"反感"，并且影响到高长虹的其他创作："我的批评，无形之间惹来许多人对于我的敌意不算外，它并且自己造作出一种敌意，一种对于我自己的创作的敌意，它无形之间毁灭了我自己的创作！"③ 高长虹为《莽原》做了大量费力不讨好的工作，但在外人看来，《莽原》"只是鲁迅办的一个刊物，再不会认识其他"。并且，安徽作家群成员"在《莽原》初办时已在鲁迅前攻击过我同高歌"。在这种情况下，高长虹决定自办刊物："到暑假中，我觉得《狂飙》月刊不可以不进行了。也已经约鲁迅，徐旭生担任稿件，但后来却都没有做。"④ 高长虹计划中的《狂飙》月刊流产了。

就在高长虹为计划中的《狂飙》月刊奔忙的同时，开始了短诗《闪光》的创作。对此诗，鲁迅颇为欣赏："当这些短诗交给鲁迅在报纸上发表的时候，鲁迅是很喜欢他们的。我时常试探着想叫他说出那几首不好来，可是他总是说很好。"⑤ 鲁迅本准备将《闪光》收在《心的探险》里出

---

① 高长虹：《走到出版界·给鲁迅先生》，《高长虹全集》第 2 卷，中央编译出版社 2010 年版，第 160 页。

② 廖久明：《高长虹与鲁迅及许广平（修订本）》，东方出版社 2009 年版，第 19 页。

③ 高长虹：《时代的先驱·批评工作的开始》，《高长虹全集》第 1 卷，中央编译出版社 2010 年版，第 501—502 页。

④ 高长虹：《走到出版界·1925，北京出版界形势指掌图》，《高长虹全集》第 2 卷，中央编译出版社 2010 年版，第 198—208 页。

⑤ 高长虹：《一点回忆——关于鲁迅和我》，《高长虹全集》第 4 卷，中央编译出版社 2010 年版，第 363 页。

版，但由于"书局同我作了对"，不能在"暑假中出版"，高便自己"凑了几个臭钱"，以狂飙社的名义于 9 月份"单行出版了"①。此书的出版，高长虹认为在他和鲁迅之间"造成了初次的裂痕"②。

高长虹计划中的《狂飙》月刊未能变成现实，便"想暂且停止了这个工作，退出北京的出版界，到上海游逛一次。我开始写《生的跃动》，预备写六七万字来上海卖稿。但又有朋友提议先出一期不定期刊，于是我把《生的跃动》写了五分之一的样子便收缩住留给不定期刊用了。培良，高歌也正在这时回到北京。培良写了一篇批评《现代评论》前二十六期的小说的文字，我本来想写一篇文字批评《现代评论》的思想，但又没有做起。到《狂飙不定期刊》中经颠连困顿出现到北京出版界的时候，我已不在北京了。"③ 高长虹在《反应》中说："《狂飙》的广告登出去快有一个月了"④，这儿的《狂飙》即《狂飙不定期刊》，有这部分文字的《反应》发表在 11 月 3 日的《京报副刊》上。由此可知，《狂飙不定期刊》广告登出的时间是 10 月初，那时莽原尚未改组。

从上面分析可以看出，就是在高长虹自认为"以生命赴莽原"的时候，也并未忘怀他的狂飙运动，所以鲁迅在说到"莽原社内部冲突"时说："但不久这莽原社内部冲突了，长虹一流，便在上海设立了狂飙社。所谓'狂飙运动'，那草案其实是早藏在长虹的衣袋里面的，常要乘机而出"⑤。

---

① 高长虹：《走到出版界·关于〈闪光〉的黑暗与光明》，《高长虹全集》第 2 卷，中央编译出版社 2010 年版，第 177 页。

② 高长虹：《一点回忆——关于鲁迅和我》，《高长虹全集》第 4 卷，中央编译出版社 2010 年版，第 363 页。

③ 高长虹：《走到出版界·1925，北京出版界形势指掌图》，《高长虹全集》第 2 卷，中央编译出版社 2010 年版，第 208 页。

④ 高长虹：《光与热·反应》，《高长虹全集》第 1 卷，中央编译出版社 2010 年版，第 200 页。

⑤ 鲁迅：《且介亭杂文二集·〈中国新文学大系〉小说二集序》，《鲁迅全集》第 6 卷，人民文学出版社 2005 年版，第 259 页。

三 安徽作家群属莽原社成员吗

尽管安徽作家群没人参加标志着莽原社成立的"五人吃酒",却在《莽原》周刊第 1 期上发表了两篇文章(共七篇),并且都很靠前,这七篇文章依次为:《马赛曲(译文)》(霁野)、《绵袍里的世界》(长虹)、《春末闲谈》(冥昭)、《门槛(译诗)》(素园)、《槟榔集》(培良)、《走向十字街头》(有麟)、《杂语》(鲁迅)。在这些人中,韦素园、李霁野是安徽作家群成员。安徽作家群由韦素园、韦丛芜、李霁野、台静农四人构成,他们都是安徽霍丘叶集人,不但是小学同班同学,而且韦氏兄弟的母亲与李霁野的母亲"往来频繁,亲如姊妹,经常在一起打牌"①,故高长虹在《给鲁迅先生》中称他们为"安徽帮"②。

先来看看狂飙社成员和安徽作家群成员之间的交往:莽原成立初期,安徽作家群就有成员在鲁迅面前"攻击"过高长虹和高歌;为了韦素园能成为《民报副刊》编辑,高长虹曾受鲁迅之托找过徐旭生;韦素园成为《民报副刊》编辑后,曾请高长虹为之写稿;《民报副刊》于 8 月 19 日停刊后,韦素园给高长虹送稿费,"且多送一元"③;安徽作家群在《莽原》周刊发表文章 22 篇……这一系列事实说明,李霁野的下列说法是站不住脚的:"未名社的几个成员确实同高长虹等'互不相识',他们只有一二人向《莽原》周刊编者鲁迅先生投寄过少数几篇短稿。"④

我们再来分析一下安徽作家群为什么没人参加标志着莽原社成立的

---

① 吴腾凰:《叶集调查记》,《鲁迅研究》第 9 册,中国社会科学出版社 1985 年版,第 344—352 页。

② 高长虹:《走到出版界·给鲁迅先生》,《高长虹全集》第 2 卷,中央编译出版社 2010 年版,第 160 页。

③ 高长虹:《走到出版界·给韦素园先生》,《高长虹全集》第 2 卷,中央编译出版社 2010 年版,第 162 页。

④ 李霁野:《未名社出版的书籍和期刊》,《鲁迅先生与未名社》,人民文学出版社 1984 年版,第 78 页。

"五人吃酒"。因为荆有麟将邵飘萍请鲁迅为《京报副刊》编一周刊的消息告诉鲁迅后，"第二天晚上，我们便聚集在鲁迅先生家里吃晚饭"①。这次吃饭是鲁迅邀请的。该段时间，《鲁迅日记》上经常有高长虹、向培良到自己寓所的记载，所以邀请到高长虹、向培良是很正常的。查《鲁迅日记》，3、4月安徽作家群只分别拜访过鲁迅一次：3月22日，"目寒，霁野来"；4月27日，"夜目寒、静农来，即以钦文小说各一本赠之。"整个3、4月份，安徽作家群只拜访过鲁迅两次，鲁迅想邀请他们也来不及联系。李霁野、韦素园发表在《莽原》周刊创刊号上的两篇译文，当是在莽原社成立前交到鲁迅手上的。

对安徽作家群成员是否属莽原社成员，笔者赞同朱金顺先生的观点：

> 鲁迅在其他文章和书信中，也说过类似的话。例如，在《忆韦素园君》中，说是"社内也发生了冲突"，这个'社'，当然是指莽原社。又说："一个团体，虽是小小的文学社团罢，每当光景艰难时，内部是一定有人起来捣乱的，这也并不希罕。"所指就是高长虹"捣乱"一事，称为内部，足见是莽原内部冲突，与上边所引文字是一致的。……足见，鲁迅认为这是社内的矛盾冲突，诚想，如果韦素园、李霁野、韦丛芜、台静农四人，不是莽原社成员，那怎能称为内部问题呢！②

需要说明的是，未名社的另一重要成员曹靖华当不属莽原社成员。曹靖华是河南卢氏人，未名社成立时在开封国民革命军第二军工作，因"从韦素园的信知道成立未名社"③ 的消息，便从开封寄来五十元作为入社基

---

① 荆有麟：《〈莽原〉时代》，孙伏园、许钦文等《鲁迅先生二三事——前期弟子忆鲁迅》，河北教育出版社 2000 年版，第 252 页。

② 朱金顺：《莽原社、未名社述考》，《新文学考据举隅》，中国文史出版社 1990 年版，第 218 页。

③ 李霁野：《鲁迅先生对于文艺嫩苗的爱护与培育》，《鲁迅先生与未名社》，人民文学出版社 1984 年版，第 8 页。

金。在周刊时期，曹靖华未在《莽原》上发表作品；莽原社解体前，只在半月刊第13期发表过一篇译文《两个朋友》。所以说，如果说未名社成员属于莽原社成员是不准确的，但如果说安徽作家群属莽原社成员则是符合事实的。

四　莽原社的内部矛盾

由于莽原社主要由狂飙社作家群和安徽作家群构成，而狂飙社作家群以创作为主，安徽作家群以翻译为主，就像当时的创作界与翻译界经常发生冲突一样，莽原社成立初期，安徽作家群成员就"已在鲁迅前攻击过我同高歌"[①]。《莽原》创办不久，由于高长虹"无论有何私事，无论大风泞雨，我没有一个礼拜不赶编辑前一日送稿子去"[②]，加上高长虹没有生活来源，鲁迅决定每月给高"十元八元钱"，为此，安徽作家群一段时间不再来稿[③]。

"稿费问题"刚刚过去，更严重的"《民副》事件"又发生了：

> 现在我再一说《民副》事件，此关系较大，也是我视为最痛心的一事。内情鲁迅知道，素园知道，不足为外人道。是我当时看见静农态度不好，然我不愿意说出。静农去后，鲁迅也说出同样怀疑，我于是也说出。鲁迅托我次日到徐旭生处打听一下。我次日没有打听去，却又到了鲁迅家里。鲁迅又提起此事，又托我去打听。我再次日去打听时，则诚如我等所怀疑者。鲁迅当下同我商量，说要给

---

① 高长虹：《走到出版界·1925，北京出版界形势指掌图》，《高长虹全集》第2卷，中央编译出版社2010年版，第203页。

② 高长虹：《走到出版界·给鲁迅先生》，《高长虹全集》第2卷，中央编译出版社2010年版，第160页。

③ 高长虹：《走到出版界·1925，北京出版界形势指掌图》，《高长虹全集》第2卷，中央编译出版社2010年版，第202页。

徐旭生去说明真象。我说："为思想计，则多一刊物总比少一刊物好，为刊物计则素园编辑总比孙伏园好，其他都可牺牲。"鲁迅说："只是态度太不好——但那样又近于破坏了！"于是鲁迅没有写信，而《民副》产生。这些本来与我无关，无须多管闲事。但不料此后我再见徐旭生时，则看我为贼人矣！此真令我叹中国民族之心死也！不料不久以后则鲁迅亦以我为太好管闲事矣！此真令我叹中国民族之心死也！

为韦素园做编辑事，高长虹出过力，并且受了委屈。韦素园担任《民报副刊》编辑后，却用这样的态度对待高长虹：

当《民副》定议出版前，素园来找我要稿，此素园之无伏园编辑臭架子也！素园又谓听鲁彦说，衣萍对鲁迅说他们用手段，事出误会。不知果否传闻之误，然我当时则以为素园之不坦白也，故未致一辞。又素园要我做稿，态度大似，"鲁迅做稿，周作人做稿，某某人做稿，所以你也可以做稿"，这又是使我很不满意的。我以为既是来要我做稿，则只这要我做稿好了。然而萍水相逢，我留他吃饭，我对于朋友，也并不怠慢！而且我也做稿。虽然他们把自己的稿子放在前面，拿我的稿子掉尾巴，然而我终还做稿，为所谓"联合战线"也！①

韦素园担任《民报副刊》编辑后，1925 年 8 月 5 日在《京报》上登《〈民报〉十二大特色》，内云：

现本报自八月五日起增加副刊一张，专登载学术思想及文艺等，

---

① 高长虹：《走到出版界·1925，北京出版界形势指掌图》，《高长虹全集》第 2 卷，中央编译出版社 2010 年版，第 203—204 页。

并特约中国思想界之权威者鲁迅，钱玄同，周作人，徐旭生，李玄伯，诸先生随时为副刊撰著，实学术界大好消息也。

看见广告后，高长虹"真觉'瘟臭'，痛惋而且呕吐"，并"不能不叹中国民族的心死"①，认为韦素园是在"以权威献人"②。为了"为韦素园开脱，并消除高长虹与韦素园之间的隔阂"③，鲁迅对高长虹说："有人——，就说权威者一语，在外国其实是很平常的！"听说这话后，高长虹当时就"默然了"，"此后，我们便再没有能坦白的话"④。

五 未名社成立时间

未名社成立时间现在多说是 8 月：《中国大百科全书·中国文学》卷"未名社"条、2005 年版《鲁迅全集》第 15 卷第 626 页注 [7] 等⑤。董大中先生却根据韦丛芜《未名社始末记》的叙述说："《鲁迅全集》第 11 卷第 493 页注 [3] 说'一九二五年秋成立于北京'是对的。"⑥ 那么，未名社成立的时间到底是什么时候呢？

李霁野在《记未名社》中如此写道：

---

① 高长虹：《走到出版界·1925，北京出版界形势指掌图》，《高长虹全集》第 2 卷，中央编译出版社 2010 年版，第 204 页。

② 高长虹：《走到出版界·给鲁迅先生》，《高长虹全集》第 2 卷，中央编译出版社 2010 年版，第 159 页。

③ 韩石山：《高长虹与鲁迅的反目》，《山西文学》1993 年第 10 期。

④ 高长虹：《走到出版界·1925，北京出版界形势指掌图》，《高长虹全集》第 2 卷，中央编译出版社 2010 年版，第 204—205 页。

⑤ 2005 年版《鲁迅全集》注释中未名社的成立时间不统一。另外还有两种说法："1925 年成立于北京"——见第 2 卷 356 页注 [6]，"1925 年秋成立于北京"——见第 6 卷 70 页注 [2]、第 11 卷 247 页注 [3]、第 11 卷 594 页注 [3]。

⑥ 董大中：《鲁迅与高长虹》，河北人民出版社 1999 年版，第 83 页。董先生当时使用的是 1981 年版《鲁迅全集》。

一九二五年夏季的一个晚上，素园、青君和我在鲁迅先生那里谈天，他说起日本的丸善书店，起始规模很小，全是几个大学生慢慢经营起来的。以后又谈起我们译稿的出版困难。慢慢我们觉得自己来尝试着出版一点期刊和书籍，也不是十分困难的事情，于是就开始计划起来了。我们当晚也就决定了先筹起能出四次半月刊和一本书籍的资本，估计约需六百元。我们三人和丛芜、靖华，决定各筹五十，其余的由他负责任。我们只说定了卖前书，印后稿，这样继续下去，既没有什么章程，也没什么名目，只在以后对外必得有名，这才以已出版的丛书来名社了。①

8月30日，"夜霁野、韦素园、丛芜、台静农、赵赤坪来"②，李霁野所说的"一九二五年夏季的一个晚上"很可能就是这天晚上。8月19日，韦素园编辑的《民报副刊》终刊，韦素园、李霁野等8月30日到鲁迅寓所时，"谈起我们译稿的出版困难"有很大可能。

鲁迅在《忆韦素园君》中说：

那时我正在编印两种小丛书，一种是《乌合丛书》，专收创作，一种是《未名丛刊》，专收翻译，都由北新书局出版。出版者和读者的不喜欢翻译书，那时和现在也并不两样，所以《未名丛刊》是特别冷落的。恰巧，素园他们愿意介绍外国文学到中国来，便和李小峰商量，要将《未名丛刊》移出，由几个同人自办。小峰一口答应了，于是这一种丛书便和北新书局脱离。稿子是我们自己的，另筹了一笔印

---

① 李霁野：《记未名社》，《鲁迅先生与未名社》，人民文学出版社1984年版，第212—213页。此处的回忆当有误：李霁野在《鲁迅先生对于文艺嫩苗的爱护与培育》中说曹靖华"从韦素园的信知道成立未名社"的消息后，从开封寄来五十元作为入社基金。由于曹靖华当时在河南，所以，在商量未名社成立的人员中应当没有曹靖华。

② 鲁迅：《日记（1912—1926）》，《鲁迅全集》第15卷，人民文学出版社2005年版，第578页。

费，就算开始。因这丛书的名目，连社名也就叫了"未名"——但并非"没有名目"的意思，是"还没有名目"的意思，恰如孩子的"还未成丁"似的。①

许钦文在说到他的小说集《故乡》的出版情况时说："这时北新书局已成立了些时候，鲁迅先生应得的《呐喊》版税暂不领用，叫北新书局用这笔钱印我的《故乡》，我这处女作这才与世见面了。"② 北新书局出版《呐喊》的时间为"1925年10月初"③。1925年9月26日，鲁迅"午后访小峰"；28日，"得钦文信并书画面一枚"；29日，"寄钦文信"。④ 鲁迅在29日给许钦文的信中说："现在我已与小峰分家，《乌合丛书》归他印(但仍加严重的监督)，《未名丛刊》则分出自立门户；虽云自立，而仍交李霁野等经理。《乌合》中之《故乡》已交去；《未名》中之《出了象牙之塔》已付印，大约一月半可成。"⑤ 由此可推断，与李小峰"分家"的时间为9月26日。

另外，韦丛芜在《未名社始末记》中如此写道："七月十三日夜，青君和霁野去请先生写信给徐旭生先生，托介绍素园作《民报副刊》编辑，这时就开始酝酿组织出版社了。"⑥

归纳起来，未名社成立的经过当是：7月13日，"酝酿组织出版社"；8月30日，"决定了先筹起能出四次半月刊和一本书籍的资本，估计约需

---

① 鲁迅：《且介亭杂文·忆韦素园君》，《鲁迅全集》第6卷，人民文学出版社2005年版，第65—66页。

② 许钦文：《〈鲁迅日记〉中的我》，《〈鲁迅日记〉中的我》，浙江人民出版社1979年版，第5页。

③ 廖久明：《关于鲁迅书信的几则注释》，《鲁迅研究月刊》2003年第4期。

④ 鲁迅：《日记（1912—1926）》，《鲁迅全集》第15卷，人民文学出版社2005年版，第584页。

⑤ 鲁迅：《书信（1904—1926）·250929致许钦文》，《鲁迅全集》第11卷，人民文学出版社2005年版，第514页。

⑥ 韦丛芜：《未名社始末记》，赵家璧等《编辑生涯忆鲁迅》，河北教育出版社2000年版，第229页。

六百元"；9 月 26 日，《未名丛刊》和"北新书局脱离"；10 月 18 日，"另筹了一笔印费，就算开始"。所以，未名社成立时间，若以鲁迅的话为标准当为 10 月 18 日："夜素园、静农、霁野来，付以印费二百"①，若说是其他三个时间也都有道理。

六 改组后的莽原社

1925 年 11 月 27 日，《莽原》周刊出至第 32 期。"《京报》要停止副刊以外的小幅了，便改为半月刊，由未名社出版。"② "《莽原》周刊停刊后，鲁迅想改用《莽原》半月刊交给未名社印行并想叫我担任编辑"③，高长虹却"畏难而退"："虽经你解释，然我终于不敢担任，盖不特无以应付外界，亦无以应付自己；不特无以应付素园诸君，亦无以应付日夕过从之好友钟吾"，"后来半月刊出现，发行归之霁野，编辑仍由你自任。"④

11 月初，高长虹陪同狂飙社的"小弟弟"阎宗临回到太原，为阎赴法勤工俭学筹集资金。1926 年 1 月底，高长虹回到北京，2 月 14 日，《弦上》周刊创刊。《弦上》周刊创刊后，高长虹的主要精力放在了《弦上》周刊上，一直到 1926 年 4 月 25 日出版的《莽原》半月刊第 7—8 期合刊，高长虹只在第 5 期发表一篇文章《诗人》。狂飙社其他成员共在半月刊上发表文章六篇：向培良三篇，黄鹏基、高成均（沐鸿）、柯仲平各一篇。

1926 年 4 月 16 日，高长虹偕郑效询赴上海，狂飙运动中心南移。"高长

---

① 鲁迅：《日记（1912—1926）》，《鲁迅全集》第 15 卷，人民文学出版社 2005 年版，第 588 页。

② 鲁迅：《且介亭杂文二集·〈中国新文学大系〉小说二集序》，《鲁迅全集》第 6 卷，人民文学出版社 2005 年版，第 258 页。

③ 高长虹：《一点回忆——关于鲁迅和我》，《高长虹全集》第 4 卷，中央编译出版社 2010 年版，第 364 页。

④ 高长虹：《走到出版界·给鲁迅先生》，《高长虹全集》第 2 卷，中央编译出版社 2010 年版，第 160 页。

虹到上海以后，已经看到狂飙社的前途并不美妙。"① 6 月 14 日，"晚得长虹信并稿，八日杭州发"。② 很可能从这封信上鲁迅知道高长虹的狂飙运动开展得并不理想，于是叫狂飙社成员将稿件拿到《莽原》半月刊上发表。5、6 月份，只收到狂飙社成员一篇稿子的鲁迅——6 月 14 日收到高长虹一篇稿子，7 月份突然收到狂飙社成员十篇稿件，用五篇，未用三篇，"因出《狂飙》，高歌取回了两篇"③。9 到 14 期，狂飙社成员在半月刊上还发表了四篇作品，这些作品当是莽原改组后、狂飙运动中心南移前交到鲁迅手中的。所以说，莽原改组后，鲁迅"依然关怀着狂飙社作家群"④ 的说法是符合事实的。

"退稿事件"发生前，未名社成员在半月刊上发表作品 29 篇（不含鲁迅的 22 篇）：韦丛芜 16 篇（40 首《君山》分 12 次发表，算 12 篇）、韦素园 8 篇、李霁野 2 篇、台静农 2 篇、从未在周刊上发表过作品的曹靖华也在第 13 期上发表了译文《两个朋友》。与只在半月刊上发表了 16 篇作品的狂飙社成员相比，这时的未名社成员很明显已成了莽原社中的"第一集团军"。

七　狂飙社成员退出莽原社后

1926 年 8 月 26 日，鲁迅离开北京前往厦门，"因丛芜生病，霁野回家"，台静农又不在北京，鲁迅便将《莽原》半月刊交给"韦素园维持"。9 月中旬，韦素园、韦丛芜与从老家回到北京的李霁野商量后决定，将高歌的《剃刀》、向培良的《冬天》退回。向培良"愤怒而凄苦"⑤ 地将这一

---

① 姜德明：《关于〈弦上〉周刊》，山西盂县政协编《高长虹研究文选》，北岳文艺出版社 1991 年版，第 158—159 页。

② 鲁迅：《日记（1912—1926）》，《鲁迅全集》第 15 卷，人民文学出版社 2005 年版，第 624 页。

③ 向培良：《为什么和鲁迅闹得这么凶》，山西盂县政协编《高长虹研究文选》，北岳文艺出版社 1991 年版，第 354 页。

④ 董大中：《鲁迅与高长虹》，河北人民出版社 1999 年版，第 131 页。

⑤ 高长虹：《走到出版界·给鲁迅先生》，《高长虹全集》第 2 卷，中央编译出版社 2010 年版，第 159 页。

情况告诉了远在上海的高长虹，高长虹在 10 月 17 日出版的上海《狂飙》周刊上发表了《给鲁迅先生》和《给韦素园先生》，潜伏已久的矛盾由此爆发。狂飙社成员退出了莽原社，再未在《莽原》半月刊上发表文章，这时的莽原社与未名社已经合二为一了。

"退稿事件"发生后，面对高长虹的质问和韦素园、李霁野的不断催稿，鲁迅非常气愤，打算将《莽原》停刊："稿子既然这样少，长虹又在捣乱_{见上海出版的《狂飙》}，我想：不如至廿四期止，就停刊，未名社就专印书籍。……据长虹说，似乎《莽原》便是《狂飙》的化身，这事我却到他说后才知道。我并不希罕'莽原'这两个字，此后就废弃它。"① 但在得到韦素园"叙述着详情"② 的信后，鲁迅改变了注意："我想《莽原》只要稿，款两样不缺，便管自己办下去。对于长虹，印一张夹在里面也好，索性置之不理也好，不成什么问题。"③

1927 年 10 月 17 日，鲁迅在给李霁野的信中如此写道：

> 《莽原》这名称，先前因为赌气，没有改。据我的意思，从明年一月起，可以改称《未名》了，因为《狂飙》已销声匿迹。而且《莽原》开初，和长虹辈有关系，现在也犯不上再用。长虹辈此地有许多人尚称他们为"莽原小鬼"，所以《莽原》之名也不甚有趣。但这是我个人的意思，请大家决定。④

1927 年 11 月 25 日出版的《莽原》半月刊第 2 卷第 21—22 期合刊上

---

① 鲁迅：《书信（1904—1926）·261029 致李霁野》，《鲁迅全集》第 11 卷，人民文学出版社 2005 年版，第 594—595 页。

② 鲁迅：《且介亭杂文·忆韦素园君》，《鲁迅全集》第 6 卷，人民文学出版社 2005 年版，第 67 页。

③ 鲁迅：《书信（1904—1926）·261109 致韦素园》，《鲁迅全集》第 11 卷，人民文学出版社 2005 年版，第 610 页。

④ 鲁迅：《书信（1927—1933）·271017 致李霁野》，《鲁迅全集》第 12 卷，人民文学出版社 2005 年版，第 79 页。

发表《关于莽原的结束与未名的开始》，莽原社彻底结束。

1929 年 6 月 21 日，鲁迅在给陈君涵的信中如此写道："上海出期刊的，有一种是一个团体包办，那自然就不收外稿。有一种是几个人发起的，并无界限。《奔流》即属于后一种。不过创刊时，没有稿子，必须豫约几个作者来做基础，这几个便自然而然，变做有些优先权的人。"① 很明显，《莽原》与《奔流》一样是一个"并无界限"的期刊：单就改组前的《莽原》周刊而言，即使按董大中先生的算法，总数 244 篇，其中鲁迅 19 篇、狂飙社成员 88 篇、安徽作家群 22 篇，莽原社成员在上面发表的文章也只有 129 篇，只占总数的一半多一点。② 由此可知，莽原社是一个很松散的团体——就连高长虹自己也说"《莽原》的结合也很散漫，丝毫不像一个团体"③。至于莽原社成员的构成变化，则可表述如下：周刊时期以狂飙社作家群和安徽作家群为主，以狂飙社作家群为"第一集团军"，安徽作家群为"第二集团军"；莽原改组后，"退稿事件"发生前，狂飙社成员仍属莽原社成员，只不过由"第一集团军"变成了"第二集团军"，以安徽作家群为主的未名社成员则成了"第一集团军"；"退稿事件"发生后，狂飙社成员再未在半月刊上发表作品，这时的莽原社已名存实亡，《莽原》半月刊成了未名社的机关刊物。

① 鲁迅：《书信（1927—1933）·290621 致陈君涵》，《鲁迅全集》第 12 卷，人民文学出版社 2005 年版，第 188 页。

② 董大中：《鲁迅与高长虹》，河北人民出版社 1999 年版，第 71—74 页。

③ 高长虹：《一点回忆——关于鲁迅和我》，《高长虹全集》第 4 卷，中央编译出版社 2010 年版，第 363 页。

主要参考文献^①

艾克恩编：《延安文艺运动纪盛》，文化艺术出版社1987年版。

白吉庵：《胡适传》，人民出版社1993年版。

曹万生主编：《中国现代汉语文学史（第二版）》，中国人民大学出版社2010年版。

陈早春、万家骥：《冯雪峰评传》，重庆出版社1995年版。

程光炜、吴晓东等主编：《中国现代文学史》，中国人民大学出版社2000年版。

丁东编：《反思郭沫若》，作家出版社1999年版。

丁中江：《北洋军阀史话》，中国友谊出版社1992年版。

董大中：《鲁迅与高长虹》，河北人民出版社1999年版。

方敏：《"五四"后三十年民主思想研究》，商务印书馆2004年版。

〔美〕费正清编：《剑桥中华民国史》，中国社会科学出版社1993年版。

冯雪峰：《雪峰文集》，人民文学出版社1985年版。

傅道慧：《五卅运动》，复旦大学出版社1985年版。

《高长虹全集》，中央编译出版社2010年版。

高军、李慎兆等编：《中国现代政治思想史资料选辑》，四川人民出版社1983年版。

---

① 仅限在本书中出现过的书籍。

高沐鸿诗文集编委会编：《高沐鸿诗文集》，北岳文艺出版社 1992 年版。

顾潮：《历劫终教志不灰·我的父亲顾颉刚》，华东师范大学出版社 1997 年版。

郭沫若：《〈女神〉及佚诗》，人民文学出版社 2008 年版。

郭沫若著作编辑出版委员会编：《郭沫若全集》文学编，人民文学出版社 1982—1992 年版。

郭沫若著作编辑出版委员会编：《郭沫若全集》历史编，人民出版社 1982—1985 年版。

郭绪印、陈兴唐：《爱国将军冯玉祥》，河南人民出版社 1991 年版。

何乃英：《泰戈尔传略》，天津人民出版社 1993 年版。

胡风：《胡风回忆录》，人民文学出版社 2005 年版。

华岗：《中国大革命史：1925—1927》，文史资料出版社 1982 年版。

黄淳浩编：《郭沫若书信集》，中国社会科学出版社 1992 年版。

黄淳浩：《创造社：别求新声于异邦》，社会科学文献出版社 1995 年版。

黄克剑、王欣编：《梁漱溟集》，群言出版社 1993 年版。

黄克剑、吴小龙编：《张君劢集》，群言出版社 1993 年版。

黄子平、陈平原、钱理群：《二十世纪中国文学三人谈》，人民文学出版社 1988 年版。

季羡林主编：《胡适全集》，安徽教育出版社 2003 年版。

［德］伽达默尔：《真理与方法》，上海译文出版社 1999 年版。

［美］杰姆逊（詹明信）：《后现代主义与文化理论》，北京大学出版社 1997 年版。

克柔编：《张东荪学术文化随笔》，中国青年出版社 2000 年版。

李霁野：《鲁迅先生与未名社》，人民文学出版社 1984 年版。

李喜所、元青：《梁启超传》，人民出版社 1994 年版。

李泽厚：《中国现代思想史论》，生活·读书·新知三联书店 2008 年版。

廖久明：《高长虹与鲁迅及许广平（修订本）》，东方出版社 2009 年版。

廖久明：《一群被惊醒的人——狂飙社研究》，武汉出版社 2011 年版。

廖久明：《高长虹年谱》，人民出版社 2011 年版。

林志浩：《鲁迅传》，北京出版社 1981 年版。

刘运峰编：《鲁迅佚文全集》，群言出版社 2001 年版。

刘运峰编：《鲁迅全集补遗》，天津人民出版社 2006 年版。

《鲁迅景宋通信集》，湖南人民出版社 1984 年版。

《鲁迅全集》，人民文学出版社 2005 年版。

《鲁迅年谱》编写组：《鲁迅年谱》，安徽人民出版社 1979 年版。

《茅盾全集》，人民文学出版社 1984—2006 年版。

《毛泽东选集》，人民出版社 1991 年版。

钱理群、温儒敏、吴福辉：《中国现代文学三十年（修订本）》，北京大学出版社 1998 年版。

秦川：《郭沫若评传》，重庆出版社 1995 年版。

任茂棠、行龙、李书吉编：《阎宗临先生诞辰百周年纪念文集》，山西人民出版社 2004 年版。

山西盂县政协编：《高长虹研究文选》，北岳文艺出版社 1991 年版。

孙伏园、许钦文等：《鲁迅先生二三事——前期弟子忆鲁迅》，河北教育出版社 2000 年版。

汤志钧：《章太炎年谱长编》，中华书局 1979 年版。

汪晖：《现代中国思想的兴起》，生活·读书·新知三联书店 2004 年版。

王继权、姚国华、徐培均编注：《郭沫若旧体诗词系年注释》，黑龙江人民出版社 1982 年版。

王锦厚、伍加伦、肖斌如编：《郭沫若佚文集》，四川大学出版社 1988 年版。

王蒙、袁鹰主编：《忆周扬》，内蒙古人民出版社 1998 年版。

吴宏聪、范伯群主编：《中国现代文学史》，武汉大学出版社 2002 年版。

吴晓东：《象征主义与中国现代文学》，安徽教育出版社 2000 年版。

夏晓虹编：《梁启超文选》，中国广播电视出版社 1992 年版。

夏衍：《懒寻旧梦录》，生活·读书·新知三联书店 1985 年版。

湘潭师专中文科编印：《郭沫若同志谈毛主席诗词》，1978年。

肖凤：《冰心传》，北京十月文艺出版社1987年版。

萧耘、王建中主编：《萧军全集》，华夏出版社2008年版。

《许广平文集》，江苏文艺出版社1998年版。

许钦文：《〈鲁迅日记〉中的我》，浙江人民出版社1979年版。

许寿裳：《挚友的怀念》，河北教育出版社2000年版。

徐庆全：《周扬与冯雪峰》，湖北人民出版社2005年版。

言行：《一生落寞，一生辉煌——高长虹评传》，百花文艺出版社1996年版。

言行：《造神的祭品——高长虹冤案探秘》，中国文史出版社2003年版。

殷克琪：《尼采与中国现代文学》，南京大学出版社2000年版。

［美］约翰·托兰：《日本帝国的衰亡》，新华出版社1989年版。

曾庆瑞：《鲁迅评传》，四川人民出版社1981年版。

赵家璧等：《编辑生涯忆鲁迅》，河北教育出版社2000年版。

［美］詹明信：《晚期资本主义的文化逻辑》，生活·读书·新知三联书店、牛津大学出版社1997年版。

张君劢、丁文江等：《科学与人生观》，山东人民出版社1997年版。

张朋园：《梁启超与国民政治》，吉林出版集团有限责任公司2007年版。

张首映：《西方二十世纪文论史》，北京大学出版社1999年版。

张友渔：《报人生涯三十年》，重庆出版社1982年版。

郑大华：《张君劢传》，中华书局1997年版。

中国社会科学院外国文学研究所编：《后现代主义》，社会科学文献出版社1993年版。

中国社会科学院文学研究所鲁迅研究室编：《1913—1983鲁迅研究学术论著资料汇编》，中国文联出版公司1985年版。

中国社会科学院文学研究所《左联回忆》编辑组编：《左联回忆录》，中国社会科学出版社1982年版。

中央档案馆编：《中共中央文件选集》，中共中央党校出版社1989—

1992 年版。

周海婴:《鲁迅与我七十年》,南海出版公司 2001 年版。

周作人:《周作人日记》,大象出版社 1996 年版。

周作人、周建人:《书里人生》,河北教育出版社 2000 年版。

周作人、周建人:《年少沧桑——兄弟忆鲁迅》,河北教育出版社 2000 年版。

朱金顺:《新文学考据举隅》,中国文史出版社 1990 年版。

朱正:《鲁迅回忆录正误》,湖南人民出版社 1979 年版;人民文学出版社 1986 年版;浙江人民出版社 1999 年版;人民文学出版社 2006 年版。

左玉河:《张东荪传》,山东人民出版社 1998 年版。

后　记

　　本书收录的文章选自笔者近十年的研究成果，在即将付梓之际，回顾一下这十余年来走过的道路应该是一件有意义的事情。

　　我是以同等学历考上硕士研究生的，并且我的专科文凭是通过自考获得的，所以刚读研究生时，听见同学们嘴里冒出那么多新名词我实在是佩服得五体投地。我暗暗发誓，自己要大量阅读西方文艺理论书籍，并用最新的理论阐释中国现代文学作品。当时，后现代主义理论在中国风靡一时，我写作并发表了《〈故事新编〉的后现代主义特征》（《成都大学学报》2002 年第 3 期）。该文是我目前为止影响最大的论文，被《2002 年鲁迅研究年鉴》全文收录，名列"10 年来中国大陆地区鲁迅研究论文排行榜"第 7 位。我的观点也得到越来越多的人认可，不但不少人引用了我的文章，并且有两篇以此为题的硕士毕业论文（李敏霞：《〈故事新编〉的后现代主义研究》，内蒙古师范大学，2007 年；卢兴华：《论〈故事新编〉的后现代主义研究》，青岛大学，2011）。就是这样一篇文章，却使我对用西方文艺理论阐释中国现代文学作品这一做法的意义感到了怀疑：猪毫无疑问具有狗的特征，我们费力去证明这一特征又有多大意义呢？于是我决定将自己的研究方法转向注重史料。在阅读鲁迅《奔月》时，我从注释中知道了高长虹，觉得这个人很有意思，于是决定研究高长虹。在写作硕士毕业论文《被现实粉碎了的梦——论高长虹的创作》过程中，我阅读了能够找到的相关研究成果——它们大多集中在高鲁冲突上，发现人们对鲁迅的研究存在拔高或贬低的现象，于是决定自己研究的宗旨为："撕掉鲁迅身上的金箔，洗去鲁迅身上的唾沫，还鲁迅以本来面目。"我为自己设定了一个计划：以鲁迅为中心研究相关的人和事。尽管山西省作协的董大中先生已经出版了《鲁迅与高长虹》，我觉得仍有必要研究，所以决定写《高长虹与鲁迅——反目成仇始末考》（2005年以《高长虹与鲁迅及许广平》为题出版）。从此我与高长虹研究结下了不解之缘，直到现在都没有完全放弃。硕士研究生毕业后我来到乐山师范学院，想到乐山是郭沫若的家乡，于是决定在郭沫若研究方面下一些功夫。2005年11月四川郭沫若研究中心成立时，我很自然地进了中心。2006年考博面试时，我认识了早就景仰的陈思和先生，并且知道他在主持教育部哲学社会科学重大研究课题"中国现代文学社团史研究"。面试结束回到四川后我给陈先生发了一封电子邮件，谈了一下自己研究高长虹和狂飙社的情况，希望能够加入他主持的"中国现代文学社团史研究"课题组。陈先生在4月2日的回信中如此写道："我主持的项目已经结项，凑了七部著作出版，但无狂飙，只是在语丝社里带了一下，我正准备申请第二批项目。如果能够申请下来的话，愿意请兄来加盟。"2007年3、4月我果然得到了邀请"加盟"的消息。当时我正在为博士毕业论文选题纠结，得到"加盟"消息后立即决定以狂飙社研究作为自己的博士毕业论文选题。博士毕业后我回到了乐山师范学院，想到自己是四川郭沫若研究中心专职研究人员，并且一直认为个人发展有必要与集体发展结合起来，所以决定将自己的研究重点又转向郭沫若。2003年以来，尽管我的研究对象在鲁迅、郭沫若、高长虹及相关领域之间不断转换，我的研究方法却一直没有改变。自从转向史料研究后，我发现自己文章发表的难度加大了，并且再也没有一篇文章有《〈故事新编〉的后现代主义特征》那么大的影响，但是我无怨无悔，并且会一直坚持下去。

正因为史料文章很难发表，所以我要对发表了我那些史料文章的以下报刊和它们的编辑说一声非常感谢：《新文学史料》、《中国现代文学研究丛刊》、《山西大学学报》、《鲁迅研究月刊》、《上海鲁迅研究》、《鲁迅世界》、《郭沫若学刊》、《现代中国文化与文学》、《湖南人文科技学院学报》、

《重庆社会科学》、《重庆师范大学学报》、《中国雅俗文学研究》、《书屋》、《郑州师范教育》、《中华读书报》等。

最后，我要对所有关怀过我、帮助过我的老师、领导、同事、朋友等说一声非常感谢！没有大家的关怀和帮助，我是不可能在九年多时间里从一个自考专科毕业生变成教授的。